LUANNE RICE | Un verano perfecto

byblos

Título original: *The Perfect Summer*

Traducción: Isabel Murillo

1.ª edición: mayo 2007
1.ª reimpresión: julio 2007

© 2003 by Luanne Rice
© Ediciones B, S. A., 2007
   Bailén, 84 - 08009 Barcelona (España)
   www.edicionesb.com

Diseño de portada: Estudio Ediciones B
Fotografía de portada: © JUPITERIMAGES Corporation
Diseño de colección: Ignacio Ballesteros

Printed in Spain
ISBN: 978-84-666-3301-7
Depósito legal: B. 35.150-2007

Impreso por LIBERDÚPLEX, S.L.U.
Ctra. BV 2249 Km 7,4 Polígono Torrentfondo
08791 - Sant Llorenç d'Hortons (Barcelona)

LUANNE RICE | Un verano perfecto

Agradecimientos

Marguerite Matisson posee el jardín más precioso de Connecticut, un reflejo de su espíritu amable, generoso y amoroso. No podría tener una mejor amiga y vecina.

Donald Cleary: por él me iría hasta el fin del mundo.

Mi agradecimiento a Kevin J. Markey, agente especial del FBI, y a John J. Markey, agente especial del FBI retirado. Su ayuda en la invención e investigación de un delito de guante blanco ha sido incalculable; los errores y las licencias creativas son totalmente míos.

Lynda Hunnicutt y Lynn Giroux, mis banqueras de confianza, me transmitieron su visión del perfil de un banquero radicalmente distinto a ellas, y se lo agradezco mucho.

Gracias también a mi amiga de toda la vida, Kim Dorfman, por todo.

Las verdaderas «hermanas»: Heather, Hannah y Nora McNeil, Carol Kerr y la hermana Leslie... gracias por todo. *Faugh a ballagh!** Deseo expresarle mis gracias irlandesas y mi aprecio al hermano Luke Armour, de la orden cisterciense trapista.

Mi amor y agradecimiento para Don, Marilyn, John, Dan, Emily, Nick y Maggie Walsh. Y a Dev Waldron

---

* Grito de guerra en gaélico, lema de diversas divisiones del ejército irlandés. Significa: «¡Despejad el camino!». *(N. de la T.)*

(conocido también como «Duke» de Duke y los Esotéricos), que sabe realmente cómo crear una banda en casa y sacarla a la calle.

Los poderes curativos de la doctora Elizabeth Moreno son tan potentes que llegaron incluso desde Italia, *mille grazie*.

Mi gratitud para Colin McEnroe por toda su poesía y sus ideas.

Mi amor para Audrey y Bob Logia.

Mi agradecimiento a Domestic Violence Valley Shore Services, especialmente a Susan Caruso, Mary Lou Cucinotta, Leah Tassone, Ellie Ford y todos los voluntarios que hacen posible un trabajo tan importante como ése.

Mi agradecimiento a Rob Peirce, Jackie, Nina, Betsy, Paula, Sandy, Leah y Leah, y Jolaine Johnson... y todos los demás, con amor.

Gracias al McLean Hospital.

Susan Feaster me ha brindado una ayuda infinita y le doy las gracias por ello.

Mi amor para Mia (Akuma) y el BDG: Ami (Tristin), Hanna (Releena), Kathryn (Akane), Tiffie (Tiffi) y Kungfu Panda... grandes amigos en el camino hacia las grandes cosas (seguid escribiendo y dibujando).

Mi agradecimiento a Irwyn Applebaum, Nita Taublib, Tracy Devine, Micahlyn Whitt, Barb Burg, Susan Corcoran, Jaime Jennings, Betsy Hulsebosch, Molly Williams, Cynthia «Wendy» Lasky, Carolyn Schwartz, y todos los componentes de Bantam Books; muchas gracias a Phyllis Mandel y a todo el mundo de Westminster.

Por último, mi eterno amor y agradecimiento a William Twigg Crawford por los veranos de toda una vida y por su apoyo en cada segundo del interminable invierno.

A Paul James, lo mismo. Que las mareas nos sean propicias y las brisas amables, que los marineros sigan corriendo y podamos continuar juntos esta odisea. Siempre, eternamente.

En la profundidad del invierno, aprendí finalmente
que en mí moraba un verano invencible.

ALBERT CAMUS

1

Era un día de verano perfecto.

Eso es lo que pensaba Bay McCabe estando en el jardín trasero de su casa, con una cesta de colada recién lavada a sus pies mientras la brisa marina de última hora de la tarde soplaba desde el Sound*. Aquel año el jardín estaba espectacular: los rosales, las malvas, las espuelas de caballero, los lirios y la rosa rugosa florecían con todo su esplendor. Los pájaros hundían la cabeza en el agua que había quedado estancada en la grieta de una piedra y la tupida uva de gato suavizaba con su verdor los contornos de la repisa de granito.

Bay se sentía casi conmocionada por la belleza de todo aquello y se obligó a dejar las pinzas de tender la ropa y a prestar atención. La vida está hecha de momentos dorados: lo había aprendido sentada en las rodillas de su abuela.

Annie y Billy estaban en la playa con sus amigos y Peg entrenando para la liga escolar. Para Bay poder disfrutar a solas de la casa y el jardín en verano era toda una excepción, y estaba dispuesta a aprovechar cada minuto. Había llamado a Sean al banco para recordarle su promesa de

---

* «Sound» es un término geográfico que significa estrecho o brazo de mar, que aparecerá a lo largo de la novela y que se ha dejado sin traducir. (N. de la T.)

recoger a Peg del entreno: Bay había quedado en la playa con su mejor amiga, Tara O'Toole, para darse un chapuzón y ahora se disponía a tender la colada y a esperar a que todos regresaran a casa para cenar.

La luz del sol bañaba su rojo cabello y sus brazos pecosos. Llevaba pantalón corto y una blusa blanca sin mangas, y trabajaba con la rapidez aprendida tras muchos años de observar a su abuela. Mary O'Neill le había enseñado cómo se hacía: una pinza de madera en la boca, la otra sujetando las sábanas a la cuerda del tendal. Sean bromeaba diciendo que los vecinos los criticarían, que pensarían que él no ganaba el suficiente dinero para que su esposa no tuviera que tender la colada.

Incluso pretendía contratar a un jardinero. Tanto daba que cavar fuera uno de los pasatiempos favoritos de Bay y que intentar superar a Tara, en la única competición que mantenía con ella (cultivar los girasoles y las malvalocas más altos, las rosas más bellas y las macetas de caléndulas amarillas más hermosas) le diera un motivo para levantarse cada día a primera hora.

Cada mañana salía a regar el jardín aprovechando la tranquilidad que reinaba, antes de que nadie se levantara, y saludaba a Tara, que estaba ocupada con la misma tarea en su jardín, en la orilla opuesta de la ría. Luego volvía a entrar en casa para preparar el desayuno. A lo largo de la jornada, mientras los niños salían y entraban, ella regresaba al jardín para cuidar sus plantas: las podaba, las regaba y les abonaba las raíces. ¿Cómo era posible que Sean no entendiera lo importante que todo aquello era para ella? ¿Cómo podía plantearse que la nieta de Mary O'Neill fuera a permitir que un desconocido cuidara su jardín?

Bay se limitaba a sonreír y a besar a Sean, a decirle que era demasiado bueno por preocuparse de lo que pudiera pensar la gente porque ella tuviera un poco de tierra debajo de las uñas o unas cuantas sábanas colgando del tendedero. Su abuela era del viejo país y Bay la esposa de un banquero, pero había aprendido a apreciar los placeres sencillos de pequeña y nunca los olvidaría. Una vez tendida, la luminosidad de la ropa contrastaba con el cielo azul: parecían banderas de señalización en un cuadro.

—¡Mamá! —gritó Bill, apareciendo precipitadamente por una esquina de la casa de tablas de madera blancas. Llevaba el pelo mojado y los pies llenos de arena, y en sus ojos azules había una mirada feroz que revelaba su preocupación porque en la vida sucediera algo sin estar él presente—. ¿Qué haremos esta noche? ¿Iremos al minigolf después de cenar como dijo papá? Porque si vamos, ¿puedo decirle a Russell que venga con nosotros?

—Por supuesto, cariño —dijo Bay, sonriéndole a su hijo de once años. Tenía el cabello del mismo tono dorado que el de su padre y una piel que, incluso con protección solar, adquiría el color de la miel oscura y a la que, para gran disgusto de sus hermanas, no le salían pecas—. ¿Dónde está Annie?

—Justo detrás de mí —dijo, mirando por encima del hombro—. Creo que también te pedirá si puede invitar a alguien. A mí me parece bien.

—¿De veras? —preguntó Bay, reprimiendo una sonrisa. Se daba cuenta de lo mucho que estaba creciendo su hijo aquel verano. Había crecido cinco centímetros desde el año pasado. Sería alto, rubio y guapo, igual que su padre. Y su actitud con respecto a las amistades de su hermana había dado un vuelco radical en comparación con las bromas y las torturas de veranos pasados.

Justo en aquel momento sonó el teléfono en el interior de la casa; tenía un timbre agudo. Bay se dirigió hacia la puerta, pero Billy fue más rápido.

—Yo lo cojo —gritó y Bay no pudo evitar sonreír de

nuevo. La semana pasada, Tara le había dicho: «Este verano tu hijo empezará a ser socialmente activo. Tiene una marcha que va a ser la ruina de tu existencia. Con los ojos de su madre y la personalidad de su padre... ¡ya pueden vigilar las chicas!»

Annie debió de entrar en la casa por la puerta delantera y consiguió responder al teléfono antes de que su hermano lo alcanzara. Estaba al pie de la escalera con su bañador azul, por una vez libre de una toalla o de una camiseta varias tallas más grande que lo cubriera; su liso cabello, que iba adquiriendo una tonalidad de un rojo dorado cuando se secaba al sol, totalmente mojado, y el brazo extendido mostrándole a su madre el teléfono inalámbrico.

Bay observó a su hija de doce años, consciente de que la niña se sentía torpe y rellenita, y en el mismo instante en que experimentaba un arrebato de amor su atención fue captada por el canal del tejado que vio justo encima de la cabeza de su hija: en el porche trasero, colgando de una sola abrazadera, estropeado por el viento del noreste de principios de primavera. Esa noche, una vez más, Bay le recordaría a Sean que tenía que repararlo o, naturalmente, contratar a alguien para que lo hiciera. Todos esos pensamientos se sucedieron en un instante. Bay pestañeó, y vio que Annie todavía seguía allí, sujetando el teléfono.

—¿Quién es? —preguntó Bay.

—Es Peg —dijo Annie, poniendo mala cara—. Está todavía en el campo de béisbol. Papá no ha ido a recogerla.

Bay cogió el teléfono.

—¿Peg? —dijo.

—Mamá, creía que habías dicho que vendría papá. He esperado y esperado, pero no viene. ¿He hecho mal? ¿Tenía que marcharme con la señora Jensen?

16

—No, Peggy —dijo Bay, sintiendo una oleada de frustración hacia Sean. ¿Cómo podía haberse olvidado de una niña de nueve años?—. No has hecho nada mal. ¿Hay alguien contigo? No estarás sola en el parque, ¿verdad?

—El señor Brown está aquí. Me ha dejado utilizar su teléfono —dijo Peg, ahora ya con voz algo temblorosa—. Ha dicho que me llevaría él, pero yo no quería marcharme por si venía papá.

—Quédate ahí, cariño —dijo Bay, buscando el bolso—. Ahora mismo voy a buscarte.

El trayecto hasta el campo de la liga escolar, siguiendo la carretera de la playa y pasando por el campo de golf, era prácticamente de quince minutos. Con el final de junio llegaba la población de verano, procedente de todos lados, y el tráfico en la playa era abundante. Bay miró el reloj e intentó no preocuparse (aunque ella no conocía muy bien al entrenador de Peg, parecía ser del agrado de Sean). Wylie Brown era el propietario de una tienda de cebos y aparejos de pesca en la cala y Sean se detenía allí a menudo para aprovisionar su barco antes de salir a pescar hasta Block Island y el cañón.

Pero ¿dónde estaba Sean? ¿Cómo podía haberse olvidado? Bay había hablado personalmente con él; había llamado al banco hacía tres horas para recordárselo. Aquella tarde tenía una reunión del comité de préstamos y le había dicho que acabaría a tiempo para pasar por el campo de béisbol y recoger a su hija menor. Bay le pidió que intentara ir con tiempo para realizar algunos lanzamientos con ella... Le parecía que estaba ocupado, algo distraído, pero Bay sabía lo feliz que se sentiría Peg, tanto como ella se sentía al jugar a pelota con su padre.

En cuanto estacionó en el aparcamiento de tierra,

Bay vio a Peg y a un hombre de cabello pajizo jugando a la pelota bajo un arce. Cuando vio el Volvo de su madre, Peg le lanzó al hombre la pelota y salió corriendo hacia el aparcamiento. Era pequeña para su edad e iba llena de tierra, como si hubiera resbalado encima de la base del bateador.

—Todavía no ha llegado —dijo Peg con los ojos brillantes por el desengaño—. Dijo que vendría.

—Debe de haberle surgido algún imprevisto en el trabajo —añadió Bay, sintiendo una punzada en el corazón, la primera desde hacía mucho tiempo. ¿Iba a repetirle de nuevo lo del año anterior? El invierno pasado, cuando se produjeron los problemas, Tara le dijo que dejara de inventarse excusas para él. Bay no le hizo caso; no quería que los niños viesen a su padre bajo una perspectiva negativa.

—Dijo que haríamos lanzamientos —recordó Peg. Las arrugas de preocupación se marcaban entre sus cejas mientras Bay la empujaba para que subiese al asiento trasero.

—Lo sé, Peggy —dijo Bay, echando un vistazo hacia atrás—. Tenía muchas ganas. Quizá los dos podéis dar unos cuantos lanzamientos antes de la cena, cuando llegue a casa.

El entrenador de Peg se acercaba al coche, pero Bay se sentía demasiado desequilibrada como para entablar una conversación. De modo que se limitó a saludarle con la mano y gritarle: «¡Gracias!» Luego, rápidamente, salió del aparcamiento y se alejó del campo de béisbol, que empezaba a quedar en penumbra.

Sean no se presentó a cenar y tampoco llamó. Vivían en una vieja granja justo enfrente de Shore Road, junto a un largo camino que avanzaba entre las marismas que señalaban el extremo oriental de Hubbard's Point. Tras cruzar el Eight Mile River (que, en realidad, más que una ría consecuencia de los movimientos de la marea, era un afluente del Gill River), se extendía la zona del Point, una de las muchas playas de Black Hall. Sean, Bay y Tara se habían conocido allí de niños, y Tara había heredado la pequeña cabaña de su abuela. Bay la veía perfectamente desde donde estaba: su color blanco resplandecía por encima de la marisma dorada, y el jardín era una mancha impresionista de la que asomaban flores de color fucsia, melocotón, rosa, violeta, amarillo y azul.

Bay se quedó fuera, cocinando hamburguesas en la barbacoa. Billy le lanzaba la pelota a Peg y los tres niños parecían felizmente inconscientes de la situación. Su principal preocupación era que Sean llegara a casa a tiempo para llevarlos a la Cueva del Pirata. En la orilla opuesta de la ría, en la ladera de una colina que hasta el año pasado había estado cubierta de hierbas altas y flores silvestres, acababan de construir un nuevo complejo: puesto de helados, pista de conducción, circuito de karts y un extravagante campo de golf en miniatura. Los hoyos estaban adornados con banderas piratas, cofres del tesoro, mandíbulas de tiburón y galeones hundidos. Bay prefería el paisaje virgen, pero a sus hijos les encantaba el desarrollo.

Mientras preparaba la mesa de pícnic, Bay llamó a los niños a cenar. Al ver que los pequeños se entretenían preparándose las hamburguesas con pepinillos y ketchup, entró para llamar por teléfono. En el despacho de Sean saltó el contestador y decidió no dejar ningún mensaje. Marcó el número de su teléfono móvil y escuchó la grabación de su voz por cuarta vez en una hora: «Hola, soy Sean McCabe. Estoy en el banco o en el barco. Sea como sea, te llamaré en cuanto pueda.»

—Sean, soy yo —dijo Bay—. ¿No tienes el teléfono

conectado? —Respiró hondo y se detuvo antes de decir lo que realmente deseaba: «Oye... ¿para qué tienes un teléfono móvil si no piensas responder a las llamadas? Uno de los niños podría tener una urgencia...»

Sean era vicepresidente del Shoreline Bank and Trust y tenía muchísimos clientes. Bay sabía lo ocupado que estaba. Como todo banquero de una pequeña ciudad, lo gestionaba todo él: transacciones comerciales, préstamos personales, hipotecas. Cinco años atrás, cuando se produjo el boom del mercado de valores, fue el pionero de una división bancaria privada que abastecía específicamente a los residentes más adinerados de la zona. El resultado fue una mina de oro para Shoreline y Sean recibió sustanciosos bonos por los activos que tenía bajo su dirección.

Vivía la vida con pasión, una cualidad que a Bay le encantaba. Ella solía decir que el día no tenía las horas suficientes para que Sean pudiera hacer todo lo que le gustaba —pescar, los Red Sox e ir al casino Eagle Feahter con los amigos— tanto como a Bay la jardinería.

En los últimos años esa pasión se había extendido a otras mujeres. Incluso ahora le sorprendía saberlo y aun así seguir con él. Bay era una mujer joven y si hubiera tenido que opinar sobre otros matrimonios, habría considerado la infidelidad como algo completamente imperdonable: una vez y se acabó. Pero el matrimonio había resultado ser algo más complicado que eso.

Hay personas que pertenecen al paisaje tanto como las piedras y los árboles; Bay se sentía así respecto a Hubbard's Point. Llevaba el agua salada en la sangre, y las rosas de playa y los lirios en el corazón. Sentía como si hubiese brotado del suelo rocoso y no le quedara otro remedio que quedarse allí si quería existir. Siempre había sabido que se casaría con un chico de la playa.

Ella y Sean habían crecido juntos en la playa; tenían los mismos recuerdos e historias. Ambos habían tenido antes otras relaciones, pero juntos habían encontrado el verdadero amor... ¿o no? Eran muy distintos, pero parecían complementarse a la perfección. Al parecer, todo iba a las mil maravillas.

Pero Bay había descubierto que el matrimonio no consistía únicamente en cuestiones relacionadas con la experiencia y el historial. Consistía en que Sean necesitaba más independencia de la que ella alcanzaba a comprender, en que trabajaba hasta tarde para conseguir ascensos, en que viajaba mucho por negocios; consistía en que Bay se preguntaba por qué él llegaba tarde cada noche, en que le llamaba a la oficina y le respondía el buzón de voz, en que escuchaba sus excusas e intentaba creérselas.

Bay había descubierto en ella una enorme capacidad de compromiso y, para su desazón, cada vez mayor, había descubierto también que llevaba mucho tiempo mintiéndose a sí misma. Las mentiras de Sean dolían, pero las que se había contado a sí misma dolían mucho, mucho más. Le había perdonado y seguían juntos porque permanecer juntos era bueno para los niños. Pero había empezado a admitir para sus adentros que ya no le quería como lo había hecho en su día.

Bay había dejado de engañarse a sí misma el día en que su hija empezó a formular preguntas.

El pasado otoño, Annie había escuchado por encima una conversación telefónica de su padre: había cogido el teléfono supletorio y le había oído susurrándole secretamente a Lindsey Beale los detalles de un viaje que ambos habían realizado a Chicago. Lindsey era una joven agente especializada en préstamos del banco, muy bella y atractiva, procedente de una acaudalada familia de Nueva Inglaterra y con una cultura impresionante; Bay y los niños la habían conocido en los pícnics de la empresa. La habían invitado a cenar a casa. Annie había pensado que podrían presentársela a su profesor de matemáticas.

La llamada telefónica había destrozado a la hija de Bay.

—Era un viaje de negocios, cariño —le había dicho Bay, abrazándola, intentando contener la situación por el bien de Annie—. Sabes que papá tiene que viajar por el banco y que a veces Lindsey le acompaña. Trabajan juntos.

—Esto era diferente —había dicho Annie sollozando—. Estaban diciéndose cosas a escondidas.

Bay había sentido la adrenalina, el miedo, un cosquilleo en el estómago. Pero no podía permitir que Annie se diese cuenta de ello, así que se había limitado a abrazarla con más fuerza.

—No te preocupes, Annie. Estoy segura de que debe de haber una explicación.

—Mamá, no quiero decírtelo. Porque te enfadarás mucho con él... pero tengo que decírtelo. Estaban diciendo cosas románticas... papá quería volver a besarla una y otra vez...

—Oh, Annie —había dicho Bay, reprimiendo su angustia y su rabia hacia Sean, por traicionarla, por no dejarle ninguna alternativa para defenderle ante su hija.

Annie había quedado destrozada por lo que había escuchado, pero los otros niños, más pequeños pero con la piel más curtida, se habían sentido ultrajados cuando su hermana se lo contó.

—Papá, ¿por qué hablas con otra mujer por la noche? —le había preguntado Peggy con mirada de acero y rabia en la voz—. Si no puedes dormir, ¿por qué no bebes un vaso de leche? ¿O lees un libro?

Billy había sido más directo:

—No lo hagas nunca más, papá. Nosotros te necesitamos más que ella.

Cuando Bay vio cómo todo eso afectaba a sus hijos el guerrero que llevaba dentro se despertó, y empezó entonces a plantearse que seguir con Sean por el bien de la familia podía ser peor para todo el mundo. Pensaba en todas las ocasiones, desde mucho antes de lo de Lindsey, en que había permanecido en silencio para mantener la paz, en que se había guardado sus dudas y temores para sí misma. Todo entró de nuevo en ebullición después de esa llamada telefónica.

—Has sido tan poco sincero durante tanto tiempo... que no sé ni cuándo empezó todo esto —le dijo, rompiéndosele la voz—. Ni siquiera te conozco.

Sean había quedado trastornado al saber que Annie le había escuchado.

—¿Qué fue lo que escuchó? —preguntó.

—Lo suficiente.

—¿Le dijiste...?

—Le dije que probablemente estarías hablando de negocios. No me creyó. Dijo que estabas diciéndole cosas a escondidas.

—Mierda.

Bay sintió una patada en el estómago: él no negaba la acusación. Simplemente intentaba controlar los daños. Lloró en silencio, sintiendo el dolor de su hija al perder la inocente creencia de que sus padres aún se querían.

Sean le había dado la mano y, antes de levantar la mirada para encontrarse con la suya, la había presionado contra su frente durante un largo instante.

—Bay, lo siento. Siento mucho haberos hecho daño a ti y a los niños. Se ha terminado, y nunca volverá a suceder. Te lo juro. Todo cambiará —le dijo con voz temblorosa.

—Eso ya lo dijiste antes —le respondió ella, pero algo en el tono de la voz de Sean le llamó la atención y la llevó a quedarse mirándolo fijamente.

—Esto es diferente —dijo él.

—¿En qué sentido?

Él hizo una pausa, respiró hondo.

—He cometido muchos errores. Enormes. A veces me miro al espejo y ni tan siquiera conozco al tipo que está mirándome.

—Yo también lo he pensado —dijo ella entre lágrimas y presa de un amargo dolor—. Me pregunto qué ha sido de mi marido.

—Te juro que todo cambiará. Ya lo verás...

Bay intentó no sospechar, pero las mentiras de Sean la habían cambiado. Últimamente le costaba tener confianza y no pudo evitar que su cabeza pensase instantáneamente lo peor. ¿Dónde podía estar? A veces desconectaba el teléfono, lo guardaba en el bolsillo y se largaba con el barco.

Pero no en noches en las que había prometido llevar a los niños al minigolf.

Y nunca, ni en los momentos de mayor pasión de sus romances, se había olvidado de recoger a uno de sus hijos y lo había dejado plantado.

Bay salió al jardín. Normalmente aquello la tranquilizaba: ver la verbena y la melisa ondeando a merced de la brisa del mar, oír las abejas zumbando entre las rosas y la madreselva. Aunque el ritmo de su respiración era regular, notaba el pecho oprimido, como si tuviera un gran peso encima. Miró hacia el camino, esperando que el jeep de Sean se materializara como por arte de magia. El cielo seguía de un azul resplandeciente; mañana sería el día más largo del año; el aniversario del día en que él le había propuesto matrimonio.

De pequeño, Sean había sido incontrolable. Era el único, entre todos los amigos, que se aventuraba a nadar desde el Sound hasta Long Island, que capturaba cangrejos azules con las manos, que se lanzaba al agua desde el puente del ferrocarril, que encestaba hasta conseguir cincuenta puntos seguidos. Tenía el cabello rubio brillante y los ojos de un verde aún más brillante, y era puro nervio.

Siempre había trabajado y, de un modo u otro, había conseguido más dinero que los demás niños. Se había comprado una ballenera de Boston con el dinero que había obtenido trabajando como camarero: siempre sabía cómo hacer la pelota y con sólo rellenarle el vaso de agua a una rica anciana diez veces en una tarde conseguía una propina de setenta y cinco dólares. Un conocido ricachón le daba billetes de cien dólares de vez en cuando y le decía: «Utilízalos para la universidad.»

Lo haría, pero primero compraría el barco. Entonces lo alquilaría a cambio de dinero para realizar unas visitas turísticas que él denominaría «Vea Black Hall desde el mar». Veinte dólares por persona. Le había confesado a Bay que contrataban sus servicios muchas mujeres solas cuyos maridos trabajaban durante la semana. Le dijo que nunca había pasado nada, pero estaba convencido de que si quería más dinero podía encontrarlo allí: se lo ofrecían de un modo no declarado.

Bay odiaba aquella historia y había hecho lo posible para reprimir sus auténticos sentimientos: no era culpa suya, sino de las mujeres. Él era muy joven para ellas. Sean era irresistible: atractivo, adulador y dispuesto a cualquier cosa. Era un cartucho de dinamita con cabello rubio.

Ella se sentía atraída por su energía y su pasión; igual que todas las chicas. Todo el mundo en Hubbard's Point quería salir con él; las chicas de la ciudad de Black Hall se acercaban en coche por la playa para ver la casa donde él y su familia pasaban los veranos, una cabaña gris situada justo después de la curva de la vía del ferrocarril. Chicas bonitas, rubias, en bikini, sociables... las chicas más populares, las animadoras, las bellezas de la clase.

Pero él amaba a Bay.

Incluso ahora, seguía sin poder comprender por qué se había fijado en ella. En la playa, siempre colocaba su toalla cerca de la suya. Cuando bajaba caminando con las manos por el techo del pabellón sobre el paseo de tablas de madera, siempre se aseguraba de que ella estuviera mirándolo. Saltaba como una bala delante de ella: su cuerpo entraba en el agua como un misil, salía a flote a su lado y la rozaba con las piernas y los brazos cuando nadaban juntos, produciéndole un vuelco en el corazón y erizándole la piel. Siempre se había sentido emocionada ante sus atenciones... y un poco confusa.

Parecían totalmente opuestos.

Ella era tranquila y tímida. Cuando su clase en el instituto superior la eligió la reina de la promoción por votación, supo que tenía que tratarse de una broma: apenas tuvo valor para bailar con su pareja, un chico tan tímido como ella, que le dijo diez palabras en toda la noche y que ni tan siquiera reunió la valentía suficiente como para darle un beso de despedida. Ella era estudiosa, una enamorada de la naturaleza.

Pero eran niños de playa; como tantas otras parejas que se habían conocido en Hubbard's Point, iban a ver películas en la playa, se besaban bajo los anuncios de la Vía Láctea, esculpían sus iniciales en las mesas del Foley's. Su historial y la conexión con la playa eran demasiado convincentes como para ser ignorados. Eran polos opuestos, pero, aun así, unidos por la arena y la sal y los pinos de su amado Point.

Eran amigos de toda la vida; envejecerían juntos, con Tara, una gran familia feliz, residentes por tercera generación en Hubbard's Point.

Justo después de licenciarse en la facultad, Bay vivió el día más largo del año: Sean la había llevado en su barco, la había sentado a su lado, al timón, y había puesto el motor a todo gas para dirigirse hacia el Sound. La luz brillaba y el día parecía eterno. Los minutos pasaban y pasaban y el sol seguía en lo alto del cielo. Habían hecho el amor en la cubierta del barco, esperando que cayera la noche. En el Sound, a mar abierto, casi en el océano, las olas eran enormes. Bay estaba algo asustada, pero el peligro no había hecho otra cosa que excitarla más aún.

—No te asustes —le había dicho, apartándole el cabello de la cara.

—Parece como si fuéramos a zozobrar.

—¿Y qué si lo hiciésemos? Nadaría hasta casa llevándote montada a la espalda.

Bay se había estremecido, encantada con la idea, pero incapaz de reprimir el terror creciente que sentía a medida que las olas aumentaban de tamaño y el viento se hacía más fuerte.

—Volvamos a casa, Sean —le había dicho.

—No hasta que oscurezca —había dicho él—. Y quizá ni siquiera entonces. Nuestra casa está siempre allí. Vayamos a algún lugar donde no hayamos estado nunca... dejemos el barco a la merced de la corriente del golfo, apaguemos el motor y dejémonos arrastrar hasta donde nos lleve...

Sabía que estaba observando su reacción. Tenía una mirada tan viva, tan diabólica. Le encantaba bromear, pero aquella noche notaba que hablaba casi en serio, que estaba poniéndola a prueba.

—De acuerdo —dijo ella con valentía.

—Eso es lo que me gusta de ti, Bay —dijo él—. Vamos a ir juntos a muchos lugares. Lugares exóticos, asombrosos. Volaremos hasta el sol.

—¿Y qué me dices de la luna, Sean? ¿Me llevarás también allí? —preguntó. Alguien, en una ocasión, le había prometido la luna.

—A la luna puede ir cualquiera —se había mofado Sean—. En mi caso, es el sol. La luna no hace más que reflejar el fuego del sol, no tiene calor propio. Yo quiero fuego en la vida, Bay. No está bien que ninguno de nosotros haya nacido rico; así podríamos llevar una buena vida. ¿Por qué no tienes un fondo de valores?

Estaba bromeando, pero bromeaba mucho sobre aquello.

—Porque mis antepasados estaban demasiado ocupados tratando de no morirse de hambre cuando la hambruna de la patata como para dedicarse al mercado de valores —dijo ella—. Igual que los tuyos.

En su mirada pudo verse un destello de rabia: no quería que ella volviese a recordárselo. Abrió la boca, como si fuera a regañarla, pero cambió de idea.

Hasta entonces había seguido tendido encima de Bay, pero acababa de impulsarse con los brazos para echar un vistazo a su alrededor. El barco cabeceaba de mala manera y el viento le desmadejaba el pelo. Al levantar la vista, Bay pensó que parecía un duende marino salvaje y en ese instante supo lo realmente distintos que eran. Darse cuenta de aquello le resultó muy duro, pero se lo tragó y lo enterró en lo más profundo de su ser.

Sean siempre había querido ser rico e irse lejos. Bay siempre había sido feliz con lo que tenía y amaba su hogar por encima de todo.

Con el corazón latiendo de forma errática, se preguntó si eso explicaba lo que estaba sucediendo ahora, aquella noche, en la breve noche del día más largo de ese año, tantos veranos después. Sean volvía de nuevo a sus viejos trucos, volando demasiado cerca del sol.

Regresó a la mesa de pícnic. Billy y Peg seguían allí, luchando con las hamburguesas. Pero el lugar donde se había sentado Annie estaba vacío.

Annie McCabe estaba en la habitación de sus padres, de pie, en el centro de una alfombra blanca y azul, y sabía que algo iba mal. Lo sentía en el corazón, allí donde siempre sentía las cosas importantes. Lo sabía desde el instante en que se había producido la llamada de Peg, por la mirada de su madre, por la expresión de desilusión que tanto le hacía pensar en aquellos meses terribles del pasado invierno.

Caminando lentamente por el dormitorio, los ojos de Annie acabaron posándose en el escritorio de su padre. Miró las fotografías enmarcadas que allí había: de mamá, de Billy, Peg y Annie, del antiguo perro de su padre, *Lucky*. Era un Boston bull blanco con manchas marrones. Su padre había encontrado a *Lucky* en un callejón de Hartford cuando tenía doce años, la edad de Annie. Había adoptado al perro abandonado y seguía todavía queriéndolo tanto que a Annie se le llenaban los ojos de lágrimas siempre que su padre hablaba de él.

Annie, por algún motivo, se sintió mejor al ver la fotografía de *Lucky* en el escritorio de su padre. Sus gemelos estaban también allí: óvalos dorados, con su monograma. Los llevaba con el esmoquin, cuando él y su madre tenían que ir a algún lugar elegante, y a veces con una camisa de vestir cuando en el banco tenía algún acto importante, o cuando le visitaba uno de sus grandes clientes de banca privada.

Miró en su vestidor. A la mayoría de las niñas de su edad las prendas de sus padres no les despertaban el menor interés, pero a Annie le encantaba estar allí, cerrar los ojos e imaginarse a su padre abrazándola con fuerza.

—Mi osito Annie —le rugía al oído, balanceándola de un lado a otro como cuando era pequeña y su cabeza le llegaba únicamente a la altura de la cintura. Ahora ya le llegaba al hombro, y a veces él acababa el abrazo con un susurro que ella se guardaba sólo para sí.

Permaneció en el interior del vestidor junto a la puerta, desequilibrada por los recuerdos, conjurando la presencia de su padre a partir de su olor: la lana de los trajes, el sudor de sus jornadas en el banco, el aceite de la maquinaria del barco y el cebo para pescar. Le dolía el estómago pensando en dónde podría estar. «Que no esté con Lindsey. Que no vuelva a estar con ella.»

—Annie, ¿qué estás haciendo?

Annie abrió los ojos al oír la voz de su madre. Antes de que pudiera responder, sonó el teléfono.

Suspirando, su madre se acercó a la mesita de noche. Annie detectó el alivio que suponía aquel suspiro. ¿Quién podía ser sino su padre, llamando para decir que sentía llegar tarde, que sentía que se le hubiese pasado por alto ir a recoger a Peg y que estaría en casa en un santiamén para llevarlos a la Cueva del Pirata? Annie quería creérselo, quería sonreír, pero todavía no podía.

Bay, algo inquieta al ver a Annie de pie en el vestidor de Sean, cogió el auricular y se dispuso a hablar con calma para evitar que Annie descubriera lo furiosa que estaba con Sean.

—¿Diga? —dijo.

—Bay, soy Frank Allingham —respondió una voz profunda.

—Hola, Frank —dijo Bay.

Frank era un viejo amigo de Sean; sus historias estaban tan interrelacionadas que era difícil recordar cuándo se habían iniciado: enseñanza superior, universidad, escuela de negocios, el astillero, el banco.

—Bay, ¿está ahí Sean?

—No —dijo ella manteniendo la mirada fija en Annie.

Su hija había estado observando ávidamente la cara de Bay, pero en el instante en que se dio cuenta de que no era Sean quien estaba al teléfono, volvió de nuevo al interior del vestidor. Se había arrodillado y, como si estuviera buscando algo, miraba entre los zapatos de su padre.

—¿Sabes dónde puedo localizarlo?

—No lo sé, Frank —dijo Bay, detectando cierta intranquilidad en su voz—. ¿Qué sucede?

—Oye... ¿te mencionó algo sobre lo que iba a hacer hoy?

—Sí, me dijo que tenía una reunión del comité de préstamos.

—Así que lo sabía...

—¿Qué sucede? —dijo Bay, oyendo que Annie respiraba con dificultad, arremetiendo con más fuerza hacia el interior del vestidor de Sean. Se acercó a su hija, alargó la mano hasta tocarle la espalda a Annie, dispuesta a levantarla y hacerla salir de allí, cuando las palabras de Frank la detuvieron en seco.

—Nada, seguramente —dijo Frank, y casi pudo oírle deseando no haber llamado—. Pero bueno, no estaba allí, Bay. Le esperamos, y teníamos algunas decisiones importantes pendientes; diez personas esperando saber si obtenían sus hipotecas. Mark está atado de pies y manos.

Mark Boland era el presidente del banco... y el objeto del rencor de Sean. Dado el éxito obtenido con la nueva división, había esperado recibir un empujón para obtener ese puesto, pero el banco decidió nombrar a Boland, que venía del Anchor Trust.

—¿Está bien Sean? No es muy típico de él saltarse una reunión importante.

—No, no lo es —dijo Bay.

—¿Le dirás que me llame cuando llegue? —pidió Frank.

—Lo haré. Gracias por llamar —dijo Bay.

Pero prácticamente ya había olvidado su promesa. Annie se volvió hacia ella, pálida. Tenía la boca abierta, la mirada confusa, apagada, los ojos casi amoratados.

—¿Qué te pasa, Annie?

—No puedo decir si fue papá quien se llevó sus cosas. El maletín está aún ahí. Pero no veo los zapatos del barco. No los necesitaría para ir a la oficina. Y se llevó algo más...

—¿Qué se llevó?

Pero Annie no hacía más que sacudir la cabeza, las lágrimas rodando por sus mejillas.

—Dijo que nunca se lo dejaría pasara lo que pasara. No está ahí, mamá. Se lo ha llevado. ¡Papá se ha ido!

2

Annie corría por toda la casa, buscando en armarios y cajones. Bay echó una mirada rápida al exterior, vio a Peggy y Billy jugando a la pelota. Se dirigió al cobertizo, donde Sean había instalado su oficina en casa. Miró el ordenador y se preguntó qué hacer.

¿Debería llamar a la policía?

Pero ¿qué sentido tenía llamarlos? Sean se había llevado los zapatos para el barco en una jornada laboral, se había saltado una reunión, no había recogido a Peg. La policía le diría que quizás andaba por el puerto, que quizás había ido a pescar. El corazón le latía con fuerza, como si estuviese empezando una carrera, cobrando velocidad. Cuando se disponía a coger el teléfono, se dio cuenta de que le temblaba la mano.

¿Estaría él con Lindsey, o con otra, en ese momento?

Cuando Sean le juró que todo cambiaría, ella había pensado que se refería a Lindsey, a otras mujeres; pero ahora, considerándolo en retrospectiva e intentando encontrarle sentido a todo, se preguntaba si habría otros secretos. Llevaba meses sin sentir esta punzada en el estómago, la sensación física de un mundo inclinado sobre su eje que le provocaba la necesidad de tener que agarrarse al objeto sólido más cercano.

Annie asomaba por la esquina: las lágrimas le rodaban por las mejillas.

—Tenemos que llamar a la policía, mamá.

—Annie, no creo que...

—No, tenemos que hacerlo. Algo malo debe de haberle ocurrido. No se habría marchado así a menos que algo le obligara a hacerlo. Podrían ser secuestradores.

—No creo que sea eso, Annie.

—Tiene que serlo, mamá. ¿Qué otra cosa podría ser sino? ¡Nunca se habría marchado así por su cuenta!

—Annie, pueden haber pasado muchas cosas...

Annie empezó a tener hipo y, sollozando, dijo:

—Piensas que está con Lindsey, ¿verdad?

—No lo sé —dijo Bay, alargando el brazo hacia su hija. La mentira no serviría más que para confundir, para hacer perder la cabeza y para minar el poco terreno sólido que quedara. Bay había aprendido que decir el máximo de la verdad era siempre mejor. Pero con tres niños que adoraban y necesitaban admirar a su padre, le resultaba muy difícil hallar el equilibrio.

Annie retrocedió con los ojos abiertos de par en par.

—¡Voy a ir en bicicleta hasta el barco para ver si está allí!

—Annie, no... iremos juntas en coche.

Pero su hija ya se había ido. Bay pudo oír sus pies descalzos volando sobre el suelo, el portazo de la puerta de entrada y el rechinar de los neumáticos de la bicicleta.

Bay retiró el sillón de cuero del despacho de Sean y se sentó. Casi sin pensarlo, cogió el teléfono y marcó el número de Tara. Miró por la ventana en dirección a la zona de marismas verde dorada que había junto a la cabaña de Tara. Vio cómo Tara se incorporaba del lugar donde se encontraba tendida en la hierba del jardín, soltaba la toalla y subía los desgastados peldaños.

—¿Diga? —respondió Tara después de seis llamadas.

—Soy yo.

—Hola, te has olvidado el bronceador en la playa. Lo tengo yo.

—Ah, bien —dijo Bay. Sólo dos sílabas, «ah bien», y Tara lo sabía ya.

—¿Qué sucede?

—Hoy no sólo he perdido el bronceador.

—¿Se ha largado Sean a alguna parte? ¿Y tan malo es eso?

—Oh, Tara —dijo Bay, incapaz de reír—. No ha recogido a Pegeen, y me ha llamado Frank porque no se ha presentado a una reunión en el banco... Annie está fuera de sí. En estos momentos va de camino al barco. Creo que espera que haya salido a pescar y se haya olvidado decírnoslo.

—Mierda —dijo Tara—. Ese chico.

Bay no respondió y siguió balanceándose en el sillón del despacho.

—Lo siento, Bay —dijo Tara—. Ya sabes que he intentado no decir nada durante todo este último año. Pero he visto por lo que has tenido que pasar y ese chico es un imbécil como la copa de un pino, no puedo creerlo. No tiene ni pizca de delicadeza.

—¡No puedes imaginarte lo mucho que lo odio en este momento! ¡Plantar a Pegeen en el entreno! ¡Hacer que Annie se preocupe de esta manera!

—Voy para allá... te recojo y vamos a reunirnos con Annie en el barco.

Tara colgó, pero Bay se quedó sentada allí, sin soltar el teléfono. La «hermandad irlandesa». Tara había acuñado el nombre años atrás para celebrar su amistad: eran más que buenas amigas, eran, la una para la otra, como la hermana que ninguna de las dos tenía. Mucha gente en Hubbard's Point creía que Bay y Tara eran hermanas y ellas nunca se habían preocupado por desmentirlo. Estaban unidas por el corazón, el sentido del humor y las raíces irlandesas; ambas adoraban a Yeats y a U2, y ambas juraban que, por muy establecidas que pudieran parecer sus vidas, las vivirían apasionadamente.

Tara estaba prácticamente definida por su soltería. Sólo se había enamorado de verdad en dos ocasiones: la primera de un artista y la segunda de un hombre de tipo «artístico», y tanto en un caso como en el otro le habría gustado que se hubiera tratado de alguien mucho más brillante de lo que en realidad resultó ser. Los dos le habían propuesto matrimonio, pero en el último minuto Tara les dio largas.

Bay sabía que todo eso tenía algo que ver con tener un padre alcohólico, incapaz de estar a la altura de la fortaleza de las mujeres de la familia. Tara había aprendido a confiar en ella más que en cualquier relación. Bay sentía ternura y un sentimiento de protección hacia su mejor amiga: era consciente de que la fortaleza que aparentaba tener no era más que una pose.

Tara, a pesar de su brillante inteligencia y de sus notas estelares, había abandonado la Universidad de Connecticut después de dos años de estudios.

—Creo que he nacido para ser una profesional autónoma —le había explicado a Bay cuando la llamó por teléfono al Connecticut College antes de comunicar su decisión a sus propios padres—. Si ni siquiera me gusta hacer exposiciones en las clases de mi especialidad... imagínate cómo me lo pasaría en una gran empresa.

—¿Qué harás?

—Pasaré el invierno en Vermont esquiando... La tía de una chica de mi residencia dirige un establecimiento de Bed & Breakfast cerca de Mad River Glen y al parecer podría ofrecerme trabajo para arreglar habitaciones.

—¿Tara haciendo camas? —preguntó Bay totalmente confundida ante la idea de imaginarse a su brillante amiga fregando suelos y empujando un aspirador.

—Creo que estará bien —dijo Tara—. Podré arreglar las habitaciones por la mañana y esquiar durante toda la tarde.

—Tara, no quiero que cometas un error así. Eres tan inteligente y tienes tantas cosas por delante...

—Me gusta la idea de tener tiempo para pensar —dijo Tara—. Y limpiar no es una tarea que requiera mucha concentración... podré pensar bien lo que de verdad quiero hacer en la vida.

Tara aceptó aquel trabajo de invierno y regresó a Hubbard's Point al verano siguiente. Sus padres le habían dicho que, si abandonaba los estudios para siempre, tendría que mantenerse ella sola y con ese objetivo se dedicó a plantar carteles en la playa y en el Foley's: «¿Arena en el suelo? ¿En las camas? ¡Ten la casa bien limpia! Llama a Tara.»

Su madre se había acobardado, pero el teléfono empezó a sonar y no dejó de hacerlo desde entonces. Tara siempre tenía clientes en lista de espera. Nunca había dejado de trabajar y no volvió a retomar los estudios. Todavía le gustaba tener horas para ella, tener libertad para pensar.

Bay empujó el sillón del despacho, miró hacia el otro lado de la habitación y clavó sus ojos en la fotografía de su boda. Tara aparecía junto a Bay sonriente, llena de alegría. Y Bay y Sean parecían tan felices: los dos sonreían, iban cogidos de la mano, y en sus ojos brillaba el amor que sentían el uno por el otro. ¿En qué había soñado ese día? Bay apenas lo recordaba, pero con el paso de los años había ido llegando gradualmente a la terrible conclusión de que sus sueños eran muy distintos, tremendamente distintos a los de su esposo.

Tenía que decirles a los niños que iba a salir con Tara y que regresaría enseguida. Al alejarse del escritorio, hubo algo que captó su atención. La luz roja del fax parpadeaba, el mensaje de «sin papel» aparecía en la pequeña pantalla.

Bay dudó un momento. Tara estaba a punto de llegar, tenían que alcanzar a Annie...

Algo la hizo detenerse en el amplio umbral de la puerta de la habitación. Se volvió y se acercó al fax. La luz roja parpadeaba únicamente cuando la máquina había recibido un fax y no disponía de papel donde imprimirlo. Bay abrió un cajón, extrajo un puñado de papel de impresión y lo colocó en la bandeja.

La máquina empezó a imprimir.

Bay leyó la página a medida que iba saliendo. Llevaba la cabecera de una empresa naviera de New London. Escrita a mano, mostraba en la parte superior la fecha del día anterior y en la parte inferior una serie de medidas. La escritura le resultaba familiar, pero Bay no conocía a nadie que se dedicara a construir barcos. Leyó:

Querido Sean,

Gracias por volver a pasar. Comprueba estas especificaciones: ¿son las que tenías pensadas? He añadido un par de pulgadas más de margen por cuestiones de estabilidad. Pasa por el astillero cuando te vaya bien, o llámame a la oficina.

Dan Connolly

Bay estaba tan sorprendida que emitió incluso un pequeño sonido. Aquello era algún tipo de presupuesto: el precio final era de dos mil dólares, pero apenas se dio cuenta de ello. Dan Connolly. Llevaba años sin hablar con él, no había visto su escritura desde que estaba en secundaria. Pero pensaba en él cada vez que caminaba por el paseo de tablas de madera, cada vez que veía la luna en cuarto creciente.

Aparte de Tara, la única persona con quien Bay había sido capaz de conversar de verdad había sido Dan Connolly, durante el verano en que tenía quince años. Él acababa de licenciarse en la universidad y aquel verano trabajaba temporalmente como carpintero en el Point. Era brillante con todo lo que le gustaba: la ingeniería, la madera, la arquitectura marina. Bay se pasaba horas pululando a su alrededor, ayudándole a construir el nuevo paseo de tablas de madera, enamorada de su amable inteligencia. Y Danny nunca la echaba, dedicaba tiempo a responder sus interminables preguntas, dejaba que se implicase en todo lo que él hacía.

—Si tuvieras tres años más —le había dicho Tara—, el asunto sería realmente interesante.

—¿Dieciocho? —cuestionó Bay.

—Eso es —dijo Tara—. A lo mejor te esperaría. Te apuesto lo que quieras a que se lo plantea.

—Seguro.

—De no ser así —Tara sonrió—, no permitiría que te pasaras el día entero por allí. Podría trabajar el doble de rápido sin no estuvieras presente. Le gustas, Bay. ¡Afróntalo!

Por algún motivo, la idea le había resultado tan excitadamente terrible que no podía tomársela en serio.

Sean era tan distinto. Iba corriendo, saludaba con la mano desde su ballenera de Boston mientras aceleraba a fondo levantando estelas de espuma de agua blanca. Paseaba por la playa con su bicicleta de montaña saltándose todas las reglas y Danny sacudía la cabeza al verlo.

—Está descontrolado —decía—. Ya sabes lo que hace, ¿verdad?

—Juega con sus juguetes —decía Bay.

—No, está patrullando para asegurarse de que no me acerco demasiado a ti.

—¡Si tienes veintidós años! —dijo Bay, recordando las palabras de Tara, mientras se sonrojaba encantada de que se le hubiera ocurrido una cosa así.

—Lo sé, y tú sabes que sólo somos amigos, pero los novios no piensan de esta manera.

—¡No es mi novio!

—Lo será, si es que él tiene algo que decir en el asunto. Tú tómate tu tiempo, Galway Bay.

Y resultó que Danny llevaba razón. Mucho después de que se acabara su trabajo de verano y de que abandonara finalmente la playa, Bay y Sean empezaron a salir. Ella cumplió los dieciséis; Sean la había besado en el paseo de tablas de madera que había construido Danny el año anterior. Ella echaba de menos al tranquilo carpintero, su poesía irlandesa y su visión firme, la forma que tenía de observarlo todo y de comentarlo luego con ella. Sean estaba demasiado ocupado viviendo la vida, moviéndose rápido, aprovechando cada segundo de placer, como para dedicar demasiado tiempo a discutirla. Cuando abrazó a Sean, sus labios se encontraron con su cuello y durante diez segundos pensó en Danny, deseando que pudiera ser él, deseando que la predicción de Tara se hubiera hecho realidad y hubiera esperado a que ella se hiciera mayor. Le recordaba señalando la fina rodaja de cuarto creciente y explicándole que la convertiría en un columpio sólo para ella.

Y ella le había dicho que él podía hacer cualquier cosa.

New London... un antiguo centro marítimo, una ciudad de la Marina, a sólo quince kilómetros de distancia en dirección este, pero, en muchos sentidos, en el otro lado del mundo respecto a Black Hall. ¿Era posible que Danny hubiese estado todo ese tiempo allí?

Justo entonces Bay oyó el coche de Tara en el camino. Dejó el fax en el escritorio y corrió a decirles a los niños que regresaría enseguida.

Annie conocía los mejores caminos para llegar al barco de su padre. Decidió tomar el camino más directo, el que pasaba por el centro de la ciudad.

Pasó por delante de la iglesia blanca, de la galería de arte amarilla, de la mansión que había llegado por Long Island Sound a bordo de una barcaza cien años antes, cruzó la calle principal y, después de que un camión que avanzaba a toda velocidad estuviese a punto de aplastarle la rueda trasera, tomó finalmente el camino de tierra que conducía hasta el puerto. Annie era consciente de lo cerca que había estado el camión de echársele encima, pero no le importaba. No podía permitirse sentir nada... aún no.

Al frenar la bicicleta derrapó y se detuvo junto a los astilleros. La apoyó en un cobertizo grande de color rojo y salió corriendo hacia el muelle número uno. Era el puerto más bonito de la zona y la mayoría de las embarcaciones eran yates. Grandes y preciosos veleros. A pesar de que a Annie le habría gustado un velero ligero, o quizás una barca de remos, su padre era estrictamente un hombre de barcos a motor.

—Un barco a motor me lleva a donde yo quiero —le decía—. No tengo que esperar a que sople el viento, ni a que suban las mareas, ni nada por el estilo. Sólo tengo que ponerlo en marcha y ya estamos navegando.

—Lo sé, papá —decía Annie, contemplando las velas blancas en el horizonte, pacíficas y románticas, y mucho más agradables y relajantes que el estrépito de los motores diésel. Tara los llamaba «bombas fétidas»—. Pero los veleros son muy bonitos.

—¿Quién necesita un barco bonito cuando te tengo a ti? —le preguntaba entonces él, abrazándola—. Tú eres toda la belleza que necesito.

Annie se sentía ansiosa al recordar a su padre diciéndole todo aquello. Sus pies aporreaban el muelle, pasó de largo todos los grandes Hinckley y Herreshoff y Alden. Al llegar al final, viró a la izquierda, en la parte en forma de T del muelle, y casi al instante empezó a sonreír.

La inundó una sensación de alivio. Allí, balanceándose dulcemente, estaba amarrado el barco de su padre. El gran barco pesquero deportivo, el *Aldebaran*, brillaba bajo los rayos del sol. Su acero cromado pulido, la elegante arrufadura del casco se curvaba y captaba la luz.

Annie, ahora sonriente, corrió descalza por el muelle. Casi esperaba oír a Jimmy Buffet, el favorito de su padre, cantando en el equipo de música. A lo mejor resultaba que su padre simplemente había necesitado tomarse un día de descanso del trabajo y se había acercado al *Aldebaran* para relajarse un poco. Tras saltar a cubierta por la borda, Annie se dirigió de puntillas hacia la portilla.

Durante el pasado año, en ocasiones Sean se había llevado al barco el regalo que Annie le había hecho, y era ahí donde ella esperaba encontrarlo ahora: la pequeña maqueta de un barco que ella le había confeccionado por Navidad dos años atrás, un bote de remos, no una motora, que había esculpido en madera de balsa y pintado de color verde oscuro. Le había dicho que siempre la llevaría con él. Pero no estaba allí...

Cuando rodeó el camarote, vio que la escotilla estaba perfectamente cerrada; el candado plateado estaba puesto. Eso significaba que su padre no estaba allí en ese momento... pero aun así, no le entró el pánico. Annie conocía la combinación: 3-5-6-2. Podía entrar e inspeccionar el interior.

Pero en el momento en que empezó a hacer girar el botón del candado, se dio cuenta de que estaba húmedo y aceitoso. Se miró la mano y vio que estaba sucia de sangre.

Y no sólo su mano y la cerradura; también estaba llena de sangre la madera de teca que enmarcaba la escalera de la cabina. Justo allí, en la esquina, como si alguien se hubiera partido la cabeza bajando al camarote, había una enorme mancha de sangre roja.

Annie quería creer que era de un pez.

Su padre había salido, había capturado algún pescado azul. O rayas. O incluso un tiburón.

Siempre subía pescado a bordo, y donde había pescado, había sangre. Destripar, limpiar, aclarar el pescado... un trabajo muy sucio.

Pero los ojos de Annie se llenaron de lágrimas porque de un modo u otro sabía que aquella sangre no era de ningún pez. Su padre era el marinero más limpio del mundo. Tenía una manguera instalada en cubierta y limpiaba concienzudamente el barco después de cada salida.

—¡Annie!

Y al oír su nombre, Annie se volvió. Su madre se acercaba por el muelle acompañada de Tara y, al ver la cara de Annie, echó a correr. Annie lloraba con tanta fuerza que ya ni veía a su madre, únicamente oía el retumbar de sus pisadas avanzando por el muelle, y luego, cuando su madre saltó a bordo y la abrazó, sintió que el barco se balanceaba.

—Le ha sucedido algo terrible —sollozó Annie—. Está herido, mamá, o algo peor... estuvo aquí, pero ya no está, y está herido...

La policía tardó menos de diez minutos en llegar después de que Bay la llamara: con pocos segundos de diferencia, tres coches hicieron su entrada en el astillero. Bay intentó seguir abrazando a Annie, pero su hija, demasiado nerviosa como para estarse quieta, se apartó. Caminó por el muelle, haciendo señas con las manos para que los oficiales la vieran.

—Debe de ser una jornada con pocos incidentes —dijo Tara—. Tantos policías para un poco de sangre de pescado.

—Espero que sólo sea eso.

—¿En serio? Lo comprendería perfectamente si deseases lo contrario —empezó Tara, intentando quitarle importancia al asunto, pero se calló cuando vio la expresión de Bay.

—Mira a Annie... está fuera de sí. ¿Y si está malherido en alguna parte?

Cuando se acercaron los oficiales de la policía, Annie corrió para volver al lado de su madre. Bay habló con cuidado, tratando de mantener la calma mientras les detallaba los hechos que conocía: que Sean no se había presentado a una reunión del banco, y que ella y Annie se habían acercado al barco para buscarlo y habían encontrado sangre en el umbral de la puerta.

—¿Cuál es su barco? —preguntó el oficial Perry, un

hombre alto y joven de cabello corto y oscuro, dirigiéndose a Annie con una amable sonrisa.

—Éste —respondió Annie, señalando el *Aldebaran* y corriendo hacia él.

—Un barco de pesca precioso —dijo el oficial Dayton.

Bay no dijo nada; se limitó a observar a los oficiales de policía saltando a bordo. Tenía el estómago encogido. Tara le dio la mano y se la apretó. Observaron cómo los oficiales estudiaban con detalle la sangre y se paseaban lentamente por la cubierta, levantando la vista hacia el cielo y bajándola por los lados en dirección al agua. Annie permanecía en el muelle, sin quitarles los ojos de encima.

—¿Por qué están mirando en el agua? —preguntó repentinamente Annie, volviéndose hacia su madre.

—Supongo que tienen que buscar pistas por todas partes —respondió Bay, dándole la mano.

—¿Sólo pistas?

—Sí, cariño.

La arruga que se había formado entre las cejas de Annie se hizo más profunda y el corazón de Bay latía con fuerza, como si quisiera salir de su cuerpo. Nunca le perdonaría a Sean aquel momento, que su hija tuviera que ver cómo la policía escudriñaba el agua en busca de su cuerpo. Y con ese pensamiento, la piel de Bay se tornó fría como el hielo: le aterrorizaba lo que podía haberle ocurrido a su esposo.

Uno de los oficiales utilizó su transmisor de radio para realizar una llamada mientras el oficial Perry le preguntaba a Bay si conocía la combinación del candado, querian asegurarse de que Sean, u otra persona, no estuviera herido en el interior.

—La escotilla tiene que cerrarse desde fuera —dijo ella—. No puede estar dentro.

—Aún así, por si acaso.

Bay dudó.

No estaba segura de exactamente por qué. Cuanto más tiempo pasaba, más se daba cuenta de que temía lo que pudieran encontrar en el interior: Sean herido, o algo peor, y todo lo que había estado escondiéndole.

—Tres, cinco, seis, dos —espetó Annie.

—¿Intentamos abrirlo? —preguntó el oficial Perry, esperando el permiso de Bay para entrar. Ella hizo un gesto afirmativo con la cabeza.

El oficial abrió la escotilla y desapareció en el interior del barco. Le siguió el oficial Dayton. Bay observaba. Unos neumáticos chirriaron en la gravilla: se volvió para mirar y vio un coche oscuro aparcado junto a los coches de la policía. Salieron de él dos hombres, ambos vestidos con traje, y otros dos hombres uniformados se acercaron a ellos.

—Parecen los peces gordos —dijo Tara.

—Encontrarán a papá, ¿verdad? —preguntó Annie.

—Me juego la cabeza a que sí —dijo Tara, abrazándola—. Mi abuelo era policía, y sé detectar a los buenos investigadores. Estos dos son excelentes... te lo aseguro.

Dejando a su hija en manos de su mejor amiga, Bay saltó a bordo del barco de su marido. Tenía que verlo por sí misma; si él estaba allá abajo, ella quería estar también allí. Sujetándose en el tirador cromado situado en la parte superior de la escalerilla, descendió hacia el camarote.

Los oficiales no la vieron entrar. Estaban los dos agachados sobre algo, hablando en voz baja. El camarote había estado cerrado y olía a humedad y a rancio. El barco se balanceaba, chocando suavemente contra el muelle, generando un sonido irregular amortiguado cada vez que las defensas absorbían el impacto del casco.

El corazón de Bay latía con fuerza en el interior de

su pecho. Pensó, con los ojos llenos de lágrimas, en la última vez que toda la familia había estado a bordo: una excursión por el Race, en la que iban en busca de rayas utilizando como cebo anguilas vivas. Billy había sido quien había capturado el pez más grande, Pegeen la que había pescado más. Habían pasado a toda velocidad por el punto donde, mucho tiempo atrás, en un solsticio de verano, Sean le había dicho que quería volar hasta el sol.

Ahora, con la boca seca, se volvió hacia el camarote de popa.

La litera estaba desordenada: la almohada de rayas azules y blancas estaba mal colocada y el cubrecama arrugado, como si alguien se hubiera acostado allí hacía poco. Extrañamente, al ver aquello, su corazón empezó a latir más despacio. ¿Había estado Sean haciendo el amor allí con alguien mientras debería haber ido a recoger a Peg? La sensación de pánico disminuyó y la sustituyó un entumecimiento que inundó su piel y todas sus terminaciones nerviosas de un suave dolor.

Cuando ya estaba a punto de abandonar el camarote, por el rabillo del ojo se percató de la presencia de una carpeta abierta llena de documentos que estaba en la parte superior de la cajonera. Algunos parecían extractos bancarios... de clientes del banco. Una hoja punteada, como las que utilizaban los niños en el minigolf para anotar la puntuación, estaba marcada con «X, Y, Z». En el margen, había pintarrajeado con tinta negra un camión, o una furgoneta de reparto; escritas a su lado y rodeadas por oscuros remolinos aparecían las palabras «la chica», «ayuda» y el nombre «Ed».

¿Qué chica? ¿Annie? ¿Pegeen? ¿Bay? Por algún motivo, Bay pensó que no era ninguna de ellas. Miró fijamente el dibujo de Sean. Siempre había tenido la costumbre de hacer garabatos mientras hablaba por teléfono, para intentar concentrarse. Años atrás, Bay bromeaba diciendo que guardaría todos sus dibujos y haría un libro con ellos (era un maestro del sombreado y la caricatura), o los llevaría a un psicólogo para que los interpretase.

¿Qué podían significar un camión y «la chica»? ¿Algún tipo de lógica rebuscada? ¿Velocidad de dieciocho ruedas y deseo por Lindsey? ¿O por otra? Se le partió el corazón al pensar en ello. Con manos temblorosas, examinó el resto de la carpeta.

Le llamó la atención una hoja de papel blanco. No podía ser... Lo cogió y se vio sorprendida, por segunda vez aquel día, por un fantasma del pasado. Una carta que ella misma había escrito hacía ya mucho tiempo.

Debió de exclamar algo en voz alta, porque de pronto los oficiales de policía se percataron de su presencia. Cuando la oyeron, atravesaron corriendo el salón principal en dirección al camarote de popa.

—Señora, no puede estar aquí —dijo el oficial Perry en un tono mucho más severo que antes.

—Pero si es mi... nuestro barco —dijo, tratando de sonreír.

—Lo siento —dijo él con firmeza—. En este momento es el posible escenario de un crimen. Vuelva al muelle, por favor, y espere allí.

Bay se quedó helada, sorprendida por sus palabras. Introdujo de cualquier manera la carta en el bolsillo trasero de su pantalón corto, le siguió hacia la escalera de toldilla y vio algo que le había pasado por alto al subir antes a bordo: un reguero sinuoso de manchas rojas.

Pequeños puntos rojos que iban desde la escotilla en dirección a proa o al revés. Y allí, en el extremo del banco donde los niños se habían comido la cena en su último viaje (el pez espada que Sean había asado en cubierta), había una manta azul manchada ahora de morado y negro.

Sólo que tal como se dio cuenta Bay mientras subía a cubierta con el corazón en un puño, no era morado y negro: era sangre roja, y mucha.

Al abandonar el camarote y respirar el aire fresco, Bay vio enseguida a Tara y Annie: la gravedad de sus rostros confirmaba que todo iba mal y que ellas de algún modo también sabían que en el transcurso de ese brillante, bendito y azul día de verano sus vidas habían recibido una fuerte sacudida, como una bola de nieve, habían dado un vuelco.

Algo extraño sucedió mientras Annie esperaba: abandonó su cuerpo. Pero no como esas personas que salían en televisión, que morían en la mesa de operaciones o en un accidente de coche, se elevaban por encima de la escena, y observaban a los médicos y a sus familiares con una visión novedosa y sabia.

No, cuando Annie abandonó su cuerpo voló hacia un lugar alejado del muelle, hacia el pasado. Voló hasta su niñez, cuando su padre la acompañaba paseando al colegio. Le daba la mano y le cantaba una cancioncilla cuando tenían que cruzar la calle:

Para, mira y escucha, antes de cruzar la calle.
Utiliza los ojos, utiliza los oídos, antes de utilizar los pies...

La había mantenido a salvo, enseñándole cómo hacerlo sola. Éstos eran sus momentos favoritos con su padre, cuando sus hermanos estaban en casa con mamá, cuando él no andaba siempre atareado con el trabajo, con la pesca o con los amigos... y antes de que ella hubiese engordado y le hubiese defraudado. Durante esos paseos hasta el colegio, Annie sentía toda la fuerza de su amor.

Cuando él se volvía, para dejarla en la escalinata de granito, sentía como si se pusiese el sol, como si su enorme calor desapareciera.

Su madre y Tara conversaban en voz baja. Los oficiales de policía corrían por el muelle y las radios de sus coches graznaban en el aparcamiento. La gente no suele prestar la misma atención a los niños que a los adultos, de modo que los dos hombres con traje oscuro hablaban con los oficiales uniformados como si Annie no estuviera allí.

—Investigación —les escuchó decir—. Interna... en el banco... los federales...

—Mamá, ¿qué son «los federales»? —preguntó Annie, corriendo hacia ella.

—Es el gobierno federal —dijo su madre, abrazando a Annie, acunándola de un modo tan consolador que casi podía creer que todo iría bien, que todo el gobierno federal llegaría para encontrar a su padre. Annie se limitó a sujetarse a su madre y a disfrutar de ese maravilloso aroma a mamá compuesto por crema solar, colonia de limón y agua salada.

Pero entonces Tara le susurró a su madre:

—Es el FBI. —Y su madre lanzó un grito sofocado y Annie se apartó.

Antes, todo el mundo se había mostrado amigable, pero ahora eran bruscos y fríos, y Annie comprendió que su padre (de alguna manera, un error, una pesadilla) se había convertido en sospechoso de algo. Apareció un nuevo coche y salieron de él dos personas más transportando unos maletines de gran tamaño. Tara dijo:

—El equipo forense.

Y la madre de Annie dijo:

—No puede ser que esto esté sucediendo.

Para Annie no estaba sucediendo. Su cuerpo era aire.

La traspasaba la brisa, enfriando sus huesos. Sus pies descalzos, clavados en las anchas planchas de madera del muelle, apenas sentían el calor del verano. Notaba la piel chamuscada, como si se la hubieran arrancado y sus entrañas se vertieran al cielo. Su madre le tendió los brazos para abrazarla, pero Annie era inabarcable.

—¿Annie? —dijo su madre, con los brazos extendidos.

Annie sabía que su madre trataba de consolarla y que también ella seguramente necesitaba un abrazo, pero Annie no podía permitirse dárselo en aquel momento. Era la Chica del Aire. Había abandonado por completo su cuerpo, igual que un bígaro se arrastra para abandonar su concha.

Y convertida ahora en viajera en el tiempo, volaba hacia el futuro. Cerró los ojos para impedir cualquier visión.

Pensó en su vida, en su padre dándole la mano para siempre.

—¿Cuál es tu canción preferida, Annie? —le preguntaba a veces—. Porque tendremos que tocarla el día que te acompañe por el pasillo de la iglesia. Olvídate de Mendelssohn... la que tú quieras.

Pero Annie esquivaba el día de su boda (de todos modos, ella no gustaba a los chicos) y soñaba en cambio con el banquete de su fiesta deportiva. Ya había asistido a alguno, al de su hermano y al de la hermana de su mejor amiga, y ahora se le cerraba la garganta imaginándose en la mesa principal, flanqueada por sus padres. Comerían... costillas, el plato favorito de su padre.

Annie sería delgada. No habría comido tanto, no habría hecho tan poco ejercicio. Habría intentado entrar en algún equipo, se habría clasificado, y habría conducido a su colegio hasta los campeonatos estatales. Y sería tan delgada y tan bonita...

El alcalde diría su nombre. Annie se levantaría de su asiento y, caminando erguida para que su padre no criticara su postura, avanzaría entre las mesas hasta el escenario. La gente la aclamaría contenta. Los demás padres sonreirían al suyo, levantando los pulgares por su sobresaliente actuación en... Annie pensó en cuál sería el deporte perfecto, hockey sobre hierba.

O fútbol. O lacrosse. O vela. O baloncesto...

El deporte era menos importante que los aplausos que Annie recibiría al aceptar el certificado y el trofeo, cuando la multitud entera de padres e hijos, y especialmente su padre, se pusiera en pie para ovacionarla y Annie descendiera del escenario y corriera directa a los brazos de su padre.

—¿Señora McCabe?

La voz del oficial interrumpió los sueños de Annie.

—¿Sí? —dijo su madre.

—Vamos a despejar esta zona ahora mismo. ¿Por qué no se marcha a casa? Muy pronto nos pondremos en contacto con usted.

—¿Qué estaban diciendo esos oficiales sobre los federales? —preguntó su madre, señalándoles.

—Muy pronto nos pondremos en contacto con usted.

—Dígamelo ahora, por favor —suplicó su madre con voz temblorosa—. Tengo tres hijos. Están muy preocupados por su padre. Dígame por favor qué tengo que decirles.

—Pronto, señora McCabe. Tan pronto como tengamos información fidedigna.

Su madre permaneció inmóvil, como si estuviera planteándose si era mejor insistir en saber más, o solicitar poder hablar con algún superior. Annie la había visto mostrarse tozuda e insistente cuando era necesario.

Pero en ese momento lo que vio Annie fue cómo su

madre apartó la mirada de ese hombre y la fijó en ella... Mirarle a los ojos a Annie, fue lo que hizo que su madre tomara una decisión. Sus miradas se encontraron y su madre sonrió. Annie vio cómo la abandonaba el espíritu de lucha.

—Vámonos a casa, cariño —dijo su madre.

Annie asintió con la cabeza, incapaz de hablar.

Su madre acogió a Annie entre sus brazos como si fuera una niña pequeña en lugar de una futura estrella del deporte de doce años de edad. Y a Annie ni siquiera le importó. Se apretujó contra el cuerpo de su madre, intentando que no quedara ni un centímetro de espacio entre ellas, y de este modo caminaron por el muelle con Tara, alejándose de los barcos y de la policía hasta entrar en el coche.

Billy miraba el camino esperando que llegara un coche, el de su madre, el de su padre, ya casi ni le importaba. No estaba demasiado preocupado por su padre, aunque sabía que todo el mundo lo estaba. Seguramente su padre habría tenido trabajo hasta tarde. Había hecho una promesa un tiempo atrás: no volver nunca a liarse con aquella misteriosa señora, y Billy le creía.

Pero, aunque no se hubiera liado con ella, de algún modo había metido la pata. Billy odiaba pensar en ello. Pegeen estaba realmente enfadada por no haber podido ir al minigolf. Llevaba todo el día esperándolo y sólo tenía nueve años... los de nueve años se tomaban estas cosas muy mal.

La miró de reojo, estaba sentada muy enfurruñada en la mesa de pícnic. Era una niña muy delgada, parecía un palillo. Por la pata de la mesa subía un escarabajo. Estaba totalmente encorvada hacia un lado, bocabajo, observando el escarabajo... y hablándole. Eso era lo mejor. Billy se acercó a escucharla.

—Lo prometió, de verdad que lo hizo. Hoy me tocaba la bola verde. En la Cueva del Pirata te dejan elegir tu bola de golf y las tienen de todos los colores, y yo normalmente elijo la azul claro, pero hoy me apetecía la verde. Debe de haberse olvidado. Yo no me olvidaría, si él estuviese esperándome. Los escarabajos son muy bonitos. ¿Por qué tienes el caparazón tan brillante?

—Hola —dijo Billy.

—¿Qué? —dijo Pegeen, sin levantar la vista.

—¿Con quién hablas?

—Con nadie.

—Ya. ¿Estás segura de que no estás hablando con ese bicho?

—Yo no hablo con bichos. ¿Cuándo volverá mamá a casa?

—Pronto.

Peggy seguía con la cabeza colgando. Billy se imaginaba toda la sangre de su cuerpo precipitándose hacia su cerebro y supo entonces que era necesario imponer determinadas medidas de hermano mayor. Annie le había enseñado cómo hacerlo en innumerables ocasiones, de modo que le puso a Peggy la mano en el hombro y la ayudó a incorporarse.

—Vamos —dijo—. Siéntate bien.

—Sólo estaba mirando ese escarabajo, no le hablaba.

—Pues míralo con la cabeza bien puesta.

—Yo quería ir a jugar al golf —dijo, con los ojos brillantes.

—Ya iremos. Pero no hoy, seguramente.

—Vaya fastidio.

—Otra vez será.

—¿Está papá otra vez con esa señora?

—No —dijo Billy.

—¿Cómo lo sabes?

—Me prometió que no lo haría.

Peggy asintió con la cabeza. Con eso le bastaba. O quizá, como Billy, había decidido suponer lo mejor de su padre, lo que se conoce como «el beneficio de la duda».

—¿Piensas pasarte todo el día ahí sentada? —preguntó Billy.

—Sí —dijo Peggy—. Pienso pasarme todo el día sentada en esta mesa de pícnic mirando este escarabajo con su caparazón reluciente. —Hizo una mueca, y consiguió esbozar una sonrisa.

—Entonces te perderás los lanzamientos.

—¿Qué?

—Te lanzaré yo. Venga, corre a buscar el bate. Veamos si eres capaz de batear fuera del parque.

—Es el campo, Billy. ¡Tonto!

—Claro, claro, lo olvidaba... ¡suerte que me lo has recordado!

En casa reinaba el silencio. El sol empezaba a ponerse, pero había todavía mucha luz. Billy y Peg jugaban al béisbol en la parte lateral del jardín; se acercaron corriendo al coche en el momento en que entró. Se reunieron todos al instante, como una pequeña tribu, y formularon millones de preguntas.

Billy y Pegeen:

—¿Habéis visto a papá? ¿Qué pasa?

Annie les respondió:

—¿No ha vuelto a casa? ¿No está aquí?

Y Bay, con el corazón roto por los niños, por la familia que ella y Sean habían creado:

—¿Podéis seguir jugando, niños, mientras intento

buscar algunas respuestas? Seguid cuidando el uno del otro... Peggy, lo sé... ¿no puedes esperar hasta mañana para ir al minigolf? Iremos mañana...

Billy y Peggy dijeron que seguirían jugando y estarían pendientes de la posible llegada de su padre. Annie quería entrar. Mientras Bay se dirigía a la cocina, Tara siguió a Annie hacia el cobertizo del jardín. Podía escuchar su conversación.

—Muy bien, cariño —dijo Tara, con un acento heredado de su abuela irlandesa—. Jugaremos al salón de belleza. Ahora voy a hacerte la pedicura, ¿te parece bien? He elegido para ti este encantador color... «rosa cosquillas». ¿Es de tu gusto, cariño?

—Oh, Tara... no tengo ganas de jugar.

—Tonterías, cariño. Quédate ahí sentada. Dame tus piececitos... eso es. Siéntate y relájate y te contaré mi última visita a la esteticista. Fue una limpieza de cutis venida a menos. El vapor estaba tan condenadamente caliente que cuando salí parecía mi abuela con la rubéola. Realmente, no era el aspecto que andaba buscando. ¿Te la has hecho alguna vez?

—No me he hecho nunca una limpieza de cutis —dijo Annie, con un amago de sonrisa en la voz.

—Oh, cariño. Quizá cuando acabemos con los pies, te aplicaré una mascarilla de claras de huevo y cerveza. No es que la necesites, con una piel como ésa. ¿Te han dicho alguna vez que tienes la textura de una rosa silvestre irlandesa? ¿No? Pues ponte cómoda y déjame que sea la primera...

Bay sonrió al oír las palabras de Tara y su amanerado acento. Salió de la cocina, pasó por el vestíbulo, subió las escaleras y entró en su dormitorio. Miró a su alrededor, como si fuera la primera vez que estaba en esa habitación, y luego cerró la puerta a sus espaldas.

La agradable brisa que entraba por las ventanas abiertas levantaba las cortinas blancas. Del jardín subían las voces de los niños, pero Bay apenas podía oír nada. El suelo de la estancia era de madera y estaba cubierto por alfombras antiguas que su abuela había hecho a mano. Se acercó a la cama. Todo en ella era blanco: sábanas, fundas de almohada y colcha de verano. Era uno de sus lujos favoritos, una cama completamente blanca. Siempre tenía un aspecto tan limpio y tan fresco, tan dispuesta a albergar dulces sueños.

Sentada en el borde, hurgó en su bolsillo y extrajo la carta que había encontrado en el barco. Se sorprendió al ver que le temblaban las manos. Sus ojos examinaron el papel. A pesar de que habían transcurrido veinticinco años desde que le había escrito aquello a Danny Connolly, su caligrafía seguía siendo la misma.

Nunca había llegado a enviar aquella carta. La había escrito a modo de borrador, para luego copiarla en un papel mejor. Por entonces tenía quince años; su melena era larga, larguísima, del color de las fresas, estaba más bronceada que nunca e iba en bicicleta a todas partes. Iba siempre en bañador y, sin timidez alguna, no llevaba más que alguna camiseta encima.

Había estado tan enamorada.

¿Sabía entonces que lo estaba? No estaba segura de ello, ni tampoco ahora. Las primeras sacudidas del amor resultan misteriosas a las chicas que las sienten. El corazón que late con excesiva rapidez, la sensación de encontrarse en el borde de un precipicio, las manos que no pueden quedarse quietas...

Danny lo había sido todo para ella. Pero ella no era para él más que una niña de verano, alguien que le importunaba mientras realizaba su trabajo, mientras construía el nuevo paseo de tablas de madera. Hubo también otros trabajos (pintar y reconstruir el tejado de la caseta del vigilante del aparcamiento, reparar la celosía del almacén del Foley's), pero el más importante fue el nuevo paseo.

A pesar de que Sean había intentado convencerla para ir a nadar hasta el faro Wickland, lanzarse al Eight Mile River desde el caballete o unirse a la flotilla de embarcaciones que partían de Orient Point, Bay había permanecido junto a Danny, pasándole clavos y aprendiendo a manejar el martillo.

Bay recordaba que lo consideraba capaz de construir cualquier cosa. Vestía con pantalón corto de color caqui y una camiseta playera descolorida. Recordaba su cabello castaño brillando al sol. Tenía una gorra de los Red Sox, pero casi nunca la utilizaba.

Una mañana, justo después de empezar a trabajar, él había dejado la gorra de béisbol sobre el capó del coche y ella se había quedado mirándola y, como si pudiera leerle el pensamiento, Danny había sonreído y se la había puesto en la cabeza. Le había rozado el cabello con los dedos, sólo ligeramente, y ella se había sentido débil y fuerte a la vez, deseosa de que volviera a tocarle el pelo.

Daniel Connolly. Danny. Su nombre siempre había sido mágico para ella. Leía ahora ese nombre y pensaba en aquel verano tanto tiempo atrás... casi podía verle. Antes de que él se marchara a finales del verano, le había construido un columpio con la luna en cuarto creciente... un arco plateado de madera de balsa.

Se habían carteado durante el invierno siguiente. Bay cumplió los dieciséis y empezó a salir con Sean. Danny viajó a Europa. Su correspondencia fue distanciándose y él no regresó el verano siguiente, y cuando la vida de Bay despegó, perdió el contacto con él.

Ahora, con la carta en sus manos, se preguntaba por

qué Sean la había cogido. ¿Qué era aquel fax? ¿Por qué había contactado Sean con él? ¿Era, de hecho, el mismo Dan Connolly? Bay no era consciente de que Sean recordara su existencia... y, de hacerlo, ¿por qué le importaría? Había pasado tanto tiempo desde aquello...

Se incorporó y se dirigió a los pies de la cama donde había un baúl antiguo. Lo utilizaba para guardar mantas pero, en su día, había sido su baúl de la esperanza. Un concepto pasado de moda, pensó en esos momentos. Su abuela se lo había regalado al terminar los estudios superiores. Había pertenecido a su bisabuela, había llegado de Irlanda a bordo de un barco. Una de las primeras cosas que Bay había guardado en su interior había sido su correspondencia con Dan.

Después de veinticinco años, de casarse con Sean, de tener tres hijos, a duras penas podía creer que todavía las conservara, pero allí estaban, a la vista después de levantar la tapa y retirar las mantas y las antiguas prendas de bebé: un paquete de cartas de casi tres centímetros de grosor, unidas por una goma elástica. Al mirar con más detalle el papel que había encontrado en el barco, se dio cuenta de que era una fotocopia y se percató de aquello a lo que antes sólo había echado un vistazo... las anotaciones escritas a mano por Sean: «Eliza Day, Constructores de Barcos, New London C.T.»

Perpleja, Bay cerró los ojos. Sabía que disponía de escasos minutos antes de que Annie o los otros niños llegaran y quisieran saber qué estaba sucediendo. Estaban asustados por su padre y Bay necesitaba tener algo que explicarles.

Le sudaban las manos, el corazón le latía a toda velocidad, la cabeza le daba vueltas: no podía creer que todo aquello estuviera sucediendo. ¿Qué significaba todo esto? Era como la pesadilla de otra persona. Con la carta entre sus manos, mirándola fijamente, se preguntó en qué podía haber estado pensando su esposo.

En aquellos tiempos había sentido celos de Danny Connolly. A pesar de la diferencia de edad, a pesar de que Dan la trataba como a una hermana pequeña, Sean era lo bastante listo como para detectar a un rival. Se había preguntado por qué Bay prefería rondar por un paseo de tablas de madera a medio construir antes que practicar el esquí náutico en el Sound. Y Sean, con toda su pasión, nunca pudo comprender la tranquila incandescencia de aquel poético carpintero irlandés.

Bay centró de nuevo su pensamiento en la carpeta donde había encontrado la carta. Veía los trazos de tinta que daban forma a la furgoneta, los garabatos de las palabras «la chica». Sean había vuelto a las andadas; era lo único que se le ocurría. Estaba obsesionado por una nueva mujer.

No sabía qué otra cosa podía ser, no podía imaginárselo. Después de tantos años juntos, sabía menos que nunca cómo funcionaba la cabeza de su marido.

4

Tara le sujetaba el pie a Annie con la mano izquierda mientras le iba pintando las uñas de color rosa con la derecha. Aunque el pie de Annie era ya tan grande como el de una mujer adulta, cuando Tara lo tuvo en la mano se sintió transportada a un tiempo pasado, cuando Annie era todavía un bebé y Tara, su madrina, jugaba con ella al «cerdito», la hacía reír y deseaba algún día tener su propia hija.

—Cariño, has ganado el premio —le dijo Tara.

Annie no respondió. Casi ni se daba cuenta de la pedicura: fijaba toda su atención en las escaleras. Arriba no se oía nada. Bay permanecía en silencio, un silencio terrorífico, y el nivel de ansiedad de Tara había ido subiendo hasta el punto de formarle un nudo en el estómago.

—¿No quieres saber cuál es el premio? —insistió Tara.

—¿Qué premio? —preguntó Annie.

—Al mejor pie de la playa. Un pie de playa para una chica de playa. Estos callos rivalizan con cualquier cosa que tu madre y yo tuviéramos a tu edad. Encuentros íntimos con percebes, pesca de cangrejos por las rocas, paseos por el asfalto caliente... eres auténtica.

—Gracias —dijo Annie, sin ni siquiera poder sonreír—. ¿Qué está haciendo mamá aquí? ¿Por qué no estamos buscando a papá?

Tara respiró hondo, concentrándose en la aplicación

de una capa de laca de uñas rosa brillante en la uña del dedo pequeño de Annie... como si en el mundo no hubiera nada más estresante que conseguir pintarla bien.

—Bueno, lo estamos haciendo. Me refiero a que tu madre está en ello. Permanece en contacto constante con la policía, como bien sabes, y estoy segura de que está hablando con amigos de tu padre, preguntándoles adónde puede haber ido. Ya conoces a tu padre... —dijo Tara, y luego se interrumpió, porque empezaba a adentrarse en terreno peligroso.

—¿A qué te refieres con «conocerle»? —preguntó Annie, retomando la frase.

—Bueno, me refiero a que le encanta la juerga. Siempre está listo para la aventura, ¿no? —contestó Tara, sin darle importancia. «Siempre está listo para flirtear, partirle el corazón a tu madre, abandonar a su familia, ventilarse el dinero de tus estudios en los casinos...»

—¿Te refieres a pescar? ¿A ir de camping?

—Exactamente —confirmó Tara.

—Pero ¿qué me dices de toda esa sangre? —preguntó Annie.

—Ya lo sé, cariño —dijo Tara. Acarició cariñosamente el pie de Annie, mirando fijamente los ojos llenos de preocupación de su ahijada. No podía argumentar nada que explicase la presencia de la sangre. Si pudiera mostrarse alegre, como su propia madre, y tropezar en su imaginación con reconfortantes, aunque algo retorcidas, perlas de sabiduría... o, como su madre solía decir, «peras de sabiduría».

—Déjalo, Tara —dijo Annie, mirándose los pies—. No puedo quedarme aquí sentada, dejando que me hagas la pedicura. Debería estar buscándole...

—No, deberías quedarte aquí, Annie —sugirió Tara—. Está oscureciendo y no puedes ir...

—No, tengo que hacerlo —dijo Annie, casi disculpándose. Se levantó del sillón de mimbre y fue cojeando en dirección a la puerta con los pies arqueados hacia arriba—. ¡Puede que me necesite!

—Annie, está oscureciendo —gritó Tara, persiguiéndola. Pero Annie salió de la habitación, y luego de la casa. Al abrir la puerta trasera, el aroma dulce de la marea al desintegrarse se mezcló con la brisa de verano. El cielo estaba aún iluminado y los árboles luminosos; todavía no habían abandonado el día más largo del año.

Era el momento de reclamar la presencia de la madre. Tara fue al piso de arriba y se quedó inmóvil ante la puerta cerrada del dormitorio de Bay. Llamó una vez y entró. Su mejor amiga estaba sentada a los pies de la cama, con la mirada clavada en el baúl de las esperanzas y un puñado de cartas entre las manos. Tara se sentó a su lado y le rodeó los hombros con el brazo.

—Tu hija ha emprendido una misión.

—Ha salido en busca de Sean.

—Naturalmente. Con siete uñas de los pies pintadas de rosa. Supongo que si hace algo se sentirá mejor, pero pronto oscurecerá.

—De acuerdo, vayamos a por ella —dijo Bay, poniéndose en pie.

—¿Qué tienes aquí?

—Danny Connolly.

—¿Qué? —preguntó Tara, sorprendida al oír pronunciar aquel viejo nombre.

Tara intuyó que las cartas de algún modo estaban contribuyendo a que Bay siguiera entera.

—Conservo las viejas cartas —dijo Bay—. Y hoy he encontrado una de ellas en el barco de Sean.

—¿En serio?... ¿Qué estaría haciendo con ella?

—No tengo ni idea, pero encontré también un fax de

Danny. Parece que Sean se puso en contacto con él para que le construyera un barco. Supongo que Danny se ha convertido en constructor de barcos.

—Sí —asintió Tara—. Tiene sentido.

—Parece todo tan rebuscado. Sean acudiendo a Danny para pedirle algo. Con todos los problemas de nuestro matrimonio, ¿qué bien puede hacerle horadar en esa parte del pasado?

—Diría que Sean no piensa con claridad —dijo Tara—. Porque no va a acabar bien si se encuentra con Dan Connolly... al menos con el Danny que conocíamos. Ese Danny le odiaría por lo que te ha hecho pasar. ¿Le llamarás?

—Estaba pensándolo en este momento —dijo Bay—. Pero no creo que lo haga. No me atrevo a aparecer como si nada después de todos estos años y decirle: «He oído decir que mi marido quiere comprarte un barco y, por cierto..., ha desaparecido.»

Respiró hondo, como si quisiera continuar, cuando abajo sonó el timbre de la puerta principal. Sin decir palabra, soltó las cartas sobre la cama y Tara se las quedó mirando. Dan Connolly, el chico que mejor había manejado el martillo en ese reino de verano llamado Hubbard's Point.

Un hombre que podía haber obtenido el corazón de Bay. No como Sean McCabe, que lo único que había conseguido era rompérselo.

Cuando Bay abrió la puerta ya había oscurecido y las luciérnagas habían empezado a brillar entre los rosales. Billy y Pegeen habían entrado y Bay se dispuso a buscar a Annie con la mirada, aun percatándose de la presencia de Mark Boland, que esperaba de pie en el peldaño inferior. Era muy alto, iba vestido con traje azul marino y corbata roja, y llevaba unas gafas con montura dorada. Bay intentó sonreírle a modo de saludo, pero en cuanto se percató de su severa expresión... y de las miradas aún más severas de las caras de los dos desconocidos con traje oscuro que le flanqueaban, así como de los demás hombres que les seguían detrás, y en cuanto vio a los oficiales Perry y Dayton saltando de los coches patrulla que habían aparcado al final del camino de entrada, se le encogió el corazón y también la sonrisa.

—Hola, Mark —dijo.

—Bay, necesitamos encontrar a Sean —sugirió él.

—Lo sé... andamos todos preocupados —replicó ella.

—Ya no se trata sólo de preocupación —dijo Mark.

—Soy el agente especial Joe Holmes —se presentó uno de los otros hombres, adelantándose para estrechar la mano a Bay y mirarla a los ojos, como si ellos dos fueran los únicos que estuviesen allí—. Soy del FBI. Éste es mi compañero, Andrew Crane.

—¿El FBI? —preguntó Bay, y pensó en lo que Annie había escuchado de refilón y sobre lo que le había preguntado: los federales.

—Si pudieras decirnos dónde está, Bay —dijo Mark con cara sofocada y las gotas de sudor asomando en la raíz de sus negros cabellos—. Él...

—Esto es una orden de busca y captura —se adelantó Joe Holmes, entregándole a Bay una hoja de papel. Le echó un vistazo mientras varios hombres ascendían por la escalera delantera, pasaban junto a ella y Tara, y entraban en su casa.

—Déjeme ver eso —dijo Tara, arrancándole el papel de la mano mientras Bay bajaba la vista y veía escrito «... datos, archivos, documentos, materiales...».

Bay percibió la inquietud en la mirada de Joe Holmes al ver que Tara se hacía cargo del tema.

—¿Y usted es? —preguntó.

—Soy la *consiglière* de la señora McCabe —dijo Tara, con un brillo de osadía en la mirada—. Para que lo sepa.

Los agentes especiales Holmes y Crane y los demás pasaron junto a ellas. Bay oía sus pisadas, los oía inspeccionando las habitaciones de su casa. Corrió hacia la cocina.

—¡Niños! —gritó, notando que el pánico se apoderaba de ella—. ¡Venid aquí!

Billy y Pegeen llegaron corriendo al vestíbulo y miraron a su madre.

—Billy, cariño —dijo Bay, hurgando en los bolsillos en busca de dinero. Le temblaban tanto las manos que apenas podía utilizarlas. Extrajo un billete de diez dólares y se lo entregó—. ¿Sabes si está en la playa el camión del Buen Humor? ¿Querrías comprarle un helado a tu hermana? —Un «Buen Humor» después de cenar era uno de los grandes atractivos de Hubbard's Point, pero en aquel momento los dos niños seguían clavados en la cocina.

—¿Qué ocurre, mamá? —preguntó Billy.

—Mamá, hay coches de policía —susurró Peggy, mirando por la ventana con los ojos abiertos de par en par.

—Lo sé, Peggy —dijo Bay, atrayéndola hacia ella—. Intenta no preocuparte, ¿de acuerdo? Todo irá bien. ¿Bajarás con tu hermano a la playa?

—¿Es papá? ¿Le ha pasado algo a papá? —preguntó Peggy con un hilillo de voz.

—Todo el mundo está buscándole —dijo Bay—. Lo encontraremos muy pronto. ¿Billy?

Su hijo hizo un gesto de asentimiento con la cabeza a regañadientes y ella tuvo que reprimirse para no besarlo. El niño cogió el dinero y agarró a su hermana por el brazo.

—Vámonos, Peggy.

—No quiero...

—¿Mirarás también si ves a tu hermana? —le pidió Bay—. Annie salió hace un rato. No quiero que esté por ahí cuando sea noche cerrada. ¿De acuerdo?

—Ahora ya es casi de noche —dijo Peggy.

—Quédate junto a tu hermano. Sólo bajad a la playa hasta el camión del Buen Humor, ¿entendido? Iré a buscaros dentro de un ratito.

Los niños salieron de casa. Lo que debería ser un regalo era en realidad como un exilio. Antes de volverse para enfrentarse a Mark Beland, se quedó observando cómo se marchaban caminando por la acera para asegurarse de que no pudieran oírla.

—¿El FBI? —preguntó Bay, totalmente conmocionada—. ¿Has llamado al FBI porque había sangre en el barco?

—No —dijo Mark, con aspecto apesadumbrado.

Bay pestañeó, tenía una sensación de surrealismo.

—¿Por qué están aquí, Mark? ¿Qué sucede?

—Están investigando a Sean, ya hace un tiempo que lo investigan. La semana pasada recibí citaciones, por asuntos relacionados con extractos bancarios...

—¿Y qué dicen que hizo? —preguntó Bay.

—Malversación de fondos —contestó Mark.

Bay sintió el brazo de Tara rodeándola. Sacudió la cabeza.

—Sean, no. Nunca haría eso.

—¿Te mencionó en alguna ocasión las islas Caimán? —preguntó Mark—. ¿O Belice? ¿Costa Rica?

—Sólo como lugares donde practicar el submarinismo —dijo Bay—. Y para la pesca deportiva... Soñaba en llevarse el *Aldebaran* a Belice con los niños... sacarlos del colegio e ir tras el pez aguja negro...

—Porque es allí donde creemos que enviaba el dinero. Pudo utilizar transferencias electrónicas para depositar fondos en cuentas allí y en las Caimán... Estamos buscando una empresa tapadera, la malversación de una cuenta de registro...

—¿El *Aldebaran*? —preguntó el agente Holmes, entrando en la cocina con un pliego de papeles en la mano.

—Sí... la estrella roja de la constelación de Tauro, el toro. Es el nombre de su barco.

—Señora McCabe —dijo el agente especial Holmes—, hemos analizado la sangre del barco y es muy probable que se trate de la de su marido. El grupo AB negativo no es muy habitual.

—Dios mío —exclamó Bay, sintiendo que las fuerzas la abandonaban al pensar en esa manta empapada de sangre.

—Si es suya, y creemos que seguramente lo es, habrá perdido mucha sangre. Habrá necesitado atención médica...

—¿Han comprobado en los hospitales? —preguntó Tara, sujetando a Bay. Su voz sonaba fuerte y firme, casi desafiando al agente.

—Naturalmente, señorita...

—O'Toole —dijo Tara.

—Sí, señorita O'Toole, hemos comprobado los hospitales locales y los centros de urgencias. No hemos encontrado rastro de él.

—La gente no se esfuma —replicó Tara—. Mi abuelo era policía y siempre lo decía.

—Su abuelo tenía razón —dijo el agente, observando primero a Tara y luego a Bay con una mirada cálida aunque inflexible, y fijando finalmente los ojos en Tara—. La gente no se esfuma. Pero las personas con heridas en la cabeza como la del señor McCabe están en un grave problema.

—¿Cómo sabe que se trata de una herida en la cabeza? —preguntó Bay.

—Porque hemos encontrado pelo y sangre en la esquina de una mesa —dijo el agente especial Holmes—. Alguien se golpeó muy fuerte contra esa mesa... fue un golpe bastante más fuerte que el que habría podido producir una simple pérdida del equilibrio. Creemos que fue Sean y que estaba peleándose con alguien, que le empujaron o le golpearon con fuerza.

—Sean no era de peleas —dijo Mark Boland, pálido, desde un rincón de la estancia. Se apartó el pelo de la frente, mirando a Bay—. Era una persona fácil de tratar.

—Es fácil de tratar —le corrigió Bay secamente.

Si Mark supiera hasta qué punto le había odiado Sean cuando llegó al Shoreline procedente del Anchor Trust para asumir la presidencia que Sean esperaba obtener...

—¿Es posible que sufra de amnesia? —le preguntó Tara al agente—. Si se ha golpeado la cabeza...

—Todo es posible —dijo Holmes—. Pero toda esta historia llegará esta noche a la prensa y la gente lo reconocerá y se pondrá en contacto con nosotros. O la llamarán a usted, señora McCabe. Si no lo han hecho todavía. ¿Ha hablado con su marido? ¿O le ha visto alguien?

—No —contestó Bay en voz baja, todavía conmocionada por la utilización del verbo en pasado que había hecho Mark. Él pensaba, todos pensaban, que Sean se había ido hacía tiempo. Y Bay sabía que su marido era cualquier cosa menos una persona de trato fácil. Era fogoso, nervioso, apasionadamente entusiasta de todo lo que le gustara y muy claro con respecto a todo lo que odiaba. ¿No sabía Mark todo eso? Sean había sido jugador en el campeonato de baloncesto en el instituto y la universidad. Y seguía jugando duro en todo lo que le interesaba. Era parte de su forma de ser. Y Sean había invitado en más de una ocasión a Mark a bordo del *Aldebaran* para participar en concursos de pesca del tiburón en Montauk y el Vineyard, así como al casino, y a jugar al golf en el club. ¿Cuántas caras les mostraba Sean a los demás? ¿Y a ella?

Bay recordaba la fiesta de Navidad del banco que se había celebrado el año anterior en el club de regatas. Enfadada por todo el asunto de Lindsey, Bay no quería ir. Prefería quedarse en casa, escondida de las miradas inquisitivas de todo el mundo. Pero Sean la había cogido entre sus brazos, la había balanceado de un lado a otro y le había pedido que cambiase de idea.

—Es a ti a quien quiero —le había dicho, mirándola a los ojos—. Dudo que alguien sepa lo que ha pasado y, de ser así, les demostraremos que estamos bien, Bay. Por favor, si te quedas en casa, la gente chismorreará. Toman nota de estas cosas... de quién viene y quién no. Mark y Alise son un matrimonio perfecto...

—¿Y a quién le importa, Sean? No se trata de lo que la gente piense... sino de lo que hay entre nosotros.

—Quiero que todo vaya mejor entre nosotros. Quiero ser un hombre mejor —dijo Sean con una mirada tan intensa que captó la atención de Bay. Ella no podía creer que hablara en serio—. Quiero dejarlo...

—¿Dejar qué? —preguntó Bay.

Sean no respondió: tenía la cabeza gacha y se frotaba los ojos. Bay estaba tensa, se preguntaba si estaría a punto de confesarle algo nuevo sobre Lindsey... o sobre otra mujer. Ahora, reflexionando sobre ello, pensaba que quizás había estado a punto de explicarle cualquier otra cosa.

Habían ido finalmente a la fiesta de Navidad en el club de regatas. Mark y Alise les habían recibido cariñosamente, con besos y abrazos. Lindsey había hecho lo correcto y había permanecido en el otro extremo del salón. Frank Allingham había besado a Bay en la mejilla y le había hecho prometer que bailaría con él. Mark había cogido a Sean y se lo había llevado un rato aparte para hablar de negocios del banco... Al pensar en ello, Bay recordó que Mark se había mostrado preocupado por uno de los clientes privados de Sean.

—Mi marido está siempre trabajando —había dicho Alise, con una sonrisa torcida—. Incluso en la fiesta de Navidad. No puede permitir que Sean lo pase bien.

Bay recordaba haberse sentido embelesada ante el aspecto radiante de Alise, como si no tuviera ninguna preocupación en este mundo. Una piel resplandeciente, una melena perfecta a lo paje, pendientes de diamantes, una mirada de adoración hacia su esposo. No tenían hijos y frecuentaban círculos sociales más elegantes que los McCabe. Lindsey, Fiona Mills, Frank Allingham... todos parecían gente perfecta procedente de otro mundo.

Bay se había sentido como un espectro, quemada por la humillación de tener que estar en la misma estancia que Lindsey. Y no había pasado por alto el comentario sutil de Alise respecto a la madurez profesional de Mark. Pero, a pesar de todo eso, había mantenido la cabeza bien alta, había respirado hondo y le había devuelto la sonrisa a Alise.

—A mi marido no le importa ocuparse de los negocios del banco —dijo Bay sin darle importancia al tema—. Ya sabes que haría cualquier cosa por sus clientes, Alise.

Ahora, con la policía y el FBI inspeccionando su casa, se encogía ante aquel recuerdo. Y pensaba en las palabras de Sean: «Quiero dejarlo.»

¿Dejar qué?

—Señora McCabe —dijo el agente especial Holmes—. Cuando tenga noticias de Sean, o si alguien la llama para informarle de que le ha visto, por favor ¿podrá ponerse en contacto conmigo?

Bay se limitó a mirarle, paralizada por los recuerdos.

—Bay siempre hace lo que tiene que hacer, señor Holmes —dijo Tara, adelantándose, retirando su cabello oscuro de su bronceado rostro. Era una irlandesa morena, todo fuego y nervio—. Puede contar con ello.

5

Pasaron trece días.

Y en trece días, prácticamente la mitad de un mes de verano, sucedieron muchas cosas. La prensa local apareció plagada de historias sobre la supuesta malversación que Sean había llevado a cabo, y sobre su desaparición. En el exterior de la casa de los McCabe permanecían aparcados los camiones de emisoras de noticias de New Haven y Hartford. Bay intentaba proteger a sus hijos, pero empezaba a tener la sensación de vivir encerrados en una pecera. Un reportero llamó a Pegeen para que saliera por la puerta principal y la niña se echó a llorar y entró corriendo en la casa.

—¿Cómo conocen nuestro nombre? —sollozaba Peggy—. ¿Por qué están aquí? ¿Dónde está papá?

—La policía sigue buscándolo —dijo Bay—. Lo encontrarán, cariño.

—Pero están buscándolo porque dicen que es malo —decía Peggy con lágrimas en los ojos—. Y no lo es, mamá. ¡Diles que no lo es!

—Lo haré, Peggy. —Bay la abrazó y la consoló, mientras hervía en su interior.

Cuando Peggy se hubo calmado, Bay la besó en la frente y se dirigió a la puerta. Respiró hondo y descendió los peldaños. Se dispararon los flashes y su rostro se vio asaltado por las videocámaras. Su cabello pelirrojo estaba completamente despeinado, la camisa y el pantalón corto, arrugados y con olor a mar.

—Señora McCabe, ¿qué piensa usted...?

—¿Dónde está su marido?

—¿Qué opina de las alegaciones que...?

—Los apoderados del banco culpan a...

Bay respiró hondo, estremeciéndose. Los reporteros, pensando que iba a responder, se quedaron en silencio. Ella observó lentamente la multitud, vio todos los micrófonos y tosió para aclararse la garganta.

—Dejad tranquilos a mis hijos —dijo en voz baja, sintiendo que la pasión y la amenaza desbordaban su corazón.

A continuación hubo un momento de silencio, de desconcierto, y luego volvieron a iniciarse las preguntas.

—El banco... su marido... una herida grave en la cabeza... su paradero... las cuentas... las alegaciones...

Bay había dicho todo lo que tenía que decir. Sin pronunciar una palabra más, entró en su casa y cerró la puerta a sus espaldas. Llamó a Billy y Peggy para que bajasen; Annie estaba en casa de Tara. Sus dos hijos menores la observaban con miedo y agitación en los ojos.

—¿Qué les has dicho, mamá? —preguntó Billy.

—Les he dicho que nos dejen tranquilos.

—¿No les has dicho que papá es bueno? ¡Pensé que ibas a decirles que es bueno! No pueden seguir diciendo cosas tan terribles sobre él —dijo Peg, incapaz de callar—. Todo el mundo cree lo que no es. ¡Tenemos que explicarles a todos la verdad sobre él!

—Sí —dijo Billy—. Peggy tiene razón en eso. Tenemos que explicarle a todo el mundo lo bueno que es papá. ¡Estoy harto de que estos idiotas escriban mentiras sobre él! ¡Voy a salir y explicarles la verdad!

—No —dijo Bay—. No quiero que lo hagas, Billy. ¿Me has oído?

Billy tenía la mandíbula tensa y la mirada llena de rabia. Era tozudo, como su padre. Bay no apartó la vista.

—¿Me has oído?

Billy asintió con la cabeza, pero su rostro seguía muy tenso.

—A partir de ahora, hasta que los periodistas se marchen, quiero que utilicéis la puerta trasera. Atajad por el jardín hacia la marisma y llegad por ese camino hasta la playa. ¿De acuerdo? Nadie os seguirá por el lodazal. No habléis con ninguno de ellos. Queremos darle a vuestro padre la oportunidad de explicar todo esto.

—¿Volverá a casa? —preguntó Billy.

A Bay le dio un vuelco el corazón.

—Así lo espero, Billy.

—¿Y si esa gente mala le dio un golpe en la cabeza y lo tiró por la borda? —preguntó Peggy.

—Juro que mataré a todo el que le haya hecho daño a papá —dijo Billy.

—Yo también —dijo Peg.

—No habléis así —dijo Bay cariñosamente, fijando la mirada en sus ojos preocupados—. Vuestro padre tropezó y se dio un golpe en la cabeza contra la mesa. Nos lo dijo la policía. ¿Os acordáis?

—Sí, tiene amnesia —dijo Billy, con un tono más confiado—. Está recibiendo asistencia médica en alguna parte y no recuerda su nombre.

La cara de Peggy se retorció de agonía.

—Si no recuerda su nombre, ¿cómo se acordará de nosotros? ¿Cómo sabrá cómo volver a casa?

—Lo recordará —dijo Bay, intentando mantenerse tranquila para evitar que Peggy se diera cuenta de su angustia o su enfado... o su creciente convicción de que Sean lo recordaba todo y que había huido a pesar de ello.

A Billy pareció gustarle la idea de eludir a la prensa,

de modo que fue a buscar sus cosas de playa y las de Peggy y la condujo hacia la puerta trasera. Bay observó cómo atravesaban el jardín e iniciaban su camino por el enfangado banco de las marismas en dirección a la playa. Los vio saludar con la mano a su hermana y a Tara, que se encontraban en el jardín de ésta, en la orilla opuesta del riachuelo. Annie llevaba días durmiendo mal, llorando al pensar que su padre estaba solo en algún rincón del mundo con la única compañía de su barquito de color verde.

Contemplando a sus hijos, afligida pensando en su dolor, Bay se dirigió a la planta superior para acostarse un rato.

Probablemente su marido había sufrido una herida grave en la cabeza y nadie conocía su paradero. Era como si se lo hubiese tragado la tierra. ¿Les habría abandonado, habría huido debido a los crímenes que le acusaban de haber cometido? ¿O serían ciertos sus peores temores, y los de sus hijos... y estaba muerto?

Lloró con la cara enterrada en la almohada y, aunque odiaba a Sean por todo lo que les estaba haciendo pasar, no quería lavar la funda de su almohada porque seguía oliendo a él. Oyó que sonaba el timbre de la puerta y decidió ignorarlo. Pero no dejaban de llamar, así que se secó las lágrimas y bajó.

Era Joe Holmes, con los reporteros asomando la cabeza detrás de él. Bay lo miró a través de la contrapuerta.

—Buenos días, señor Holmes —dijo.

—Llámeme Joe —pidió él—. ¿Qué tal está? —Al ver que no respondía, se sonrojó ligeramente—. Lo siento... era una pregunta estúpida —dijo, y ella de repente tomó conciencia de las ojeras que lucía, del hecho de que había perdido cuatro kilos.

—Pase —dijo, abriendo la contrapuerta.

—¿Están los niños? —preguntó él.

Bay pestañeó y sacudió negativamente la cabeza. Miró por la ventana y vio a Annie y Tara regando el jardín de su amiga. De la manguera salía un chorro plateado que formaba un arco resplandeciente bajo la luz del sol. Bay notaba la boca seca. No había puesto los pies en el jardín en trece días, desde la desaparición de Sean. Joe siguió su mirada y permanecieron ambos en silencio durante un rato.

—Creíamos que habríamos encontrado a Sean a estas alturas —dijo finalmente Joe.

Bay asintió, estrechándose los antebrazos.

—¿Por qué no lo han hecho? —espetó—. Dijeron que estaba malherido... ¿no habría necesitado asistencia médica?

—Por supuesto —confirmó Joe—. Hemos comprobado todos los hospitales de tres estados. Hemos llamado a médicos, clínicas...

—¿Quién más podía estar en el barco con él? —preguntó ella—. ¿No podrían esas personas ayudar a buscarlo?

—Quienquiera que fuese sabía lo bastante como para borrar todas sus huellas. Hay otras cosas... ¿Podemos hablar?

Bay movió afirmativamente la cabeza y él la siguió hacia la cocina, donde se sentó en un taburete frente a la barra que utilizaban para tomar el desayuno. Sobre su cabeza colgaba un tiburón toro disecado. Sean lo había pescado el último verano, durante una escapada a Montauk Point. Bay había puesto objeciones a tener una criatura muerta colgada en la cocina, pero Sean había ganado.

—¿Quiere a su marido? —preguntó Joe.

—Sí —respondió Bay sin dudarlo.

—¿Está segura?

La miraba fijamente, como si pudiera leerle el pensamiento y saber si estaba mintiendo o no. Insegura de sí misma, Bay se limitó a devolverle la mirada, levantar la barbilla y repetir:

—Sí.

Había aprendido de su madre y de la de Tara a defender a su familia por encima de todo.

—Entonces, espero que lo que tengo que decir no la deje destrozada —dijo Joe.

—No será así —confirmó Bay, muy firme. Pero estaba temblando por dentro.

—Probablemente sabe que estoy especializado en malversaciones importantes de fondos.

—No lo sabía, Joe. Todo lo que sé es que trabaja para el FBI.

—Así es. Estoy en la división de New Haven. Cuando se produce un crimen importante asignan gente especializada en diversos tipos de crímenes. Yo lo estoy en...

—Malversaciones importantes de fondos —dijo Bay, pronunciando unas palabras que sonaban algo extrañas a sus oídos.

Joe asintió.

—Una cosa que sé, que he aprendido, es que normalmente a los vicepresidentes de los bancos no les resulta fácil hacer una malversación porque no tocan dinero. Cuando se produce un robo, lo habitual es inspeccionar a los cajeros. A veces, los ejecutivos reclutan a los directores de sucursal para que los ayuden, o a otros ejecutivos: a personas enteradas del funcionamiento del banco.

Bay tenía la boca seca. Veía su jardín a través de la ventana. Estaba realmente horroroso. En ese breve periodo de tiempo había pasado de verlo tan hermoso, tan lleno de bendiciones, con las jardineras llenas de rosas, peonías, ojos de poeta, guisantes de olor, espuelas de caballero a, como por arte de magia, tener que contemplar el jardín de su vida, de su familia, marchito y sin color.

Pestañeó, sin dejar de escuchar.

—Lo más habitual es que los vicepresidentes utilicen sus influencias... presten dinero a empresas ficticias que ellos mismos han montado... o realicen «malos» préstamos que saben que nunca serán pagados... cobren comisiones... utilicen su autoridad...

—Sean no podría hacer eso —dijo Bay—. Tiene que responder delante de todo un comité de dirección. Apoderados, otros ejecutivos...

—La gente lo conoce, confía en él —continuó Joe. Iba vestido con un traje de raya diplomática y corbata azul marino con puntitos blancos. Bay vio cómo se acariciaba el cuello con un dedo y se percató de la presencia de una película de sudor que bañaba su frente. No tenían aire acondicionado; no lo necesitaban con la brisa marina. Pasaban el verano en pantalón corto y bañador. En aquella casa hacía mucho tiempo que nadie iba vestido con traje y corbata. Por las noches, cuando Sean llegaba se deshacía de la chaqueta antes de entrar en la cocina.

—Exactamente. Confían en él —dijo ella, viendo cómo sudaba Joe.

—Asiste a la reunión del comité de préstamos, sella y aprueba un préstamo dudoso; los demás se lo cuestionan, pero lo dejan pasar. Ellos piensan: «Si Sean considera que es aceptable...» Puede que sospechen algo, pero si él dice que está bien, siguen adelante. No dicen nada. O, y esto acabamos de descartarlo, disponía de la ayuda de uno de ellos.

—¿Está usted diciendo que se concedió un préstamo en condiciones desfavorables?

Joe asintió lentamente.

—Sí, así es. Hace seis meses.

Bay estaba perpleja.

—¿Y lo están investigando ahora? Además, ¿qué le hace pensar que Sean hiciera algo mal? Si alguien dejó de cumplir con los pagos fue culpa suya, no de él...

—El asunto se vino abajo cuando el FDIC* llevó a cabo su auditoría interna. Un porcentaje elevado de préstamos dudosos procedentes de Shoreline... demasiados cabos sueltos evidentes. Nos llamaron entonces.

«Nos llamaron», pensó Bay. Al FBI. Le vino a la cabeza aquella película, *Los intocables*, cómo el agente del FBI capturaba a Al Capone a partir de un fallo contable. ¿Se refería realmente toda aquella conversación a su marido?

—En la «burbuja» había implicadas tres empresas distintas con préstamos aprobados por Sean. No se había realizado ningún pago... y vimos lo que el FDIC supo al instante: que la institución no debería haber concedido aquellos préstamos.

—De modo que Sean cometió un error.

—Eso no queda claro.

—¿No puede otorgarle el beneficio de la duda? —preguntó Bay, con voz de súplica—. ¿Y los demás empleados? ¿No es también culpa de ellos?

La miró con tristeza. Aquellos empleados no habían desaparecido, no habían abandonado a su familia. Bay hundió las uñas en la palma de la mano mientras contemplaba la fotografía de Sean que había en la repisa e intentó mantener la calma.

—En Connecticut, los departamentos de la policía y el FBI mantienen un estrecho contacto con los empleados de seguridad de los bancos. Una vez al mes, la segu-

* FDIC corresponde a las siglas de Federal Deposit Insurance Corporation, Corporación de Seguros de Depósitos Bancarios. *(N. de la T.)*

ridad bancaria recibe a los agentes de la ley y discutimos los temas.

—¿Qué temas? —preguntó Bay, a pesar de que Sean le había mencionado esas reuniones. «Cariño, en el banco nos preocupamos de que nuestro dinero y el de los demás esté a salvo», le decía.

—Sólo procesos, métodos para anticiparnos a los problemas. Por ley, cuando un banco conoce la existencia de una infracción, está obligado a redactar un informe para el FBI. Un Informe de Actividad Sospechosa.

—¿Y no lo habría sabido Sean? —dijo Bay mientras sentía que la tensión se le acumulaba en la cabeza y en el pecho.

—En este caso, fue redactado por una joven llamada Fiona Mills. Se encargó del asunto personalmente... quizá no estaba segura de en quién confiar o hasta quién conduciría la investigación.

Fiona, una de las compañeras de trabajo de Sean. Otra joven de clase alta, muy del estilo de Lindsey. Bay se preguntaba si Fiona habría captado también la atención de Sean.

Bay le lanzó una mirada a una vieja fotografía pegada a la puerta de la nevera mediante un imán con forma de mariquita en la que aparecía junto a Sean. La había encontrado Annie y la había colgado allí... posiblemente para recordar a sus padres los tiempos felices. Eran tan jóvenes, justo acababan de terminar los estudios. Y ella había sido tan feliz, había estado tan enamorada, tan dispuesta a creer cualquier cosa que él le dijera, dispuesta a pasar por alto su temeridad. Sus pensamientos empezaron a acelerarse y tuvo que apartar la vista.

—Cuando estábamos realizando el seguimiento del formulario relacionado con la cuestión del préstamo tropezamos con diversas incorrecciones en la auditoría... varios depósitos en metálico de nueve mil novecientos dólares cada uno, y dos transferencias.

—¿Relacionadas con el banco? —preguntó Bay, confusa, experimentando un rencor injustificado por Fiona, la compañera de Sean.

—No —dijo Joe—. Aunque es posible que los préstamos no fueran más que una mala apreciación por parte de Sean. No hemos finalizado la investigación.

Joe Holmes permanecía sentado sin moverse, escudriñándola con sus ojos castaños.

—¿Qué más? —preguntó ella—. ¿Hay algo más?

—Antes —dijo Joe—. Cuando le pregunté sobre los préstamos, me dijo que Sean no «podría» hacer eso porque tenía un comité del banco que lo supervisaba. No dijo que no lo «haría»... Y hay una diferencia.

A Bay le temblaban los labios, pero no quería que él se diera cuenta. Su mirada se desplazó hacia el fregadero, hacia los tazones de la familia que estaban dispuestos en fila sobre un estante situado entre las ventanas.

—Las transferencias y los depósitos en metálico —dijo Joe— fueron los que nos dieron la pista.

—¿De qué? —preguntó Bay.

—De que Sean estaba desviando dinero de sus clientes de banca privada. Empezó con sumas pequeñas, al principio cien dólares al día, luego doscientos. Pensó que nadie se daría cuenta, ¿por qué deberían hacerlo? Eran cuentas de cuantía considerable y con entradas continuas de dividendos. Sustraería dinero de una cuenta y lo dejaría en una cuenta de registro. Posteriormente, realizaría una transferencia o lo sacaría en metálico. Daría un paseo a la hora de comer, se dirigiría a su barco y depositaría su nuevo dinero en una cuenta que había abierto en Anchor Trust.

—Nunca trabajaría con Anchor. Era la competencia

—dijo Bay con la mirada encendida al ver que Joe extendía diversos documentos por encima de la mesa. Lo supo incluso antes de ver que el nombre de Sean aparecía en las cuentas... y también su firma.

—Sus clientes confiaban en él al cien por cien —dijo Joe—. Primero canalizaría sus fondos hacia una cuenta registrada en Anchor, de la que podía emitir talones para gastar el dinero a su voluntad.

—No —dijo Bay, sacudiendo la cabeza. ¿Tendrían sus hijos que escuchar todo aquello? No podía ser verdad; aquello mataría a Annie—. No habría querido perjudicar a la gente de esa manera.

—La mayoría no quiere hacerlo —dijo Joe—. Ni siquiera se consideran criminales. Tienen una necesidad... ya. Algo por lo que sienten una necesidad tremenda.

—Tenemos dinero suficiente —dijo Bay—. Vivimos bien.

—En su cabeza es muy probable que ni siquiera pensara que estaba robando... al principio. «Cogeré sólo cien dólares y los repondré el martes. Para el fin de semana.»

—No... tenemos suficiente... —¿No era ése el argumento que Sean utilizaba siempre para que Bay se quedara en casa? ¿En las ocasiones en que ella había querido retomar los estudios, ponerse de nuevo a trabajar? Le decía que vivían bien... que tenían suficiente... que no quería que los vecinos pensaran que necesitaban dinero.

—Y entonces llegaba el martes y nadie preguntaba... así que siguió haciéndolo. Las cantidades aumentaron. Mil, cinco mil. Nueve mil novecientos. Mire, él sabía que cualquier transacción en metálico por encima de los diez mil requiere un Informe de Transacción en Metálico. Intentó volar fuera del alcance del radar, pero Fiona se dio cuenta. Elegía a clientes con cuentas importantes para robarles; quizá pensaba que no se darían cuenta. Y no se dieron cuenta. Ninguno de los clientes se percató de nada. Él tenía una necesidad... fue simplemente una necesidad lo que le hizo seguir.

—¡No! —dijo Bay. ¿Qué tipo de necesidad? La hipoteca, vacaciones, dos coches, tres niños, el barco... ¿un asunto de faldas? ¿Por qué motivo arriesgaría todo lo que tenían robando dinero del banco?

—Fue aumentando con el tiempo —respondió Joe.

—¿En meses?

—Eso es lo que estamos investigando ahora. Las cantidades aumentaron drásticamente hará unos once meses.

«Una necesidad. Una simple necesidad.»

—Por ley —dijo Joe—, todo el que toque dinero en una institución financiera (cajeros, directores de sucursal) tiene que tomar sus vacaciones dos semanas seguidas. Los asesores financieros y los ejecutivos de cuentas sólo manejan documentos, de modo que esto no se les aplica.

Bay comprendía la base de ese razonamiento. Sean se lo había explicado. En dos semanas podía salir a la luz cualquier malversación financiera.

—Pero estos trece días transcurridos desde la desaparición de Sean han revelado poca cosa. No ocultó sus pistas.

—Debe de haberle ocurrido algo terrible —susurró Bay, con la garganta tan seca como los tallos de su jardín. Pensó en la sangre del *Aldebaran*. La negrura de toda aquella sangre en la manta—. Algo que le impide volver a casa. Y si...

—Teme que esté muerto —dijo Joe.

Bay contuvo la emoción y asintió con la cabeza.

—No hemos encontrado su cuerpo —dijo Joe—. Si estuviéramos en invierno, con nieve y hielo, tendría cierto sentido pensarlo. Pero estamos en verano. Perdone mi falta de sensibilidad, pero cuando hace calor los cadáveres no permanecen ocultos mucho tiempo. Creemos que encontró asistencia médica en alguna parte y que está escondido. —Le pasó un papel, el extracto bancario de Anchor Trust.

Bay observó la columna de débito de la hoja. Catorce días atrás había en la cuenta ciento setenta y cinco mil dólares. Pero hacía trece días el balance estaba a «cero».

—Las cuentas de la familia están en Shoreline —dijo temblando. Lo primero que había hecho, después de asimilar la idea de que Sean había desaparecido, había sido comprobar el estado de sus cuentas bancarias.

Joe Holmes extrajo de la carpeta una segunda hoja de papel. Dudó, pero luego se la entregó a Bay.

—Veintisiete mil dólares —dijo—. Cuentas corrientes, de ahorro, mercado monetario.

—Es suficiente —dijo ella, haciéndose eco de las palabras de su marido. Había esperado que hubiese más.

—¿Nada de acciones, bonos, otras inversiones?

—El mercado ha estado muy volátil. Sean asume muchos riesgos con las inversiones. Tuvimos pérdidas muy grandes. Pero está ahorrando para la universidad... tres niños.

—Y le gusta su barco, y le gusta el casino, y le gustan...

Bay levantó la vista, para ver si diría «otras mujeres».

Pero no lo hizo. El agente del FBI parecía cansado, acalorado, apesadumbrado por todo, como si desease que aquella jornada acabara para poder volver a casa. ¿Tendría hijos? ¿Esposa? No llevaba anillo... La brisa del mar había dejado de soplar. La atmósfera en la casa era de tremendo silencio y Bay de pronto sintió como si pudiera secarse y convertirse en polvo.

—¿Dónde piensa que está, Bay? —le preguntó él.

Ella seguía sentada muy quieta, con la mirada fija en los dos extractos bancarios. Durante los últimos días, ella personalmente había hecho los cálculos una y otra vez. Con los pagos de la hipoteca y las pólizas de seguros y los impuestos, con la comida para los niños y los pagos de la electricidad, la calefacción cuando llegara el frío, con el pago mínimo con tarjetas de crédito, disponían de unos cinco meses antes de que se agotaran los ahorros.

¿Cuánto le durarían a Sean esos ciento setenta y cinco mil dólares y adónde se los había llevado?

—Cuando alguien viola una cuenta de registro —dijo Joe— resulta descorazonador. Todos los cheques y los balances se van por la borda.

¿Estaría hablando de la gente del banco? ¿O de ella y los niños?, se preguntaba Bay.

—¿Quién es «Ed»? —preguntó.

Bay se limitó a fruncir el ceño y a sacudir negativamente la cabeza.

—No se me ocurre nadie.

—Voy a preguntarle una cosa más —dijo Joe—. ¿Qué cree que significa para Sean la expresión «la chica»?

«La chica.» La expresión le resultaba familiar y Bay recordó la carpeta que había visto en el barco de Sean. «Está hablando de la nota que Sean garabateó», pensó Bay mientras el pulso se le aceleraba al recordar el dibujo de la furgoneta de reparto y el nombre de Ed.

—No lo sé —dijo Bay, consciente de que él la observaba con detalle, sin saber por qué—. ¿Algo que tenga que ver con una de nuestras hijas?

—No lo creo —dijo Joe.

«Piensa que "la chica" tiene que ver con otra mujer, y probablemente tenga razón», pensó Bay mientras notaba que los hombros se le doblegaban de vergüenza. De nuevo, una suave brisa volvía a agitar las finas cortinas blancas del ventanal. Hasta ella llegaban arrastrándose los aromas salados del mar y las marismas, el fresco olor de la lavanda marina y las rosas de playa. Bay escuchó las voces de Tara y Annie entre las marismas y sintió que Tara la observaba.

—Tendría que pensar en algo —dijo Joe, guardando con cuidado los documentos en su carpeta—. Algo que nos ayude a encontrarle.

¿Encontrar a quién?, hubiese querido preguntar. ¿A quién se suponía que tenía que ayudarle a encontrar? Ella no conocía en absoluto a aquel Sean McCabe. Y, lo que era peor, no se conocía ni a sí misma. En algún momento de su matrimonio debió de haber hecho un pacto consigo misma para dejar de prestar atención, para empezar a mirar hacia otra dirección. Para encerrarse.

Porque, de lo contrario, ¿cómo podía haber sucedido todo aquello sin que ella se enterase?

—Si supiese algo —dijo muy despacio, para que él no pudiera percatarse del pánico que la dominaba— se lo diría.

Mientras Joe Holmes desandaba el camino de acceso a casa de Bay McCabe, vio a su amiga, Tara O'Toole, la *consiglière*, observándole desde la casa del otro extremo de la marisma. Tenía los ojos de color azul oscuro y su mirada resultaba penetrante incluso a distancia; sintió un escalofrío recorriéndole la espalda: Bay contaba con una auténtica amiga. Joe tenía la sensación de que Tara estaba a punto de echar a correr por la arena que la marea baja dejaba ahora al descubierto para enfrentarse personalmente a él.

Le habría gustado explicarle a Tara que aquélla era una de las partes de su trabajo que más odiaba, la de interrogar a personas buenas e inocentes sobre la actividad criminal de sus parejas. La mirada de Bay le había llevado a plantearse tomarse el mes siguiente de descanso. Buscar un lugar para jugar al golf en Tucson, un lugar bien lejos, donde lo único que tuviera que hacer fuese lanzar la bola y jugar su partida.

Su padre había trabajado para el FBI y había sido uno de los primeros en enseñarle que el golf ayudaba a aliviar el estrés del trabajo. Joe había crecido pensando que su padre era el héroe más formidable, un espía equiparable a James Bond aunque más grande, más fuerte y sin acento inglés, pero Joe nunca tuvo ninguna oportunidad de seguir los pasos de su padre.

Maynard Holmes había llegado a jefe de la división de New Haven. Vivían en una gran casa azul situada en la calle principal de Crandell, entre la tienda de ultramarinos y la biblioteca. Mientras que los padres de los demás salían de sus casas para trabajar como maestros de escuela, banqueros, abogados, mecánicos, Joe sabía que su padre iba a capturar tipos malos.

—¿Cómo sabes quién es malo? —le preguntó Joe a su padre en una ocasión.

—No precisamente por su aspecto —le había respondido su padre—. Nunca juzgues a nadie por la apariencia, Joe. Ni por el coche que conduzca, ni por la casa donde viva, ni siquiera por las palabras que pronuncie. Juzga a la gente por sus acciones. Así es como sabrás si son buenos o malos.

Joe lo había recordado siempre. En su trabajo en el FBI no había día que no pensase en las lecciones de su padre. Hubiera deseado que su padre siguiera con vida, le habría gustado comentar el caso McCabe con él. Pero aquello era lo de menos. Joe echaba de menos a sus padres. Su madre había muerto hacía dos años a causa de una embolia y su padre no había durado ni seis meses después de aquello.

Ése era el tipo de amor que le habría gustado tener a Joe. Pero, investigando delitos de guante blanco, había visto tantos mentirosos y tantos corazones rotos que no estaba seguro de que siguiera existiendo un amor como el de sus padres. Observaba a todas las personas que conocía con la misma sospecha intensa que había visto en los ojos de Tara O'Toole hacía sólo diez minutos.

Al pasar por la ciudad, la siguiente parada de Joe fue el Shoreline Bank: quería interrogar a Fiona Mills. La recepcionista le indicó dónde se encontraba su despacho y pasó directamente. Ella tenía unos ojos sorprendentemente azules y llevaba su melena castaña recogida con una diadema de plata de ley; vestía un sencillo y caro traje chaqueta de raya diplomática.

—Tengo que hacerle algunas preguntas —dijo él.

—Tengo la agenda muy llena, señor Holmes —repuso ella, mostrándole su mesa con un gesto—. Sin Sean... y con todo el lío que dejó atrás... Naturalmente, deseo hacer todo lo posible por ayudarle, pero en este momento no dispongo de mucho tiempo.

—Lo sé —dijo Joe, pensando en lo distintos que eran sus ojos azul oscuro de los de Tara O'Toole. Tragó saliva, tranquilizándose—. Gracias por su cooperación. Estamos repasando los últimos detalles, intentando llegar al fondo del asunto. En primer lugar, ¿trabaja aquí alguien que se llame Ed?

—Edwin Taylor, en el departamento de depósitos —dijo ella—. Y Eduardo Valenti, un becario de verano de Nueva York. Sus padres viven en la zona.

Joe tomó nota, luego levantó la vista.

—¿Podría hablarme un poco de usted y contarme lo que sepa sobre Sean McCabe?

Fiona había entrado en el Shoreline Bank hacía cinco años y todo le parecía estupendo. El banco era un lugar magnífico donde trabajar: le gustaban sus compañeros, y todo el mundo parecía llevarse bien y trabajar en equipo para que el banco siguiera creciendo.

—Sean es siempre muy competitivo —dijo—. Estamos prácticamente al mismo nivel, llegamos al mismo tiempo a la vicepresidencia. No se anduvo con rodeos en cuanto a que quería el ascenso y cortejó al presidente y al comité de dirección... sabía que al final ambos lo conseguiríamos, y así fue, pero Sean se lo sudó de verdad.

—¿Es así su personalidad?

—Sí. Le gustan los concursos, los premios. El año en que estuvo al cargo de los cajeros, siempre preparaba competiciones. En una de ellas, la persona que abriese más cuentas nuevas ganaba un fin de semana en Newport... cosas así. Le encanta tener el barco más grande, el coche más nuevo.

«Todo lo contrario de Bay», pensó Joe mientras seguía tomando notas.

—¿Pensó alguna vez que quizás estuviese malversando el dinero de los clientes?

—Entonces no —dijo ella—. Nunca. Todo empezó después de lo de la presidencia...

—¿Cuando Shoreline trajo a Mark Boland de otro banco?

—Sí. De Anchor. Tengo que admitir que a mí también me molestó. Tanto Sean como yo esperábamos obtener el puesto. Pienso que cualquiera de los dos lo habría hecho perfectamente. Pero ficharon a Boland.

—¿Y cambió el comportamiento de Sean después de eso?

Fiona hizo un gesto de asentimiento.

—Sí. Estaba furioso. Al principio no cooperaba en nada... no estaba dispuesto a compartir cifras, a discutir préstamos. No asistía a las reuniones, salía en su barco a la mínima oportunidad que tenía. De hecho, un día, después del trabajo, lo cogí por mi cuenta y le dije que se serenara... por el bien de su familia, si no quería hacerlo por el suyo.

—¿Iba camino de ser despedido?

Fiona asintió.

—Creo que iba en esa dirección.

—Y entonces, ¿qué?

—Bien, unos cuantos préstamos incorrectos... sospeché algo, pero no quise decirlo. Sean empezó a salir con una de las empleadas de préstamos, Lindsey Beale... muy abiertamente, descaradamente. Conozco a Bay y me gusta, y pensé que él estaba portándose como un imbécil. Empezó a llevarse a Lindsey al casino y ella al día siguiente hacía comentarios al respecto.

—Era indiscreta.

—Mucho. Lindsey hablaba de la cantidad de dinero que se ventilaba Sean y, de pronto, él empezó a cometer errores con algunos préstamos y yo a tener una mala sensación.

—¿Habló con él?

—Sí. Me dijo que no era nada. Al principio... pero luego empezó a evitarme. Siempre que quería discutir algo con él, me decía que le dejase un mensaje en el móvil, que le enviara un correo electrónico. Finalmente, se lo comenté a Mark.

—¿En serio?

—Sí. Se enfadó mucho. Le gustaba Sean... en realidad gustaba a todo el mundo. Y creo que Mark es lo bastante sensible como para darse cuenta de que Sean no soportaba perder delante de él. Tenían una historia de algún tipo... deportes en la universidad. Y jugaban al golf, creo. Sean era el tipo de chico que si juega al golf contigo quiere apostarse tu reloj, tus gemelos.

—¿Y dinero?

Fiona sacudió negativamente la cabeza.

—No tanto. Creo que era una herencia. Sean procedía de una familia trabajadora y le encantaba toda la parafernalia que conlleva ser un anglosajón blanco protestante. En Nueva Inglaterra hay muchos banqueros con estos orígenes...

Joe asintió. Había leído la ficha. Fiona había acompañado a Sean a Nueva York hacía tres años, para asistir juntos a un seminario del banco. Los datos proporcionados por el Hotel Gregory indicaban que habían compartido habitación. Compartían puesto de trabajo, pero Joe sospechaba que lo que más le había atraído de ella era su aspecto de chica de internado. Fiona se había criado en Providence y veraneaba en Newport. Su familia aparecía en el Registro Social. Había estudiado en la Madeira School y en el Middlebury College y había obtenido un postgrado en la Columbia Business School.

Parecía muy tranquila y miraba a Joe fijamente. A pesar del aire acondicionado, un reguero de sudor se deslizaba entre sus omoplatos. Se sorprendió preguntándose si «la chica» sería ella.

La policía había encontrado en el barco de Sean una carpeta llena de extractos bancarios e informes de libros de contabilidad. Joe los había analizado y se había dado cuenta de que se trataba de los nombres de muchas de las personas a quienes había robado Sean. Lo que le confundía era la forma en que Sean había escrito «la chica» una y otra vez... Joe había examinado los garabatos de muchos criminales y generalmente era capaz de dar sentido a las emociones que probablemente habían sentido en el momento de realizar los dibujos.

Se había dado cuenta con cierta facilidad del modo en que un falsificador de cheques había escrito «París», de cómo un asesino había garabateado «Mary Ann» y de cómo un contrabandista había escrito «South Beach»: los sueños del criminal estaban presentes en la palabra. Pero en «la chica» eso no era así. Joe se había percatado del grosor de las letras negras, del borde fuertemente subrayado: como si la chica de verdad, quienquiera que fuese, le hubiese estado atormentando.

—¿Le habló Sean alguna vez sobre su trabajo, sobre el banco?

—Naturalmente —dijo ella—. Somos compañeros.

—¿Le insinuó en alguna ocasión lo que estaba haciendo con respecto a la malversación?

—Por supuesto que no —dijo ella—. No tenía idea... todavía me cuesta creerlo. Sus clientes le adoraban. Y él hablaba de ellos como si le importaran de verdad. Le importaban todos.

Joe asintió. Lo había visto en otros delincuentes de traje y corbata: se esforzaban tanto en mentir a todo el mundo que incluso se mentían a ellos mismos.

—¿Sabría decirme con quién tenía una relación más estrecha? ¿Aquí en el banco?

—Con Frank Allingham. Y le he visto tomar copas con Ralph Benjamin, el abogado del banco.

—¿Y qué me dice de Mark Boland? ¿Superaron finalmente su enemistad?

—No. De hecho, fue Mark quien me dijo que me encargara de ese informe. Yo pensaba que debería hacerlo él mismo... Al principio, esperaba que Mark intentaría que todo quedara en casa.

—Pero, naturalmente, eso iría contra las reglas —dijo lentamente Joe—. Una vez usted hizo sonar la señal de alarma, Mark estaba obligado por ley a llamar al FBI.

—¿Qué habría sucedido sin reglamentaciones bancarias? —preguntó Fiona, sacudiendo la cabeza—. Sean quizá no habría resultado herido.

—¿Cómo dice?

—No se habría golpeado la cabeza, quiero decir —dijo ella—. Lo que sucediera en el barco...

—¿Por qué dice eso?

—Porque se puso como un loco después de que se quedara sin el puesto de Mark. Sólo con que hubiese dispuesto de más tiempo para recuperarse... Debe de haberse enterado de la investigación, debe de estar asustado. Creo que empezó a beber un poco... quizás incluso tomaba drogas de vez en cuando.

—¿Por qué lo dice?

—A Sean le gusta la juerga —dijo Fiona—. Seguramente no soy la primera en decírselo.

—No —confirmó Joe—. No lo es. Empiezo a tener la sensación de que era bastante alocado. ¿Se le ocurre alguien a quien pudiera llamar «la chica»?

Fiona frunció el ceño y se quedó como desorientada.

Justo en aquel momento, Mark Boland asomó la cabeza en el despacho. Tenía un aspecto tenso y agobiado, pero le regaló a Joe una amplia sonrisa.

—¿Cómo va, agente Holmes? —preguntó, estrechándole la mano—. ¿Necesita que añada algo a lo que Fiona está explicándole?

—Le estaba preguntando a quién podría llamar Sean «la chica».

—Él llama a sus hijas «las chicas», me parece. A veces incluye también a Bay. Como «las chicas y Billy me esperan en casa» —dijo Boland—. ¿Tiene usted esposa, señor Holmes?

—No.

—Bueno, mi esposa me mataría si me oyera decirlo, pero para llamar «chica» a tu esposa no hay límite de edad. Quizá Sean se refiriese a Bay. Aunque, tratándose de Sean, puede significar algo completamente distinto.

—Empiezo a comprender —dijo Joe.

—Bien, dejo que Fiona responda el resto de sus preguntas. Tengo una conferencia con el Servicio Interno de Beneficios y nuestro abogado ahora mismo. Discúlpeme.

Joe le dio las gracias y se volvió de nuevo hacia Fiona Mills. Le había dedicado una buena parte de su tiempo y llegaba la hora de marcharse.

—¿Quiere usted añadir alguna cosa más? —le preguntó.

Fiona se encogió de hombros.

—A veces pienso que Sean estaba completamente fuera de juego debido a todo el dinero que le pasaba por delante.

Joe la observó juntando las manos y rozando pensativa el borde de su mesa de despacho.

—Sean proviene de una familia de clase trabajadora. No tenemos una relación estrecha, pero... hicimos juntos varios viajes de negocios. Hablamos durante el camino, o tomando unas copas en el hotel. Tengo entendido que nunca tuvieron mucho dinero... Por supuesto no les faltaba de nada, según los estándares de la clase media, pero dinero de verdad... eso vino mucho más tarde, después de que Sean empezara en el banco. Tenía la sensación de haberse perdido muchas cosas por el camino.

—¿Como qué?

—Como el club de campo. Sean era quien cargaba con los palos de golf de los socios. Y el club de regatas, donde trabajaba como marinero de cubierta para gente como mi padre y mis tíos, que tenían sus propios yates. Creo que yo represento algo para él, algo que ha querido toda la vida: tener un sitio.

—Tener un sitio ¿dónde? —preguntó Joe—. ¿No tenía un sitio en una familia estupenda?... ¿Bay, los niños?

—Ya sabe, señor Holmes —dijo ella—. No quiere usted comprenderlo. Me refiero a tener un sitio en el «club». Estar dentro en lugar de fuera. Tener todas las puertas abiertas. Algunos nos criamos teniéndolo por sentado. Sean, no.

—Comprendo, señorita Mills. Muchas gracias por su tiempo. —Cuando se levantó para marcharse, vio una vitrina de cristal llena de trofeos... de espectáculos ecuestres, regatas, torneos de tenis—. ¿Son suyos?

—Sí —respondió—. Mi padre valora mucho el deporte.

—Veo que el espíritu competitivo está vivo y coleando en el Shoreline Bank —dijo, percatándose de un espacio vacío en una estantería intermedia, en la que destacaba una circunferencia libre de polvo—. ¿Qué había ahí?

—Qué raro que lo pregunte —dijo ella, poniendo los ojos en blanco—. He echado en falta una copa de plata. Nada importante... algo que gané en un concurso de saltos hace varios años.

Joe hizo un gesto de asentimiento, dándole las gracias a Fiona por su tiempo. Cuando salió de su despacho y atravesó las dependencias del banco, se dio cuenta de que todo el personal le observaba discretamente.

Todo el mundo excepto Mark Boland. Estaba al teléfono, dándole la espalda a la puerta, señalando el aire con el dedo. Parecía un tipo bastante competitivo, pensó Joe, mientras se dirigía a su coche.

Después de haber visto alejarse a Joe Holmes, Tara dejó que Bay estuviera media hora a solas, y aprovechó para recogerle con Annie un enorme ramo de flores. Luego vadearon la ría y atajaron por el jardín trasero. Los buitres de la prensa gritaban desde el camino y Annie levantó los hombros hasta las orejas. Cuando estuvieron a salvo en el interior, Tara le pidió a su ahijada que dispusiera las flores en un jarrón grande y, a continuación, subió a la planta superior y encontró a Bay acurrucada en su cama.

—Hace un día demasiado bueno para quedarte aquí —dijo Tara—. A pesar de todos los idiotas que tienes aparcados delante de casa.

La cara de Bay no se apartó de la almohada.

Tara se sentó a los pies de la cama y le puso una mano en el hombro. La sensación de delgadez era excesiva, de fragilidad, como si todo aquel sufrimiento estuviera consumiéndola.

—Bay... He visto a Joe Holmes por aquí.

No dijo nada, se limitó a soltar un llanto apagado.

—¿Bay?

—Es terrible, Tara —dijo finalmente Bay—. Es mucho peor de lo que pensábamos. Sean lo hizo... malversó fondos, lo planeó todo, utilizó a sus clientes. Robó dinero, desvió dinero... es terrible.

—¿Está seguro de ello?

—Sí. Tiene muchas pruebas. Me enseñó muchas cosas. Incluyendo nuestras cuentas bancarias...

—No, Bay... a ti no te quitó dinero...

Bay negó con la cabeza, sollozando. Agarró la almohada y Tara vio que estaba empapada de lágrimas. Sentía una rabia tan devastadora hacia Sean que apenas podía mantener firme el tono de la voz.

—¿Hasta qué punto es grave la situación?

—Todavía no lo sé, Tara —dijo Bay—. No puedo ni pensar. Todo esto me está destrozando: es un delincuente. ¡Mi marido! ¿Cómo no me di cuenta? ¡Fui una idiota! ¿Qué les digo a los niños? Cada día aparece algo nuevo y horrible. Están esperando, rezando para que su padre esté bien.

—Lo sé. Annie no ha apartado los ojos de tu casa durante todo el rato que ha estado conmigo. Como si él fuera a aparecer en cualquier momento.

—Esperan que llegue a casa... ¡cuando seguramente irá directo a la cárcel!

—No me extrañaría que ande escondido por algún lado.

Bay se tumbó boca arriba y miró a Tara con los ojos rojos y congestionados.

—¿Qué vamos a hacer? —preguntó.

—Seguirás siendo fuerte —dijo con firmeza Tara—. Pasaremos juntas todo esto.

—Gracias por estar aquí —dijo Bay—. No sé que haríamos los niños o yo sin ti.

Tara se limitó a sacudir la cabeza... aquello no hacía falta decirlo. Bay había aceptado a Tara en el seno de su familia, en el calor de su vida, igual que si fuese una hermana. La profundidad de su amor no tenía fronteras y no podía soportar tener que oír a Bay dándole las gracias.

—Sólo quiero que sepas lo maravillosa que eres —dijo Tara, inclinándose para abrazar a Bay, para mirarla directamente a los ojos—. Y lo equivocado que está él.

Las dos amigas unieron sus miradas y Bay asintió con la cabeza.

—Y vete a ver a ese constructor de barcos —le dijo Tara.

—¿Ese qué?

—Danny Connolly —dijo Tara.

—¿Por qué? —preguntó Bay con la mirada borrosa debido a la confusión y el dolor.

Tara tragó saliva, reprimiéndose para no decir lo que verdaderamente pensaba: que quizá lo único decente que Sean había hecho durante aquel horrible año fue abrirle esta puerta a Bay. Y no lo dijo. Lo que hizo, en cambio, fue concentrarse en Joe Holmes y su abuelo e intentar sentirse como la investigadora del caso y hablar como tal.

—Porque en este momento te enfrentas a un misterio —dijo sin alterarse—, y Daniel Connolly es una de las pistas.

6

A medida que fueron pasando los días sin que se produjera ninguna novedad, los camiones de la prensa empezaron a desaparecer en busca de nuevas historias, y finalmente dejaron solos a los McCabe. Joe Holmes tomó nota de ello al pasar por allí. También tomó nota de la presencia de Tara O'Toole que, sentada en uno de los peldaños de la entrada, le leía a la menor de los McCabe, Pegeen. Vio que le observaba como un águila madre, con la mirada afilada y dispuesta a utilizar las garras en caso de necesidad.

Había averiguado detalles sobre su abuelo. Desde que ella mencionó su relación con la ley, Joe sentía curiosidad. De modo que había buscado entre todos los O'Toole que pudo encontrar. El más destacado en Connecticut había sido Seamus O'Toole, capitán de detectives en Eastport. Los detalles parecían coincidir: su esposa se llamaba Eileen y habían pasado sus años de jubilación en su casita de veraneo de la zona de Hubbard's Point, en Black Hall.

El capitán O'Toole había sido famoso en el departamento por las medidas enérgicas que había emprendido contra la droga, en los primeros años en que ésta se había extendido como una epidemia y había convertido muchos barrios en auténticas zonas de guerra. Se había hecho famoso por sus temerarias redadas contra los traficantes del West End, por conducir a sus oficiales hasta almacenes llenos de drogas recién descargadas en barcos, en Long Island Sound, y escondidas en camiones que partían por el corredor noreste de la I-95.

Su historial estaba plagado de peleas con armas, de importantes arrestos y de heridas de bala, y se había visto tres veces en estado grave. Medallas al valor y la valentía, por su destreza como tirador. Su historial incluía también el relato de cómo el capitán O'Toole había sido el primero en presentarse en el escenario de un accidente de tráfico: uno de los conductores iba borracho. Había muerto al instante, igual que la mujer del coche contrario. Se llamaba Dermont O'Toole. Era el hijo del capitán.

Y el padre de Tara.

Joe hizo un ademán con la cabeza para saludar a Tara cuando pasó conduciendo delante de ella, y ella le devolvió el saludo de la misma manera y con expresión seria. Dos productos de familias consagradas al cumplimiento de la ley, pensó. Ella seguramente no quería tener nada que ver con otro oficial... ni él tendría la oportunidad de averiguarlo. Tara estaba demasiado próxima a aquella investigación.

Aparcó en el estacionamiento del Shoreline Bank, la alejó de sus pensamientos y entró. Había visto a Eduardo Valenti el día anterior, un universitario moreno que estaba trabajando de cajero durante el verano. Su contacto con Sean McCabe había sido mínimo. Le había relatado a Joe una salida en el *Aldebaran* que Sean había organizado para algunos compañeros y trabajadores del banco y le había comentado que McCabe algunas veces se había detenido en su mesa para preguntarle cómo le iba todo. A Eduardo no le gustaba Sean.

—Le encuentro artificioso y superficial.

—No es un comentario muy adecuado para el jefe

—dijo Joe, sonriendo divertido por la arrogancia del chico.

—Mis padres me educaron para reconocer la sinceridad —dijo Eduardo—. Y yo no la he visto en el señor McCabe.

Eduardo Valenti provenía de una familia castellana muy rica, muy formal y muy digna, y siempre le llamaban «Eduardo», nunca «Ed».

Joe no veía allí nada por lo que preocuparse. Luego preguntó por Edwin Taylor y la recepcionista le dijo que ése era su último día de vacaciones.

Al día siguiente le dijo que ya estaba de vuelta. Joe saludó rápidamente a Mark Boland y a Frank Allingham, y cruzó el vestíbulo: le recibió un hombre de unos treinta y cinco años de edad, de frente despejada, con gafas y una expresión de perplejidad en la mirada.

—Siento no haber estado ayer cuando usted vino —dijo Edwin Taylor, estrechándole la mano a Joe—. Acabo de regresar de Escocia y estoy totalmente conmocionado. No puedo creerme lo que están diciendo de Sean. ¿Es cierto?

—Sí, por lo que hemos conseguido averiguar —dijo Joe—. ¿Por qué no me explica lo que sabe de Sean y sus prácticas bancarias?

Edwin Taylor repitió básicamente la misma historia que Joe había escuchado en boca de los restantes empleados del Shoreline. Sean era un tipo encantador y gracioso, con una gran ética profesional y mucha necesidad de éxito. Se había tomado muy mal el nombramiento de Mark Boland como presidente; como los demás, Taylor pensaba que Sean tenía muchos números para ocupar el puesto.

—¿Cómo le llaman a usted, señor Taylor? —preguntó Joe. Aunque ya se lo había preguntado a los demás empleados, quería oírlo directamente de su boca.

—¿Cómo dice?

—¿Utiliza «Ed» como diminutivo?

—No, «Trip» —dijo—. Soy el tercero. Mi padre se llama Ed. ¿Por qué?

—¿Vive su padre por aquí? ¿Trabaja con Shoreline?

—Sí a ambas cosas —le dijo Trip Taylor—. Vive en Hawthorne y, sí, trabaja con este banco.

—¿Es uno de los clientes de Sean McCabe? ¿O trabaja directamente con usted?

—De hecho, le pedí a Sean que se encargara de él —dijo Taylor—. Sean es muy bueno en lo suyo. Hizo un gran trabajo cuando puso en marcha la división privada del banco. Además, mi padre es amigo de Augusta Renwick, una de las mayores clientas de Shoreline, que además no se cansa de cantar las excelencias de Sean.

—Tendré que hablar con su padre —dijo Joe sonriente pensando en los curiosos dibujos y garabatos de Sean y recordando el nombre de Edwin Taylor, Jr., en el libro de cuentas que Joe había encontrado en el barco de Sean.

La empresa Eliza Day Constructores de Barcos estaba instalada en un gran hangar situado en un extremo de los astilleros de New London. Los astilleros se ocupaban de todo tipo de negocios marineros, desde remolcar y encargarse del mantenimiento de los transbordadores que realizaban el trayecto entre New London y Orient Point en el estrecho de Long Island, hasta proporcionar amarres a los grandes yates y a los barcos de pesca comercial, y eran además el puerto de origen en la America's Cup del barco, construido por Paul James y patroneado por Twigg Crawford, sorprendente vencedor contra todas las apuestas.

103

La constructora de barcos era otra historia. Era una empresa pequeña. El hangar era grande y ventilado, del tamaño de un establo de vacas. Con ambas puertas abiertas, la brisa marina entraba a ráfagas y llenaba el lugar de serrín y de plumas. Las plumas procedían de las golondrinas que anidaban entre las tablas del tejado. El serrín, de los barcos de madera que construía o restauraba Dan Connolly, el propietario. Charlotte Day Connolly había sido la promotora.

Inclinado sobre un viejo casco, Dan hacía palanca para abrir una sección de laminado de chapa a fin de poder ver lo que había debajo. Se trataba de una operación delicada, pero tenía que averiguar si las planchas originales estaban lo suficientemente cepilladas como para que el laminado quedara a nivel con el lastre.

—Mierda —dijo, cuando se quedó con un pedazo de plancha en la mano.

—Muy bonito, papá —dijo una voz desde arriba.

—La verdad es que necesitas salir más —dijo Dan.

—¿Intentas librarte de mí?

—Diría que ésa es la idea general.

—No tendrías que hablarles así a los barcos.

—No lo hacía. Hablaba conmigo mismo.

—Sí, seguro.

—En serio —dijo Dan, levantando la vista por encima del hombro y mirando hacia la lóbrega oscuridad. No veía más que sombras, destellos y dos piernas muy blancas que colgaban—. ¿Cómo has llegado hasta aquí?

—Volando.

—Eso no son más que tonterías y los dos lo sabemos. ¿Cómo has llegado hasta aquí?

—Salté sobre un halcón marino y le dije: «Soy Eliza Day, llévame a mi astillero particular.» Y el halcón marino obedeció y vino directo hacia el puerto...

—Has vuelto a subirte al camión, ¿verdad? —preguntó Dan, estirándose mientras golpeaba con la mano el casco recién roto—. Te has escondido bajo la lona y has permitido que te llevara hasta aquí por la autopista; la puerta trasera lleva todo el verano rota, joder, podrías haberte caído a la carretera, por Dios...

—No pronuncies el nombre de Dios en vano —dijo la voz, adquiriendo ahora un matiz peligroso.

—Y no le digas a tu padre lo que puede o no puede decir —dijo Dan, levantando la voz, dirigiéndose hacia la escalera que subía al desván—. Primero, no puedo decir palabrotas en mi propio taller, luego no puedo pronunciar el nombre...

—De Dios en vano... —dijo ella como una beata.

—Baja de ahí ahora mismo —dijo él mientras sus manos bronceadas se agarraban a la escalerilla—. No me obligues a subir a buscarte...

—¿O qué? ¿O qué? ¿Vas a pegarme? ¿Pegar a tu hija? Quizá debería ponerme a gritar para pedir ayuda. El señor Crawford me oiría y vendría a rescatarme. Quizá me apartarían de ti. No tienes ni idea de cómo cuidar de una niña sin madre.

—Cállate, Eliza.

—Y ahora me dices que me calle —dijo ella, levantando la voz hasta chillar. ¿Eran auténticas o fingidas esas lágrimas? Dan había perdido la capacidad de distinguirlas. Estaba a punto de rompérsele la cuerda, un modo muy adecuado de expresarlo tratándose de él. Pensó en los barcos que había visto en esa situación (barcos en medio de huracanes, vientos del noreste, aguas vivas, bajamares) dando violentas sacudidas y luchando por liberarse.

—No quería decirlo —dijo despacio, con cuidado—. No quería decirlo.

—¿Qué parte? ¿La parte en que me dijiste que me callara? ¿O la parte en que me amenazaste con pegarme?

—Ninguna, Eliza, y lo sabes. Lo único que quería decir era que no me hagas subir aquí a buscarte. Hace mucho calor. Tu viejo padre tiene que tomárselo con calma. Baja y te llevaré al Dutch a tomar una hamburguesa.

—El Dutch es un bar —dijo Eliza.

—Cierto —dijo Dan, muriéndose por una cerveza. Cuando Charlie todavía vivía Dan nunca bebía por las mañanas y ahora apenas lo hacía, pero el deseo de salir de la situación era acuciante: quería alejarse de la rabia y el dolor que casi siempre sentía, y de la vergüenza que intentaba enterrar, y no había nada mejor que una visita a esa taberna para olvidar.

—A mamá no le gustaría que me llevases a un *saloon*.

—A mamá le gustaban mucho Peter y Martha. Creo que lo dejaría pasar —añadió Dan, pensando en los propietarios del Dutch. El local era un cuchitril clásico de New London escondido en una calle lateral, en un viejo edificio con techo de hojalata y viejas mesas de madera, y tenía fama por haber acogido en su día a Eugene O'Neill—. Y a ti también te gustan.

—Sí —dijo Eliza, sin quedarle otro remedio que mostrarse de acuerdo—. Es verdad.

—Entonces ¿de qué te quejas? Baja y vámonos a comer.

Mientras sujetaba la escalera de mano, observó una golondrina que trazó dos círculos por el hangar y luego salió volando por la puerta abierta. Las piernas blancas seguían colgando, cruzadas elegantemente a la altura de los tobillos.

—¿Eliza?

—¿Me obligarás a volver a casa después de comer? Porque no quiero.

Dan dio un resoplido y, para que su hija no se diera cuenta de ello, le mostró enseguida una sonrisa mientras contaba hasta diez. Sabía que aquello era una prueba. Podía mentir y saldrían enseguida para ir a comer. O podía hacerse el loco y pensar luego qué hacer.

—Ya veremos.

—Olvídalo —dijo ella, escondiendo las piernas en la oscuridad para que él no pudiera verlas—. Éste es mi trato, papá. Me quedo. Eso es todo. Eso es lo que hay. Éste es mi negocio, no lo olvides.

—¿Ah, sí? Éste es un negocio de construcción de barcos, por si no lo sabías. ¿Quién es aquí el que construye los barcos?

—¿Y quién es la que se llama «Eliza Day» por la bisabuela que tenía todo el dinero? —chirrió la voz.

Justo en aquel momento, Dan escuchó pasos en el viejo entarimado de madera. Levantó la vista y vio la silueta de una persona recortada sobre la luz de la puerta y enmarcada por el sol de un mediodía de verano, como si fuese un personaje del otro mundo de los que aparecen al inicio de uno de esos programas de televisión de charlatanes religiosos que Eliza miraba.

—¿Puedo ayudarle en algo? —preguntó.

—Has avanzado un largo camino desde el paseo de tablas de madera —dijo una voz que le resultaba particularmente familiar—. Ambos lo hemos hecho.

Bay seguía en el umbral de la puerta, mirando fijamente a Dan Connolly. Le habría conocido en cualquier parte. Estaba exactamente igual que veinticinco años atrás aunque, en cierto sentido, era completamente distinto. Él le sonrió, y en su rostro bronceado se dibujaron pequeñas arrugas alrededor de la boca y los ojos. Tenía los ojos azules, del color de sus pantalones vaqueros descoloridos, y una mirada cautelosa, como si hubiera visto muchas cosas que no deseaba ver. Delgado y fuerte, tenía el aspecto de un hombre que había dedicado toda la vida a construir cosas.

Cuando se aproximó, Bay sintió que se le encogía el estómago. Sus miradas se fundieron sin alejarse la una de la otra.

—¡Eres realmente tú! —exclamó ella, casi incapaz de creer lo que veían sus ojos.

—¿Bay? —preguntó él, dándole primero una mano, buscando luego la otra y, finalmente, como no podía ser de otra manera en un encuentro entre los dos, atrayéndola hacia él para abrazarla. Ella se pegó a él, completamente perdida en el olor de serrín y de aceite de máquinas, y luego retrocedió para mirarle a los ojos.

—Había olvidado lo alto que eras —dijo.

—¿Por qué tendrías que recordarlo? —preguntó él, riendo.

Ella sonrió. Si supiese cuánto lo había adorado, cómo durante tantos años lo había estado comparando concienzudamente con los demás, Sean incluido.

—La última vez que te vi —dijo— tenías quince años.

—A punto de cumplir dieciséis —dijo ella.

—Galway —dijo, utilizando su antiguo apodo.

—Galway Bay... —rió ella, recordando.

—¿Cómo te ha ido, Bay? ¿Cómo te ha tratado la vida?

Ella esbozó una sonrisa, pero notaba que tenía el rostro entumecido y los sentimientos bloqueados.

—He tenido una vida maravillosa —dijo. ¿Se daría cuenta de que empleaba el tiempo pasado?

—Bien. Me alegro —dijo.

—¿Y tú, Dan?

Su sonrisa se esfumó y su rostro se tensó, especial

mente en torno a los ojos. Ella permaneció a la espera preguntándose qué vendría a continuación. De pronto, Bay se dio cuenta que el aspecto de él era el reflejo de cómo se sentía ella: traumatizada por la vida. Una semana antes, Bay habría sido incapaz de verlo, de reconocer un sufrimiento como aquél. Pero ahora podía.

—Mi vida... —empezó.

Justo en aquel momento algo llegó volando desde arriba. Protegiéndose la cabeza, Bay se agachó e intentó mirar. La luz procedente de las grandes puertas abiertas no era suficiente para iluminar la inmensa oscuridad que reinaba en el tejado del hangar, pero Bay creyó ver dos piernas blancas como la luz de un faro colgando de una de las vigas. Pasó silbando un nuevo proyectil. Bay se agachó y lo recogió: un avión de papel.

—Eliza —dijo Dan muy serio.

—Su vida se ha ido al traste —dijo una voz desde arriba—. Por mi culpa. Eso es lo que iba a decir.

—No, no iba a decirlo —dijo Dan—. No pongas en mi boca palabras que no he dicho.

—Ésa es una de las frases más estúpidas que he oído —dijo la voz—. ¿Cómo se pueden poner palabras en la boca de otro?

—¿Cuántos años tienes? —preguntó Bay dirigiéndose hacia arriba.

Silencio.

—Tiene doce —dijo Dan.

—Eliza puede hablar, ya lo sabes —confirmó Eliza.

—¿Lo de Eliza Day Constructores de Barcos es por ti? —preguntó Bay, forzando la vista en un intento de distinguir algo en la oscuridad.

—Oficialmente, no. Lo del nombre es por mi abuela. Pero como me llamo igual que ella, sí. Ése sería el concepto general.

—¿Por qué no bajas, Eliza? —preguntó Dan—. Quiero que conozcas a una vieja amiga.

Bay escuchó algún que otro crujido arriba, observó a la chica caminando con destreza a lo largo de las vigas del techo, como si lo hiciese por la cuerda floja, y luego descendió por una tosca escalera de mano situada en el extremo del hangar. Era alta y delgada, como su padre, pero tenía la piel clara y trasparente, y la melena rubia y rizada. Eso debía de ser de su madre.

—Eliza, ésta es mi amiga, Bay Clarke...

—Bay McCabe —corrigió ella, a la espera de alguna reacción.

Dan sonrió.

—Te casaste con Sean —dijo.

—No podía esperar eternamente —bromeó ella, porque era un buen chiste... le había roto su joven corazón sin tener ni idea de ello.

—Un momento —dijo Eliza—. ¿Quieres decir esperar por mi padre?

A Bay se le encogió el corazón, pensando en Annie y en la actitud posesiva que mostraba respecto a Sean. Los niños albergaban la ilusión de que sus padres nunca habían amado a otra pareja que a ellos. Sonrió para aliviarla.

—Tu padre estaba completamente fuera de mi alcance, Eliza —dijo—. Yo no era más que una niña... no mucho mayor que tú. Él era el hombre que lo arreglaba todo en la playa. Lo observaba, eso es todo. Me enseñó a arreglar cosas.

Eliza asintió, satisfecha. Estaba muy pálida, como si nunca se expusiera al sol. Incluso ahora, de pie en el primer piso del enorme hangar, se escondía entre las sombras, para no tener que soportar la luz del sol de verano que entraba por las puertas abiertas.

Bay le devolvió el avioncito de papel que había recogido del suelo.

—Debes de tener algo del talento de tu padre —dijo—. Para construir cosas. Este avión está realmente bien hecho.

—Es una paloma —replicó Eliza, sosteniéndola entre sus manos—. Una paloma de alas blancas.

—Pues es bonita —dijo Bay, sintiendo la emoción que emanaba la niña; ella también la sentía. Se había presentado allí por un asunto horrible y ni siquiera sabía qué preguntar. Le resultaba más cómodo sintonizar con aquella niña, que era distinta a Annie en casi todo (altura, peso, palidez, sociabilidad), pero igual que ella de corazón; Bay percibía el dolor de esa niña del mismo modo que percibía el de su propia hija.

—Me recuerda a mi madre, a cómo es ahora —dijo Eliza, todavía mirando fijamente lo que Bay veía ahora que era un pájaro hecho con técnicas de papiroflexia. La niña inclinó la cabeza para mirar a su padre. Bay, al seguir su mirada, se quedó sorprendida ante la expresión dibujada en el rostro de Dan.

Era dura y fría. Tenía la mandíbula tensa, como si estuviese reprimiendo en su interior un aluvión de sentimientos... que no eran buenos y no eran sencillos. Miraba fijamente a su hija como si su visión le provocara agonía.

Eliza se percató también de su expresión. Sus ojos parpadearon, y como en señal de aceptación, pestañeó y apartó la vista.

—Mejor que me vaya a casa, papá —dijo Eliza.

—Déjame hablar un minuto con Bay —dijo— y luego te llevo. —La mirada gélida había desaparecido, su voz era cálida y amorosa.

Pero Bay era consciente de lo que había visto y se inclinó para acercarse un poco más a Eliza.

—Estaría encantada de llevarte —dijo—. De camino a mi casa...

—Vives en Hubbard's Point —dijo Dan, destacando por encima del intencionado silencio de Eliza.

—Sí... ¿lo sabes? —preguntó mientras su corazón se aceleraba al tener la confirmación de que Sean había estado allí.

Él hizo un movimiento afirmativo con la cabeza.

—¿Sigue allí el paseo de tablas de madera?

—¡No me digas que no has llevado a la playa a tu esposa y a Eliza! —dijo Bay—. ¡Que no les has enseñado todas las cosas que construiste...! Un huracán destrozó la antigua pasarela, pero la sustituimos, y casi todo lo demás sigue todavía allí.

—Papá construye las cosas para que duren —explicó Eliza. Era una afirmación orgullosa, pero realizada en voz baja, como si escondiera algo oscuro—. La gente mala no está hecha así.

—¿La gente? —preguntó Bay.

—Esperaré en el camión, papá —sugirió Eliza, como si Bay no hubiese dicho nada y como si no se hubiera ofrecido a llevarla—. Dile lo de mamá.

—Salgo enseguida —dijo Dan.

Y en cuanto volvió la cara hacia Bay, ella observó la preocupación en su mirada. Llevaba el mensaje de fax encima y quería pedirle explicaciones al respecto, pero todavía se veía incapaz de hablar. Conocía muy bien esos surcos en torno a sus ojos, la preocupación que reflejaban las arrugas de la cara de una persona. Probablemente también estaban apareciendo algunas en la suya.

—Gracias por el ofrecimiento —dijo Dan—. Pero tengo que hablar con ella. Probablemente te habrás dado cuenta de que está pasando por un trance. Su madre murió el año pasado.

—¿Tu esposa? ¡Lo siento! —exclamó Bay.

—Gracias —dijo simplemente, casi con brusquedad—. De todos modos, vivimos fuera de tu ruta. En dirección contraria, de hecho... en Mystic. Cerca de la antigua casa de mis padres.

—Has vivido en la zona todo este tiempo y yo sin saberlo —dijo Bay.

—Es extraño. Siempre que pasaba en coche por la 95 y pasaba junto a la salida de Black Hall, pensaba en la playa y me preguntaba si tú y los demás seguiríais allí.

—Pero ya debías de saberlo —replicó, buscando el fax en su bolsillo y entregándoselo—. Has estado en contacto con mi marido.

—Lo sabía —dijo, y extrajo un par de gafas del bolsillo de su camisa. Tenía el cabello castaño oscuro pincelado de gris. Había pasado mucho tiempo, pensó Bay. Todos habían cambiado—. No me lo creía cuando vino a verme.

—¿Por qué vino? —preguntó ella.

—Quiere que le construya un barco —dijo Danny, dando un par de golpecitos al fax.

—Sí, ya lo veo —dijo Bay—. Pero ¿por qué? ¿Por qué tú?

Los ojos de Danny brillaron por un segundo.

—Yo me pregunté lo mismo. Pero después de las cuatro bromas de rigor, le pregunté por ti y él fue directo al grano. Su visita sólo tenía que ver con barcos.

—Me estaba preguntando si la policía o el... —hizo una pausa, porque incluso a ella seguía aún pareciéndole increíble— FBI se han puesto en contacto contigo.

—No —dijo, quitándose las gafas—. Siento por lo que estás pasando; he visto los periódicos.

Ella asintió con toda la dignidad de la que fue capaz.

—Gracias —dijo.

—Apenas recuerdo a Sean de la playa... la verdad es que sólo lo recuerdo en relación contigo —dijo Dan.

Ella respiró hondo, intentando tranquilizarse.

El hangar de Dan estaba lleno de trabajos a medio realizar. Bay reconoció algunos botes de pesca y esquifes acabados, aunque sin pintar, todos construidos en madera, y un velero de veinte pies todavía en proceso de construcción. Había cuadernas de grácil curvatura, tablones ligeros de cedro, láminas de contrachapado, planchas de roble.

—¿Sigue interesándote la madera, Bay? —preguntó él, viendo cómo se inclinaba para acariciar una tabla de suave veteado—. Esto es contrachapado de okumé, y eso es caoba filipina. Para un laúd que me ha pedido un tipo de Maine. Le haré un acabado de roble blanco y caoba, quedará un barco precioso.

—Me gusta el olor —dijo Bay, cerrando los ojos.

—¿Sigues enamorada de la luna? —le preguntó él en voz baja.

—Sí —dijo—. Especialmente de la luna en cuarto creciente...

Él hizo un gesto de asentimiento. Aquel verano ella había decidido utilizar un reloj que le indicaba a diario la fase lunar en la que se encontraban.

«Todo el mundo piensa que la luna es muy romántica —solía decir— pero lo que yo pienso es que es brillante y evidente. Me encanta la luna en cuarto creciente, es un misterioso pedacito de plata en el cielo...»

«Ya que en la playa no gano lo suficiente para pagarte por toda tu ayuda —bromeaba Dan— tendré que darte la luna en cuarto creciente. Te construiré algo con ella.»

«Te consideras capaz de construir cualquier cosa —decía ella—. Seguro que sabrás hacer algo con la luna.»

Y lo hizo. En la playa, después de una tormenta, había encontrado un pedazo de madera de balsa desgastada en forma de hoz, suave y plateado como la luz de la luna, y lo había convertido en un columpio para ella.

—¿Sigue allí? —preguntó él, haciéndole saber con ello que estaban pensando en lo mismo. ¿Estaría él recordando su cara de sorpresa y su alegría? ¿Cómo la empujó en el columpio por primera vez? Ella tenía un nítido recuerdo del lugar: era un claro soleado en el bosque, cerca del sendero que conducía a Little Beach. Las cuerdas del columpio se confundían entre las enredaderas y sólo Bay sabía cómo dar con él.

—No —respondió ella, mirando sus ojos azules—. Las cuerdas se pudrieron hace años. Fui hasta allí con mi hija mayor cuando todavía era pequeña, para enseñárselo. El asiento aún está allí. Sigo esperando que regrese a la luna, que desaparezca en el cielo.

Él no se había movido: estaba de pie, apoyado en uno de los barcos, con los brazos cruzados sobre el pecho.

—Tienes asuntos más serios de los que preocuparte —dijo— que ese viejo columpio en medio del bosque.

—Sí —dijo ella.

—Me gustaría poder serte de más ayuda —dijo él. Mientras hablaba, empezó a caminar por el hangar, entre el polvillo dorado iluminado por la cálida luz del sol que dejaban entrar las puertas abiertas hacia el pequeño despacho que tenía en la parte trasera. Bay le siguió y le observó mientras revolvía entre un montón de papeles que había sobre un viejo escritorio.

—Es bonito —dijo ella, percatándose de los dibujos tallados en la antigua madera: peces, conchas, monstruos marinos y sirenas.

—Perteneció al abuelo de mi esposa —dijo Dan—. Y lo talló mi abuelo. Una historia muy larga...

—¿Es ella? ¿Tu esposa? —preguntó Bay, mirando una

foto enmarcada de Eliza junto a una encantadora mujer de cabello rubio y tez clara, ambas con sombreros de paja con cintas azules.

—Sí —dijo Dan—. Ésa es mi Charlie...

A Bay se le partió el corazón al oírle pronunciar el nombre de aquella manera: «Mi Charlie», con tanto amor y tanto dolor, sin dejar lugar a dudas sobre lo que sentía por ella. En aquel momento, mirando la fotografía, sus ojos se habían convertido en dos minúsculas rayas, como si el dolor de su pérdida, de no volver a verla nunca más, estuviese asaltándole de nuevo. Bay se preguntó cómo habría muerto, pero sabía que no era el momento de preguntarlo. Pensó en los sentimientos confusos que ella albergaba por Sean y deseó no haber sentido más amor por él, más que pesar por las oportunidades perdidas y nostalgia por los maravillosos momentos que habían compartido.

—Debes de echarla de menos —dijo Bay torpemente.

—Sí —confirmó él, aún con el ceño fruncido y buscando entre las facturas acumuladas sobre la antigua mesa de escritorio—. Ambos la echamos de menos.

Bay no podía dejar de mirar la fotografía de su esposa... tenía unos ojos tan llamativos, una mirada tan directa. ¿Sacó Dan la fotografía? Bay reconocía el fondo, el tiovivo de Watch Hill, uno de los lugares favoritos de todas las niñas del sur de Nueva Inglaterra. Annie y Pegeen lo adoraban, del mismo modo que su madre y Tara lo habían adorado antes que ellas.

Su mirada repasó el resto de la estancia. Grandes ventanales dominando el Thames River. El Electric Boat, un submarino del muelle, estaba en la orilla opuesta. Los transbordadores circulaban: el aerodeslizador de alta velocidad salía mientras llegaba el barco de Cross Sound procedente de Long Island. Viraban pequeños veleros, con sus velas blancas y sus cascos resplandeciendo al sol.

—Tengo su pedido por algún lado —dijo—. Fue muy concreto, si pudiera encontrarlo...

—Mi marido no es persona de barcos de madera. Es por eso que me sorprende que acudiera a ti —dijo ella, viendo que la mesa de dibujo estaba llena de bocetos de barcas de remos. Observó entonces las estanterías, los libros sobre embarcaciones Herreshoff y Concordia junto a la colección de cartas de E.B. White y un montón de antiguas revistas de temas marítimos—. ¿Te mencionó algo sobre las cartas? —preguntó de repente Bay—. ¿De las cartas que nos intercambiamos?

—¿Tú y yo? —preguntó Dan, levantando la vista—. No, no dijo nada. Dios mío, de eso hace mucho tiempo...

«Y yo las guardé todas —pensó Bay—. ¿No fue una locura?» Miró de nuevo la fotografía de Charlie y se sintió incómoda. ¿A qué se había aferrado durante todos aquellos años? ¿Las habría tirado todas si su matrimonio hubiera sido realmente feliz? Era evidente que Dan había encontrado con Charlie el auténtico amor... Bay repasó el escritorio con la mirada y la posó de nuevo en Dan. Había envejecido, tenía un aspecto más endurecido de lo que ella recordaba, gastado por la vida y el amor. Pero seguía siendo su primer amor, y ella todavía sentía escalofríos al verlo.

—Ya estoy cerca —dijo él—. Voy por el mes de junio... espera.

—Tómate todo el tiempo que necesites —dijo ella, agotada por la tormenta de emociones. Arqueó la espalda, caminó hacia la ventana para contemplar el río y tropezó con un cinturón de herramientas que había en el suelo.

Alargó el brazo para mantener el equilibrio y fue a

apoyarse en la librería. Entonces soltó un grito de sorpresa.

—¿Qué hace esto aquí? —preguntó, alargando una mano temblorosa para alcanzar el objeto que se encontraba en la estantería superior.

Dan abrió los ojos de par en par y se sonrojó ligeramente.

—Es de mi hija —le explicó Bay con los ojos bañados por las lágrimas mientras cogía el pequeño bote de color verde—. Annie lo construyó para su padre.

—Hizo un trabajo estupendo —dijo Dan—. Los detalles son excelentes... las juntas, y la carena...

—Le prometió que lo guardaría siempre con él.

—Creo que es lo que pretendía —dijo Dan en el momento en que daba con la factura—. Éste es el pedido para un bote de doce pies con remos. Me dejó el barquito hace poco para que supiese lo que debía construir.

—Pero ¿por qué querría un bote? —preguntó Bay, clavando su mirada en los ojos azul claro de Dan—. Los gustos de Sean en cuanto a embarcaciones son muy distintos...

—Lo quería para tu hija.

—¿Para Annie? —cuestionó Bay mientras el corazón le latía con fuerza.

Dan asintió.

—Sí. Iba a ser para ella. Todavía no lo he empezado. Lo he dejado todo de lado después de leer en los periódicos lo de Sean. Pero se mostró muy inflexible al respecto... dijo que lo quería para Annie. Y que quería que lo construyera yo personalmente... que no se lo diera a mis ayudantes. Me enseñó el modelo en su primera visita... y, finalmente, hace sólo un par de semanas me lo dejó para trabajar con él. ¿Sigo adelante y me pongo a trabajar?

—Mejor que de momento lo dejes pendiente —dijo

Bay, pensando en el dinero y abrumada por la confusión.

Justo entonces sonó el claxon del camión aparcado en el patio.

—¡Papáa! —gritó la voz de Eliza. Dan le lanzó a Bay una mirada de disculpa e intentó aliviarle diciendo algo así como que los niños eran niños. Bay extendió la mano sobre la mesa de escritorio decorada y, sin preguntar ni dar explicaciones, se colocó bajo el brazo el barquito de Annie y acompañó a Dan al aparcamiento.

Entró en su coche y dejó el barco de Annie en el asiento del acompañante. Introdujo la llave en el contacto, puso en marcha el Volvo y bajó las ventanillas. La brisa salada del mar penetró en el coche acompañada de los típicos olores del puerto: cola, barniz y pescado. Se moría de ganas de regresar a casa, a la playa.

Pero mientras Dan y Eliza ya se marchaban en un gran camión de color verde en cuyas portezuelas había escrito el nombre «Eliza Day Constructores de Barcos» en pequeñas letras doradas, Bay esperó un momento y alargó la mano para coger de nuevo la barquita de Annie.

Y era tan bonita, tan ligera. Bay recordaba cuándo acompañó a Annie a comprar la madera de balsa, cómo Annie la puso en remojo para poder doblarla... cómo sujetaron las tablas con diminutas grapas y gomas elásticas para mantenerlas unidas hasta que la cola se secase.

Mantenerlas unidas...

Los secretos de Sean parecían más fuertes que nunca. Bay intuía que, de un modo u otro, la barquita de Annie y la visita que Sean le había hecho a Dan, en la que le entregó la maqueta de Annie, podían arrojar un poco de luz sobre su desaparición: sobre por qué había sacado del cofre de la esperanza una de las viejas cartas que Bay le había escrito a Dan Connolly, y sobre todos los misterios de sus últimas semanas en casa.

Recordó lo mucho que había trabajado su hija para construirle a su padre un regalo maravilloso que jamás olvidaría. Annie lloraba cada noche al acostarse, pensando en que Sean debía de estar solo en alguna parte, escondiéndose de su familia, del banco y de la ley, sin otra compañía que su barquita de color verde.

—Sean, ¿cómo has podido? —dijo Bay en voz alta, sujetando la barca entre sus manos e imaginándose lo que diría Annie cuando la viera, cuando comprendiera que finalmente su padre no se la había llevado con él.

7

—Está muy feo —dijo Billy estando de pie junto a Annie. Era como si el verano retrocediera en lugar de avanzar: la belleza floreciente de finales de junio se había desvanecido y ahora reinaba el color parduzco, la sequedad y las flores marchitas; costaba creer que algún día hubiera habido allí algo de vida—. Siempre habíamos tenido el mejor jardín y ahora tenemos el peor.

—No es culpa de mamá —replicó Peggy—. Está atareada buscando a papá.

—No he dicho que fuese culpa suya —dijo Billy—. Deberías empezar a plantearte abrir bien los oídos.

—¡Los tengo abiertos! —dijo Peg—. ¿Qué te pasa? Se supone que hoy tenías que cuidar de mí y se suponía que yo tenía que ir al entreno de la liga escolar, pero mamá no ha llegado aún a casa y tú no quieres practicar lanzamientos conmigo. ¡Te odio!

—Cuando dices «odio» lo que en verdad quieres decir es «amor», así que me quieres —dijo Billy.

—Ya te gustaría.

—Las rosas son rojas, las violetas son azules, la tierra es estúpida y Pegeen también lo es.

—La tierra no es estúpida. Es inteligente. Por eso las raíces siempre se meten en ella. Y por eso los gusanos piensan que es el mejor palacio del mundo. La tierra es lo que manda.

—Pues vale, si la tierra es lo que manda, me imagino que el mejor jardín será la playa, porque lo único que nosotros tenemos es tierra y flores muertas —dijo Billy, arrancándole a Peg la pelota de las manos—. Ven, que te lanzo. Podrás entrenarte a aterrizar con la cara en el suelo. Así no crecerás y no podrás explicar a ninguno de esos asquerosos reporteros de televisión que no te han atendido durante tu infancia. Al menos no le podrás echar la culpa a tu hermano.

—Sí, ya encontraré la manera —dijo Peg, mirando hacia el jardín trasero donde había dejado su guante y el bate.

Todo esto sucedió en el transcurso de treinta segundos, con Annie como espectadora de piedra: era como si no estuviese allí, como si fuese algún tipo de rotundo ornamento del césped a juego con las flores marchitas, que se limitaba a observar a su hermano y a su hermana corriendo el uno detrás del otro en una especie de práctica de bateo loca, familiar, terapéutica.

Annie sabía que si le gustase jugar un poco a pelota sería una persona más feliz. Siempre envidiaba la rapidez con que Billy y Pegeen parecían superar las cosas, golpeándole a la pelota y derrapando sobre la zona de «casa» y, en términos generales, reponiéndose de todas sus frustraciones mediante la actividad física, tal y como su padre le aconsejaba que hiciera ella.

«Si hicieses un poco de ejercicio te sentirías más feliz y estarías más sana, osito Annie, y todos tus problemas desaparecerían», le decía. Por «más sana», naturalmente, se refería a «más delgada», pero el barco de la delgadez había partido hacía tiempo aquel verano.

En el otro lado de la marisma, veía la casita blanca de Tara y su exuberante jardín, que brillaba como un campo de joyas. Las dedaleras de color rosa pálido ondeaban a merced de la brisa, los dondiegos de día de color añil se enredaban por los enrejados. Quizás Annie podría conseguir que el jardín volviera...

Justo en el momento en que se agachaba para intentar separar las flores de las malas hierbas hizo su aparición el coche de su madre. Annie levantó la vista y la saludó con la mano. Su madre era bonita y delgada; llevaba un pantalón corto de color caqui y una camisa azul claro, y tenía los brazos y las piernas bronceados y llenos de pecas.

—Hola, cariño —dijo su madre al salir del coche. Abrazaba con fuerza una bolsa de papel, como si contuviera algo precioso en su interior.

—Hola, mamá. ¿Dónde estabas?

—Tenía que hacer algunos recados. ¿Me acompañas adentro un momento?

Annie hizo un gesto afirmativo con la cabeza, pero antes se sacudió con la mano las hojas secas que llevaba encima.

—Pobre jardín —dijo—. Creo que necesita un poco de ayuda.

—Lo sé, Annie. La necesita. Durante estas dos últimas semanas me he olvidado de él. Lo siento.

—No tienes por qué sentirlo —se apresuró a decirle Annie abrazándola y retrocediendo enseguida—. No quería decir eso.

Su madre respiró hondo e intentó sonreír. El sol entraba por la ventana de la cocina y transformaba su cabello en una maraña de cobre.

—Oh, cariño —dijo su madre, acariciándole el cabello. Miró a Annie con una sonrisa de preocupación, como si intentara leerle el pensamiento.

—¿Qué sucede, mamá?

—Annie... —dijo su madre, intentando aún sonreír,

mientras le pasaba a Annie el brazo por los hombros y entraba con ella en la casa. El corazón de Annie empezó a latir con más fuerza. Estaba tan preocupada por su padre... ¿tendría su madre noticias de él? No, no podía ser eso. Su madre no estaría sonriendo. Pero si se tratara de buenas noticias, estaría dando saltos de alegría.

—Dime, mamá. ¿Qué pasa?

—Siéntate, Annie —dijo su madre en voz baja, posando su mano en el brazo de Annie—. Quiero hablar contigo de una cosa. ¿Dónde están los niños?

«Caramba —pensó Annie—. No debe de ser nada bueno.» No podía serlo si su madre quería comunicárselo aparte, separándola del rebaño. Tenía que ser algo malo, muy malo. A Annie la presencia de sus hermanos le transmitía seguridad: un mensaje comunicado a la totalidad de la familia, por difícil que fuera de asimilar, era una cosa, pero hablar a solas no podía significar más que problemas.

—Están jugando a béisbol —dijo Annie a regañadientes, dirigiéndose hacia la puerta—. A lo mejor querían que jugase... debería...

—Annie —dijo su madre, sonriendo—. Las dos sabemos...

Annie se encogió de hombros y sonrió, consciente de que su madre estaba en su misma onda y no le gustaban los deportes, especialmente los relacionados con la pelota. Su padre, en cambio, había intentado introducirla en el juego siempre que se le había presentado la oportunidad, contándole historias sobre sus días de gloria en el colegio.

Había en el rostro de su madre una expresión de gravedad, y sus ojos azules se clavaron en los de Annie transmitiéndole su preocupación y amor.

—Cariño, hay algo que quiero decirte, y enseñarte...

—¿Enseñarme? —preguntó Annie, con un hilillo de voz.

Su madre asintió con la cabeza, y Annie tomó asiento en la barra que utilizaban para desayunar. Su corazón bombeaba sangre como una locomotora, era como si tuviese un batallón entero pasando por su garganta. La bolsa seguía en la encimera de la cocina delante de su madre, y Annie sintió de pronto una oleada de miedo.

—¿Qué hay ahí, mamá? —preguntó.

—Annie, querida —empezó su madre.

—Enséñamelo, mamá —dijo Annie, sintiendo como si su piel fuese a abrirse de un momento a otro y ella a salir volando como un fantasma. Arrancó la bolsa de las manos de su madre y empezó a rasgar el papel. Lo vio antes de haber quitado la mitad:

—¡Mi barco! —exclamó.

—Annie, sé que te gustaba pensar que papá lo tenía con él...

—Lo hice para él —sollozó Annie, acunando el barquito entre sus brazos, balanceándolo de un lado a otro como si fuera un bebé necesitado de consuelo y amor—. Era para papá. Dijo que nunca iría a ningún lado sin él... ¡Le hacía compañía! ¡Es todo lo que tenía!

—¡Oh, Annie! —dijo su madre, corriendo a abrazarla—. Sabía que te dolería. No te lo habría enseñado, cariño. Pero tu padre lo dejó por una buena razón, una razón detrás de la que hay mucho amor.

—No —sollozó Annie—. No lo habría hecho.

—Annie, él quería construirte una barca de remos...

—Ésta era su barca —lloró—. La única que le importaba. La hice para él. Nunca se habría olvidado de ella.

—Se la mostró al constructor de barcos e incluso fue a verificar que estuviera copiándola debidamente —dijo su madre.

—Se ha ido para siempre —dijo Annie mientras una oleada de sudor frío le recorría todo el cuerpo. Era como si un frente frío, el Alberta Clipper, hubiera llegado desde Canadá para helar su piel y su sangre, para congelarle la médula ósea.

—No, Annie. Esto no significa...

Sonó el teléfono. Annie intuyó vagamente que su madre cruzaba la estancia para atenderlo.

—¿Sí? —dijo su madre.

Annie estrechaba el barco contra su cuerpo, recordando cuando lo construyó. Su madre la había ayudado, la había acompañado a la tienda de modelismo, habían elegido juntas la madera de balsa. Annie había empapado cada pieza con todo su amor, y consiguió doblarlas hasta formar la elegante silueta del bote que aparecía en la revista de embarcaciones clásicas. Le había puesto unos pequeños bancales y unas arandelas para sujetar los remos. Había tallado los remos. Después de que se secara la cola, lo había pintado de verde oscuro, el color de los pinos. Y había escrito el nombre del barco en el travesaño con pintura dorada:

ANNIE

—Para que no te olvides de cómo regresar remando a casa —le había dicho a su padre cuando le regaló la barca.

—Me encanta, Annie —había dicho él, estrechándola entre sus brazos con fuerza.

—Lo hice para ti. Cada fragmento. Mamá sólo me ha ayudado un poco.

—Es el regalo más bonito que me han hecho en toda mi vida.

—¿Porque te gustan los barcos? —le había preguntado ella con el corazón que apenas le cabía en el pecho.

—No, porque lo has hecho para mí —le había respondido él, abrazándola con un brazo mientras sujetaba el barquito con la otra mano para que todos pudieran admirarlo—. Nadie me había hecho nunca algo tan bonito. Me encanta.

—¿De verdad?

—De verdad —había dicho él, apretujándola con el brazo y haciéndola sentirse más feliz que nunca—. Voy a explicarte lo mucho que me gusta. Nunca pienso perderlo de vista. Es una promesa. Donde quiera que vaya, este barco irá...

Y había mantenido la promesa. Se había llevado el barco a su despacho unos cuantos meses, pero luego habían hecho reformas en el banco y lo había vuelto a traer a casa. Se había quedado entonces en su escritorio, pero luego llegó el verano y lo guardó en una bolsa. Annie suponía que lo había vuelto a llevar a su despacho, o que lo tenía en el *Aldebaran*.

Annie sujetaba la maqueta entre sus manos, pensando en lo mucho que le había gustado a su padre. Los sentimientos de calidez se habían apoderado de ella y le habían dado algo de consuelo cuando su madre se volvió para mirarla. Annie se percató entonces de la palidez de su rostro, del color casi azulado de la piel que rodeaba sus labios; era como si estuviera en estado de *shock*. Se llevó la mano a la mejilla lentamente, casi con torpeza, con la intención de tocarse el rostro, pero siendo aparentemente incapaz de dar con él. Tenía los ojos redondos, sus almendrados ojos azules habían adoptado una forma distinta debido a la conmoción.

En cuanto su madre colgó el teléfono, Annie se encorvó encima del barquito. Si no había podido proteger a su padre, podría al menos resguardar el barco.

—Cariño —dijo su madre, rozando el hombro de Annie con una mano temblorosa.

—Ya lo sé —susurró Annie, tan flojito que sólo pudo escucharla el barquito.

—Tengo malas noticias —dijo su madre.

—Ya lo sé —susurró Annie, en un tono de voz más apagado que antes.

8

El funeral tuvo lugar el miércoles por la mañana en la misma capillita blanca en donde Sean y Bay se habían casado, donde habían bautizado a los niños, donde Tara y Bay habían hecho juntas su primera comunión. Sentada en la segunda fila, Tara tenía la mirada fija en la nuca de su mejor amiga y recordaba la época en que cursaron primero, cuando ambas se vistieron con sus trajes blancos y sus velos con coronas plateadas.

Al parcer los niños conseguían contenerse. Se estaban comportando tan bien, vestidos con sus mejores conjuntos de verano, con mucha más dignidad que la que mostró Tara en el funeral de su padre. Entonces tenía once años, la edad de Billy, y su padre había muerto en un accidente de coche. Iba borracho y había chocado de frente contra una camioneta, matando a la mujer que la conducía. Tara temía la llegada del funeral... ¿cómo iba a soportarlo?

Con Bay, naturalmente. Bay la había ayudado a ponerse el vestido negro sujetándole las manos temblorosas. Ahora estaban de nuevo aquí, para enterrar a Sean.

¿Cómo era posible que aquel hombre alto, deportista, hablador, amante de la vida, estuviera en el interior de aquella brillante caja de madera? Tara la miró fijamente, deseando poderle zarandear una última vez.

El final llegaba de forma muy distinta a lo que uno se

esperaba. Tan... la palabra revoloteaba por la cabeza de Tara: suavemente. Todos habían pensado que Sean era un fugitivo, que había huido de la jurisdicción con su botín. La verdad, en cambio, resultó ser que había muerto a tan sólo cinco kilómetros de casa, en su coche, en el fondo del Gill River. Según la policía, había sufrido una hemorragia como consecuencia del golpe en la cabeza. Lo que sucediera en su barco le había provocado la pérdida de una gran cantidad de sangre y había perdido el control del coche.

Allí sentada, Tara desplazó su mirada hacia Bay y los niños. Seguían el cantoral tan quietos y enteros que podría haberse tratado de la misa de un domingo cualquiera. Billy fue el primero en llorar, en mostrar un signo de dolor.

Luego, como si aquello fuese contagioso, Pegeen intentó reprimir los sollozos, pero la superaron y estuvo medio minuto arrodillada sin conseguir ahogar su llanto. Annie la rodeó con el brazo mientras lloraba también en voz baja.

—¡Quiero que vuelva papá! —sollozaba Peg.

Tara concentró toda su energía en Bay. «Supera este momento —fue el mensaje que le envió—. Puedes hacerlo. Eres fuerte. Eres su madre y ahora necesitan cada pedazo de ti.» Los ojos de Tara taladraron la nuca de su amiga, enviándole toda la fuerza que era capaz de acumular.

El sacerdote siguió los pasos de la misa, recitando todas las formalidades.

—Sean McCabe, querido esposo de Bairbre... —balbuceó al pronunciar el nombre de Bay, el nombre en gaélico de Barbara—, querido padre de Anne, William y Pegeen, desaparecido tan pronto... los misterios del espíritu humano... las razones desconocidas del corazón...

—¿De qué está hablando? —preguntó Billy en voz alta.

—De papá —replicó Peg.

—Pero si no está diciendo nada —sollozó Billy—. No sé ni siquiera qué quiere decir.

Llegó entonces el momento en que Annie debía dirigirse al atril para recitar el poema favorito de su padre. Tara contuvo la respiración mientras Annie se abría camino entre los bancos, pasaba junto a su madre y avanzaba por el pasillo hacia la parte delantera de la iglesia. Iba vestida con falda azul marino y blusa de color rosa claro, y llevaba el collar con el colgante de perla y los pequeños pendientes que su padre le había regalado cuando se hizo los agujeros en las orejas. Iba encogida, con los omoplatos echados hacia delante, como si tuviese alas invisibles y pudiera encerrarse entre ellas. A pesar de ello, o puede que debido a ello, sus movimientos estaban llenos de gracia.

Annie tosió para aclararse la garganta. Había memorizado el poema de Frost, «Detenido en los bosques una tarde de nieve». Sin ningún papel al que referirse, recitó las misteriosas palabras de aquel poema intemporal.

Annie no apartó ni un momento los ojos de su padre: Tara estaba segura de que lo que veía su ahijada no era una caja de madera, sino a Sean en persona. Veía al padre al que tanto quería, en invierno, cuando el aire es azul y gélido y las marismas, heladas.

Tara alargó el brazo hasta tocar el banco que tenía delante y Bay le apretó la mano. Eran hermanas, al fin y al cabo. Sin vínculo de sangre, aunque sí de amor. Se habían adoptado mutuamente en un momento muy temprano, un compromiso para toda la vida sin ningún ritual, sin ningún otro símbolo que la brisa que soplaba desde el Sound y las rosas que florecían en sus jardines.

Tara sentía un peso en el pecho. Examinó la iglesia y vio a varios amigos ocupando los bancos. *Les Dames de la Roche* de Hubbard's Point (Winnie Hubbard, Annabelle McCray, Hecate Frost) estaban allí en compañía de Sixtus Larkin; Zeb y Rumer Mayhew, junto a los recientemente fugados para contraer matrimonio Quinn y Michael Mayhew; Sam y Dana Trevor con Allie, la hermana de Quinn... Gente de la playa, del banco y de la ciudad.

Habían venido algunos de los clientes de Sean: May y Martin Cartier, Ben Atkin, de Silver Bay Auto, y Augusta Renwick, que era también la dueña de una de las casas donde limpiaba Tara. Al captar la mirada de Tara le respondió asintiendo con la cabeza con gran dignidad. Muy atrás, sentado en el último banco, un rostro del pasado: Dan Connolly. Tara lo habría reconocido en cualquier parte. Hubbard's Point conseguía reunir a todo el mundo, incluso a los que se habían marchado de allí mucho tiempo atrás.

Y también a gente nueva. Tara vio de reojo a Joe Holmes, de pie junto a la puerta trasera. Se puso tensa, preguntándose por qué habría venido... ¿No podía dejar tranquila a Bay y a la familia, dejar que pasase el funeral?

Pero cuando sus miradas se encontraron, Joe aguantó la suya sin bajar los ojos con una extraña expresión de reconocimiento, como si comprendiese el papel de Tara en la vida de Bay y estuviese enviándole fuerza para ayudar a Bay a superar aquel día. La mirada era feroz, pero también amable. Tara se dio cuenta de que su presencia allí iba más allá del deber profesional... el tipo de cosa que su abuelo habría hecho. Asistir al funeral de un delincuente de su preceptura con el único objetivo de apoyar a la familia que dejaba tras él.

Tara le miró y, con ese pensamiento en mente, le saludó con la cabeza. El corazón se le encogió al pensar en su abuelo, y al darse cuenta de que la familia de Sean nunca volvería a ver a Sean.

Al final, el sacerdote hizo extensiva a todo el mundo la invitación de rigor de acudir a la casa de la familia, pero en realidad se presentó muy poca gente. Bay se quedó en la puerta, saludando a las amistades e intentando consolar a los niños, que no podían comprender por qué no iba nadie.

—¿Es porque hace un día de playa muy bueno? —preguntó Peggy—. ¿Prefieren ir a nadar que venir aquí?

—¿O es —dijo acaloradamente Billy— que nos están castigando por todo lo del banco y porque papá ha salido en los periódicos y todo eso?

Ambos niños levantaron la cabeza para mirar a Bay, deseosos de que negara la frase de Billy. Ella sabía que su hijo tenía razón, pero nunca lo admitiría ante sus hijos.

—Los amigos de papá le quieren —dijo—. Y nosotros también. Estamos aquí, ¿no?

—Yo soy amiga suya —dijo Tara, asintiendo con la cabeza—. Y le quiero.

—Pero no ha venido mucha gente —dijo Peggy, dudosa—. No tanta como en el funeral de la abuelita.

—La abuelita era muy mayor —dijo Bay sin alterarse, refiriéndose a su madre, que había muerto a los ochenta y un años. Deseaba que sus hijos hubieran podido recordar también a su bisabuela—. Vivió mucho más tiempo y la conocía todo el mundo...

—Todo el mundo conocía también a papá —dijo Peggy—. Era su banquero.

—Sí. Fastidia mucho que él fuera su banquero y que ellos sólo piensen en las cosas malas —dijo Billy—. Porque también hubo cosas buenas. Muchas más cosas buenas que malas, ¿verdad?

—Así es —dijo Bay.

133

—Así es —coincidió Tara.

—Papá es, fue, siempre será, un gran tipo y todos deberían saberlo.

—Quizá deberíamos comer algo —dijo Tara, señalando hacia la mesa. Habían encargado ensaladas y pequeños bocadillos en el Foley's—. Para conservar las fuerzas.

—No tengo hambre —dijo Peg.

—He perdido el apetito por culpa de todos esos idiotas que no conocen al verdadero Sean McCabe —dijo Billy.

—Tiene el viejo espíritu luchador irlandés —le dijo Bay a Tara cuando Billy desapareció como un rayo—. Aunque no haya nada por lo que luchar.

—Cuando eres irlandés —dijo Tara—, siempre hay algo por lo que luchar.

Bay estaba ansiosa porque sabía que Billy se sentía herido por culpa de su padre. Pensó en Sean, en lo competitivo que siempre había sido. Se le llenaron los ojos de lágrimas al pensar que su hijo tenía razón, que la gente pensaba mal de Sean en aquel momento. En muchos aspectos, lo único que en realidad siempre había querido Sean era agradar.

Llegaron Mark y Alise Boland y entraron directamente.

Por mucha compostura que Bay quisiera aparentar, tuvo que luchar para contener las lágrimas cuando Alise le dio un abrazo.

—Eres tan fuerte —dijo Alise, dándole golpecitos en la espalda—. Verte en la iglesia, a ti y a los niños... Tu hija ha recitado el poema magníficamente.

—Sentimos que se haya ido, Bay —dijo Mark.

—Gracias —dijo Bay.

—No podemos creerlo —dijo Alise—. Nada de....

—Lo sé —dijo Bay, con la voz rota. ¿Cómo era posible que estuviese haciendo aquello, hablando de la muerte de su esposo con el presidente del banco? Formaban una pareja muy atractiva, Mark alto y atlético, Alise menuda y chic. Ella era propietaria de un negocio de decoración y tenía un estilo impecable. Bay y Sean nunca habían pasado mucho tiempo con ellos. No tenían hijos, por lo que no se producía la socialización habitual que conllevaban el fútbol y el béisbol, pero Alise siempre le había parecido muy amistosa y dinámica... Bay pensaba a menudo que le gustaría llegar a conocerla mejor.

En ese momento, ante su presencia se sentía muy avergonzada por lo que Sean había hecho, cuando lo único que deseaba era llorar su pérdida.

—Si hay algo que podamos hacer —dijo amablemente Mark.

—Lo que sea —dijo Alise con expresión preocupada y dolida, dándole a entender a Bay que lo decía de verdad.

Bay les saludó con la cabeza cuando se marchaban. Tara permaneció cerca, observando la escena desde la cocina. Estaba preparando una cafetera, pero al ver a Bay hecha un mar de lágrimas corrió hacia ella.

—Ha sido muy amable por su parte —dijo estremeciéndose Bay—. Teniendo en cuenta lo que Sean le hizo al banco.

—No te culpan de ello —dijo Tara—. Nadie te culpa.

—¿Por qué lo hizo? —preguntó Bay—. No puedo entenderlo.

—No es el Sean que conocemos —dijo Tara, abrazándola.

Bay cerró los ojos, llorando en silencio sobre el hombro de Tara. No podía creer nada de todo aquello. Sean nunca volvería a lanzarles la pelota a los niños, ni lanzaría tiros libres en la pista de baloncesto, nunca volvería

135

a llevarlos de excursión en barco. Era una persona tremendamente viva, y se había ido. Parecía imposible que la vida pudiera continuar, que los niños fueran a crecer sin que él los conociera. No podía creer que nunca volvería a verle. Que nunca escucharía su voz...

Cuando se retiró para secarse las lágrimas, vio que Dan y Eliza Connolly entraban en la estancia.

—Gracias por venir —dijo, inmensurablemente conmovida al ver que se aproximaban.

—Lo sentimos mucho, Bay —dijo Dan.

—Sé por lo que estás pasando —dijo Eliza. Iba completamente de negro: un top de ballet de manga larga, falda tubo negra hasta los tobillos, collar de ónice. Bay se percató de las medias lunas de color morado que se extendían por la pálida piel de debajo de sus ojos, y reconoció por ello a otra persona que no podía dormir.

—Lo sé —dijo Bay, mirándola a los ojos y dejándose llevar por el impulso de cogerla de las manos. Estaban frías y eran tremendamente delgadas; Bay deseaba cogerlas, darles calor, y Eliza parecía desearlo también.

—Es terrible para tus hijos —dijo Eliza.

—Sí, lo es —dijo Bay con voz rota.

La mirada de Eliza recorrió la cocina, como si buscase algo, absorbiéndolo todo: las fotografías, los dibujos y las listas de cosas pendientes pegadas a la puerta de la nevera con imanes, la colección de pelotas y bates junto a la puerta lateral, la botella alta de color verde llena de monedas, la mesa de roble, y la azucarera de color azul de la madre de Bay y el salero y el pimentero de cristal azul cobalto que había encima de la mesa.

—Annie —dijo Eliza—. Anne. He visto su nombre en el papel. En la necrológica. Y la he oído leer el poema. Es de mi edad.

—Sí —dijo Bay, sintiendo que, a pesar de que Eliza

había retirado las manos, había algo que se unía—. ¿Te gustaría conocerla?

Eliza hizo un gesto afirmativo con la cabeza.

—Sí —dijo.

—Te acompañaré a su habitación —dijo Bay.

—No es necesario —dijo Eliza, echando un vistazo a la cocina y a algunas de las personas que estaban allí, hablando en voz baja, y dejando a su padre, que parecía observarla intensamente—. Puedo ir sola.

—Es arriba —dijo Bay—. La segunda puerta a la izquierda.

Eliza se desplazó por la casa de la familia.

Nunca había estado allí, pero sabía todo lo que necesitaba saber sobre sus moradores: eran las nuevas almas perdidas.

En un instante, con un parpadeo de su padre, la vida de todos ellos había cambiado para siempre. Eliza se fijó en los suelos de madera pulida, las luminosas alfombras de nudos, los trofeos deportivos en las estanterías, las acuarelas de serenas escenas costeras colgadas en las paredes: faros, playas, barcos, rompeolas.

Se preguntó si la familia habría observado alguna vez aquellas bonitas imágenes y pensó en aquellas chicas que habían sido asesinadas el año anterior y abandonadas en los rompeolas, en los barcos hundidos, en las playas asoladas por los huracanes.

Le dolía el corazón porque sabía que aquél sería el tipo de cosas en que pensarían a partir de ahora...

Cuando llegó a la puerta del dormitorio de Annie, a la izquierda, se detuvo y se quedó allí sin moverse. El vestíbulo de la planta superior era frío y oscuro. La luz procedía de una puerta abierta del recibidor, pero Eliza permaneció oculta entre las sombras. Como un detective, con la oreja pegada a la puerta, utilizó sus cinco sentidos y sintió al instante la presencia de Annie en el interior... Percibió el dolor a través de la puerta.

Se planteó volver más tarde, pero algo le dijo que ése era el momento, así que llamó.

—¿Annie? —preguntó cuando la chica le abrió la puerta.

Era alta y sus ojos eran grandes como platos. Iba vestida tal y como Eliza la había visto en la iglesia: falda azul y blusa de color rosa claro.

—¿Sí? —dijo Annie. Sus ojos delataban la confusión que la embargaba.

—Soy Eliza Connolly.

—Oh.

Eliza respiró hondo. Vio que Annie la miraba de arriba abajo. Era como si se viera reflejada en un espejo de la risa: una era un poco gordita, la otra demasiado delgada. Casi por instinto, Eliza se encontró cubriéndose con la mano izquierda las heridas de su muñeca derecha. El corazón le latía aceleradamente. Dio un paso adelante y tropezó con sus propios pies.

Annie la cogió y la rodeó hasta casi abrazarla. Al chocar contra aquel cuerpo blando, Eliza notó que las lágrimas le quemaban en los ojos.

—¿Estás bien? —preguntó Annie.

Eliza intentó asentir con la cabeza, pero el llanto estaba ascendiéndole por el pecho.

—No, ¿verdad? —preguntó Annie.

Eliza sacudió la cabeza muy lentamente de un lado a otro. Se sentía como a punto de desmayarse.

—¿Quieres un poco de agua? —le preguntó Annie, acompañando a Eliza hacia su cama y ayudándola a sentarse con cuidado—. ¿O tienes hambre?

—Hace dos días y medio que no como nada —dijo Eliza.

—Oh, Dios mío —dijo Annie—. ¿Por qué?

Eliza observó aquellos enormes ojos azules y sintió que el dolor de su pecho se iba convirtiendo en lágrimas calientes que brotaban lentamente. Se pasó la lengua por los labios, deseando que la habitación dejara de dar vueltas, esperando que sus pies pudieran tocar el suelo. La pequeña maqueta de barco —evidentemente hecha a mano— que estaba sobre la cama de Annie captó su atención. Se concentró en ella y consiguió regresar a la tierra.

—Porque siento mucha pena por ti —dijo Eliza.

—¿Tanta pena que no puedes comer? —preguntó Annie, y Eliza supo que a ella le sucedía lo contrario.

—Sí.

—Pero ¿por qué?

—Por tu familia. Mi padre conoce a tu madre y me enseñó la necrológica... Siento, siento mucho lo de tu padre.

—¿Nos conoce también tu madre? —preguntó Annie.

Eliza cerró los ojos. Aquélla era la parte difícil, la parte terrible. No podía responder a esa pregunta... por lo menos, en aquel momento. Tampoco tenía que hacerlo, sin embargo. Ése sería el momento en que Annie empezaría a pensar que eran distintas, que estaban solas en el mundo, que eran almas perdidas...

—Mi madre está muerta —dijo Eliza—. Por eso tenía que conocerte.

—Porque mi padre está...

Eliza asintió, sin obligar a Annie a pronunciar esa palabra que tan nueva, tan terrible, tan indeseable le resultaba todavía: muerte.

—El poema que has recitado era muy bonito —dijo Eliza.

—Era el preferido de mi padre.

—Mi madre también tenía un poema favorito —dijo Eliza—. Sobre Paul Revere.

—¿Me lo recitas? —preguntó Annie.

Eliza hizo un gesto afirmativo con la cabeza. Respiró hondo y, en cuanto empezó a recitar, se tranquilizó.

Cuelga un farol en lo alto del arco del campanario,
de la torre de la iglesia del norte a modo de señal luminosa.
Uno, si viene por tierra, y dos, si lo hace por mar,
y yo estaré en la orilla contraria...

—Me encanta este poema —dijo Annie—. La parte que habla de la señal.

—A mí también —dijo Eliza, radiante al ver la inmediata conexión íntima.

—Tienes que comer algo —susurró Annie, abriendo el cajón de la mesita de noche y extrayendo un caramelo. Se lo ofreció a Eliza como si fuese un regalo. Eliza se quedó mirando fijamente el cuadrado azul y sacudió negativamente la cabeza.

—Así te debilitarás —dijo Annie, acariciando el dorso de la muñeca de Eliza.

Eliza observó las mangas largas de su camisa y, con la visión de rayos X de una chica cuyo padre la odiaba y cuya madre era un fantasma, vio la telaraña de cicatrices que explicaba la auténtica verdad del asunto, la verdad que Annie probablemente no sabía, y comprendió que no podía contarle a esa chica que estaba de luto que debilitarse era, de hecho, el objetivo.

—Estoy bien —dijo Eliza, ofreciéndole el caramelo.

—No —dijo Annie, sonrojándose. Las chicas que comían mucho siempre simulaban no tener hambre. Eliza lo sabía, de modo que se mostró paciente.

Annie pestañeó: gruesas lágrimas volvían a llenar sus ojos. Eliza siguió su mirada, que se detuvo en el barquito de color verde que había estado en el despacho de su padre durante el último par de semanas. De algún modo, Eliza comprendía que en aquel momento ese barco era el objeto más importante en el universo de Annie.

—Me gusta ese barquito —musitó Eliza.

—Me recuerda a mi padre —dijo Annie, rompiendo a llorar—. Lo hice para él.

—Entonces estoy segura de que le gustaba mucho —susurró Eliza, dándole la mano a Annie—. Estoy convencida de que le gustaba más que cualquier otra cosa.

Dan y Bay seguían juntos en la cocina, rodeados de gente que a él le sonaba del verano en que había trabajado en Hubbard's Point. Le resultaba raro estar de vuelta después de tantos años y no podía evitar preguntarse por qué había venido. La playa le había aportado un trabajo de verano, el último antes de iniciar su propio negocio. Se había criado a veinticinco kilómetros al este, cerca de Mystic, al otro lado del Thames... un mundo aparte; había vuelto a establecerse allí después de casarse con Charlie. Quizás inconscientemente había evitado volver allí durante todo ese tiempo. La gente que se acercaba a la repisa de la cocina para servirse algo de café o té helado le observaba con curiosidad.

—Se preguntan de dónde te conocen —dijo Bay.

—Del paseo de tablas de madera, hace más de cien años —dijo él—. El que me ayudaste a construir.

Bay intentó sonreír. Apenas pudo. Había cambiado, incluso desde el día de su visita al hangar. Tenía los ojos hinchados y la mirada precavida. Recordó a la alegre chica que había revoloteado a su alrededor en la playa tanto tiempo atrás, que le había enseñado a amar la luna, y le invadió una oleada de dolor.

Entonces ella era distinta a todo el mundo, y él estaba convencido de que todavía seguía siéndolo. Tenía ese halo especial de calidez: aunque su mirada era triste, sus ojos grises aún le brillaban, y su cabello estaba veteado por el sol y la sal. Su casa estaba llena de amor, de recuerdos de la familia y de la playa. Miró a su alrededor y vio cestas con conchas y brezo marino, unos cuantos trofeos de baloncesto y de béisbol en una estantería, cantos rodados pintados por los niños, trozos de madera erosionados por las olas. Miró entonces hacia el suelo: no pudo evitarlo. Siempre iba descalza, incluso en los días lluviosos, y Dan casi esperaba verla también descalza ahora.

—¿Qué sucede? —preguntó ella.

—No, nada —dijo él, algo cohibido.

—No tenías por qué venir —dijo ella.

—Lo sé.

—Pero me alegro de que lo hicieras. —Dejó caer la mirada en la escalera por donde Eliza había subido en busca de Annie—. Me pregunto cómo irá por ahí arriba.

—Eliza quería conocer a Annie —dijo él.

—Es un detalle muy cariñoso por su parte —dijo Bay—. Realmente es poco habitual en una chica de su edad ser así de sociable.

—Eliza no tiene nada de habitual —dijo Dan.

—Debe de ser terriblemente duro, sin su madre —dijo Bay.

—Duro para los dos —dijo Dan.

—No puedo pensar en lo que me espera... —dijo Bay.

Dan pensó en Charlie, en cómo se había oscurecido el mundo desde que ella murió... muy poca gente, ni tan siquiera los más próximos a él, conocían la profundidad de sus sentimientos. Y nadie, con la posible excepción de su hija, sabía por qué. Dan sabía con lo que Bay tendría que enfrentarse (haber perdido a la pareja hacia la que en el mejor de los casos tenía sentimientos encontrados) y deseaba poder protegerla de ello.

—Sé —empezó Dan con cuidado— que no puedo venir aquí y decirte qué es lo que te ayudaría, qué es lo que yo podría hacer para ayudarte, pero...

Ella pestañeó, aturdida, como si le estuviese hablando en algún idioma extranjero.

—Lo que quiero decir es que nadie puede ocupar su lugar —dijo Dan, pensando en Charlie, en el enorme agujero en el cielo que había provocado su muerte.

Bay seguía aún sin responder. Y él vio que sus ojos se inundaban de lágrimas; cuando Dan llegó con Eliza, Bay había estado llorando.

—Es tu marido, lo sé —dijo Dan, alargando el brazo para acariciar la mano que Bay tenía cerrada en un puño, su rostro la imagen de la angustia—. Bay, he pasado por eso... deja que te ayude.

—No has pasado por eso —dijo ella mientras las lágrimas le rodaban por las mejillas.

—Perdí a mi esposa...

—Pero tú la querías —dijo ella, sofocándose al hablar—. Tú querías mucho a Charlie... se nota en tu voz, se ve en tu cara... la querías... la adorabas... pero yo...

Dan la miró a los ojos, enrojecidos, bañados en lágrimas. A pesar del calor que desprendía su piel, a pesar de la rabia que expresaba su rostro, le habría cogido las manos, pero ella no se lo hubiera permitido... las mantenía cerradas en un puño.

—Pero yo odio a Sean —dijo ella atropelladamente. Miró hacia las escaleras por donde había desaparecido Eliza, hacia el dormitorio de Annie—. ¡Le odio! Por lo que les ha hecho a nuestros hijos y...

Dan abrió los ojos de par en par, sorprendido, pero comprendiéndola. Y luego asintió, incapaz casi de respirar, acercándose a ella un paso más. «Y...», había dicho Bay. Ella desplegó los puños y se agarró los brazos como si la cocina, de repente, estuviera congelándose, como si así pudiera mantenerse en calor.

—Y a mí —musitó, mientras el ansia de pelea se alejaba y la rabia de sus ojos se transformaba en puro dolor—. Crecimos juntos e intenté quererle durante todo este tiempo, pero...

—¿Pero qué, Bay?

—No le conocía en absoluto —susurró, sollozando con un pesar tan estremecedor, con una angustia tan íntima, que lo único que pudo hacer Dan fue permanecer muy cerca, muy quieto, sin tocarla, sin decir una palabra.

9

Había empezado una ola de calor y los días siguientes, con el sol convertido en una bola de fuego en lo alto de un cielo blanco y brumoso, fueron sofocantemente calurosos. Bay intentaba que los niños se mantuvieran juntos, se esforzaba en ayudarlos a superar cada día. Tara le recordaba las cosas que siempre les habían gustado y la ayudaba a planificarlas: meriendas campestres a la sombra, ratos de playa, y excursiones al Paradise Ice Cream.

Bay obraba de acuerdo con las reglas, haciéndolo todo lo mejor que podía: si se derrumbaba, los niños estarían más asustados de lo que ya estaban.

Cada mañana, ella y sus dos hijos menores iban a la playa, colocaban la toalla y se sumergían en el agua. Billy y Pegeen hacían carreras hasta la balsa flotante, como si la actividad frenética sirviera para bloquear la realidad. Annie no se acercaba a la playa; quería dormir hasta tarde y cuando se despertaba se quedaba en casa leyendo. Bay estaba realmente preocupada por ella e intentaba vigilarla sin llegar a agobiarla.

Frank Allingham les hizo una visita y les llevó algo de comida preparada por su esposa. Mark Boland había llamado dos veces para ver si Bay necesitaba ayuda y Alise también había telefoneado. Intentaban mostrarse amistosos, pero oír sus voces le resultaba muy violento. Sus

145

esfuerzos por ser amables le recordaban lo que Sean había hecho.

El martes por la mañana sonó el timbre de la puerta. Bay abrió vestida con ropa de playa: llevaba un bañador y una vieja camisa grande. Y resultó ser Joe Holmes, vestido como siempre con lo que parecía ser el uniforme del FBI: traje y corbata oscuros.

—¿Puedo pasar, Bay?

—De acuerdo —dijo ella, abriendo la puerta del todo. Se sentía vulnerable a medio vestir, pero no quería perder tiempo cambiándose: sólo deseaba que todo aquello acabase y que él desapareciera rápidamente de su casa. Le acompañó al salón y él tomó asiento en la butaca de Sean. A ella se le encogió el estómago.

—Siento presentarme así, pero hemos descubierto más cosas que me gustaría que supiese.

Bay, incapaz de hablar, esperó mientras un hormigueo recorría toda su piel.

—Hemos estado en el lugar donde el coche de su marido se salió de la carretera. Hemos medido las marcas del patinazo, el radio del giro... y no indican que fuera un accidente. Creemos que Sean fue asesinado.

—No... ¿Por qué? No lo entiendo. Asesinado... —susurró, conmocionada, aturdida por la palabra.

—No podemos asegurarlo —dijo el agente. Su mirada era cálida, llena de compasión, habría asegurado Bay, como si de verdad le preocuparan sus sentimientos. Le escocían los ojos. ¿Cómo iba a pedirles a sus hijos que se enfrentaran a aquello? ¿Y cómo iba a afrontarlo ella? Al parecer iban de una conmoción a otra.

—¿Qué le ha hecho pensar en esa posibilidad? —preguntó cuando fue capaz de hablar—. Dijo usted que había resultado herido en el barco, que había perdido mucha sangre...

146

—Eso es cierto, así fue —dijo despacio Joe—. Pero incluso así, ¿por qué no se detuvo antes? ¿Por qué no llamó para pedir ayuda? No suelen producirse accidentes así en una tranquila carretera secundaria y con un vehículo en perfecto estado. ¿Tomaba drogas Sean?

—No, nunca. ¿Por qué?

—Hemos descubierto cocaína en su organismo.

—Sean nunca tomó cocaína —dijo Bay—. Era muy estricto... se oponía a las drogas. Era... salvaje en otros sentidos, pero no con las drogas.

—Tal vez cambiara su postura al respecto.

Bay bajó la cabeza. Había cambiado de postura respecto a tantas cosas... ¿por qué no respecto a las drogas? Pero su instinto le decía que no.

—¿Podría haberlo matado eso?

—Podría haberle perjudicado: la droga pudo empeorar sus reflejos a la hora de conducir, sobre todo con la pérdida de sangre. Y puede que no estuviese solo.

—¿A qué se refiere?

—Puede que en el coche hubiera alguien con él.

—¿Cuando se salió de la carretera? ¿Cuando murió? —preguntó Bay—. ¿Quién?

—Eso es todo lo que puedo decir por el momento —le dijo Joe—. Las investigaciones todavía no han terminado; siento mucho todo esto. Por usted y por los niños.

—Oh, Sean —dijo con voz sofocada, inclinando la cabeza.

—Hacia el final del día la prensa se habrá enterado de la historia, estoy seguro —dijo el agente—. Sólo quería que lo supiese usted primero.

Bay ni siquiera pudo darle las gracias por eso; cuando Joe se marchó, Bay no podía tenerse en pie. Se limitó a quedarse sentada, muy quieta, escuchando cómo se alejaba el coche sin apartar la mirada de las escaleras que conducían a los dormitorios de los niños.

Pensó en lo felices que habían sido Sean y ella el día que adquirieron la casa. Estaba en la playa, cerca de la de Tara, de todos sus mejores recuerdos de verano. Pero las lágrimas, junto con el dolor que le producía la ausencia de Sean y la consciencia de que se había marchado para siempre, la sensación de que el cielo se partía en dos, empañaron esa visión. A pesar de que su matrimonio estaba lejos, muy lejos, de la perfección, su más querida y descabellada esperanza era que lo mejorarían.

Subió las escaleras y luego bajó al salón. Le parecía de suma importancia conservar la calma. Como si, para compensar la violencia de la que había sido víctima Sean, necesitara andar de puntillas, hablarles muy bajito a sus hijos. Entró en la habitación de Annie y dijo:

—¿Puedes venir un momento? —y Annie saltó de la cama sin decir palabra.

Billy, ansioso por saber, hizo lo mismo:

—¿Qué estaba haciendo ése aquí?

—¿El señor Holmes? Te lo explicaré en un minuto. Venid un momento a la habitación de Peggy.

Se movía lentamente, como si avanzase en el agua. Tenía la voz entrecortada por las lágrimas incluso antes de empezar a hablar. Los niños se sentaron en la cama de Peggy, mirándola con ojos doloridos. Cada vez que Joe Holmes visitaba la casa, su mundo se derrumbaba un poco más.

—Es sobre papá —dijo Bay.

Todos se limitaron a mirarla. Ya les había dicho lo peor: que estaba muerto. Veía en sus ojos que habían superado la conmoción, que se encontraban en un nuevo reino. Y sólo deseaba atraerlos hacia ella, devolverlos a su niñez y empezarlo todo otra vez.

—¿Qué sucede? —preguntó Billy—. ¿Qué quería el tipo del FBI?

Bay miró a los ojos a sus tres hijos tan cautelosos y heridos, y se vio incapaz de decírselo.

—Dejad que me siente con vosotros —dijo, apretujándose entre Annie y Peggy encima de la cama. Pasó el brazo por detrás de Peggy para darle la mano a Billy. El corazón le latía tan deprisa que pensó que la fuerza la tumbaría. Peg empezó a sollozar y Bay todavía no había ni empezado a hablar.

—Es sobre papá —dijo, y la palabra le sonó tan dulce que recordó cómo todos se la decían a su padre, y vio de nuevo la alegría en los ojos de Sean... lo feliz que le hacía. Sus ojos se llenaron de lágrimas y creyó que no podría continuar.

—Cuéntanoslo, mamá —suplicó Annie—. No nos hagas esperar.

—Es desagradable —dijo, intuyendo su tensión—. Voy a decíroslo y tendréis que ser muy valientes. Todos lo seremos, ¿de acuerdo?

Y todos asintieron con la cabeza.

—Annie, Billy, Peggy. El señor Holmes ha dicho que es, que cree que es probable que papá fuera... asesinado.

—Asesinado —Peggy probó a pronunciar la palabra sin que apenas se la oyera.

—No —dijo Billy—. Papá, no.

—¿Por qué tendrían que hacerlo? —preguntó Annie—. Nadie lo haría. Nadie podría hacerle eso.

—Sucede en la tele —dijo Peggy, empezando a gritar—. Siempre, todo el rato. ¿Por qué no a papá?

—Esto no es la tele —dijo Billy—. Es nuestro papá.

—No estaría bien que alguien hiciese eso —sollozó Peg—. Una cosa es que su coche se saliera de la carrete-

149

ra. Pero que otra persona le hiciera esto a él, eso no lo soporto.

—Yo no soporto nada de todo eso —dijo Annie, tensando las manos sobre su regazo.

—No me creo ni que se haya ido —dijo Billy entrecortadamente. Empezó a sollozar, a frotarse los ojos con las manos—. No puede ser... es tan real. ¿Cómo puede haberse ido de repente? Se supone que debería estar aquí, con nosotros.

—Nadie debería poder alejarlo de nosotros —gritó Peggy.

—Somos una familia —dijo Annie—. Y él es nuestro padre.

—Odio lo que están diciendo sobre Sean —añadió Billy—. Y esto sólo empeorará las cosas. Quiero que esté aquí para defenderse.

Bay permaneció sentada entre sus hijos, ahora con los ojos secos de lágrimas, abrazándolos. Se sentía igual que ellos, pensaba que Sean era demasiado fuerte y real como para haberse marchado de repente. No podía responder a Billy. Quizá Sean no podía defenderse porque había hecho todo lo que la gente estaba diciendo.

Ésta era la primera lección que recibía su familia sobre la muerte y estaba secándoles el corazón, cauterizándoles las venas. Bay sabía que era como si hubieran estado en el coche con Sean, que quien fuera que le hubiese arrebatado la vida les estaba arrebatando también una parte de las suyas. Y darse cuenta de aquello la ayudó a tomar una decisión: la mayor de las que hasta ahora había tomado en su vida.

—Superaremos esto —dijo.

—¿Cómo? —gimió Peggy.

—Juntos —contestó Bay—. Nos tenemos los unos a los otros.

—Pero no a papá —dijo Billy—. A él ya no lo tenemos más.

—Eso no es cierto —replicó Bay—. Le tienes. Tienes su amor.

—¿Qué quieres decir? Se ha ido. Acabas de decir que fue asesinado.

—El amor no muere nunca —dijo Bay—. Tu padre te quería demasiado para que eso suceda. Te lo prometo, todavía te quiere. Te lo prometo. —Lo dijo con tal seguridad que sus hijos se sentaron algo más erguidos, mientras la miraban con los ojos abiertos de par en par y añadió de nuevo—: Os lo prometo.

—Si lo prometes —dijo Annie muy despacio—, entonces te creo.

Bay abrazó a cada uno de sus hijos. La violencia había irrumpido en su hogar, pero ella sería bondadosa y lo llenaría de amor.

Las palabras de Annie le permitieron hacerlo: «Si lo prometes, entonces te creo.»

Al día siguiente, miércoles, la noticia era la nueva comidilla de la playa: el accidente de Sean podía haber sido un asesinato. Probablemente había sido un asesinato. Y él había estado consumiendo cocaína. Pudo haber contado con la colaboración de alguien para robar en el banco. Con todos los ejecutivos exonerados, las autoridades, según el periódico, todavía estaban entrevistando a cajeros. «Jóvenes cajeras» decían los cotilleos que corrían de un lado a otro de la playa.

O podía haber sido alguien de fuera del banco, alguien que quería que Sean cometiera el delito: una columna hablaba de una mujer de Dallas que había convencido a su esposo banquero para que sustrajera dinero de las cuentas de los clientes para poder comprarse un pozo de petróleo.

Bay, sentada en su tumbona de playa, observaba a la gente que tenía a su alrededor, preguntándose quién pensaría que ella le había incitado. Extrajo el periódico de la mañana de su capazo de paja. Intentando simular que su marido no era el protagonista de la portada, luchó con todas sus fuerzas para mantener las manos firmes mientras empezaba a leer los anuncios clasificados para encontrar trabajo.

Tara se acercó para unirse a ellos y, juntas, las dos amigas pasearon por la dura arena hasta más allá de la línea que había dibujado la marea alta. Sus pies dejaban huellas poco profundas y, mientras caminaban lentamente, se entregaban, como lo habían hecho toda la vida, a la vieja costumbre de mirar al suelo en busca de tesoros: conchas, cristales erosionados por el mar, anillos de diamantes extraviados. Uno de los veranos en los que todavía eran seis oyeron gritar a una mujer. Había perdido el anillo de compromiso al salir del agua. En todos aquellos años, nunca se habían detenido realmente a buscarlo; hasta entonces.

—¿Cómo vas? —preguntó Tara.

—Estupendamente —dijo Bay, en un tono que sabía que su mejor amiga traduciría de inmediato como «totalmente destrozada».

—Me lo imaginaba —dijo Tara.

—Eso pensaba —dijo Bay—. Frank Allingham ha vuelto a llamar. Intentaba mostrarse amable, pero me sentía demasiado mal como para poder hablar con él... Estoy buscando trabajo.

—¿Has encontrado algo?

—Todavía no —dijo Bay—. Sé poco de ordenadores y todo el mundo parece buscar gente que conozca Windows y Excel...

—Hoy en día el analfabetismo informático se menosprecia profundamente en nuestra sociedad —suspiró Tara—. Pero yo sigo adelante, y tú también lo harás. ¿Qué más?

—¿Has visto cómo habla la gente? —preguntó Bay, oteando sus alrededores. Llevaba una pamela de paja para protegerse del sol y tenía que mirar por debajo del borde para verle la cara a Tara.

Tara sacudió la cabeza.

—Nadie murmurará de Sean delante de mí.

—Yo murmuraré de Sean delante de ti —dijo Bay—. Acabo de perder a mi marido, probablemente fue asesinado, pero estoy muy enfadada, Tara. No vas a creértelo, pero si lo tuviera aquí delante... —Bay sacudió la cabeza, como si con ello quisiera ahuyentar la violencia de sus pensamientos—. He empezado a sumar la hipoteca, el seguro, los gastos de la casa, los gastos para ir tirando... estoy preocupada porque creo que tendremos que vender la casa.

—Eso nunca —dijo Tara—. Antes me mato que permitir que eso ocurra.

—Oh, Tara. Gracias. ¿Cómo pudo hacerlo? ¿En qué estaría pensando? A menos que encuentre un trabajo ahora mismo... y un trabajo en el que me paguen el dinero suficiente... —Su oscuro corazón palpitaba con fuerza, y ella se desvanecía pensando en la posibilidad de perderlo todo cuando habían tenido tanto.

—Encontrarás algo. Sigue mirando los anuncios y yo preguntaré. Sabes hacer bien muchas cosas.

Siempre le había gustado el trabajo duro, cuanto más agotador, mejor.

—Le dije a Dan Connolly que odiaba a Sean —confesó Bay.

—Es normal que lo odies ahora mismo —dijo Tara—.

Sería imposible que no lo hicieras. ¿Le pedirás a Dan que construya el bote para Annie?

—No sé cómo.

—¿Dinero?

Bay asintió.

—El verano está a punto de terminar. Necesitaremos hasta el último céntimo de que dispongamos para sobrevivir hasta que encuentre trabajo. Empeñaría mi anillo de compromiso para pagar el bote pero, de todos modos, de poco serviría inmovilizado en el jardín hasta el verano próximo... —Bay se detuvo. Le dolía todo de pensar lo feliz que habría sido Annie si su padre hubiera sido capaz de conseguir que construyeran aquel barco para ella.

Observó el montículo arenoso, salpicado por la vegetación verde plateada de la playa, el bosquecillo de laureles y tojos, el escarpado acantilado, el estrecho sendero que conducía hasta un árbol caído. Sabía que de seguir el caminito iría a parar al desvío que conducía al interior del bosque... casi veía el claro, el punto donde Danny había colgado el columpio.

Entonces miró a sus espaldas, hacia el paseo de tablas de madera. «Construye las cosas para que duren», había dicho su hija. Una verdad como un templo. El paseo de tablas de madera, un centenar o más de gruesos tablones claveteados en fila, con el peltre gastado por las tormentas, castigado por las mareas altas y las terribles olas de los vientos del nordeste, era el testimonio de su perdurable obra. En la canícula brillaba una imagen de Dan de mucho tiempo atrás: alto, delgado, bronceado, sonriente.

El hombre que construía las cosas para que durasen.

«Un barco para Annie», pensó Bay.

Pero ¿para qué? ¿Qué bien le haría, qué felicidad podría aportarle a una hija cuyo padre había hecho los pre-

154

parativos para la construcción de un barco de madera, un bote clásico, por muy fuerte y resistente que fuera la madera elegida, si él acababa de desaparecer de su vida?

¿Hacía un instante?

—¿Has visto ese artículo en el periódico que habla sobre Augusta Renwick? —preguntó Tara.

Bay se encogió recordando el artículo. El FBI había estado entrevistando a todos los clientes de Sean y había descubierto que un gran porcentaje de sus fraudulentas ganancias procedían de las cuentas Renwick, del dinero que a Augusta le había legado su último marido, el famoso artista Hugh Renwick.

—Podía ser peor —dijo amablemente Tara—. Podía haberse tratado de alguien que realmente echara en falta esos cincuenta mil. Seguramente la seleccionó porque tenía mucho.

—¿Ha comentado algo ella?

—Todavía no. Mañana le limpio la casa.

—Cuéntame todo lo que te diga. ¿Me lo prometes?

—Te lo prometo —dijo Tara, con tono de preocupación.

Caminaron en silencio y fueron recogiendo conchas. Bay se guardó las suyas en el bolsillo de la camisa. Era una de las que había desechado Sean, de cuadros azules y con el cuello y los puños gastados. Siempre se quedaba con sus viejas camisas usadas para llevar encima del bañador; cuando jugaba en la playa con sus hijos, la camisa le recordaba a Sean, que estaba trabajando duro en el banco para todos ellos.

Trabajando duro, robando y siendo asesinado...

Se le ocurrió mirar atrás, por encima del hombro, y observar el camino que habían seguido. Allí, andando por el paseo de tablas de madera, sin quitarle los ojos de encima, había un hombre con camisa oscura. Llevaba pantalones de color caqui recién planchados, zapatillas deportivas de lona recién estrenadas y unas gafas de sol demasiado modernas. Pero era la camisa lo que en realidad le delataba.

Alguien debería decirle al FBI que un auténtico aficionado a la playa nunca se pondría una camisa oscura como ésa en un día tan caluroso: absorbería toda la luz y la persona que la llevara se asaría. Mientras observaba al hombre que la vigilaba, Bay casi sintió pena por él.

Annie estaba tendida en la cama, con la ropa pegada al cuerpo. Se sentía como una flor grande y marchita con la camiseta pegada a la piel y el cabello completamente sudado. Incluso con las ventanas abiertas de par en par, la brisa marina soplaba a más de treinta y cinco grados.

«Asesinado. Tal vez.»

Su madre y Tara se habían llevado a sus hermanos a la playa. Como siempre, la habían animado para que les acompañara: «Venga, Annie, vamos a darnos un chapuzón... a mojarnos y refrescarnos... un bañito rápido...»

Annie se dejó caer fuera de la cama y caminó descalza por el oscuro pasillo, bajó las escaleras y se dirigió a la cocina.

«Papá... ¿asesinado? Era imposible...»

Al abrir la puerta de la nevera dejó que una ráfaga de aire helado enfriara su sudorosa piel.

«Tan sorprendente como el asesinato, las drogas... ¡cocaína! Papá no podía, nunca habría tomado cocaína... siempre le decía a Annie que las drogas eran malas, que le estropearían el cerebro, que le impedirían ser una buena deportista y destruir a su contrario en la pista de baloncesto. Aunque también le había dicho que no robara nunca. Y también decían que él había robado.»

Annie intentó ahuyentar sus pensamientos y estudió el interior de la nevera, las distintas alternativas. Una montaña entera de comida *light*... «Gracias, mamá, por comprar esto sólo para mí.» Una botella de medio litro de sorbete de limón, otra de yogurt de vainilla desnatado. Y allí, en el fondo, una tarrina de helado de melocotón del Paradise, que Bay había comprado para acompañar el pastel de arándanos que prepararía más tarde.

«No pienses en "asesinato". A lo mejor no lo fue, a lo mejor no fue más que un accidente... y a lo mejor no era cocaína. No podía ser.» Annie estaba a punto de coger el helado cuando sonó el teléfono.

Se detuvo. Agarró el bote de plástico del helado, dudando entre el impulso y el deber. Dejó el helado en la nevera, mantuvo la puerta abierta y estiró el brazo para coger el teléfono.

—¿Diga? —respondió.

—No puedo creer que haya dado con tu número. Créeme, no ha sido fácil, a pesar de que de entrada no pensaba llamarte. No es que no aparezcas en el listín, porque apareces, es porque *a)* deletreaba mal tu apellido y *b)* escribí mal el nombre de tu ciudad.

—¿Quién es? —preguntó Annie, sintiendo aún un escalofrío bajo la piel, porque, por supuesto, sabía quien era, Eliza, y porque la llamada no era del entrenador preguntando por Billy o Pegeen, o del banco o de un abogado o de cualquiera que preguntara por su madre: era una llamada para Annie.

—Te daré tres oportunidades, pero si no lo consigues al primer intento, me enfadaré de verdad.

—¿Eliza?

Annie escuchó con satisfacción su carcajada.

—Buen trabajo. Pues bien, primero miré «MacCabe» en lugar de «McCabe», y luego pedí por Silver Bay en lu-

157

gar de Black Hall... ¡pero finalmente te encontré! ¿Estás bien?

—Hummm... —empezó Annie. Sus ojos se apartaron de la puerta de la nevera. Con la mayoría de la gente ni siquiera se habría planteado decir la verdad. Pero algo la empujaba a contársela a Eliza: «Creo que mi padre fue asesinado, y ahora estaba a punto de hundir la cabeza en una tarrina de helado de melocotón», podría decir, y tenía la sensación de que Eliza la comprendería. Pero en lugar de eso dijo—: Supongo.

—No creo que lo estés. Sé lo que han estado diciendo sobre tu padre.

—¿Lo sabes?

—Sí. No tienes por qué hablarme de ello, pero sé lo duro que es. Lo sé.

El silencio se apoderó de la línea telefónica.

—Lo siento —susurró Eliza—. Es demasiado pronto para ti.

—Le echo de menos —dijo Annie mientras los ojos se le llenaban de lágrimas—. Le echo tanto de menos que si estuviese aquí incluso practicaría con él los tiros a canasta. Y odio los tiros a canasta...

—Cuando te sientas mejor... después de que haya pasado más tiempo —empezó Eliza.

Annie estuvo a punto de colgar; no quería oír que llegaría a sentirse algún día mejor; que el dolor de perder a su padre acabaría amortiguándose. Pero la confianza instantánea que había sentido con Eliza superó ese momento y se limitó a seguir respirando, a la espera de escuchar lo que vendría a continuación.

—Cuando te sientas mejor —continuó Eliza—, podrás pensar en él en el lugar donde se encuentra ahora.

—¿Y dónde se encuentra ahora? —preguntó Annie con voz apagada, pensando en el cementerio, en la lápida que llevaba su nombre esculpido: Sean Thomas Mc-Cabe, y a continuación las fechas de su nacimiento y su muerte, y finalmente la frase del poema que Annie había leído en la iglesia: «Promesas que mantener...»

—Sí —dijo Eliza—. Es un lugar maravilloso...

—Me gustaría que fuese cierto —dijo Annie mientras las lágrimas seguían escociéndole en los ojos.

—¡Pero si lo es! —dijo Eliza—. ¡Lo sé seguro!

—¿Cómo?

Ahora era el turno de Eliza para quedarse en silencio. Inspiraba y expiraba, y Annie podía escuchar el ritmo y la aspiración, como si los labios de Eliza estuviesen pegados al teléfono. Annie cerró los ojos y acompañó a Eliza con su respiración.

—Te lo diré la próxima vez que nos veamos —susurró Eliza.

—Pero ¿cuándo...?

—¿Cuándo será eso? Ésa es la cuestión. Si viviésemos más cerca, iría en mi bicicleta. ¿Tienes barco?

—Mi padre... tenía... ¿por qué?

—Porque Mystic está en el mar y tu casa está en el mar... —Rió—. Podríamos vernos a diario.

Annie se echó a reír, pensando en las dos corriendo arriba y abajo del estrecho de Long Island para verse.

—¿Tienes una barca? —preguntó.

—Seguro que pensabas que sí —dijo Eliza—. Teniendo en cuenta que mi padre construye barcos y que su empresa se llama así por mí... quiero decir, por mi abuela... pero nos llamamos igual... es una larga historia.

—Y quiero escucharla.

—Y podrías, ¡si una de nosotras tuviera una barca! Te contaría esa historia, y podría contarte otra sobre nuestros otros padres...

Annie se encogió de nuevo, aunque un poco menos

que antes; como si a lo largo de su conversación con Eliza estuviese acostumbrándose, muy gradualmente, a la idea de que su padre se había ido. La palabra «asesinato» ya no le pasaba tan violentamente por la cabeza.

—Nos veremos pronto —dijo Eliza—. De una forma u otra. Conseguiré que me lleve mi padre en coche. O que te traiga aquí tu madre.

—¡Sí! —dijo Annie, casi emocionada.

—¡Te obsesionaré con ello!

—¿Obsesionar?

—Una palabra que he sacado de la papelera. Significa «pensar constantemente en algo».

—Ah —dijo Annie, sin entender muy bien lo de «papelera» pero sí lo de «pensar constantemente en algo». Pensó en su padre y en cómo era antes su familia. Pensó también en su barquito y en que se suponía que debía llevarlo siempre con él.

Eliza debió de seguir a la escucha, aunque el único sonido audible fuera el sucesivo tragar saliva de Annie, el de las lágrimas descendiendo por su garganta. Annie estaba llorando, como si todas las cosas en las que pensara le llenaran constantemente la cabeza, todo el amor que sentía por su familia y lo mucho que dolía. Sin embargo, sujetar el auricular, sujetarlo con fuerza contra el oído, notándolo húmedo y resbaladizo por las lágrimas, sabiendo que Eliza estaba todavía escuchando, que, incluso en el silencio roto, Eliza estaba allí, la hacía sentir algo mejor.

10

Estaban recogiendo arándanos para el pastel de frutas del bosque. Campos de azul y verde brillaban bajo el calor, casi un acre de terreno que las alambradas mantenían a salvo de los ciervos. Bay, Tara, Billy y Pegeen llenaban sus cestas. Eran la única familia que se había desplazado a la granja en el día más caluroso del verano hasta aquel momento: las colinas situadas al norte de Black Hall aparecían nebulosas a lo lejos, suavizadas por la humedad, como en un cuadro. Mirar el paisaje tranquilizaba a Bay.

—Cuando miras eso —dijo Tara— comprendes bien por qué los artistas venían aquí. Por qué todos se desplazaban hasta Black Hall desde Nueva York...

Bay se protegió los ojos del sol para contemplar la escena.

—Yo pienso lo mismo cuando estoy en la playa —dijo—. Cuando miro la orilla, las rocas y las playas, las marismas... a las dos nos encanta la playa, pero a ti te gusta un poco más la tierra... Somos consecuentes con nuestros nombres.

«Bay y Tara»... Mar y tierra.

—Hagámonos pintoras —dijo Tara—. Hagámonos artistas.

—Oh, Tara —dijo Bay.

La idea la inquietaba. Observó a sus dos hijos menores moviéndose como pequeños fantasmas por el campo, como pequeños zombis, sin encontrar rastro de la chispa y el entusiasmo que en el pasado les había acompañado cada vez que iban a recoger frutas del bosque. En dirección este, una familia de ciervos pacía a la sombra junto a una pared de piedra, y los niños ni se habían percatado de su presencia.

—Quiero convertirme en artista en lugar de limitarme a salir con ellos. Huelen a aceite de linaza y, francamente, pienso que tengo una visión de la vida mucho más intensa que cualquiera de ellos. Mi vida amorosa es un desastre. Al menos tengo una estupenda carrera profesional. —Soltó una carcajada—. Limpiadora de las mejores casas de Black Hall.

—Y por eso dispones de tanto tiempo para disfrutar de la playa —dijo Bay—. Has conseguido trabajar sólo las horas que te conviene.

—Tienes toda la razón —dijo Tara—. Si tuviera a ese alguien especial a quien untar con bronceador... Además de ti, por supuesto. Quiero conocer a alguien fuerte y asombroso. Tu equivalente masculino.

Bay se echó a reír.

—Lo digo en serio —dijo Tara—. Quiero a alguien a quien poder coger de la mano, con quien ir a conciertos, con quien instalarme en el porche a ver las estrellas... pero cuando aparece un hombre de carne y hueso, la verdad es que no me veo pasando el resto de mi vida con él.

—Te comprendo —dijo Bay en voz baja, agachándose junto a un arbusto, hurgando entre las ramas más bajas para encontrar frutos.

—Pero tú lo hiciste —dijo Tara, arrodillándose a su lado—. Corriste ese riesgo, te enamoraste... tuviste tres hijos estupendos.

—Lo sé —dijo Bay—. Pero Sean y yo no teníamos algo auténtico. ¿Qué estás describiéndome? ¿Cogerse de la mano y bailar? Pienso en mi matrimonio y me pregunto dónde fue a parar todo eso, si es que alguna vez existió.

—¿Crees que lo tuvisteis?

—No lo sé —dijo Bay—. Creo que yo quería con todas mis fuerzas que así fuera, que me convencí de que existía. Pero ahora, cuando oigo hablar de la investigación policial, de las cosas que Sean estaba haciendo y de las que yo no sabía nada, tengo ganas de tirarme por un acantilado. ¿Qué dice de mí, de nuestro matrimonio, que la mayor parte de su vida fuese un secreto para mí?

—Era un idiota —dijo Tara—. Por hacer eso.

—Ni siquiera sé cómo seguir adelante —dijo Bay.

—Es por eso por lo que deberías convertirte en artista. Las dos... podríamos aprovechar nuestra pasión irlandesa, canalizarla hacia nuestra obra.

—En estos momentos no tengo mucha pasión —dijo Bay, todavía en cuclillas, levantando la vista hacia una Tara a quien veía alta y poderosa, a contraluz, con el sol a sus espaldas. A Bay le dolía tanto el cuerpo que no podía moverse; era como si hubiese estado en el coche junto a Sean, como si hubiese pasado todos aquellos días aplastada por el peso del agua del mar, como si los cangrejos y los peces le hubieran mordisqueado los dedos y la cara.

—Claro que la tienes —dijo Tara lentamente—. Vives y respiras pasión...

—No soy más que una madre suburbana —le dijo Bay—. Eso es todo.

—Pero le pones todo tu corazón.

Bay no respondió, pero las palabras de Tara le calaron hondo. Tremendamente preocupada por los niños, en especial por Annie, estaba decidida a que superaran

163

todo aquello, a hacer lo posible para volver a la normalidad, para transmitirles alegría de nuevo.

Llenaron las cestas, pagaron a la mujer de la caseta y regresaron a la costa. Al entrar en la autopista, los primeros pensamientos de Bay fueron para Annie: teniendo en cuenta lo callada y retraída que era, ¿se equivocaba Bay dejándola que hiciese la suya, no obligándola a unirse a la familia, permitiéndole quedarse encerrada en su habitación?

Pero tan pronto entraron en la cocina, Annie salió a recibirles.

—Mamá, voy a necesitar que me lleves en coche —dijo Annie—. No hoy, pero pronto... ¿de acuerdo?

—¿Adónde? —preguntó Bay, sorprendida y feliz.

—A Mystic.

—Tú no tienes amigas en Mystic —dijo Billy—. Ni siquiera quieres quedar con tus amigas de Hubbard's Point.

—Es cierto —dijo Peg, mostrándose algo dolida—. Ni siquiera quieres quedar conmigo.

—¿A quién quieres ir a visitar? —preguntó Bay.

—A Eliza.

—¿A Eliza Connolly? Sólo la has visto una vez... —dijo Bay.

—Pero me ha llamado, mamá —dijo Annie, con los ojos brillantes—. Mientras estabais en la playa. Quiere que vaya. Me ha localizado.

Al ver una sonrisa en el rostro de su hija, y en su mirada esa luz ausente durante tanto tiempo, a Bay le dio un vuelco el corazón.

—Podría haberle preguntado a su padre cómo localizarte —dijo Tara—. Teniendo en cuenta lo bien que conoce el camino hasta Hubbard's Point.

Bay notó que le subían los colores.

—¿Mamá? —preguntó Annie.

—Claro que sí —dijo Bay—. Te llevaré. Sólo me tienes que decir cuándo.

Mientras sonreía a su hija, que se encontraba en la otra esquina de la cocina, Bay echó un vistazo por la ventana. Dos hombres esperaban sentados en el interior de un coche oscuro que estaba aparcado en la otra acera. No los había visto antes, pero sabía quiénes eran. Estaban vigilando la casa. ¿Creían que Sean le había dado dinero para que lo escondiese, para que lo guardase? Quizá debería enseñarles su menguante cuenta bancaria, los anuncios de puestos de trabajo que había marcado aquella mañana. El coche tenía las ventanillas subidas y el aire acondicionado en funcionamiento. Los hombres tenían el aspecto de llevar el día entero allí sentados.

Justo en aquel momento sonó el teléfono. Aliviada porque algo la distrajese de los hombres del coche, Bay respondió.

—¿Diga?

—Bay, soy Dan Connolly.

—¿Cómo estás?

—Bien... pero ha ocurrido algo. Y tengo que verte.

—¿Verme? ¿No puedes contármelo por teléfono, porque...?

—No —dijo interrumpiéndola—. Tiene que ser en persona. ¿Estás libre mañana por la tarde? ¿A eso de las dos?

—Sí, a esa hora me va bien —dijo Bay—. ¿Quieres venir aquí?

—No, no podemos hablar en tu casa... no quiero que lo oigan los niños.

—En el Foley's, entonces —dijo Bay, volviendo la espalda al grupo al darse cuenta de pronto de que estaban todos pendientes de lo que decía. La muerte de Sean ha-

bía dejado a la familia en un estado de alerta máxima—.
¿Sabes dónde está? Pasa por debajo del puente del tren
y sigue recto...

—Ya me acuerdo —dijo él—. Nos vemos allí mañana.

—Conforme —dijo Bay, y colgó, desconcertada al
ver de nuevo a esos dos centinelas al otro lado de la calle.

La ola de calor continuaba, y el día siguiente se levantó tan caluroso y bochornoso como los que lo habían
precedido.

Augusta Renwick vivía con grandiosidad artística y
marina en un acantilado con vistas al mar, a escasos kilómetros de Hubbard's Point siguiendo la costa en dirección oeste. La blanca mansión tenía amplios porches con
muebles de mimbre blanco cubiertos con cojines de rayas descoloridos. Había macetas de geranios de color rosa por todos lados. Ése era el límite de las dotes de Augusta para la jardinería: los geranios rosas comprados en
Kelly's. Eran de primerísima calidad.

Pero ese día, mientras paseaba por su mirador en
busca de un poco de brisa marina, Augusta se sentía muy
insatisfecha con sus flores. Calificarlas de «marchitas»
habría sido hacerles un generoso cumplido. La verdad
era que las pobres estaban más bien muertas.

—Estáis lánguidas —dijo peyorativamente Augusta,
apoyándose en su bastón de espino negro con empuña-
dura de plata. Suspiró. Había llegado a apreciar y apoyar
a los inválidos, incluso a los del mundo vegetal. Sobre todo desde que su antiguo yerno, Simon, un depravado que
estaba actualmente en la cárcel, mientras intentaba agre-
dir a su mujer, Skye, le había dado a Augusta un buen golpe en la cabeza; a raíz de ello la parte derecha de su cuerpo se debilitó y tuvo que caminar con la ayuda de un

bastón. El lado positivo de todo aquello —Augusta creía que siempre había un lado positivo— era que sentía mayor compasión hacia todos los seres vivos.

Con excepción de los hombres malos.

Augusta no albergaba sentimientos agradables hacia los hombres, o las mujeres, que hacían daño a los demás. Simon había sido sólo una horrible muestra del mal que una persona puede llegar a sembrar, pero para nada era el único villano de esa calaña.

Tras lanzar una nueva mirada funesta a sus geranios muertos, Augusta anduvo cojeando hasta la puerta cubierta con cortinas y se adentró en el frescor relativo de su amplio vestíbulo. Un ventilador de techo proporcionaba algo de aire desde arriba. Hugh, su adorado y fallecido esposo, amaba a Somerset Maugham y Noel Coward; de hecho, le había puesto a la casa el nombre de «Firefly Hill» en honor a la gran mansión que Coward poseía en Jamaica. Augusta suponía que Noel también había dispuesto ventiladores en el techo para que le echasen una mano a la brisa marina.

Hugh había sido un pintor de la categoría de Hassam y Metcalf, de lo mejorcito que había dado Estados Unidos, y había llevado la vida de un artista: salvaje y desenfrenada. Los coleccionistas reconocieron enseguida su grandeza y Hugh fue uno de esos excepcionales artistas que alcanzó la riqueza en vida. Algunas inversiones inteligentes y unos buenos asesores financieros permitieron que la riqueza de los Renwick se convirtiera en una fortuna.

Uno de esos asesores había sido Sean McCabe.

Augusta cruzó el enorme vestíbulo, atravesó después el salón, pasó por delante de los retratos que Hugh había hecho de sus tres hijas y entró en un pequeño estudio situado en el extremo oeste de la casa. El sol de la mañana no lograba alcanzar los altos ventanales. La estancia resultaba confortable, pensada para pasar las tardes de invierno junto a la chimenea. Todas las paredes estaban recubiertas de libros.

Augusta, intentando localizar con el oído a Tara, la señora de la limpieza, asomó la cabeza por la puerta. Allí estaba, arriba... Augusta seguía teniendo el oído muy agudo y podía oír los golpes de la escoba de Tara limpiando las contrahuellas de la escalera. Si seguía limpiando a aquel ritmo, Tara no aparecería por la puerta de aquella habitación antes de diez minutos.

Augusta se acercó a la librería de poesía y drama. Cada una de las cuatro paredes del estudio tenía los libros organizados por temas. La de mayor tamaño, con diferencia, contenía libros de arte, entre ellos unas veinte biografías y libros de fotografías de Hugh y su obra, y otros cincuenta volúmenes más sobre la colonia artística de Black Hall y los artistas que habían ocupado sus filas.

Otra pared la ocupaban los libros de historia y ciencias: guías de campo de aves, climatología, conchas y peces de la zona de Black Hall, así como obras más complicadas y densas sobre la geología y la geofísica del litoral oriental.

Pero Augusta se dirigió a la sección de poesía y drama. Adoraba a los eruditos, veneraba a los poetas. Buscó su manoseado y releído ejemplar del Bardo, en la tercera estantería empezando desde arriba, empotrado en el extremo derecho del estante. Cuando Augusta retiró el libro, se activó un mecanismo y la estantería se movió hacia fuera para revelar una caja fuerte secreta.

Con prisas, consciente de que Tara llegaría pronto al estudio para llevar a cabo la limpieza semanal, giró el reloj. La combinación era sencilla, inolvidable: los meses y los días de los cumpleaños de sus hijas.

Una vez abierta la caja, empujó hacia un lado una saca con doblones de oro y una cajita con rubíes birmanos que su yerno buscador de tesoros le había entregado para que guardase a buen recaudo; un fajo de bonos al portador, un montón de billetes, pulseras antiguas de Harry Winston y collares de platino, diamantes y zafiros, y los pendientes de esmeraldas Vuarnet.

Augusta buscaba una simple hoja de papel. Correspondencia del banco que había recibido ese mismo mes. La sacó de la caja precipitadamente, cerró la puerta, devolvió a Shakespeare al lugar que le correspondía y se instaló en el escritorio. Retirándose su melena canosa de la cara, buscó la calculadora y, con la mirada fija en el papel, empezó a hacer cálculos.

Tara ya estaba terminando con la mansión Renwick. Aquel día le quedaba sólo otra casa por limpiar: la cabaña de un artista situada en la orilla del Ibis River. Una minucia comparada con Firefly Hill. Lo principal era que quería regresar a Hubbard's Point lo antes posible. Bay había quedado con Dan Connolly a las dos y Tara quería estar allí, en parte para darle apoyo moral y en parte porque se moría de curiosidad.

Estaba repasando la escalera con la escoba y un paño húmedo y se había reservado el estudio para el final. Lo hacía siempre. Era su habitación preferida de la casa, confortable y acogedora, llena de libros y de fotografías familiares. Cuando dobló la esquina, se sorprendió al encontrarse con Augusta Renwick sentada detrás del enorme escritorio de caoba.

—¡Oh, señora Renwick! —exclamó—. Creía que estaba fuera, en el porche.

—No, Tara —dijo la matriarca, con la mirada fija en

un papel que tenía en la mesa—. Estoy demasiado preocupada como para estar fuera.

—Lo siento. ¿Hago más tarde la habitación?

Augusta retiró el papel y miró a Tara por encima de sus gafas de lectura con montura de concha.

—Lo conocía usted muy bien, ¿verdad?

—¿A quién? —preguntó Tara, con el estómago encogido.

—A Sean McCabe. No seamos remilgadas. Fue él quien la recomendó. Yo necesitaba una señora de la limpieza y me dijo que la mejor amiga de su esposa tenía un negocio de limpieza de casas, y la contraté.

—Sí, le conocía muy bien —dijo Tara, mirando a Augusta directamente a los ojos.

—Cuénteme cosas sobre él —dijo Augusta, indicándole el asiento de cuero cuarteado que tenía colocado frente a la mesa. Tara respiró hondo. Aquello era como caminar sobre una capa de hielo muy fina; quería serle fiel a Bay y no quería mostrarse descortés con quien le daba trabajo. Sin apartar los ojos de Augusta, se sentó con cuidado en el borde del asiento.

—Era un buen amigo —dijo Tara—. Muy buen amigo. Crecimos juntos, veraneábamos todos en Hubbard's Point.

—La Riviera irlandesa —dijo Augusta.

Tara sonrió educadamente. Los anglosajones blancos protestantes se referían a Hubbard's Point como «la Riviera irlandesa de Connecticut». Su abuela siempre le había dicho que era por envidia.

—Continúe —insistió Augusta—. Cuénteme más cosas sobre Sean.

—Bien, estudió en St. Thomas Aquinas High School de New Britain y luego en el Boston College. En ambos lugares formó parte del equipo de baloncesto estudian-

170

til; obtuvo un máster en ciencias empresariales por la Universidad de Connecticut. Se casó con una chica de la playa. Luego entró en la banca y trabajó en el Shoreline Bank and Trust.

Augusta agitó la mano en señal de impaciencia.

—De todo esto podría enterarme leyendo su currículo —dijo—. Ese tipo de cosas no me interesa. —Dio unos golpecitos en la hoja de papel que seguía sobre la mesa y la recorrió con el dedo—. Esto me interesa.

—¿Qué es? —preguntó Tara.

—Un extracto bancario. De una pequeña cuenta. Casi me había olvidado de ella. Sean me animó a abrirla hace años. Tenía algunos certificados de depósito en venta a un cambio favorable. Recuerdo que me llamó una mañana que nevaba, con ese tono suyo tan contagioso... ya sabe a lo que me refiero.

Tara asintió. Lo conocía muy bien, casi podía escucharlo: «Hola, Augusta, ¡muy buenos días! ¿Qué tal se ve el paisaje nevado desde su ventana? ¿Es bonito como en la ciudad? Estoy seguro de que su marido podría pintar un cuadro magnífico de ella...»

—Sean tenía talento para conocer a la gente —dijo Tara—. Y para gustar.

—¿Para gustarles lo bastante como para robarles? —preguntó secamente Augusta.

—Eso nadie lo comprende —dijo Tara.

—¿Estaba su familia necesitada de dinero? —preguntó Augusta—. ¿Alguno de los niños, a lo mejor? ¿Para los estudios? ¿Tenían quizá problemas de salud?

—Los niños están bien. Todo el mundo está sano —dijo Tara sin alterarse.

—¿Su mujer, entonces? ¿Pretendía llevar un tipo de vida más lujoso? ¿Era... es... muy exigente?

Tara miró fijamente a la anciana. Se percató de las

perlas negras que llevaba Augusta, más valiosas que la mayoría de las casas que había en aquella lujosa ciudad playera. Su cabello blanco había sido negro en su día, quizá tan oscuro como el de Tara; podía adivinarlo por las impresionantes cejas de Augusta, arqueadas por encima de sus ojos violeta. Tara no era más que la señora de la limpieza y Augusta era la gran dama, pero a pesar de ello Tara la miró de arriba abajo.

—Bay no es exigente —dijo Tara, representándose a su amiga, descalza, con la melena pelirroja agitada por el viento, sujetando en la boca las pinzas de madera mientras tendía la colada.

—A buen seguro algo hubo que le llevara a hacer lo que hizo —dijo Augusta.

—Tiene razón. Pero no sabemos qué.

—¿Otra mujer? —preguntó Augusta—. ¿Es eso?

Tara permanecía sentada sin moverse, inexpresiva, consciente de que por nada en el mundo diría nunca una palabra sobre aquello.

—La lealtad es de admirar —dijo Augusta, mirando a Tara con los ojos entrecerrados—. Es una buena cualidad.

—Gracias.

—La habría esperado en Sean.

«Todos la esperábamos», pensó Tara.

—¿Qué hará ahora su esposa? ¿Trabaja?

—Trabaja muy duro —dijo Tara—. Criando a sus hijos.

—¿Cuántos tiene?

—Tres.

—Como en nuestra familia —dijo Augusta, ablandándose y adoptando de repente un tono melancólico—. Tres hijos sin padre. Mis hijas también perdieron muy jóvenes a su padre.

—Por si sirve de algo, señora Renwick —dijo Tara—, siento mucho lo que le hizo Sean. ¿Se sentiría más cómoda si dejara el trabajo? Lo comprendería perfectamente, teniendo en cuenta que fue él quien me recomendó.

—Dios mío, no —dijo Augusta, aparentemente horrorizada—. Tara, la necesito más que nunca. A pesar de que la cantidad de dinero que me sustrajo era pequeña, el daño que me hizo es grande. No puedo soportar que se aprovechen de mí. Soy vieja, Tara, y la sociedad deja amargamente de lado a los viejos y les pierde el respeto. Nos tratan con condescendencia y creen que estamos demasiado chiflados como para darnos cuenta de que nos están desplumando.

—Usted de chiflada no tiene un pelo, señora Renwick. —Tara sonrió—. Usted es una de las personas más inteligentes que he conocido en mi vida.

—Me gustaría pensar que tiene usted razón —dijo Augusta, con cierta arrogancia—. Y habría creído que Sean opinaba lo mismo. Es por eso que resulta tan duro. Mi confianza en la humanidad se ha visto sacudida. No es la primera vez que ocurre una cosa así, las ancianas ricas son especialmente vulnerables. Recuérdelo cuando sea mayor y los frutos de su trabajo se hayan multiplicado... Ahorra usted algo, ¿verdad?

—Sí —dijo Tara—. Mi madre me enseñó a ser frugal. Mi mayor gasto es el jardín...

—¿El jardín?

—Sí —dijo Tara—. Mi orgullo y mi alegría. Compro muchas plantas... y no puedo resistirme a unos guantes de jardinería de piel suave, ni a las regaderas de cobre, ni a las desplantadoras más novedosas y afiladas...

—Ah, los irlandeses son estupendos con las flores y la tierra. Hugh tenía un jardinero de Wicklow. Le hablo de la época en que Firefly Hill era un escaparate. Quería tener los jardines bonitos para pintarlos. Ahora no tengo más que ese jardín trasero lleno de hierbas y aquellos geranios marchitos. Tengo mala mano.

—Agua, agua y más agua. —Tara sonrió, pensando en Bay—. Es el único secreto.

Augusta golpeó el suelo con el bastón de espino negro y luego flexionó su debilitada mano derecha.

—No puedo arrastrar la manguera como antes. Ni cargar con una regadera. Y mis hijas están demasiado ocupadas con sus asuntos... *trop occupé*, como diría Caroline, ahora que vive en Francia, como para ayudar a su anciana madre a regar su jardín... y además, pensándolo bien, están algo lejos.

—Yo podría cuidarlo —dijo Tara, acababa de tener una idea—. O...

—¿O qué?

—Podría usted contratar a un jardinero.

11

Justo antes de las dos, Bay sacó su vieja bicicleta del garaje. Había estado metida en un rincón, junto con los palos de golf de Sean y su pelota de baloncesto, y estaba cubierta de telarañas, de modo que Bay la limpió antes de montar en ella.

Al pasar junto a los hombres del coche oscuro se sintió como el gánster de una película, como si se burlara de la ley. Pusieron el coche en marcha y la siguieron por la calle, pero Bay tomó un atajo a través de las marismas pedaleando por encima de las estrechas tablas de madera que su hijo había dispuesto sobre el fango para poder acceder a la zona en bicicleta y buscar cangrejos... un camino que ningún Ford LTD se atrevería a seguir.

Se concentró en el suelo que pisaba y en mantener las ruedas de la bicicleta sobre los tablones. Un movimiento en falso y caería de bruces en el negro fango en descomposición de la marisma. Tenía el cuerpo en tensión, y no sabía qué podía esperar cuando se encontrase con Danny. ¿Qué tenía que decirle y cómo se sentiría ella? Ya se había puesto bastante en evidencia ante él, y ahora deseaba no haberlo hecho.

Una vez abandonado el terreno pantanoso, enfiló la escondida Mute Swan Road, una carretera tan aislada que la mayoría de los habitantes de Hubbard's Point desconocía su existencia, pasó por delante de la casa donde vivía en invierno el guardia de seguridad de Hubbard's Point, y descubrió las luces azules que coronaban su coche verde, camuflado dentro del bosque que llenaba la zona.

Llegó finalmente a la carretera principal y al aparcamiento de arena del Foley's, una estructura verde parecida a un granero que albergaba el típico establecimiento de playa en el que siempre se encuentra de todo. Bay echó un vistazo a los coches y vio el camión de Danny. Se le aceleró el pulso; después de tantos años todavía seguía sintiendo aquella antigua excitación al verle. Saltó de la bicicleta y luego, consciente de que la policía formaba parte ahora de su vida, la aparcó en un lugar escondido, debajo del amplio porche del establecimiento.

Entró en el establecimiento, grande y ventilado, y vio que los tres pasillos estaban vacíos (hacía demasiado calor para ir de compras), pero encontró a Danny en la parte trasera, sentado en una mesa. Danny la vio al instante y se levantó para saludarla con la mano y acercarle una silla. Ella tomó asiento y, como siempre, pasó la mano por la superficie de la mesa, llena de marcas. Generaciones de chicos de Hubbard's Point habían dejado sus iniciales grabadas en la madera: SP + DM, ML + EE, ZM + RL, AE + PC. Allí, hacia un extremo, estaban las de Bay y Sean: BC + SM.

—Hace mucho tiempo —dijo Bay al ver que los ojos azules de Dan la miraban, con una grave expresión.

—Sé a lo que te refieres —dijo él, relajándose y mostrándole una sonrisa que se apoderó de su cara—. Gracias por venir.

Ella hizo un gesto de asentimiento y le devolvió la sonrisa. Danny Connolly tenía la sonrisa más agradable, más cálida que había conocido, era una de las cosas que más le habían gustado de él. Mirándole ahora, recordó por qué: era una de las sonrisas más sinceras del mundo, le llegaba a todos los rincones de la cara. Cuando se acercó Allie Grayson, una chica de playa en su primer trabajo de verano, ambos pidieron limonada.

—Y bien, ¿qué querías explicarme? —preguntó Bay. La sonrisa se esfumó.

—He estado recibiendo muchas llamadas. De esas que cuelgan, ¿sabes? Al principio pensé que se equivocaban de número. O que estaban intentando enviarme un fax y lo pasaban por la línea telefónica. Pero finalmente lo cogí y la persona que llamaba me preguntó si yo había hablado con Sean McCabe, si lo había visto. Durante medio segundo creí que eras tú.

—¿Yo?

—Era una mujer —dijo.

—¿De verdad?

—Sí. Supe enseguida que no eras tú, naturalmente, pero no pude imaginarme quién más podía saber que Sean había venido a verme. Y qué significaría.

—¿Cómo sonaba la voz? —preguntó Bay.

—Tenía un tono precavido —dijo Dan—. Hablaba con cautela, como si quisiera estar segura de no decir demasiado.

—¿Tienes identificador de llamadas?

Dan volvió a sonreír y sacudió negativamente la cabeza.

—No. No soy ningún as de la electrónica. Eliza no para de decirme que entre en la edad moderna... quizá sea la mentalidad de los barcos de madera. No me gustan las cosas que le quitan el misterio a la vida.

Bay se encogió de hombros, perpleja.

—No tengo idea de quién pudo ser. ¿Llamaste a la policía?

Él hizo una pausa. Allie les sirvió las limonadas y él

esperó a que la chica se fuera. Pasó el dedo por el borde mojado del vaso. Luego levantó la vista, y clavó su mirada en la de Bay.

—No —dijo—. No lo hice, por ti.

—¿Por mí? ¿A qué te refieres?

La miró entornando los ojos, y luego sonrió.

—Porque por mucho que lo intente, no puedo evitar tener un sentimiento de protección hacia ti.

—Gracias —dijo ella—. Podría aprovecharme un poco de eso.

—Me alegro de que lo veas así. Sé que ya eres una mujer, una gran madre, súper competente... Es sólo que... —dijo, intentando mantener una expresión neutral mientras se le escapaba una sonrisa—. Es sólo que en mi cabeza sigues siendo aquella niña delgada que siempre iba descalza mientas yo intentaba construir el paseo de tablas de madera.

—¡No era ninguna niña! Tenía quince años.

—Muy bien, Galway, quizá tengas razón —dijo, y en ese momento los recuerdos se abalanzaron sobre él. Solía llamarla su ayudante, le había dado su cinturón de herramientas para que pudiera pasarle los clavos mientras él iba avanzando por el paseo martilleando los tablones. La llamaba Galway Bay, o simplemente «Galway», por la famosa bahía irlandesa, y empleaba un tono de seriedad fingida tan adorable y divertido que Bay se estremecía cada vez que lo oía... igual que le había ocurrido ahora.

—Yo era una buena ayudante —protestó ella—. Ese paseo de tablas de madera no habría durado tanto si yo no hubiese hecho un trabajo tan bueno.

—No lo hacías tan mal —dijo él muy serio—. Para ser una simple aficionada.

—¿Lo de pasarte los clavos?

—Y lo de utilizar el martillo. Si no recuerdo mal, lo hacías bastante bien.

—Eso es cierto —dijo ella, sonriendo—. Hasta hoy, siempre que tengo que colgar un cuadro me olvido del martillo y fijo la mirada en el clavo... es como lanzar una pelota de béisbol... no debes pensar en ello... muy zen... y ya no me pillo el dedo. Tuve que aprenderlo a tortazos...

—Cuando te pillaste el dedo, me pasé el día entero contigo en la clínica hasta que te dieron los puntos —dijo, sonriendo—. Estaba preocupado por no haberte enseñado bien.

—Pero lo hiciste, y todavía lo recuerdo. Cuando los niños eran pequeños y entrenaban con el bate —dijo—, solía pensar en lo que tú me decías de olvidarme, de dejar que el martillo encontrara el clavo, de no pensar en él... y les decía a los niños que no asfixiaran el bate, que dejaran que fuera el bate el que encontrara la pelota. Sean se ponía como un... —Hizo una pausa y se quedó en silencio con la mirada fija en las rodillas.

—¿Por qué se ponía como loco? —preguntó Dan.

—Porque no lo entendía —dijo ella—. Tenía una forma muy inmediata de abordar las cosas. Les decía a los niños que atizaran la pelota, que la golpearan con todas sus fuerzas, que la mandaran al sol.

—¿Te trastorna pensar en eso?

—Pensar en Sean me trastorna —Levantó la vista—. Y no por lo que te dije el otro día, después del funeral. No quería decirlo, ¿sabes? No odiaba a mi marido.

—No creí que lo odiaras, Bay.

—Es tan complicado. Estoy enfadada con él. Por lo que hizo, y por morir. Por abandonar a los niños. Por mentirme.

—Lo sé —dijo Dan—. Yo estaba enfadado con Charlie por lo mismo.

Bay movió la cabeza afirmativamente, aunque se sorprendió al oírle decir que había estado enfadado con Charlie por lo mismo. ¿Le habría mentido Charlie? ¿O se refería simplemente al vacío que la muerte de una persona dejaba en la vida de sus familiares?

—Ya que estamos hablando de Sean —dijo ella—, hay una cosa que quería comentar contigo. ¿Te acuerdas de nuestras cartas?

—Por supuesto, Galway. Las que no te cansaste de enviarme durante el invierno siguiente a aquel verano que pasamos construyendo el paseo de tablas de madera.

—Me respondiste algunas, que yo recuerde —dijo Bay.

—Sólo porque no quería que te olvidases de los puntos básicos... y para que supieras que le seguía prestando atención a la luna. —Volvió a sonreír, como ablandándose—. Pero lo hice, ¿verdad? Te respondí algunas...

—Hace tanto tiempo —dijo Bay, sintiéndose algo incómoda porque no quería que él se hiciese una idea equivocada—. Las guardé.

La sorpresa se reflejó en los ojos de Dan; naturalmente, debía de hacer ya mucho tiempo que él se había deshecho de ellas.

—Yo lo guardo todo —le explicó—. Tengo un baúl lleno de cartas antiguas, fotografías, agendas... mechones de cabello de los niños...

—Así que lo que estás diciéndome es que no debería considerarme demasiado especial. No te preocupes por eso... no lo soy. Probablemente querías conservar mis divagaciones sobre maderas exóticas, las propiedades de la caoba en contraposición con las de la teca... ¿no?

—Algo así —dijo ella, contenta de estar bromeando, pero de pronto incapaz de reír por nada.

—Entonces ¿qué sucede?

180

—Estaban realmente enterradas en el fondo de ese baúl; no las había mirado en años. Pero encontré una en el barco de Sean.

—¿La dejaste tú allí? —preguntó él, confuso.

—No. Debió de hacerlo Sean. Ni siquiera sabía que él conociese su existencia. Y no tengo idea de por qué podían importarle. Y, si le importaban, por qué no me dijo nada al respecto. Es como si las hubiese desenterrado y hubiera decidido buscarte por su propia cuenta.

—Estoy seguro de que Sean simplemente decidió que quería un barco para su hija. Y que sabía que yo me dedicaba a eso, a construir barcos.

—Pero hay muchos más constructores de barcos en la zona —dijo Bay—. Con tantos puertos y embarcaderos en la costa...

Dan no dijo nada, pero tras unos pocos segundos de silencio Bay intuyó que se sentía incómodo hablando de aquello.

—Tú eres el mejor, ¿no es eso? —inquirió ella, preguntándose si simplemente trataba de ser modesto.

—No lo sé —dijo él.

—Por eso Sean acudió a ti —dijo Bay—. Porque siempre tenía que tener lo mejor de lo mejor.

—Es evidente que tenía muy buen gusto para ciertas cosas —dijo Dan—. Pero de barcos de madera no sabía nada. Ahora que lo dices, me pregunté qué buscaría con eso. Hay una gran diferencia entre la gente a la que le gusta el plástico, esas motoras grandes y relucientes, y la gente a la que le gusta la madera.

—Sí, lo sé —dijo Bay en voz baja. Para ella, los barcos de madera eran como la luna: sutiles, atractivos y reflexivos. Mientras que las motoras eran como soles enormes que disparaban a todo el mundo un exceso de calor y luz. Pero se contuvo, y no le dijo nada a Dan.

—De modo que cuando apareció por el taller, no acabé de comprenderlo. Me hizo muchas preguntas, estaba dispuesto a pagar lo que yo le pidiera, pero no se mostraba muy... —Hizo una pausa, buscando la palabra correcta—. Apasionado. A las personas que compran barcos de madera el tema les fascina.

—¿Cómo se mostraba Sean?

Dan le dio un largo trago a la limonada, como si quisiera retrasar el máximo posible la respuesta a esa pregunta.

—No lo sé —dijo, apartando la vista—. Quizá simplemente no le gustaba que tú y yo nos hubiéramos carteado.

—Tiempo atrás me hacía bromas sobre ti, pero no creo que llegara a sentirse amenazado —dijo Bay—. En realidad no podía sentirse amenazado por nadie... —Sus ojos se llenaron de lágrimas, al pensar hasta qué punto había sido distinta la situación en el caso de Sean.

—Lo siento —dijo Dan—. ¿He dicho algo incorrecto?

Bay sacudió la cabeza y consiguió controlarse. No necesitaba contarle sus penas a Danny Connolly, confesarle los problemas de su matrimonio.

—La carta me preocupa —dijo—. No le he hablado de ella a la policía.

—¿Por qué deberías hacerlo? —preguntó él, frunciendo el ceño.

—Porque la encontré en una carpeta que Sean tenía en el barco. Sé que han estado revisando todo lo que había en esa carpeta... extractos bancarios, algunos garabatos que dejó Sean. No he dejado de preguntarme qué haría allí esa carta.

—Bueno, pues entonces ¿por qué no se la enseñaste?

—Porque es privada —dijo—. Todo es tan privado,

y no me gusta que desconocidos se metan en mi vida de esta manera. No quiero que nos conozcan... y además, ¿qué sentido tiene ahora? Sean se ha ido.

—¿No quieres saber por qué hizo lo que hizo?

—No estoy muy segura de quererlo —dijo—. Lo único que quiero es que mi familia recupere la normalidad.

—Yo también lo quiero, Bay. Te ayudaré en lo que pueda.

—A Annie le gusta Eliza —dijo Bay—. Mucho. Quiere que la lleve a Mystic para verla. Y también nos gustaría que Eliza viniera a casa.

—Estoy seguro de que le encantaría —dijo él—. ¿Has pensado en alguna fecha?

—Tendremos que mirar sus agendas. —Bay sonrió—. No me gustaría equivocarme, pero ¿qué te parece el sábado?

—Bien. Pero sobre lo otro... sobre la mujer que llamó...

—Supongo que la policía tendrá que saberlo —dijo ella—. Siento mucho que haber conocido a Sean te haya involucrado en una investigación.

Bay, desde el otro lado de la mesa, observó la reacción de Dan a sus palabras: se encogió, como si no se lo hubiese planteado. Una nube de preocupación inundó su mirada. Ella se quedó esperando a que le dijese algo, pero no lo hizo. Pasaron unos segundos.

—¿Danny? —dijo ella.

—Sobre lo que dijiste antes, sobre la privacidad de las cosas. Me resulta extraño pensar en llamar a la policía, o que ellos me llamen.

Bay cerró los ojos. Deseaba que la policía desapareciera de sus vidas.

—Lo sé —dijo—. Al menos no formas parte de la investigación principal. Diles todo lo que consideres que deberías decirles, sobre la llamada. Seguramente yo también les contaré lo de la carta.

—De acuerdo —dijo—. Me alegro de que así sea.

Bay abrió los ojos y bebió un poco de limonada.

—¿Por qué me siento como si estuviésemos conspirando?

—Como en los viejos tiempos. Cuando el grupo de gobierno de la playa quería persianas verdes en la caseta del guardacostas y yo las hice azules, porque el azul era tu color favorito.

—Lo hiciste, es verdad —dijo ella, intentando sonreír—. Lo había olvidado. A veces me traías aquí a beber limonada... decías que era para darme las gracias por hacer la mitad de tu trabajo.

—No quería que pensases que era un tacaño. Y además, aquí tenían la mejor limonada. Siguen teniéndola —dijo, apurando el vaso—. ¿Qué es lo que la hace tan distinta?

La limonada del Foley's era famosa y estaba hecha con limones recién exprimidos y dos ingredientes secretos. Nadie, excepto la familia Foley (ni siquiera los chicos que trabajaban allí cada verano) sabía cuáles eran. Cuando eran adolescentes, Tara había ocupado el puesto que ahora desempeñaba Allie, y juró que no se iría de allí hasta que adivinase la fórmula. «¡Menta fresca!», anunciaba al salir de trabajar. O «¡Piel de lima!», o «¡Canela!». Pero por mucho que lo intentaran, nadie en Hubbard's Point había sido capaz de reproducir el sabor del establecimiento.

—Nadie lo sabe —dijo Bay.

—¿Ni siquiera tú, Galway? —le preguntó—. ¿Después de tantos veranos aquí?

Ella le miró de reojo, pensando en lo deprisa que habían pasado aquellos veranos. Dan tenía la cara arrugada y empezaban a salirle canas en las sienes, pero sus ojos azules seguían estando llenos de vida, siempre dispuestos a sonreír.

—Ni siquiera yo —contestó.

—El viejo señor Foley quiso contratarme para lijar estas mesas —dijo Dan—. Quería que viniera con una máquina lijadora y lijara la madera hasta la veta. Que hiciera desaparecer todos esos grabados...

—Los niños los habrían vuelto a hacer —dijo Bay.

—Creo que el señor Foley lo sabía —añadió Dan.

—Tradición de la playa... una cosa así de simple —dijo Bay, repasando con los dedos las iniciales de Sean, profundamente grabadas.

—Me gustaría que darte una vida feliz siguiera siendo tan sencillo, Bay McCabe, como pintar las persianas de azul, o traerte aquí a tomar una limonada —dijo él.

Después de aquello Bay no pudo decir nada más. Bebió lo que le quedaba en el vaso y luego se limitó a permanecer sentada en aquella vieja mesa marcada, sujetando entre las manos el vaso, frío y vacío, y esperando a que desapareciera el nudo que tenía en la garganta.

12

Joe Holmes estaba sentado en su despacho, una pequeña oficina satélite que el FBI había instalado temporalmente entre East Shore Coffee Roasters y Andy's Used Records, en un centro comercial, o en lo que en Black Hall, Connecticut, pasaba por ser un centro comercial. Era una ciudad con Clase, con C mayúscula. Su concepto del comercialismo permitía que en la cafetería ondeara una bandera con su logo («ESCR», impreso en una taza humeante) en un asta que sobresalía en la parte delantera de la tienda. A Joe le gustaba el café, le gustaban Andy y sus discos de segunda mano, pero ahora tenía que concentrarse.

Había dejado la chaqueta en el respaldo de la silla, acababa de aflojarse la corbata y de arremangarse la camisa blanca, y se disponía a repasar la lista de todo lo que sabía hasta el momento, así como la de todo lo que debía averiguar para poder cerrar el caso. Quería de todo corazón retirarle la vigilancia a Bay McCabe, pero todavía no podía hacerlo. Andy Crane seguía recabando información entrevistando incluso a los vecinos. Y ¿para qué? ¿Para descubrir que Bay tenía un secreto; un colgante de diamantes y platino muy bien escondido? Joe miraba fijamente el expediente de Sean.

Sean McCabe. ¿Delincuente implacable o desdichado idiota? Desgraciadamente, como la mayoría de la gente que Joe investigaba («criminal» se trataba, de hecho, de una palabra demasiado afilada para esos tipos), era ambas cosas. Repasó el expediente acompañado del zumbido de fondo del aire acondicionado. En la fotografía oficial de empresa, Sean le sonreía: cabello rubio perfectamente peinado, ojos verdes, amplia sonrisa, traje de color azul y corbata roja. La fotografía decía: «Estudié contigo, podemos ir a lanzar tiros juntos, nuestras esposas compran en el mismo hipermercado.»

La fotografía de veintitrés por treinta se había añadido a las que había colgadas en el vestíbulo del banco para convencer a los clientes de que su dinero estaba allí seguro.

Pero no lo estaba.

La mayoría de los banqueros de ciudades pequeñas eran individuos correctos, honestos, rectos, a los que nunca se les pasaría por la cabeza robar. Se ganaban la confianza de sus clientes mediante el trabajo duro, una gestión impecable, inversiones inteligentes, buenas relaciones con la comunidad. Se habían licenciado en buenas universidades y tenían tanta perspicacia financiera como sus colegas de Wall Street.

Lo que mejor encajaba con su carácter era trabajar en bancos pequeños. No pretendían volar muy alto, ni correr grandes riesgos. Aunque las recompensas no fueran tan embriagadoras ni tan extremas, eran más regulares y consistentes. En lugar de vivir en áticos con vistas de pájaro y trabajar en la ciudad hasta altas horas, los banqueros locales poseían grandes casas en espacios amplios y generalmente llegaban a casa con tiempo suficiente para jugar con sus hijos antes de la cena.

Joe había investigado bribones de todas partes, había pasado tiempo en Nueva York y Boston, persiguiendo a ladrones de primera categoría que escondían su dinero en Suiza. La gente asimilaba mejor que fuera un sofisticado experto el que huyera con el dinero de los clientes, que no que lo hiciera el señor Normal, el vecino de al lado, que entrenaba a sus hijos en la liga escolar.

Sean era un caso especialmente complicado. Todo el mundo le había querido. Joe oía en todas partes los mismos comentarios: «Conocía a Sean de toda la vida... no pudo hacer eso.» «Tenía la mejor esposa del mundo. Es imposible.» «¡Íbamos juntos a pescar!» «¡Íbamos juntos a jugar al golf!» «¡Le vi jugar a baloncesto en los campeonatos estatales!» «Le veíamos en la iglesia los domingos...»

La sensación de traición que reinaba entre los habitantes de la ciudad era muy profunda y sólo la superaba, si eso era posible, el rechazo que expresaban. Todos se mostraron incapaces de creer que aquel chico agradable en el que todos confiaban pudiera haberles robado su dinero, o simplemente se negaban a aceptarlo. Encontrar víctimas que estuvieran dispuestas a testificar era una pesadez. Augusta Renwick era la excepción, pensaba Joe, y sonrió al recordar la llamada telefónica que había recibido a primera hora del día, diciéndole que le habría gustado que los timadores tuvieran tres vidas para poder repetir el placer que experimentaría ocupando el asiento de los testigos y haciendo que el desagrado que sentía hacia Sean McCabe formara parte de su historial.

Pero ella era la excepción, no la regla. La mayoría de las otras víctimas quería seguir creyendo que existía una explicación, o que el delito en realidad no se había producido... que el dinero simplemente había desaparecido por un error contable. «Pero no regresará», decía siempre el mentor de Joe.

En el caso de Sean, parte del dinero lo había hecho.

De los ciento setenta y cinco mil dólares que habían desaparecido con Sean, cien mil habían aparecido: estaban escondidos en el panel de la puerta del conductor.

Joe estudió detenidamente las pruebas, intentando determinar si Sean había actuado solo. Examinó la carpeta encontrada en el *Aldebaran*. ¿Por qué estaban subrayadas aquellas cuentas? ¿Eran aquéllos los únicos clientes a quienes Sean había robado? Y ¿a qué se debía la vehemencia con que Sean había escrito en los márgenes? ¿Quién era Ed y por qué había subrayado y marcado con un círculo tantas veces su nombre?

Cuando Joe Holmes visitaba la oficina principal del Shoreline Bank solía recibirlo el propio presidente, Mark Boland. Mark había dejado a su disposición todos los documentos y había pedido a su personal que fueran abiertos y sinceros.

Boland estaba preocupado por la reputación del banco y tenía prisa porque Joe terminara con su investigación.

—Nadie tenía idea —dijo Boland, sentado en su enorme sillón basculante de piel, enfrente de Joe—. Todos queríamos a Sean. Todo el mundo le quería.

—¿Se llevaban bien personalmente usted y él?

—Sí. Pasamos por una fase difícil, hará un par de años, cuando yo obtuve el puesto que él quería y vine de Anchor, pero lo superamos. A ambos nos gustaban los deportes, habíamos practicado en el colegio y en la universidad. Él apoyó mi candidatura para ser miembro del club de regatas... Mi sobrino juega al béisbol con Billy y siempre nos sentábamos juntos en los encuentros. No lo vi venir. En ningún momento. —Boland se peinó el cabello hacia atrás con una mano; su mirada estaba llena de dolor—. Si hubiese necesitado dinero... cualquier cosa... podría haber acudido a mí.

—¿Le parece a usted que mantenía una relación estrecha con alguien de aquí?

—Con Frank Allingham —dijo Mark.

Joe ya lo sabía, pero aprovecharon la oportunidad para llamar a Allingham al despacho. Frank era un hombre bajito y calvo, afable y sociable. Fue él quien llamó a Bay aquel primer día para decirle que Sean no se había presentado a la reunión.

—¿Tenía idea de lo que Sean estaba haciendo? ¿Parecía preocupado? ¿Poco centrado? ¿Especialmente reservado?

—La respuesta es no a todo.

—Drogas. ¿Sabe usted si consumía cocaína?

Mark Boland sacudió la cabeza expresando vehementemente su respuesta negativa. Allingham dudaba.

—¿Consumía cocaína?

—Una vez, volviendo a casa en coche de Eagle Feather, Sean me preguntó si había tomado cocaína en alguna ocasión. Le dije que no, y él me dijo...

—Prosiga, señor Allingham.

—Dijo que era un subidón. Que le hacía sentir como si pudiese volar. Y... —El hombre estaba muy bronceado pero, aun así, se sonrojó desde el cuello hasta la punta de su reluciente cabeza calva—. Y dijo que hacía que el sexo fuera estupendo.

—¿Consumió algo aquella noche?

Frank sacudió negativamente la cabeza.

—No delante de mí. No veo por qué lo habría necesitado. Sean estaba siempre tan lleno de energía, tan lleno de sí mismo... tenía una tremenda capacidad energética. No necesitaba cocaína para volar.

—De haber sabido que consumía drogas —dijo Mark Boland— le habría despedido. Tenemos análisis para detectar consumo de drogas entre los empleados...

¡Sean era el administrador! Además, era un atleta, desde siempre.

—Le gustaban los riesgos —dijo Joe—. Probablemente disfrutaba con la coca mientras que otros estaban demasiado preocupados porque pudieran pillarlos.

—Bueno, ya sabe... —empezó Mark, sonrojándose. Joe notaba la tensión que dominaba a aquel hombre, pero se limitó a apoyarse en su respaldo y a esperar—. Ya sabe, ha estado usted preguntando por «la chica».

—Sí —dijo Joe.

—Sé lo que Sean quería decir con ello. —Mark le lanzó una mirada fija a Frank—. Tú también, ¿verdad, Frank?

—Dios mío, sí —le dijo Frank, sacudiendo la cabeza—. No quería decirlo... porque será un golpe para Bay.

—Ésa es la razón de que ambos hayamos permanecido en silencio —dijo Mark—. Por favor, no se lo tome a mal... El Shoreline Bank no pretende que nada obstaculice la investigación en ningún sentido. La decisión de no decirlo fue sólo mía.

—Y mía —dijo Frank.

—«La chica» —dijo Mark, hablando metódicamente, sujetando un bolígrafo que había encima de la mesa con los dedos índice de ambas manos, como si se sintiera demasiado violento como para levantar la vista—, se refería a «la chica del momento», a la siguiente conquista de Sean.

—¿A su qué?

—La libido de Sean era sobresaliente —dijo Frank—. Ese chico consideraba a las mujeres como un deporte olímpico. Para Sean conocer a una nueva mujer, pedirle para salir, era un juego. Nunca pretendió enamorarse. Para él era sólo un tanto más.

—¿En serio? —dijo Joe.

Mark asintió.

—Lo hacía incluso aquí en el banco. No entraré en detalles, pero me llamó la atención que estuviera rebasando el límite con una de nuestras ejecutivas. Le dije que se estaba exponiendo a que le demandaran por acoso sexual, y que con ello exponía también al banco. Le dije que parara. Y él me respondió: «Mark, sólo intento ligar con ella, eso es todo.»

—¿Se refería a alguien en concreto?

—No —dijo Frank, mirando a Mark y luego a Joe—. Yo también se lo había oído decir. Sobre desconocidas. En el casino... «la chica». En el puerto... «la chica». Todo este tema... —Frank hizo una pausa—. Nunca lo comprendí. Un chico con una familia tan estupenda como la suya...

Ésa era la parte que también a Joe le tocaba la fibra sensible. Se suponía que no debía importarle, pero no podía evitarlo. ¿Qué clase de imbécil podía tener una esposa como Bay y dejarla sola para irse por ahí arriesgándose a echarlo todo a perder por algo de cocaína y otras mujeres? ¿Y qué padre que tuviera hijas hablaría de un modo tan arrogante sobre las chicas? Era tan lamentable que casi no parecía cierto, ni siquiera de Sean.

Últimamente, el centro de atención de Joe Holmes había sido una caja de seguridad.

La caja 463 de la sucursal de Silver Bay de la Anchor Trust Company. Puede que Joe no hubiese dado nunca con ella si Ralph «Red» Benjamin, el abogado del banco, no le hubiera mencionado por casualidad la rueda de recambio de Sean cuando lo interrogó.

—¿Así que el coche quedó muy dañado? —le había preguntado el señor Benjamin.

—Lo suficiente como para matar a McCabe.

—¿Fue el accidente lo que le mató? Se hablaba de un asesinato.

—Y se sigue hablando.

—¿No cree que se salió de la carretera a propósito? —preguntó Benjamin—. ¿Que sabía que usted le seguía los pasos y quiso huir de todo?

—No fue a propósito —dijo simplemente Joe, recordando la profunda brecha en la cabeza de Sean, los bordes amoratados y el hueso blanco del cráneo. La herida por sí sola, sin recibir tratamiento, le habría matado; se habría desangrado, como acabó por ocurrir.

Pero había también otros signos de asesinato: las marcas de los neumáticos descartaban la explicación del accidente, el análisis toxicológico de Sean había revelado la presencia de cocaína y había pruebas de que le acompañaba alguien más: la puerta abierta, una botella de perfume que había contenido la cocaína y que sugería la presencia de una mujer, un par de guantes de látex atrapados entre los juncos de la orilla.

—¿Por qué siguen los buzos en el riachuelo? —había preguntado Red Benjamin—. Pasé por aquel lugar esta mañana y los camiones siguen allí. Vi la bandera blanca y roja balanceándose sobre la boya...

—Es la investigación de un asesinato —le explicó Joe. No estaba dispuesto a contarle al abogado que estaban buscando el teléfono móvil de McCabe. Todas las personas a las que había interrogado Joe le habían asegurado que Sean no iba nunca a ninguna parte sin él; pero el teléfono no estaba en el coche. Las fuertes corrientes de la zona del puente podían haberlo arrastrado; los buzos estaban dragando el fondo encenagado de la marisma.

—Bueno —había dicho Benjamin; luego sacudió la cabeza y le regaló a Joe una tímida sonrisa—. Aunque deberían mirar en la rueda de recambio de Joe.

—¿Por qué deberían hacerlo?

Benjamin se encogió de hombros, manteniendo aún su tímida sonrisa. Era aproximadamente de la misma edad que McCabe, recién cumplidos los cuarenta, y tenía unas entradas pronunciadas y una barriga generosa. Joe era algo mayor, pero se mantenía en forma gracias a un sufrido entrenamiento.

—¿No se lo ha contado nadie? —preguntó Benjamin, sorprendido—. Mierda, debería haberme callado y haber ido a mirarlo yo mismo...

—El coche ya no está en el agua —dijo Joe, picado por la curiosidad, observando la reacción del abogado.

—No lo sabía. Bien. Es simplemente que Sean solía guardar sus objetos de valor, incluidas las ganancias del casino, en el hueco de la rueda de recambio. Supongo que consideraba que allí estaban más seguros.

—¿Objetos de valor? —preguntó Joe.

—Sí. Cuando los tenía. Ninguno de nosotros tenía mucha suerte en el casino. Sean solía hablar de ir a Las Vegas o a Montecarlo, pero no eran más que comentarios. Decía que a su mujer le gustaría Montecarlo.

—¿De verdad dijo eso? —preguntó Joe, sin mostrar expresión alguna; era uno de los primeros comentarios que oía sobre McCabe que tuviera en cuenta a Bay.

—Sí. Dijo que le gustaría ver las flores de la Costa Azul. Es una de esas chicas dulces, le gusta la naturaleza. Las cosas sencillas. —La expresión del abogado revelaba que estaba de acuerdo con Sean, y que no consideraba que las cosas sencillas tuvieran demasiado valor. Joe no conseguía comprender su propia reacción: deseaba meterle a ese abogado su falsa sonrisa hasta el fondo de la garganta.

—Da lo mismo —continuó Benjamin—. Allí es donde probablemente guardó sus ganancias... en la rueda de recambio. Mire, tengo que ir al juzgado. Si no hay nada más...

Joe había dejado que se marchase. Llamó por teléfono al laboratorio forense que la policía estatal tenía en las instalaciones de Meriden y preguntó por Louie Dobbin. Louie, naturalmente, había examinado el hueco de la rueda de recambio. Había examinado también el gato. No encontró dinero en metálico, ni fichas de casino. Joe le envió a verificarlo de nuevo, por si acaso. Y aunque efectivamente no había dinero en metálico, ni fichas, Louie encontró algo que había pasado por alto la primera vez:

Una llave.

Metida con calzador en el gato de la rueda, como si formase parte del mecanismo, entre la manivela y el mango, había una pequeña llave de una caja de seguridad. El código grabado en el metal correspondía a la sucursal de Silver Bay del Anchor Trust. De modo que Joe consiguió una orden judicial. Se dirigió al banco, una institución agradable con vistas a los parques de la ciudad, a las vías del tren y a Silver Bay, con su chimenea roja y blanca y el reactor de la Mayflower Power Plant ocupando el cabo más occidental.

La llave encajó en la caja 463.

Y en el interior de la caja había tres cosas:

Una copa de plata antigua, grabada y estampada con la marca del orfebre.

Un pliego con tres cartas, fechadas veinte años atrás, de Daniel Connolly a Bay.

Un pedazo de papel amarillo, arrancado de las páginas amarillas de un listín telefónico, con dos letras y siete dígitos escritos en una escritura casi caligráfica: CD-9275482.

Joe conocía el aspecto de un número de cuenta tanto como su propio nombre. Sean McCabe tenía una cuenta bancaria secreta... en algún lugar del extranjero. Las Bahamas, las Caimán, Costa Rica, Zúrich, Ginebra...

¿Era posible que Bay no supiera nada al respecto?

Joe apostaría cualquier cosa a que no lo sabía. Cuando le había preguntado sin rodeos qué sabía de la vida financiera de Joe, ella le había mirado directamente a los ojos y le había ofrecido respuestas claras. Joe la había creído. Sabía que los mentirosos expertos podían engañar a cualquiera, incluso a él, pero por algún motivo no creía que Bay lo fuera. Aquellas pecas, su modo de mirar constantemente a través de la ventana el coche de los agentes que estaba aparcado delante de su casa, su mirada severa, con la que le expresaba su odio por haber arrastrado a sus hijos por el fango: eran las señas de identificación de una mujer inocente.

Joe no estaba seguro del cómo, pero sabía que iba a solucionar el caso y a darle a Bay algunas respuestas. Sabía también que Tara O'Toole no esperaría menos de él. Ni tampoco lo habría hecho su padre. Joe quería que Bay y sus hijos superaran aquello sin perder nada más. Habían perdido ya el orgullo y la dignidad de su familia; habían perdido a su marido y a su padre. Joe había visto su cuenta de ahorros, sabía a cuánto subía su hipoteca, y era consciente de que probablemente acabarían perdiendo la casa.

Sean había pensado esconder sus ganancias entre una rueda de recambio y un gato, pero no había conseguido ocuparse de su propia familia, proporcionarles la seguridad de saber que siempre tendrían un techo bajo el que dormir.

Joe, a pesar de no tener ni esposa ni hijos, tenía muy claro que si los tuviera lo haría bien. Había aprendido de los idiotas que llevaba años investigando, de los hombres de familia que ponían a los suyos en último lugar, y hacía lo contrario en todos los sentidos.

Pero tenía cuarenta y siete años. A diferencia de Ralph Benjamin, abogado, y de Frank Allingham, ejecutivo de banca, conservaba aún todo su cabello. Estaba en el equipo del FBI listo para el combate. Pero había pasado la edad para empezar como marido y como padre. Al pensar en todo eso, se preguntó si Tara habría estado alguna vez casada. Se preguntó cómo sería llegar a casa y encontrarse con ella, que le recibieran en la puerta esos salvajes ojos azules y esa sonrisa sensual.

«No nos alejemos de la resolución del crimen, Holmes —se dijo—. A cazar a los malvados. Eso es lo que tienes que hacer, así que sigue en ello.»

Pero ya era hora de dar por terminada la jornada, así que guardó en la caja fuerte de la oficina satélite del FBI la copa de plata, las cartas fotocopiadas y el pedazo de papel amarillo, dejó de pensar en el magnífico esposo que habría sido para alguien y se dirigió hacia la puerta contigua para ver qué tenía Andy del estilo del viejo Dylan.

El atardecer era tranquilo y fresco, pero el extremo calor del día seguía elevándose desde el suelo seco, las piedras azules y los rosales. Todos habían comido ya: pollo asado y tomates del huerto de Tara. Billy y Pegeen estaban en el cine de la playa, y Annie se encontraba en el salón donde la luz del televisor, casi sin volumen, se reflejaba en las paredes.

—Sal, Annie —dijo Bay en voz baja—. Sal fuera con Tara y conmigo. Vamos a ver si vemos estrellas fugaces.

—No me apetece —dijo Annie, levantando la vista—. ¿Tengo que hacerlo?

Bay sonrió.

—No. Pero nos gustaría.

—Lo sé. Estoy bien, mamá. Eliza dijo que quizá llamaría. Quiero esperar junto al teléfono.

—Lo oiremos desde fuera.

—Lo sé, pero...

—No te preocupes —le dijo Bay sonriéndole y besándola en la mejilla—. Ya te entiendo.

Recordó cuando ella y Tara tenían doce años. Cada una de ellas era para la otra lo más importante del mundo. De vuelta a la realidad, Bay entró en la cocina y descubrió que Tara había acabado ya de limpiar los platos y había salido fuera a esperarla. Bay la veía, sentada en una tumbona, descalza, contemplando el cielo blanquecino, lleno de neblina y estrellas. Y salió a reunirse con ella.

—¿Has oído eso? —preguntó Tara, contemplando el paisaje, en el instante en que Bay salía de la casa después de haber hablado con Annie.

—¿Grillos? —preguntó Bay, consciente de que su jardín lindaba con la marisma donde las hierbas crecían gruesas y altas, y resultaba un buen refugio para los grillos.

—No, un chotacabras. Escucha.

Ambas esperaron en silencio, hasta que el ave nocturna cantó de nuevo... a lo lejos, en el agua. Bay levantó las cejas al reconocerla.

—Es un buen presagio —dijo Tara.

—¿Tú crees?

—Lo sé.

—Hummm —dijo Bay.

Volvió a quedarse en silencio y Tara se preguntó si

estaría pensando en su encuentro con Danny Connolly.

Agarró a Bay del brazo, tiró de ella y la arrastró fuera de la tumbona.

—Vamos —dijo—. ¡Tenemos que volver a ponerte en forma!

—¿En forma?

Sin responder, Tara se dirigió a la parte lateral de la casa de Bay. La manguera, como una serpiente seca de color verde, estaba enrollada detrás de un arbusto marchito de rosas de Sharon. Tara abrió la espita (un caballito de mar de acero que le había regalado ella misma por Navidad varios años atrás) y le entregó la boquilla a Bay.

—Agua —ordenó.

—Oh, es demasiado tarde —dijo Bay—. Es demasiado tarde para este verano. Tendré suerte si vuelve a brotar algo el año próximo.

—Nada de eso, muchachita mía —dijo Tara—. Riega tu jardín. Es una orden. Debería haberte puesto en vereda hace semanas, pero no hay mejor momento que el presente. Naturalmente, yo sigo teniendo el mejor jardín del este de Connecticut, pero no soporto ganar de corrida.

Ante tal determinación, Bay agarró la manguera. Empezó a silbar cuando el chorro plateado de agua azotó las viejas rosas, las rosas de playa, la lavanda, las espuelas de caballero, los dragones, los cosmos, los cestillos de oro, los guisantes de olor, los ojos de poeta, la salvia, el brezo y la menta salvaje.

—No puedo creer que haya permitido que esto suceda —dijo Bay.

—Te estás haciendo cargo ahora.

—Me pregunto por cuánto tiempo seguirá siendo mi jardín —añadió Bay—. Si aún lo tendremos el año que viene.

—De eso es de lo que quiero hablarte —dijo Tara—. Te he encontrado trabajo.

—¡Bromeas! —dijo Bay, casi regando a Tara con la manguera.

—No... y es tan perfecto que te vas a salir de tus casillas por no haberlo pensado tú misma. Vas a ser... —dijo, deteniéndose después de cada palabra para darle el máximo efecto— ¡jardinera!

Bay se mantuvo en silencio unos instantes, pero cuando habló las palabras surgieron de su boca enlazadas con una sonrisa.

—Es demasiado perfecto —dijo.

—¿Verdad que sí? Me cayó la idea encima como una tonelada de ladrillos. Nadie lo hace mejor, excepto, quizá, yo. Tienes mano para eso, tienes ese viejo sombrero de paja, eres una maniaca de la protección solar y, sobre todo, tienes el talento de tu abuela para la tierra.

La sonrisa de Bay era frágil, temblorosa.

—¿Recuerdas? Siempre decía que las flores eran accesorias, que si amábamos la tierra, no podíamos evitar obtener de ella cosas bonitas.

—Me quería por mi nombre —dijo Tara, levantando la vista y mirando más allá de la playa en dirección a Point—. «Montaña rocosa» en irlandés. Igual que ese saliente de allí arriba, y decía: «Si puedes cultivar flores aquí, puedes cultivarlas en cualquier parte.» Decía que tú y yo éramos el mar y la tierra...

—Bay y Tara —añadió Bay.

—Quiero que hagas algo que te guste —le dijo Tara, dolida. Cuando Bay estaba mal, Tara lo estaba también.

—Mis hijos han perdido a su padre este verano —dijo Bay, contemplando el jardín—. Y yo he perdido a mi marido. La jardinería me parece tan trivial.

—Yo no lo veo de ese modo —replicó Tara lentamente—. Pienso que la vida debería ser bonita. Se supone que deberíamos intentar que así fuese... Suceden cosas tristes y terribles, pero de nosotras depende plantar flores. Sacar adelante la belleza.

Bay colocó la manguera sobre la hierba. Estaba tan seca y pardusca que todas sus briznas se habían convertido en palitos duros y quebradizos. Los pies descalzos de Tara anhelaban un paseo en la arena fresca y suave, pero lo que hizo fue colocarlos bajo el chorro de agua.

—En cuanto a tu carrera profesional —dijo Tara—, tengo incluso tu primer cliente contactado.

—¿Quién?

—Augusta Renwick.

—Bromeas.

—Es encantadora, Bay.

—¡Mi marido le robó dinero!

—Ella no tiene nada contra ti.

—¿Habéis hablado de ello? Sabía que te sacaría el tema a relucir. ¿Y qué dijo?

—Bueno, es Augusta. Es exactamente tal y como yo quiero ser cuando llegue a su edad: dura, regia y completamente autosuficiente. Ya sé que ha heredado millones de Hugh, pero aun así... ahora son sus millones.

—¿Y? ¿Qué dijo?

—Bueno. Está furiosa. Muy, muy furiosa. Con Sean. Pero necesita que trabajes en su jardín.

—Estupendo... una obra de caridad. De ninguna manera, Tara. No pensarías que sería capaz de trabajar para la señora Renwick después de lo que hizo Sean... tener que mirarla directamente a los ojos...

—Cariño, odio tener que llevarte la contraria, pero no habrá miradas directas a los ojos. Lo que habrá será arrodillarse en el suelo, trabajar duro con la hierba seca, pelearse con los restos de miles de rosas... Ni siquiera la verás.

—Vamos —dijo Bay—. Es el tipo de mujer que quiere supervisar todo lo que sucede en su propiedad. Seguramente me contará cómo podar sus rosales.

—Nada de eso. Esta mujer sólo pone el pie fuera para admirar las puestas de sol que su marido pintaba en su día, y para jugar con sus nietos cuando van a verla. Sus geranios están incluso más secos que los tuyos. Te lo digo en serio.

—¿Le has pedido que me contrate?

—Sí —dijo Tara.

—¿De verdad? ¿Y no ha puesto objeciones?

—Todo lo contrario. Mira, a Augusta tienes que conocerla. No hay nada que le guste más en la vida que «alzarse por encima» de todo y de todo el mundo. Lo que me dijo fue: «¿Cuándo puede empezar mi nueva jardinera?»

—¿Y tú le respondiste?

—Ahora mismo. Mañana, si es posible. Y se puso como una loca de alegría... de que empezara a trabajar su nueva jardinera —dijo Tara.

—Caray —dijo Bay—. Me cuesta creerlo... pero ¿sabes? Suena bien. No estoy segura de cómo ni de por qué, pero así es. Quizá pueda ayudarla a recomponer lo que Sean le hizo. Pero a los niños no les gustará nada no tenerme siempre aquí.

—No te engañes. Estarán encantados.

—¿Y si empiezan a meterse en problemas? Después de todo lo que ha sucedido... así es cómo empieza siempre. Peggy tiene sólo nueve años...

—¿Crees que se sentirán mucho mejor si tú no puedes permitirte pagar los gastos de la casa? Los mayores cuidarán de ella. Y sabes además que yo siempre estoy disponible. Puedo adaptar mi horario para ayudaros.

Bay seguía de pie, observando cómo el agua platea-da iba formando un arco sobre el césped.

—De acuerdo... si estás segura de que me quiere.

—Chócala —dijo Tara, y las dos amigas se acercaron caminando sobre la hierba ahora empapada, para estre-charse las manos.

13

Bay deseaba poder haber protegido eternamente a sus hijos o, al menos, durante unos cuantos años más: darles la seguridad de pensar que estaban a salvo, que siempre se sentirían cuidados, que sus padres y su hogar estarían siempre allí.

Les explicó a cada uno por separado que había decidido ponerse a trabajar; se llevó a Billy a dar una vuelta en coche, a Annie a pasear por la playa y con Peggy fue andando hasta el Point. Cada niño reaccionó de un modo diferente. Annie se alegró mucho por ella, especialmente por lo de la jardinería, y le prometió que la ayudaría cuidando a sus dos hermanos. A Billy le preocupaba que, si trabajaba para otro, su jardín siguiera deteriorándose. Ella le consoló asegurándole que aquello no sucedería, sobre todo si él la ayudaba con el trabajo del jardín.

—Yo podría hacerlo —dijo—. ¿Puedo utilizar el cortacésped?

—Cuando cumplas los doce —dijo Bay—. Eso fue lo que tu padre y yo decidimos.

—¿Hablasteis papá y tú de eso? —preguntó Billy.

—Sí —respondió Bay—. Dijo que estaba convencido de que sabrías utilizarlo muy bien.

—Creí que me enseñaría él —dijo Billy, mirando por la ventanilla del coche—. Cuando era pequeño, me dejaba sentarme en su regazo y llevar el volante. Por eso siempre pensé que me enseñaría él.

—Él también lo creía, Billy —dijo Bay, tragando saliva con dificultad al pensar en todos los momentos que sus hijos no compartirían con su padre; y que él no compartiría con ellos. Alargó el brazo para darle la mano a su hijo y, para su sorpresa, fue él quien se la dio primero.

Pegeen estuvo extrañamente silenciosa durante la caminata, mientras la oscuridad se cernía sobre Hubbard's Point y empezaban a sentirse las primeras oleadas de frío que vaticinaban el final del verano. Bay le explicó que empezaría a trabajar la semana siguiente, y que Annie y Billy ayudarían a Tara a cuidar de ella después del colegio los días en que Bay estuviese trabajando. Esperaba una o dos preguntas, pero Peggy se limitó a seguir caminando en silencio. De modo que Bay se encontró hablando sobre Firefly Hill, la mansión que los Renwick poseían en el promontorio que dominaba Wickland Ledge Light.

—La señora Renwick quiere que vuelva a poner en forma su jardín —dijo Bay—. Hace años era muy bonito y su marido pintó muchos cuadros famosos de ese jardín. Algunos de ellos están expuestos en museos. Te llevaré al Wadsworth Atheneum de Hartford para que veas el de sus tres hijas sentadas en un banco del jardín.

—¿Has visto las hojas rojas? —le preguntó Peggy al abandonar el círculo de luz amarilla de una farola y adentrarse en la oscuridad—. ¿De ese árbol de ahí atrás?

—No, cariño —dijo Bay, mirándole la cabecita.

—Yo sí —dijo Peggy—. Me gustaría que no tuviéramos que empezar el colegio. El otoño está casi aquí. Quiero que siga siendo verano.

—Quizá vayamos todos a Nueva York para las vacaciones de Navidad —dijo Bay cogiéndole a Peggy la manita y emocionada ante la perspectiva de ganar su propio dinero y abrirse camino en el futuro—. En el Metropolitan Museum hay un cuadro que se titula *Chica con vestido blanco*. ¿Te gustaría hacer eso, cariño? Podríamos ver el árbol del Rockefeller Center, ir a ver *Cascanueces*...

—Yo sólo quiero que el verano no se acabe —dijo Peggy—. No me gustan esas hojas rojas.

Bay tenía que empezar a trabajar como jardinera para Augusta Renwick la semana siguiente, pero a Pegeen le picó una medusa roja y tenía tantas molestias que Bay retrasó su primer día de trabajo. Empezaba a preguntarse si Peg lo habría planeado.

Besó a Pegeen y regresó a la cocina. Annie saltó de la mesa en cuanto ella entró.

—Mamá, ¿puedo utilizar el teléfono para llamar a Eliza? Quiero hacer planes para el sábado.

—Eliza —dijo Billy—. ¿Es la que vino a casa después de la cosa esa de papá, toda vestida de negro y con los brazos llenos de cicatrices?

—La «cosa» —dijo Annie— fue su funeral. Y por supuesto que entonces iba de negro.

—Sí, de acuerdo, y ¿qué me dices de las cicatrices? En clase de salud nos cuentan historias sobre chicas como ella —dijo Billy—. Les gusta cortarse.

A Bay se le encogió el estómago. Miró a Annie, que pestañeaba lentamente, como si nunca hubiera oído esa palabra, como si le estuviera hablando en un idioma extranjero.

—¿Es eso cierto, Annie? —preguntó Bay.

—No —dijo Annie.

—¿Cómo lo sabes? —Billy espetó enfadado, a punto de llorar—. ¿Crees que te lo contaría? «Ah, y, por cierto, me gusta cortarme la piel con hojas de afeitar.» Lo hace... lo vio todo el mundo.

—Y, aunque lo hiciera —dijo Annie, cada vez más pálida y con los ojos inundados de lágrimas—, ella me importa. Y yo le importo a ella. Así que ándate con cuidado, Billy. Es mi amiga. Y voy a ir a su casa este sábado. ¿Verdad, mamá?

Bay respiró hondo. Inconscientemente, los dos niños se habían colocado detrás del asiento vacío que su padre ocupaba en la mesa, y donde Sean nunca volvería a sentarse.

—Ése es el plan —dijo Bay, manteniendo la calma.

—¿Así que puedo llamarla?

—Sí, cariño —respondió Bay, pensando que llamaría a Danny para llevar a cabo un sutil seguimiento de las palabras de Billy. En aquel momento veía que sus propios hijos estaban al límite, eran víctimas de la tensión que les había acarreado tanto cambio: el verano estaba a punto de terminar, el colegio a punto de empezar, Bay a punto de ponerse a trabajar—. Pero primero —dijo—, escuchadme.

—¿Qué? —preguntó Annie.

—Sí —dijo Billy—, ¿qué?

—Sois asombrosos —dijo Bay.

Ambos niños permanecieron inmóviles, algo confundidos, esperando que su madre dijera algo más. Ella apenas podía proseguir, pero lo consiguió.

—No sé cómo estamos haciéndolo —dijo.

—¿Haciendo qué? —preguntó Annie.

—Superando este verano —dijo Bay—. Ha sido tan duro, y habéis pasado por tantas cosas.

—Perder a papá —susurró Annie.

—Lo peor que podría haber pasado —dijo Billy.

—Sí —dijo Bay—. Lo es. Ha sido terrible. Igual que todo lo demás: los periódicos, y la televisión, y todas esas historias...

—La gente chismorreando en la playa —dijo Billy.

—Las preocupaciones por el dinero —dijo Annie.

—Tú teniéndote que poner a trabajar —añadió Billy.

—No —dijo Annie—. Esa parte es buena... va a ser jardinera.

—¿Conseguiremos conservar la casa? —preguntó Billy.

Annie los miró, aguantando la respiración.

—La conservaremos —dijo Bay—. Lo prometo.

—Podemos trabajar todos —se ofreció Billy—. Para ayudar.

—Me siento tan orgullosa de vosotros —dijo Bay—. Sé que vuestro padre también lo estaría. —Los niños intentaron sonreír, pero el recuerdo todavía era demasiado reciente. Bay los abrazó a los dos, y, mientras Annie salía para llamar a Eliza, Billy se marchó corriendo a poner en marcha el aspersor del jardín.

Bay casi se sentía como una colegiala preparándose para el primer día de clase. Sus hijos estaban más concienciados para septiembre que ella. La picadura de medusa de Peggy le había dado a Bay unos cuantos días de indulto, en parte debido a la gravedad de la irritación, pero sobre todo porque el comportamiento de su hija menor había sido mucho más apacible desde que se enteró de lo del trabajo de su madre.

Bay entró en la habitación de Peggy. Estaba sumida en la oscuridad; de los tres niños, Peggy era la única a la que le gustaban las cortinas tupidas. Al parecer el sueño era para ella como un capullo reparador que la mantenía aislada de la luna durante la noche y del sol en el amanecer, y en el que aprovechaba hasta el último momento de sueño antes de lanzarse con toda su energía a la luz del día.

—¿Peg? —preguntó en voz baja Bay, sentándose en el borde de la cama, mientras se restregaba los ojos.

—Hola, mamá.

—Me alegro de que estés todavía despierta, cariño. ¿Cómo van los picores?

—Mejor. Ya no me pica tanto. ¿Qué pasa?

—Quiero preguntarte una cosa. Sólo... ¿qué piensas de que vaya a trabajar?

—¿Has visto esta tarde los gansos que volaban en V? —preguntó Peggy—. Están empezando la emigración de otoño, ¿verdad? No quiero, mamá. Quiero que este año el verano dure mucho.

—Peggy...

—Y empiezan a caer las hojas. No quiero que caigan. Quiero que sigan verdes...

Bay respiró hondo y retiró con delicadeza el mechón de pelo que le cubría los ojos a su hija.

—Cariño —dijo—. Despreocúpate por un momento de las hojas, y de los gansos. ¿Me dirás lo que piensas de que empiece a trabajar?

Pegeen, tendida boca arriba en la cama, miró a su madre. Se encogió de hombros. Sus miradas se fundieron y centellearon y, en la oscuridad, Bay se percató del duro brillo de las lágrimas. Cogió la mano de su hija menor. En la pared, sobre la cama, había colgado un póster de una producción del Connecticut College, *El saltimbanqui del mundo occidental*. Bay había estudiado a Synge en la universidad y había representado a Pegeen en la obra.

—Que no quiero —susurró Peggy.

—¿No? —dijo Bay, sintiendo que el corazón se le encogía.

Peg sacudió negativamente la cabeza.

—Me gusta cuando estás en casa. Siempre has estado en casa. Me daban pena los niños que no tenían a sus madres cuando volvían del colegio...

—Peggy, no estaré siempre trabajando. Sólo cuidando un poco el jardín de la señora Renwick. Sabes dónde vive, ¿verdad? En aquella mansión del acantilado... ya sabes, ya te conté que su marido era un artista famoso y los cuadros que hizo de su jardín... quiero que vuelva a estar tan bonito como...

—Estarás trabajando para una señora rica —dijo Peggy con la garganta llena de lágrimas—, y yo pensaba que éramos...

—¿Pensabas que éramos ricos?

Peggy asintió.

—Papá era banquero...

Bay seguía sentada sin moverse, limitándose a darle la mano a Peggy. Pensó en su bonita casa, en sus dos coches, en el gran barco de Sean, en todas las bicicletas y los juguetes de los niños. ¿Qué importaba todo aquello?

—Somos ricos en muchos aspectos —dijo Bay—. En los aspectos que importan.

—Entonces, ¿por qué tienes que trabajar?

—Porque los ricos también tienen que pagar las cosas —dijo Bay.

—Aun así preferiría que no tuvieses que trabajar. No me gusta que tengas que hacerlo.

—Lo sé. Ya sé que no te gusta. Pero trabajaré haciendo algo que me encanta, la jardinería. No podría tener más suerte.

—A mí no me parece suerte —dijo Peggy, desmoronándose—. Me parece horroroso. ¡Lo más horroroso de todo! ¡Casi tan malo como que las hojas se pongan rojas!

—Oh, Peggy —dijo Bay, abrazándola—. El otoño te gusta. Era tu estación preferida. ¿Por qué te molesta tanto que llegue este año?

—Por papá —sollozó Peggy, colgándose del cuello de Bay—. Porque no quiero dejarle atrás, con el verano. Lo quiero conmigo todo el año, pero no puedo. Nunca volverá a ver cómo caen las hojas, mamá... ¡nunca! ¡Quiero que este verano dure para siempre!

Bay abrazó a Peggy, acunándola mientras las dos no podían contener el llanto. Bay sentía que las tibias lágrimas de su hija resbalaban sobre su piel, y pensó que irrumpiría un nuevo dolor. Cada día había un poco menos de tristeza en alguna parte y un poco más en otra. Pensó en el año que tenía por delante, en todo lo «venidero» que Sean se perdería... y que sus hijos se perderían de él.

Cuando Peggy se cansó de llorar, Bay la besó y la recostó en su almohada. Permaneció sentada a su lado un rato más, hasta que se tranquilizó y su respiración se hizo más regular. Pero cuando Bay regresó a la cocina se encontró con que Annie estaba enfadada. Le informó de que no había podido hablar con Eliza: había respondido al teléfono su padre, y le había dicho que había surgido un imprevisto y que tendrían que cambiar lo del sábado. Eliza «había tenido que salir de viaje fuera del estado».

—¿Qué significa eso, mamá? —preguntó Annie.

—No estoy segura —dijo Bay—. A lo mejor ha ido a visitar a alguien o algo.

—Podría haberme llamado —dijo Annie, mientras le temblaba el labio inferior.

—Estoy segura de que lo hará en cuanto regrese —dijo Bay, dándole un abrazo.

—Si es que se acuerda —dijo Annie, con la cabeza apoyada en el hombro de Bay.

—Se acordará, cariño. Sé que se acordará.

Mientras Bay abrazaba a su hija, consolándola, en la cocina, los grillos cantaban en el exterior. Bay pensó en Dan: se preguntaba qué habría sucedido en realidad, si él estaría constantemente preocupado por su hija como ella lo estaba por los suyos. Quizá le llamaría, cuando los niños se hubieran dormido, para asegurarse de que Eliza estaba bien.

Más tarde, hacia las diez, la casa era finalmente toda suya. En el porche trasero, pensó otra vez en Danny. Pero le parecía demasiado tarde para telefonear. No sabía qué podía estar pasando con Eliza, y no quería molestarle. El tiempo lo había cambiado todo y ya no se sentía libre como para simplemente aparecer en la vida de Dan cuando él menos se lo esperara.

Pensó de nuevo en el verano de sus quince años, cuando conoció a Danny Connolly. Había sido un verano perfecto. El amor había hecho su aparición sin que ella lo pidiese siquiera. Había estado suspendido en el aire, reclamando a diario su presencia en el paseo de tablas de madera. Nunca se había sentido tan cercana a alguien, no quería pasar ni un minuto sin él.

Y pensó en lo tonto y fugaz que podía parecer... el primer amor de una joven. Se había enamorado por primera vez con el paseo de tablas de madera y el cielo azul como telón de fondo. Y ahora, veinticinco veranos después, Bay empezaba a ver que aquellos sentimientos habían sido reales y duraderos, que habían dejado una huella verdadera y profunda en su persona. Y estaba viendo, ahora, que aquellos sentimientos habían estado matizando todas sus acciones desde entonces.

Tenía que admitir, y no era fácil hacerlo, que siempre había estado haciendo comparaciones con Sean. Todos esos años había seguido esperando que creciera y se pareciese a Danny. Esperaba de él que superara su desenfreno, que pusiera fin a sus devaneos.

El pasado invierno, cuando la miró directamente a los ojos y le prometió que cambiaría, Bay quiso creer que existía alguna posibilidad. Pero ya le había hecho demasiado daño; hasta entonces había sido incapaz de cumplir ninguna de las promesas que le había hecho. Y aunque las hubiera cumplido, Bay tenía la sensación de que su corazón estaba tan roto que ya no volvería a ser capaz de abrírselo totalmente a Sean.

—Nuestros hijos —susurró mirando al cielo, por si Sean la estaba escuchando— te quieren mucho más de lo que te mereces.

A la luz de la lámpara de queroseno, intentó empezar a leer el ejemplar amarillento de *Jardines del mar* que había pertenecido a su abuela, uno de los libros que se había traído de la casa de su abuela, en Irlanda. Si se trataba de iniciar una nueva carrera profesional, tenía que hacerlo bien. Resucitaría la hierba muerta, repararía las parras enmarañadas, podaría los rosales descontrolados, conseguiría que los jardines de Black Hall estuvieran más bonitos que nunca.

Y entre tanta belleza y vida nueva, todo el mundo olvidaría lo que había hecho su marido.

Pero los niños no lo olvidarían nunca. Y nunca dejarían de preguntarse por qué su padre les había hecho aquello. Y nunca dejarían de quererle. Y puede que nunca, como Peggy, dejaran de desear que el año se detuviera justo donde estaba: que las flores siguieran en flor, que las hojas no cambiaran y que la nieve no cayera.

Porque cada día que pasaba les alejaba más de su padre, del sonido de su voz y del tacto de sus manos. Y porque por mucho que Sean McCabe pudiera haber hecho a sus clientes, y a su esposa, seguía siendo la luz de los ojos de sus hijos.

14

—Papá, ¿estás ahí?

—Estoy aquí, Eliza.

—No quería hacerlo... te juro que no quería.

—De acuerdo. Pero sigue siendo sincera con tu médico.

—No le soporto. Es un ateo.

—Pero es muy buen médico. Eso es lo que cuenta.

—¿Esperas que confíe en un hombre que no cree en Dios?

—En primer lugar, dudo mucho que el doctor Reiss haya hablado contigo de sus creencias religiosas. En segundo lugar, independientemente de lo que crea, es el mejor que hay, y quiero que sigas siendo abierta y sincera con él —dijo Dan, a pesar de que lo que quería decir era «que empieces a ser abierta y sincera con él...».

—Estupendo —dijo Eliza, echándose a llorar—. Estás llamando mentirosa a tu propia hija. Primero asesina, y luego mentirosa.

—Nunca te he llamado asesina, nunca.

—Pero lo crees.

Dan tensó la mandíbula y siguió cepillando la plancha de teca que tenía instalada sobre dos caballetes. Aunque intentaba que sus movimientos fueran sutiles y silenciosos, Eliza le oyó.

—Estás trabajando, ¿verdad?

—Estoy en el taller, sí.

—Tu única hija te llama estando prácticamente a las puertas de la muerte y tú, felizmente, sigues construyéndole a no sé quién un precioso velero. Me alegro mucho por ellos, tendrán un Daniel Connolly original, y podrán ir cantando, «tra-la-la, navegando, navegando, navegando hasta la puesta de sol de los cojones con...».

—Eliza.

—La puesta de sol de los cojones.

—Ya basta. Se supone que no deberías estar hablando por teléfono. Vuelve ahora mismo con el grupo y deja que los médicos se ocupen de ti.

—Quiero ir a casa.

—Lo harás. Tan pronto como estés lista.

—Ahora, papá. ¡Hoy!

—No puedes volver hoy a casa. Legalmente, no podría sacarte hoy, aunque pensara que es una buena idea.

—¡Mañana tendría que ver a Annie!

—Ya sabe que no puedes.

—¡No se lo contarías! —exclamó.

—No, por supuesto que no. Le dije que estabas fuera una breve temporada.

—Estupendo, papá. Acabo de conseguir una amiga, una amiga de verdad, y tienes que decirle que estoy encerrada...

—Eliza, cálmate. No le dije que estuvieras encerrada.

—¡Pero se lo imaginará! ¡Sabe que sólo dejaría de verla si unos caballos salvajes se me llevaran, si se me tragase un tiburón o si me encerraran!

—A lo mejor no es tan... poética como tú. Puede que sólo piene que has ido a visitar a tu abuela.

—Somos amigas íntimas, papá —dijo Eliza—. Sé que sabe la verdad.

—Si realmente sois amigas íntimas, probablemente

sabría la verdad aunque yo no hubiera metido la pata y le hubiese dado una explicación inadecuada —dijo Dan. Lo extraño era que empezaba a encontrarle cierto sentido a la lógica de Eliza.

—En cuanto salga voy a ir a verla.

—Muy bien.

—No me des la razón, sólo porque estoy aquí —le gruñó.

—Nunca lo haría.

—¿Sabes? He aprendido una nueva técnica básica. ¿Quieres oírla? —preguntó, con un tono de voz y un ánimo completamente distintos, como si de pronto hubiera dejado de ser la reencarnación de Bela Lugosi y se hubiera convertido de nuevo en su dulce niñita.

—Claro. ¿De qué se trata?

—Naranjas heladas. Pones una naranja en el congelador y cuando sientes que vas a desmayarte, la coges entre tus manos. Está tan fría, tan dura... y huele tan bien. ¿Me guardarás una naranja en el congelador? ¿Para cuando vuelva a casa?

—Por supuesto, cariño.

Se quedó entonces en silencio, igual que Dan, aunque la línea casi temblaba por la emoción que había entre ellos.

—Siento lo que hice —susurró ella.

—Me gustaría que no lo hubieses hecho —dijo él—. Me gustaría que hubieses hablado antes conmigo.

—No dejo de pensar que estaría mejor muerta. Así te ahorrarías tener que mirarme y recordar que mamá murió por mi culpa.

Dan apretó los ojos con fuerza. Se le encogía el corazón al pensar en la muerte de Charlie, en Eliza arrodillada a su lado durante horas después de que sucediera. Aquella única noche, con toda su angustia y su horror, era el motivo de todos los problemas de su hija, lo que le había causado todas sus cicatrices, internas y externas. Estaba seguro de ello. Debería haber hecho algo más, no limitarse únicamente a querer a su hija repentinamente huérfana.

Por eso iba ahora con tanto cuidado; era consciente de que tenía la vida de Eliza en la palma de la mano, de modo que reprimió las lágrimas y tosió para aclararse la garganta.

—Te equivocas totalmente —mintió—. Nunca te miro de esa manera.

—¿Lo prometes, papá? —sollozó.

—Te lo prometo, Eliza. Mi niña... te lo prometo. Habla con el médico y ponte bien, y vuelve a casa.

—¿Me enviarás otra tarjeta telefónica, papá? —preguntó llorando—. ¿O me traerás una cuando vengas a visitarme?

—Lo haré, Eliza. Ahora vuelve con el grupo.

—Está bien. Adiós, papá. ¡Llámame!

—Pronto —dijo—. Te llamaré pronto.

Cuando colgó, concentró todas sus fuerzas en cepillar la tabla. La teca era dura y sincera. Tenía una veta muy fina. Siguió cepillándola, manteniendo una mano en la llana de acero y la otra en la suave teca, mientras las virutas de madera iban cayendo a sus pies. Eso era lo que le gustaba de su trabajo, era sólido, y le resultaba muy satisfactorio observar sus resultados: un tablón suave, un barco bien construido.

Si la vida pudiera ser así...

Durante la época en que trabajó en el paseo de tablas de madera de Hubbard's Point tuvo ideas tan jóvenes sobre el amor. Charlie y él se enamoraron al año siguiente, después de que él regresara de un viaje a Irlanda; le propuso matrimonio poco después. En algunos sentidos, ella era el polo opuesto de Bay... era fría y reservada, y la envolvía una infelicidad misteriosa que, al principio, Dan consideró como un desafío romántico: la convertiría en la mujer más feliz del mundo.

Y se casaron en la iglesia del prado de Stonington, donde él le juró que la amaría durante el resto de su vida. Y había hecho todo lo que había podido...

Pasaron doce años intentando tener un hijo y casi se habían dado por vencidos cuando llegó Eliza. A Dan le sorprendió el amor que llegaba a sentir por su hija. Todavía le costaba comprender lo siguiente: Eliza no sólo les había convertido en una familia, sino que además era la prueba de que en la tierra existían los milagros.

—Es nuestra —le había dicho Charlie en una ocasión, entre sus brazos, mientras Eliza dormía en su cuna.

—No, es «nosotros» —la había corregido Dan... y lo era. La diminuta niña, una persona muy singular por derecho propio, tenía los ojos y la barbilla de su padre, y la nariz y las mejillas de su madre. Mirarla era como ver un milagro hecho realidad: Dan, que construía elegantes y asombrosos barcos a partir de planchas de cedro blanco y tornillos de silicio y bronce, era un creador aficionado en lo que a estos temas se refería. La presencia de Eliza en el mundo unió a sus padres como nada lo había hecho.

Hasta la noche del accidente.

Dan no podía negarlo: en cierto sentido Eliza tenía razón. Cuando la miraba, seguía viendo a su madre... y todas las esperanzas que habían muerto la noche del accidente. Dan nunca había dejado de creer que su trabajo consistía en hacer feliz a su remota y evasiva Charlie. El último año de su vida, Charlie parecía haber cobrado más vida, adquirir más interés por las cosas... y Dan esperaba que finalmente pudiera experimentar esa sensación de alegría que siempre había querido transmitirle, pero que al parecer nunca había llegado a compartir.

Dan sabía que había perdido la oportunidad de tener una esposa feliz, un matrimonio redondo. Había visto cómo se había ido derrumbando la vida que habían construido poco a poco a lo largo de todos esos años. Nunca culparía a Eliza de ello... nunca. Pero ella le recordaba lo que había sucedido y, a veces, cuando la miraba a los ojos, veía atisbos de la infelicidad de su madre, y apenas podía soportarlo.

Dan había perdido a su esposa y también su sentido de la esperanza y, por lo que pudiera servir, de la seguridad: su pequeña unidad de amor y familia. Y ahora sentía que estaba a un paso de perder todavía más. Sentía que estaba a punto de perder a su hija.

Mientras intentaba que las estructuras que doblaba gracias a la acción del vapor adquirieran la forma de popa, sentía el esfuerzo que realizaban todos los músculos de la espalda y los hombros, y de pronto pensó en otra persona que sufría por sus hijos: Bay McCabe.

El verano acabaría pronto y debería enfrentarse al otoño y el invierno: el primer día de Acción de Gracias y la primera Navidad de sus hijos sin su padre. Esperaba que los niños McCabe no reaccionaran como lo había hecho Eliza. Dan se inclinó con más fuerza sobre la estructura de madera curvada, alegrándose de tener aquel trabajo y deseando que Bay encontrara algo que la distrajera de las preocupaciones que él sabía que ya debían de estar atormentándola, así como de las que estaban por llegar. Dan tenía además nuevos temores: esa llamada anónima preguntando por Sean McCabe significaba que alguien sabía algo. Tenía que ser una advertencia, pero ¿de qué?

Aunque agosto no había terminado y el hangar estaba recubierto de serrín y ahogado por el calor húmedo del verano, Dan sintió que una ráfaga de frío le recorría los huesos, como si estuviese en pleno diciembre. Pensó en la luna, en lo mucho que le gustaba a Bay. ¿Le serviría ahora de consuelo? Esperaba que por las noches mirara por la ventana y supiera que él seguía allí para ayudarla.

Y aquella misma noche, tras intentar inútilmente vencer la preocupación que sentía por su hija, ingresada en un hospital a muchos kilómetros de distancia, Dan acabó por saltar de la cama. Se acercó a la ventana, para dar un vistazo, y allí estaba, colgada encima de su cabeza, la luna blanca... no totalmente llena, pero casi.

«Una luna evidente» —le había dicho Bay años atrás—. Me gusta la luna en cuarto creciente descansando sobre el ocaso...»

Y eso era todo lo que tenían esa noche, de modo que Dan se encontró subiendo a su camión y, cuando ya eran más de las dos de la madrugada, conduciendo en dirección oeste. La luna le iluminaba el camino y dibujaba un sendero de plata en el agua que veía de reojo desde la autopista. New London se extendía bajo el Gold Star Bridge. Vio su astillero, unos cuantos embarcaderos más al sur de la estación de ferrocarril y los mástiles de las embarcaciones brillando bajo la misteriosa luz.

Cuando llegó a la salida de Hubbard's Point, la tomó y giró por Shore Road. El campo estaba oscuro y en silencio, y los árboles bloqueaban el paso de la luz de la luna. Se sentía raro, excitado, como si tuviera una misión y necesitara cumplirla antes de que desapareciera la luna.

Pasó por debajo del puente del tren y se dirigió hacia las marismas atravesando la ciudad dormida. Las cabañas estaban oscuras y los juguetes de playa, amontonados en los porches, esperando a la mañana siguiente.

Estacionó en el aparcamiento de arena, y pasó andando por la dársena de los barcos en dirección al paseo de tablas de madera. Desde allí podía disfrutar de la mejor vista de la luna: en lo alto del cielo mirando hacia el oeste, justo encima de la gran roca, extendía su luz blanca sobre las olas, como una sábana.

¿La estaría viendo Bay desde su ventana?

Quería que estuviese haciéndolo...

Vio su casa, en las marismas. Sean, naturalmente, había alardeado de ella. Hubo una época en la que la espléndida granja blanca había estado separada de la playa. El granjero que la tenía entonces en propiedad había utilizado las salinas para apacentar a sus ovejas. Dan se alegraba de que Bay poseyera un lugar tan destacado en el paisaje de Hubbard's Point. Él mismo se habría encargado de matar a Sean de haber sabido que su imprudencia ponía en peligro la casa de Bay y los niños.

La luna aparecía algo borrosa debido a la humedad del verano y a que faltaban sólo unos días para luna llena.

«Evidente»... una palabra poderosa. Era una lástima que Dan no hubiera pensado más en ello, que no hubiera prestado más atención a las cosas evidentes de la vida. Siempre se había sentido más arrastrado hacia los misterios sutiles.

Observó la casa de Bay y vio la luz encendida en la planta de arriba. Se le aceleró el corazón. Deseaba que ella mirara por la ventana, viera la luna y descendiera hasta el paseo para observarla, reflejada en el agua. El paseo de tablas de madera que habían construido juntos.

Dan quería hablar con ella. Quería explicarle toda la historia. Más aún, deseaba estar con una mujer junto a la cual había construido algo. El pecho le dolía, el corazón le pesaba terriblemente... Realmente deseaba hablar con Bay, disfrutar de nuevo en su vida de su agradable presencia. Tenerla a su lado para recordarle que mirase el cielo.

Era tan evidente como la luna que se alzaba sobre la gran roca.

El último martes antes del día del trabajo, cuando Tara fue a trabajar a casa de la señora Renwick, Bay la acompañó. Iba vestida con la ropa que solía llevar cuando cuidaba su jardín: pantalones chinos, camisa de batista de manga larga de color azul, calcetines blancos y zuecos de plástico de color verde. Y llevaba también su viejo y cochambroso sombrero de paja, los suaves guantes de piel de venado con guantelete de diez centímetros, para proteger los brazos de las espinas y su vieja cantimplora de exploradora llena de agua helada.

—Eres la única persona que conozco que todavía se molesta en llenar esa cosa con agua del grifo.

—No pienso gastar ni un dólar en agua embotellada —dijo Bay, mirando la mansión Renwick como si de un castillo encantado se tratara—. Es por lo que hago todo esto... porque necesitamos dinero.

—¿Te imaginas lo que hubiéramos dicho cuando éramos pequeñas si alguien nos hubiera contado que estaríamos pagando un billete a cambio de un poco de agua? No somos más que un atajo de gilipollas —le dijo Tara.

—De eso puedes estar segura —dijo Bay bostezando. Llevaba varias noches sin dormir bien: la luz de la luna le entraba a través de la ventana e intentaba arrastrarla hacia la playa.

Las dos amigas llegaron a la casa de Augusta y esperaron fuera, delante de la puerta de acceso a la cocina. La mayoría de las ventanas estaban abiertas y la corriente de la brisa marina hacía volar las cortinas blancas. Bay levantó la vista al ver una sombra junto a la ventana.

—¿Está Augusta ahí? —preguntó Bay.

—Seguramente —dijo Tara—. Es bastante reclusiva. Me pidió que te diera instrucciones para que pudieras empezar.

—Pues bien, dile que el verano próximo va a tener las flores más bonitas de toda la costa. ¡Mira esos arbustos! Rosas negras, hortensias, lirios, anémonas...

—A por ello —dijo Tara—. Hoy tengo que tener la casa acabada muy pronto. Esta noche hay una inauguración en la Academia de Arte de Black Hall y quiero llegar a las seis en punto para poder escoger entre los artistas solteros. Por si merece la pena.

—Vete cuando termines... volveré caminando a casa —dijo Bay, sonriendo y diciéndole adiós a Tara.

Entró en el cobertizo del jardín y localizó tijeras de podar, palas, rastrillos y desplantadoras. El lugar estaba lleno de telarañas, pero las paredes estaban cubiertas con fantásticos y caprichosos dibujos de Hugh Renwick. Bay estaba encantada, y se pasó varios minutos contemplando los bocetos que el artista había hecho de su esposa, con una pamela, de sus hijas construyendo castillos de arena y bailando con tritones, de un cielo lleno de estrellas de mar y de un perro volador con un hueso en su sonriente boca y una cinta alrededor del cuello en la que se leía «Homer».

Luego cargó con las herramientas y salió.

Paseó por la propiedad durante cuatro horas, familiarizándose con la tierra, empezando por los setos y lechos en peor estado. Su abuela le había enseñado a no tener nunca miedo de podar.

—Deja estos arbustos de azuletes bien a ras de suelo—le decía la abuela Clarke con su acento de Wicklow.

—No puedo —protestaba Bay—. ¡Los mataré!

—No, querida... los nuevos brotes traen nuevas flores. Corta... así se hace...

Y eso era lo que estaba haciendo Bay en aquellos momentos, cortar sin miedo y eliminar las ramas muertas, podar los arbustos hasta donde brotan las hojas. Y fue avanzando, dejando a su paso un rastro de montañas pequeñas y grandes de ramas y hojas parduscas, como una serie de piras a la espera de ser prendidas. Sólo cuando el ambiente empezó a refrescar y las sombras fueron prolongándose, se dio cuenta de que se había hecho prácticamente la hora de cenar, la hora de regresar a casa con sus hijos.

—Veo que cree usted en la aniquilación —dijo una voz severa y ronca.

Bay asomó la cabeza por encima de un montón especialmente elevado de vegetación y fue a toparse frente a frente con su jefa.

—Oh, señora Renwick —dijo Bay, quitándose los guantes y alargando el brazo entre las zarzas para estrecharle la mano.

—Así que usted es mi nueva jardinera.

—Sí —dijo Bay, sonriendo—. No se asuste... sé que parece como si hubiese cortado mucho, pero le prometo que todo volverá a crecer.

—Estoy particularmente preocupada —dijo la señora Renwick, remarcando la palabra con su acento extremadamente patricio, alargando las sílabas— por todos esos palos que en su día fueron los valiosos azuletes de mi marido.

—Y volverán a serlo —le aseguró Bay—. La hiedra y las zarzas casi los ahogan, pero he cortado todas las ramas muertas y todas las enredaderas... Acumularán energía a lo largo del invierno y volverán a estar fuertes el verano próximo.

—Eso espero —dijo la señora Renwick en tono sombrío y alargando de nuevo las sílabas—. Por el bien de Tara.

—¿Tara?

—Es amiga suya, ¿verdad? Ella la recomendó.

—Lo sé. Gracias por darme esta oportunidad.

La señora Renwick permanecía inmóvil: sus mechones de pelo blanco ondeaban al viento y lucía alrededor del cuello las legendarias perlas negras que llevaba siempre, incluso en el supermercado. Parecía perpleja.

—¿Por qué dice eso? Tara me aseguró que usted era la mejor del lugar.

—Puede que estuviera un poco influida por las circunstancias. Soy su mejor amiga.

—Eso dijo.

Bay intentó sonreír.

—Fue usted al funeral de mi marido —dijo.

—No hemos sido presentadas formalmente, Barbara —dijo la mujer de más edad—. Yo, como evidentemente sabe, soy Augusta Renwick.

¿Barbara?, pensó Bay. Nadie la llamaba así, ni siquiera era su nombre.

—De hecho es «Bairbre», pero mis amigos me llaman Bay.

—Bay —dijo la señora Renwick—. Cuando su marido hablaba de usted, siempre pensé que era un diminutivo poco habitual.

—¿Sean hablaba de mí? —El sol empezaba a desaparecer por el horizonte y Bay se sentía palidecer por momentos.

—Sí —le dijo la señora Renwick, con un hilillo de voz—. Supongo que sabía que conseguiría ablandarme hablándome de su esposa y sus tres hijos. Yo también tengo tres.

—Lo sé —dijo Bay.

—Sean siempre sabía qué sacar a relucir para conseguir lo que quería. Se dio cuenta de que teníamos en común lo de los tres hijos, de modo que hablaba con mucha frecuencia de los suyos. De los de usted.

—Los adoraba —dijo Bay.

El viento empezó a soplar con más fuerza y Bay sintió un escalofrío al percatarse de la mirada de su jefa. La conversación era tensa y de repente Bay tuvo el sentimiento de que todo se acababa, de que Tara las había puesto en una situación que era del todo inadecuada.

—¿Tanto como para desgraciarlos como lo hizo? —le preguntó la señora Renwick.

Bay notó que palidecía y, cuando intentó sacarse los guantes de piel, se dio cuenta de que las manos le temblaban.

—Me robó —dijo la señora Renwick.

—Lo sé. Lo siento mucho.

—No soporto que se aprovechen de mí —dijo la señora Renwick, de pronto con el aspecto de una frágil anciana—. ¡Confiaba en él! ¡Confiaba en su marido!

—Lo siento mucho —volvió a decir Bay, tendiéndole la mano al ver que la señora Renwick daba un traspié, se agarraba en un espino con la intención de no perder el equilibrio y se clavaba un pincho.

Bay lanzó un grito sofocado: de repente, al darse cuenta de que aquello era un desastre, perdió la calma y empezó a recoger las herramientas.

—Voy a guardar todo esto, señora Renwick —dijo—. Se está haciendo tarde y tengo que volver a casa para darles la cena a los niños, pero tan pronto como lo haya hecho volveré para recoger estos montones de zarzas...

—¡Será de noche!

—No importa. Regresaré esta noche para hacerlo,

226

para que no tenga que verme mañana —dijo Bay, pisando las púas de un rastrillo y golpeándose en la frente. Estaba aterrorizada y furiosa consigo misma por haber pensado que aquel trabajo podía salir bien.

—Mire lo que ha hecho —dijo Augusta, con indignación—. Deja el trabajo y se hace daño. No pretenderá convertir esto en una demanda, ¿verdad? Porque se le digo ahora: si piensa que voy a permitir que otro McCabe me engañe...

—No, señora Renwick —dijo Bay. La frente le dolía y la ceja se le empezaba a hinchar—. Nunca, en un millón de...

—¡Eso mismo habría dicho yo de su marido! —dijo la señora Renwick, alzando la voz—. ¡Confiaba en él! Eso es lo que me duele... ¡Sean me gustaba mucho!

Bay intentó ignorar aquella voz recogiendo las herramientas, tirando al suelo las tijeras de jardín, recogiéndolas, y haciéndose un corte en la palma de la mano derecha. Para que la señora Renwick no lo viera, hundió la mano en el bolsillo de los pantalones.

—Y ahora la tengo a usted en mi propiedad, destrozando los azuletes de mi querido Hugh y lastimándose, ¿por qué? Esto es demasiado. ¡Demasiado!

A Bay le sangraba la mano, empezaba a ver lucecitas y las lágrimas le empañaban la vista. Pero cuando miró al otro lado del montón de madera seca y enredaderas vio que la anciana enterraba su rostro entre sus elegantes manos —nudosas por la edad, pero cuyos dedos seguían siendo largos y finos— y se echaba a llorar.

—Oh, señora Renwick —dijo Bay, rodeando la montaña de vegetación. No sabía qué hacer, no quería disgustarla más y sentía la necesidad de huir, así que Bay se limitó a quedarse allí.

—Confiaba en él... y me importaba mucho —sollozó

Augusta—. La vi en el funeral... las dos somos madres... Tara la quiere mucho... Yo quería ayudarla. De veras.

—No tiene por qué ayudarme, señora Renwick. Siento mucho el dolor que le hemos ocasionado —dijo Bay, empezando también a llorar, conmovida por el agudo sufrimiento de aquella mujer. Una vez más, recordó las palabras de su abuela: «Mira siempre con cariño a los ancianos, Bairbre... Porque llevan mucho más tiempo que tú queriendo a la gente, y por eso tienen mucho más que perder...»

—Cuando pienso en sus hijos —dijo Augusta, incapaz de levantar la vista—. No puedo soportarlo. Simplemente no puedo soportar pensar en lo que deben de estar pasando...

—Están bien —dijo Bay—. Estarán bien. Son mi preocupación, no la de usted. Olvide, por favor, que he estado aquí. Me marcho...

Y, mareada por la pena y el dolor, se puso a caminar.

15

Academia de Arte de Black Hall.

La hora del crepúsculo.

El vino blanco circula como lo hace el vino blanco. Un murmullo de voces de los artistas y de todos los que quieren conocerlos o ser también artistas: el arte es secundario en las conversaciones. Los expertos estaban en alguna otra parte, porque había corrido la voz de que Dana Underhill estaba dando una conferencia en una galería privada en esa otra parte. Nueva York, quizá. Tara, bronceada y vestida con un sarong rojo, observaba la multitud.

La velada era un fracaso en cuanto a hombres y la inauguración un tremendo aburrimiento, hasta que entre todos aquellos artistas panzudos y esos estudiantes de arte escuálidos con ganas de ser Hugh Renwick, o de poder al menos pintar como él lo hacía, apareció un hombre de verdad. Brazos duros como el hierro, un pecho que no te abandonaría, ojos azules capaces de derretir las piedras: Dan Connolly.

Tara le vio entrar en la galería después de observar cómo se acercaba desde el aparcamiento lateral, y pensó que estaba realmente estupendo, aunque un poco incómodo con su blazer de color azul. Se trataba de una exposición de escultura: «Objetos encontrados y medios de expresión marítimos», obras que incorporaban cosas que se habían recogido de los astilleros.

—¿Se te habría ocurrido en la época en que te dedicabas a reparar el tejado de la casa del guardacostas de Hubbard's Point que uniendo con un alambre un tablón con percebes incrustados y una hélice estropeada podías convertirte en artista famoso? —le preguntó Tara mientras se le acercaba furtivamente.

—No, y sigue sin ocurrírseme. —Dan sonrió—. Pero le dije a Eddie Wilson que pasaría a ver el trabajo que hizo con la vieja placa de distribución y los sombreretes de chimenea que le di... y, tengo que admitirlo, pensé que tal vez Bay y tú estaríais aquí.

—¿De verdad?

—Sí.

—Ella no está, pero ¿qué le parece si la llamo y la tiento por si quiere venir? Hoy era su primer día de trabajo y estoy segura de que le apetecería un poco de diversión. Mientras tanto, ¿por qué no vas a ver la obra de tu amigo?

Dan aceptó una copa de vino de la bandeja que un joven estudiante de arte iba pasando, y señaló una escultura astillada y descascarillada que incorporaba lo peor de la popa de un viejo barco y lo peor de la proa de un barco más viejo aún.

—Los impresionistas americanos se levantarían de la tumba si pudiesen ver en lo que se ha convertido Black Hall —dijo Tara, hurgando en el bolso en busca del teléfono móvil.

—¿Tú crees? Pienso que no está mal —dijo Dan, bebiendo de su copa—. No esperaba que me gustase, pero me gusta.

—Oh —dijo Tara, abriendo los ojos de par en par al ver quién se acercaba.

—¡Bay! —dijo Dan, mostrándose por un momento tan feliz como un adolescente enamorado y, al instante siguiente, tan preocupado como el testigo de un desastre—. ¿Qué ha pasado?

Bay hizo su entrada en la galería y se dirigió directamente hacia ellos con la cara sucia de tierra, su cabello pelirrojo lleno de palitos y hojas, y la frente amoratada e hinchada. Pero lo realmente terrible era la sangre que traspasaba el bolsillo del pantalón.

—Tara —dijo Bay, sin aliento.

—¿Qué ha pasado, cariño? —preguntó Tara con el corazón acelerado, alarmada por la palidez de Bay y por el tono alterado de su voz.

—He visto tu coche aquí. ¿Podrías llevarme a casa?

—Oh, Bay, ¿qué ha pasado? —preguntó Tara, dándose cuenta de que estaba a punto de desmayarse... La rodeó con el brazo y la acompañó hasta una silla.

—Me vio desde la ventana y pensó que estaba aniquilando los azuletes de su marido. Este verano ha perdido ya tanta confianza... —Hizo una pausa y sacudió la cabeza—. Ha sido un error enorme ir allí, Tara.

—Pensaba que os iría bien a las dos —dijo Tara.

—Ha sido como un descarrilamiento.

—¿Qué te ha pasado en la mano? —preguntó Dan, tocándole el codo.

Bay seguía con la mano derecha hundida en el bolsillo.

—Me corté —contestó Bay, percatándose por primera vez de su presencia.

—Déjame ver —dijo Dan, con cara preocupada.

—Tengo que volver a casa con los niños —sugirió Bay—. ¿Me acompañas, Tara?

—Vamos —dijo Tara, ayudándola a levantarse de la silla—. Bay, sabes que lo hice porque te quiero y porque necesitabas un trabajo, y Augusta necesitaba un jardinero... Fue como uno de esos momentos, cuando los elementos encajan a la perfección, y sabes que si los ignoras te acabará partiendo un rayo.

—Ya sé que era eso lo que pensaste —susurró Bay.

—¡Bay! —gritó Dan, cuando ella se volvió levemente hacia Tara, retrocedió unos pasos y, cuando estaba cerca de una de las esculturas, se agitó como un junco a merced de la brisa y cayó desmayada en los brazos de Dan.

Cuando Bay volvió en sí estaba tendida en la mesa de exploraciones de la Coastwise Clinic. Dos hombres la miraban a la cara: uno llevaba un delantal verde, el otro era Dan.

—¿Qué ha sucedido? —preguntó.

—Te has desmayado —dijo Dan.

—Mis hijos...

—Tara ha ido a tu casa a prepararles la cena.

Se dio cuenta de que él le sujetaba la mano izquierda y que sentía la mano derecha rígida y dolorida. De un palo situado por encima de su cabeza colgaba una bolsa de plástico transparente llena de líquido de la que salía un fino tubo que iba a parar a su brazo. Del otro lado de la cortina llegaban los sonidos amortiguados de los pitidos de las máquinas del hospital y de las radios de la policía.

—Bien, ya está despierta —dijo el hombre del delantal verde—. Llamaré al doctor. —Abandonó el cubículo, dejando solos a Bay y a Dan.

—No debería haber ido a la galería —dijo Bay, volviendo la cabeza y apoyando la mejilla en la fría superficie de la mesa de exploraciones—. Pero vi el coche, y no estaba segura de poder llegar a casa.

—No habrías podido —dijo Dan, estrechándole la mano sana—. Tara se alegró mucho de que te detuvieras allí. Pero no dejaba de lamentarse por haberte enviado a la señora Renwick. Sigue siendo la misma de siempre... irreprimible. Dispara los torpedos a toda máquina, pero tiene un corazón de oro. Me alegro de que sigáis siendo tan amigas. Sabe que te ha puesto en una mala situación, pero... lo último que me dijo fue que esperaba que pudieras perdonarla.

—Sabe que lo haré —dijo Bay. Dejó pasar unos segundos y añadió—: ¿Cómo he llegado hasta aquí?

—Te he traído en coche. Tara quería llamar a urgencias, pero yo no he querido esperar hasta que llegase.

—¿Cómo he subido al coche?

—Yo te he subido a mi camión. Ahora que ya te han estabilizado, te pondrán unos puntos en la mano. Creo que quieren que te eche un vistazo un cirujano plástico; te has hecho un corte profundo.

—Lo sé —dijo. A pesar de los calmantes que le habían administrado, notaba que le ardía la palma de la mano, era como si estuviera sujetando un hierro candente.

—Y tienes un ojo a la funerala y un chichón del tamaño de un huevo en la cabeza. ¿Qué pasó? ¿Te pegó la señora Renwick?

Bay sacudió negativamente la cabeza; la tenía muy embotada.

—Pisé un rastrillo y agarré un par de tijeras bien afiladas.

—Muy gracioso, Galway —dijo Dan.

—Muy gentil por tu parte —dijo Bay, intentando hablar correctamente—. Tienes un libro de cabecera de buenos modales, ¿sabes? Recuerdo cuando me di en el pulgar con aquel martillo.

—Lo recuerdo. Perdiste la uña.

—Pero no de entrada —dijo despacio Bay mientras dejaba que los recuerdos la invadieran—. Al principio, me dolía como un demonio... Me abrí toda la piel lateral y tuviste que llevarme a la clínica, aquí, para que me dieran puntos.

—Por eso esta noche he sabido cómo llegar hasta aquí —dijo Dan, sin soltarle la mano—. Por la cantidad de veces que he tenido que dejar lo que estaba haciendo para acompañarte a urgencias.

—Sólo fue una vez —le corrigió ella.

—Bueno, si quieres ser tan exacta... —dijo Dan.

—Y en esa ocasión también fuiste de gran ayuda al asegurarme que perdería la uña y que cuando volviera a crecer probablemente saldría «deforme y grotesca».

Dan le levantó la mano izquierda y acercó la cara para examinarle la uña.

—Parece que me equivoqué. Es muy bonita.

—Era el pulgar de la mano derecha —dijo Bay.

Pasó el brazo derecho por encima de la sábana con una mueca de dolor. La mano le dolía mucho a pesar de la inyección y el movimiento empeoraba la situación. Pero levantó el pulgar para que lo viera Dan.

—Ah —dijo él, como si fuese un médico examinando a su paciente.

—¿Qué? —preguntó Bay, mareada por el dolor, los medicamentos y los recuerdos.

—Estoy valorando la situación, joven —dijo él.

—No sabía que fueses médico.

—Doce años como padre proporcionan cierta experiencia en el reino de los cuidados médicos —aseguró Dan.

—Eliza —dijo Bay, recordando el misterioso mensaje en el que Dan decía que se había ido—. ¿Cómo está Eliza?

—Ahora mi paciente eres tú... no nos desviemos del camino.

—Bien, entonces dime: ¿tenías razón hace tantos años, cuando me dijiste que la uña me quedaría «deforme y grotesca»?

—La verdad es que tienes memoria de elefante: recuerdas literalmente la frase que utilicé —dijo él.

—A los quince años, cuando lees la revista *Seventeen* y todas las modelos que aparecen allí tienen las uñas perfectas y ovaladas, las palabras «deforme y grotesca» tienen bastante peso.

—Lo siento mucho, Bay —dijo Dan, sujetándole la mano herida y mirándola a los ojos—. Me equivoqué con respecto a lo que le pasaría a tu uña. La mayoría de los aprendices de construcción de paseos de tablas de madera que se aporrean los dedos acaban con las uñas deformes... ya sabes. Pero tú no.

—¿Yo no? —preguntó ella, de pronto, llorando abiertamente.

—No. La tuya es muy bonita —dijo Dan, inclinando la cabeza y llevándose al mismo tiempo el dedo pulgar derecho a los labios para besarlo.

Bay lloró, confudida por un millón de sentimientos, aferrándose a la mano de Dan y deseando no volver a soltarla nunca. Justo en aquel momento se abrieron las cortinas e hizo su entrada una joven médica con una gran sonrisa y una enorme aguja.

—Hola —dijo—. Soy la doctora Jolaine.

—Hola —dijo Bay.

—Hola, doctora —dijo Dan.

—Tal vez desee salir —sugirió la doctora, señalando a la paciente y luego la aguja.

—Imposible —contestó él.

—¿No? —preguntó la doctora.

—No. He firmado un contrato indefinido —dijo—. Estuve aquí para asegurarme de que la uña de su dedo pulgar derecho no quedaba destrozada sin remedio, y creo que lo menos que puedo hacer es quedarme a supervisar ahora la palma de su mano.

—Hay a quien le molesta ver cómo ponemos los puntos, pero si la paciente quiere que se quede y a usted no le importa...

—No me importa —dijo Dan, dejando la mano de Bay en la mesa, y acariciándole la cabeza—. Estoy contigo, Galway.

—Gracias —musitó ella.

De modo que Bay cerró los ojos e intentó ser valiente, tal como siempre les había dicho a sus hijos que debían ser cuando se hiciesen daño y tuviesen que ir a la clínica.

Y todo volvía flotando a su memoria: la manera en que Dan le había dicho lo mismo hacía una eternidad, cuando tenía quince años y la vida era un misterio lleno de esperanza, cuando se golpeó el dedo con el martillo, cuando lo que más temía en la vida era acabar teniendo una uña fea.

Y, en ese momento, Dan volvió a hablarle con su voz cálida y confiada, recordándole que era fuerte y que, aunque creyera lo contrario, no estaba sola.

—Sé valiente, Bay —dijo en el momento en que la doctora le inyectó la anestesia en la mano—. Puedes hacerlo.

Bay no estaba muy segura de ello, pero pensaba intentarlo.

16

Después de una semana, cuando las clases empezaban y terminaba el verano (no el verano del calendario con su transición sin interrupciones hacia el equinoccio de otoño, sino el verano de verdad, el verano de la playa y de la captura de cangrejos y del buen humor y del eterno tiempo libre), Annie finalmente se reunió con Eliza. Dan la había acercado a Black Hall para que las dos amigas pudiesen pasar el día juntas.

Eliza estaba más pálida que nunca.

Eso fue lo primero que llamó la atención a Annie. Lo segundo fue que además, aunque pudiese parecer imposible, estaba más delgada. Y lo tercero fue que tenía las palmas de las manos, los antebrazos y las pantorrillas llenos de finas cicatrices, parecidas a los tentáculos casi invisibles de las medusas. Algunas eran antiguas y tenían un color blanquecino, pero había otras recientes, y rojas. Billy tenía razón: a Eliza le gustaba cortarse.

—Y ¿dónde estabas? —preguntó Annie mientras las dos se encaminaban hacia la playa siguiendo el camino de arena. Por supuesto, no iban a la playa: las dos odiaban el sol y buscaban siempre la sombra. Simplemente querían hacer algo, alejarse de la mirada de sus padres.

—Tu madre todavía lleva la mano vendada —dijo Eliza, como si no hubiese oído a su amiga.

—Sí, se cortó.

—Lo sé. Me lo explicó mi padre. La acompañó a la clínica.

—Tal como lo hizo cuando eran jóvenes y mi madre se lesionó ayudándole a construir el paseo de tablas de madera.

—Siempre hace de caballero de la brillante armadura —dijo Eliza, riendo entre dientes—. ¿Sigue ahí la pasarela que construyó? Quiero verla.

—¿Dónde estabas? —volvió a preguntar Annie.

—A mi padre le gusta tu madre —dijo Eliza sin rodeos, esquivando una vez más la pregunta.

—A ella también le gusta él. Mamá adora a sus viejos amigos.

—¿Y si se gustasen de verdad? ¿Y si acabaran enamorándose? ¿Y si acabásemos siendo hermanastras? Yo no quiero trasladarme a tu casa y tú no quieres trasladarte a la mía, así que acabaríamos peleándonos y odiándonos.

—Estás loca —dijo Annie, riendo—. Son sólo amigos. Eso es todo.

—¡Bingo! ¡Acertaste! —dijo Eliza.

—¿Eso de que son sólo amigos?

—No, lo de que estoy loca. Ahí es donde estaba... en el loquero. El manicomio —dijo Eliza en voz alta, a pesar de que estaban pasando junto a jardines llenos de gente. Lo soltó con la misma tranquilidad con que podría haber dicho que había estado en la escuela, en el campo o de vacaciones. Annie tragó saliva y observó a su amiga para ver si estaba bromeando. Llevaba un vestido negro largo y ceñido, con una flor artificial prendida en la parte superior, y un sombrero amarillo sin forma.

—Bromeas —dijo Annie.

—No. He estado en el Banquo Hospital de Delmont, Massachusetts. Mi alma máter. Tengo el honor de tener DID y TPET y he estado allí... varias veces.

—¿Por qué? —preguntó Annie.

—Porque… a veces soy incapaz de mantenerme a salvo —dijo Eliza.

Annie la miró inquisitivamente. Todo aquello le parecía totalmente descabellado. ¿Qué quería decir con eso de mantenerse «a salvo»?

—¿A qué te refieres? —preguntó Annie, sin darse cuenta de que estaba mirando las cicatrices que Eliza tenía en los brazos.

—¿Lo has hecho alguna vez? —preguntó Eliza, con mirada brillante—. ¿Autolesionarte?

—¿Expresamente? ¿Por qué tendría que hacerlo?

—¡Para liberar el auténtico dolor! —dijo Eliza—. Ya sabes… tienes mucho dolor dentro… como yo… ¿no te pasa a veces que tienes tanta presión dentro que tienes que liberarla?

—¿Autolesionándome?

—Clavándote agujas o escribiéndote en la piel con una cuchilla de afeitar… ¿lo has hecho? —preguntó Eliza, como si aquélla fuese la solución más normal y sensible del mundo—. O acercando el dedo a la llama de una vela… —Y entonces le mostró a Annie la punta del dedo índice de su mano derecha: era oscura y se había convertido en un callo, como si la hubiese pasado por el fuego una y otra vez.

—Eliza, eres extraña —dijo Annie.

—En realidad, todo el mundo lo es —dijo Eliza, encogiéndose de hombros y sin dejar de caminar: era una chica fina como un lápiz, tan delgada que casi podría confundirse con la sombra de una rama. Cuando se volvió, sonreía, como si tuviese algo fantástico que explicar y no pudiera mantenerlo en secreto ni un minuto más. Acarició la flor que llevaba prendida en el pecho.

—Me encanta —prosiguió—. Era de mi madre. Y a

ella se la dio su madre. ¿No la encuentras preciosa y pasada de moda?

—Sí —coincidió Annie.

—Hoy en día ya nadie lleva flores prendidas en los vestidos, ¿verdad? ¿No te parece original para alguien de nuestra edad?

—Mucho.

—En el hospital no me dejaban tenerla. Por el alfiler —dijo Eliza—. Nada de objetos incisivos.

—¿Incisivos?

—Agujas, alfileres e hilos. Ni siquiera la espiral metálica de las libretas. Nada de cuchillas en la ducha... las chicas ahí tienen las piernas más peludas que hayas visto en la vida.

—¡Qué bastas!

—Lo sé, lo primero que hice cuando llegué a casa fue decir: «Papá, o me compras una maquinilla eléctrica o me largo antes de que vuelva a subir la marea.»

—¿Te la compró? —preguntó Annie, inclinándose para levantarle ligeramente su larga falda a Eliza y descubriendo unas piernas suaves—. Parece ser que sí.

—Sí. Adoro a mi padre —dijo Eliza—. Aunque él me odie.

—No te odia en absoluto.

—Todavía no conoces toda la historia —dijo Eliza—. Puede que seamos las mejores amigas del mundo, pero aún tenemos algunos secretos que contarnos. Estas cosas no pueden forzarse. Lo aprendí en el loquero, donde somos todas como náufragos en un mismo bote salvavidas; nos aferramos las unas a las otras y nos convertimos en amigas para toda la vida... hasta que salimos por la puerta y no volvemos a vernos nunca más. «Escríbeme, llámame, nunca te olvidaré.» Pero nos olvidamos... Anda, ¿es ésta la pasarela de mi padre?

240

—Sí —dijo Annie.

Subieron juntas las escaleras, en silencio, con respeto, como si estuvieran de peregrinación. A Notre Dame, a La Meca, al Taj Majal, a la catedral de St. Patrick: era un lugar santo, sagrado, la pasarela de madera de Hubbard's Point.

—Imagínate —dijo Eliza, agachándose para acariciar las tablas con la punta de los dedos— cuánto debió de tardar mi padre en construir esto.

—Con la ayuda de mi madre —dijo Annie.

Pasito a pasito, asegurándose de que sus pies pisasen todas y cada una de las tablas, Eliza la recorrió en toda su longitud. Annie sabía que la pasarela no era muy larga. Tenía unos cincuenta metros de punta a punta, y, en el centro, una caseta con tejado de color azul para proteger a la gente del sol.

Por un lado, la pasarela comunicaba con la misma playa, con la arena blanca que conducía al mar. Por el otro, tenía bancos respaldados por una valla blanca que se alzaba hasta la altura del pecho y que estaba concebida para evitar que la gente se abalanzara a la dársena, a unos cuatro metros y medio más abajo.

—¿Y qué había aquí antes de que mi padre construyera la pasarela? —preguntó Eliza.

—Siempre hubo una pasarela —dijo Annie—. Creo que en realidad sustituyó la antigua: se la llevó por delante un huracán.

—¿Tienes algún barco ahí? —preguntó Eliza, dando todavía pequeños pasos mientras señalaba la dársena de los barcos.

—No —dijo Annie—. Ojalá lo tuviera. El barco de mi padre era demasiado grande para caber aquí. Lo tenía en el puerto de la ciudad. Pero mi padre iba a contratar al tuyo para que me construyera una barca —dijo Annie.

—Lo sé, me lo dijo.

—Me gustaría que hubiera sido así —dijo Annie.

—Hay pocas barcas de remos en la actualidad —dijo Eliza, observando las embarcaciones.

—Sí —dijo Annie—. Resulta divertido, de hecho. Mi madre decía que, cuando ella era joven, esto era una zona completamente afectada por las mareas: en marea alta estaba cubierta de agua y, en marea baja, totalmente seca. Los barcos eran pequeños y de madera, y había sólo alguna ballenera de Boston. En medio se levantaba una isla en la que los cisnes construían el nido... —Annie observó el horroroso acero ondulado que formaba la dársena mientras imaginaba las elegantes paredes de piedra que le había descrito su madre—. La gente nueva en la playa suele llamarle a esto «la dársena de los yates».

—Gente nueva —dijo Eliza—. Me imagino que tú y tu familia sois la «gente vieja».

—Sí. Siempre hemos estado aquí. Por eso me habría gustado que hubiéramos tenido un pequeño barco para atracarlo en esta dársena —dijo con tristeza—. Porque estaría tan bien...

—Sí. Y podrías haberme llevado remando por ahí.

—Sí —dijo Annie, sonriendo—. Podría haberte llevado por ahí.

Las dos chicas contemplaron la superficie en calma de la dársena, como si ambas se imaginaran la barquita de remos, como si estuvieran ya balanceándose en el agua. Annie sentía el sutil movimiento, escuchaba las tranquilas olas.

—Es un lugar muy agradable —dijo Eliza, observando las hermosas casitas a su alrededor y la pasarela de madera recorriendo la playa blanca.

—La gente aquí se enamora —dijo Annie—. Eso es lo que dicen todos. El ambiente está lleno de magia, o de algo.

—Yo no quiero enamorarme —dijo Eliza—. Nunca. Produce sufrimiento.

—Hay muchos tipos de amor —dijo Annie—. Y todo está aquí en Hubbard's Point. Muchas de estas casitas son propiedad de distintos miembros de una misma familia. Hermanas, hermanos, padres, abuelos, hijos... y todos regresan, año tras año, para estar juntos.

—¿De verdad? —preguntó Eliza, pensativa.

—Sí. La gente del Point les llama sus «seres queridos». No es preciso que sea tu marido, ni siquiera un pariente... puedes querer a cualquiera. La mejor amiga de mi madre, Tara, ya la conoces, vive justo al otro lado del río frente a nosotros. Son amigas íntimas desde jóvenes.

—¿Desde que tenían nuestra edad?

—Eran aún más jóvenes —dijo Annie—. Y sus abuelas eran también amigas íntimas... se conocieron en el barco que las trajo de Irlanda. Mi madre dice que se dieron la mano y que ya nunca se soltaron.

Y entonces, Eliza le dio la mano y la miró a los ojos.

—¿Así? —preguntó Eliza.

—Sí —dijo Annie, asintiendo con la cabeza—. Creo que sí.

—¿Crees que las amigas íntimas pueden serlo siempre? ¿Superarlo todo?

Annie pensó en el lío que Tara le había montado a su madre con la señora Renwick, una de las personas a quien su padre había robado. Todo había salido mal.

Y su madre se había sentido tan humillada que había acabado golpeándose la cabeza y haciéndose un corte en la mano en su intento de marcharse de allí para no afligir todavía más a la señora Renwick. A pesar de que su madre podría haberse enfadado mucho con Tara, se rió de la situación y dijo que ya pensaría la manera de devolvérsela, después de estrangularla.

—Sí —dijo Annie—. Creo que sí.

—Entonces, si nunca te suelto la mano —dijo Eliza—, ¿crees que podremos ser como tu abuela y su amiga? ¿Y vivir en casitas blancas, la una junto a la otra, aquí en Hubbard's Point?

—Como las dos abuelitas —dijo Annie, sonriendo ante la idea—. ¡Creo que podríamos!

—Y dentro de cien años —dijo Eliza—, nuestras nietas estarán exactamente aquí, hablando de barcas de remos e imaginándose cómo sus familias llegaron aquí. Y pensarán en este instante: el momento en que decidimos ser amigas íntimas.

—Para siempre —dijo Annie.

—Para siempre —dijo Eliza. Y con eso nació una nueva generación de seres queridos de Hubbard's Point.

17

—Mamá, ¿qué quiere decir DID? —preguntó Annie justo antes de salir para el colegio el lunes siguiente.

—Pero ¿qué tonterías preguntas? —gritó Billy, sentado en la mesa del desayuno—. Eso no quiere decir nada.

Annie le ignoró con una ecuanimidad tan vehemente que Bay se vio obligada a sonreír.

—En serio, mamá. ¿Qué quiere decir la abreviatura DID?

—No estoy segura, cariño.

—Entonces, ¿qué quiere decir TEPT?

—Creo que quiere decir «trastorno de estrés postraumático» —dijo Bay—. Las personas que han pasado por un trauma a veces lo padecen.

—Como los veteranos de Vietnam —dijo Billy—. Lo vi en las películas. ¿Por qué? ¿Conoces a alguien que haya ido a la guerra?

—No a ese tipo de guerra —dijo Annie en voz baja—. Pero me pregunto qué querrá decir DID. Lo miraré en la biblioteca del colegio.

—Me parece estupendo que quieras aprender cosas nuevas —dijo Bay, consciente de que todas esas preguntas tenían que ver con Eliza.

Annie miró a su madre a los ojos.

—Es mi mejor amiga —dijo Annie—. Quiero saberlo todo sobre ella.

Bay la abrazó justo en el momento en que se detenía el autobús escolar y sonaba el teléfono. Les dio a sus tres hijos un beso de despedida y respondió al teléfono, llevándoselo con ella hasta la entrada, desde donde siguió despidiéndose de sus hijos con la mano.

—¿Diga?

—Hola, Bay.

—¡Dan! Hola —dijo pensando todavía en las preguntas de Annie.

—La última vez que la inspeccioné, tu mano estaba evolucionando favorablemente. Estabas prácticamente lista para coger de nuevo el martillo.

Bay sonrió.

—Casi —dijo doblando la mano mientras observaba el vendaje—. ¿Cómo estás tú?

—Estupendamente. Escucha, casi he terminado la restauración de un laúd antiguo y me preguntaba si te apetecería salir a navegar.

—¿A navegar? —preguntó Bay.

—La prueba del mar —dijo riendo—. Con ella me aseguro de que el barco sea marinero. Pensé que te recordaría el primer paseo que hicimos por la pasarela para comprobar que todas las tablas estaban bien sujetas.

—¡Pues claro! —exclamó Bay, observando a través de la puerta de la cocina el coche negro que acababa de pasar por delante de su casa.

Joe Holmes le había retirado la vigilancia a su familia, pero Bay estaba segura de que seguían patrullando de vez en cuando. ¿Qué otra cosa podía estar haciendo un coche negro sin ningún tipo de identificación en el que iban dos tipos trajeados y que no paraba de dar vueltas por Hubbard's Point?

—¿Cuándo te gustaría ir? —preguntó Dan.

—Hoy tengo que hacer algunas llamadas para encontrar trabajo —dijo ella—. Y, si encuentro algo, tendré que empezar enseguida...

—Teniendo eso en cuenta, ¿qué te parecería quedar para el sábado? —preguntó Dan—. Dicen que hará buen tiempo y puede que el viento sea algo mejor que el de hoy. ¿Por la tarde? ¿A eso de las cinco?

—Me parece bien —dijo Bay—. Hasta entonces.

Colgó el teléfono y miró de reojo los anuncios de ofertas de trabajo que cubrían la mesa de la cocina. La casa de Tara brillaba a la luz del sol de las marismas, y sus malvarrosas y sus dondiegos de día ondeaban a merced de la brisa. Bay marcó el número.

—Hola —dijo Bay.

—Hola. He visto el autobús. ¿Se han ido ya?

—Sí... aquí quedamos solamente los anuncios y yo. Aunque Danny acaba de llamarme para invitarme a ir a navegar con él.

—¿De verdad? Eso es estupendo, Bay. Pero lo de los anuncios... lo siento.

—Tú no tienes la culpa.

—Pero me siento como si la tuviera —dijo Tara—. Debería haberlo sabido. Lo que pasa es que a Augusta y a ti os conozco por separado, y a ti te quiero y te adoro, y ella me gusta y la respeto, y sus jardines necesitan ayuda, y sé que Sean os hizo daño a las dos, y pensaba que...

—Lo sé. Tara, por favor... no —dijo Bay rápidamente, para evitar que su amiga siguiera disculpándose y porque todavía se le hacía insoportable pensar en lo desagradable que se había mostrado la señora Renwick.

—¿Lo ves? Sigues enfadada —dijo Tara—. Lo sabía.

—Supongo que lo estoy un poco —dijo Bay—. Pero no contigo. Sólo intentabas ayudar. Da lo mismo, me mantendré ocupada. Quizá compruebe si en alguno de esos centros de jardinería buscan a alguien. Lo de ser jardinera fue idea tuya, y tengo que darte las gracias por ello.

—De gracias nada, después de lo sucedido —dijo Tara—. Te indemnizaré por ello, te lo juro. Pongo a Dios por testigo...

—Tara, ya está bien —dijo Bay—. Para ya, ¿de acuerdo? Nos vemos luego.

Colgó y miró por la ventana. Tara estaba en la ventana de su cocina. Ambas levantaron la mano para saludarse. Cuántas veces se habrían saludado de aquella manera a lo largo de los años...

Bay pensó en la época en que sus dos abuelas, ambas con ochenta años, decidieron regresar a Irlanda. Eran ya viudas y no habían pisado suelo irlandés desde que habían llegado a América. Bay y Tara tenían entonces dieciséis años, acababan de obtener el carnet de conducir. La madre de Tara le había dicho que podía llevar en coche a las abuelas hasta el autobús de New Haven, que las llevaría al aeropuerto... pero cuando llegaron allí no necesitaron más que un cruce de miradas para saber que las acompañarían el trayecto entero, hasta Nueva York.

Bay recordó a Tara conduciendo hasta Bridgeport, a partir de donde tomó el volante Bay, hasta el final del trayecto. Recordó la emoción y la tensión de conducir entre el tráfico salvaje de Nueva York.

Confiando exclusivamente en las cualidades de navegación y de interpretación de mapas de Tara, tras cruzar el Bronx, atravesar el Whitestone Bridge y pasar por la Van Wyck Expressway tachonada de camiones y de taxis amarillos, Bay consiguió llegar hasta la terminal de Aer Lingus del aeropuerto JFK. Una vez allí, Bay y Tara acompañaron a sus abuelas hasta la zona de salidas internacionales, donde se despidieron de ellas y las vieron subir por la rampa que conducía hasta su avión cogidas de la mano.

La castigaron por llegar a casa cuatro horas más tarde de lo previsto y se pasó la semana siguiente saludando a Tara por la ventana cada vez que su amiga, cuya madre no era tan estricta como la de Bay, pasaba por delante de su casa a pie o en bicicleta.

Y Bay recordó cuando saludó con la mano a Tara desde el podio con motivo de su graduación, desde el asiento trasero de la moto de Sean el verano en el que él se compró una BMW, desde el altar en cada bautizo de sus hijos y, algo abochornada, desde la cubierta del *Aldebaran*, la primera vez que Sean lo llevó a Hubbard's Point para echar amarras en la playa con la intención de que todo el mundo pudiera ver su nueva embarcación.

La vida tenía más sentido cuando podía compartirla con Tara: reflexionaban sobre los detalles de los días que pasaban juntas, sobre las observaciones y las conversaciones que habían escuchado de refilón, y se abrían mutuamente el corazón.

Su amistad era antigua y bruñida. Bay no conseguía imaginarse nada que pudiera romperla. Ella y Tara eran la hermandad irlandesa, herederas de sus abuelas.

¿Qué sería de una hermandad sin hermanas?

Tara colgó el teléfono.

Por mucho que dijera Bay, estaba decidida a compensarla de algún modo.

Tara saltó a su bicicleta y enfiló las calles de la playa. Se detuvo por el camino para comprar un ramo compuesto por asteres, varas de San José y encajes de la reina, todas flores silvestres, para regalárselo a Bay junto con un poema que había compuesto a lo largo de varias noches de insomnio.

El poema era breve, pero estaba lleno de significado, era intenso y a la vez lírico, sentido de principio a fin.

El día anterior había estado curioseando en Andy's Used Records con la intención de encontrar un modo de explicarle a Bay con música los sentimientos que hasta aquel momento había sido incapaz de expresarle con palabras. Pero se encontró cara a cara con Joe Holmes en la estantería titulada «La invasión británica» e intentó escabullirse por el pasillo como si fuera uno de los diez delincuentes más buscados por el FBI.

—¡Señorita O'Toole! —le gritó yendo tras ella después de dejar caer suavemente al suelo su *Let it Bleed* moviéndose como sólo lo hacen los policías.

Tara intentó ignorarlo, pero él la siguió hasta el aparcamiento. Pretender eludir al FBI en una ciudad tan pequeña como Black Hall era un afán inútil, de modo que Tara se volvió dispuesta a hacerle frente.

—¿Por qué sigue usted por aquí? —preguntó ella.

—Estoy intentando atar cabos sueltos.

—Bueno, la verdad es que me gustaría que los atara y resolviera este caso de una vez.

Cuando le vio abrir los ojos de par en par, Tara no podía creer lo que acababa de decir. Era un hombre muy apuesto, al estilo de los agentes federales: cabello corto castaño, arrugas de preocupación en torno a los ojos y un bulto bajo la chaqueta que tenía que ser un Glock 9, o algo por el estilo.

—Siento haber sido tan descortés —dijo—. Pero mi amiga ha pasado ya por mucho y no puede más.

—Lo sé. Y lo siento mucho. Pero estoy seguro de que valorará usted el hecho de que tengo un caso que investigar y que me quedan aún muchas preguntas para las que todavía no tengo respuesta.

—¿Ha hablado usted con algunas de las mujeres con quienes se veía Sean? Creo que la más reciente fue Lindsey Beale, una empleada del banco que vive en Westerly, me parece —dijo Tara esperando serle de utilidad, pero también albergando la esperanza de recordarle que la mala conducta de Sean le había llevado al este de Black Hall, asimismo acariciando la idea de que Lindsey compartiera con Bay parte del infortunio al que últimamente había tenido que hacer frente. Quizá debería concentrar sus esfuerzos en Rhode Island...

—Normalmente soy yo quien formula las preguntas —dijo el agente Holmes, con una media sonrisa—. Pero sí, lo he hecho.

—Caray. Bien —dijo Tara, sintiéndose incómodamente distraída por la media sonrisa del agente. Muy del tipo Elvis, mitad lujuria mitad maldad. O quizás una mitad de lujuria y maldad, y la otra de sarcasmo. No estaba segura. Era muy buena ligando, pero cuando alguien le gustaba de verdad a veces se quedaba sin palabras.

—Señorita O'Toole —dijo él—. Sé que le robamos mucho tiempo al principio de la investigación, pero han salido ya a la luz unas cuantas cosas y me preguntaba...

—¿Si podía interrogarme otra vez? Adelante. Pregunte.

El agente Holmes se encogió ligeramente. Una vez más, Tara le había dejado fuera de juego. ¿Estaría ese hombre planeando encerrarla en el despacho del FBI? Miró el reloj. Aunque no tenía prisa alguna, no quería que pensara que era una mujer totalmente disponible.

—Eso es —dijo él. Y entonces le formuló una serie de preguntas sobre cuentas bancarias de fuera del país, una caja de seguridad y una copa de plata.

Tara le escuchó, sin poder ofrecerle ningún dato de utilidad.

—Lo siento —dijo—. Los niños tenían copas de bebé de plata... a veces las utilizaban para beber zumos. La madre de Bay les regaló una a cada uno con motivo de su nacimiento. Y Sean tenía un montón de copas tipo trofeo, empezando por las de las temporadas de baloncesto...

—Se trata de una copa muy antigua —dijo él—. Es más bien una copa para beber, sin asas... ¿querría usted echarle un vistazo? La tengo en mi despacho.

—Claro —dijo Tara.

El agente Holmes la guió por el aparcamiento hacia un establecimiento con las ventanas cubiertas por cortinas situado entre la tienda de discos y la cafetería. A Tara se le aceleró el pulso, no sólo porque estaba a punto de entrar en un despacho del FBI, sino porque el agente Holmes tenía una sonrisa realmente encantadora, juguetona y conspiradora. Prácticamente estaba haciéndole creer que la necesitaba para solucionar el caso.

—Me gustaría que pudiera usted explicarme por qué lo hizo —dijo el agente Holmes, buscando las llaves en el bolsillo.

—¿Por qué lo hizo Sean? —preguntó Tara—. A mí me gustaría que usted pudiese explicarme lo mismo.

—¿Había señales?

—Eso es lo que nos preguntamos nosotras —dijo Tara, mirando hacia el este, en dirección a la playa. Incluso en la ciudad, el ambiente olía a sal—. ¿Llegamos realmente a conocerle?

—Usted lo conocía desde hacía mucho tiempo —dijo él—. Parece difícil que un estafador haya conseguido engañar a todo el mundo durante toda la vida.

—Quizá no fuera durante toda la vida. Claro que ¿cree usted realmente que la gente... se vuelve mala? —preguntó Tara—. ¿De la noche a la mañana?

—Depende de cómo se defina lo de «mala» —dijo el agente, abriendo la puerta. Tara le siguió hacia el interior y se quedó sorprendida ante el aspecto de diminuta agencia de seguros que tenía el despacho del agente: fax, fotocopiadora, ordenador, teléfono, montañas de papeles, envoltorios de McDonald's en la papelera.

—¿A qué se refiere? —preguntó Tara, concentrándose en el aroma de su loción para después del afeitado (especiado, con indicios de limón y canela) que percibió cuando él se le acercó para encender las luces.

—El FBI tiene una definición bastante amplia de lo «malo». Y la definición de la persona media es más amplia aún. Cuando un hombre engaña a su mujer, por ejemplo; puede que sea algo que esté moralmente mal, que sea «malo», sin ser necesariamente un acto delictivo.

—Veamos, ¿está usted preguntándome cuándo empezó Sean a comportarse incorrectamente? —preguntó Tara—. ¿O cuándo se convirtió en un delincuente? Y ¿cree que una cosa lleva a la otra?

—Resulta difícil decirlo —respondió el agente—. A veces quizá, pero no siempre.

—Sean siempre fue muy desenfrenado. Una estrella del baloncesto y un chico de lanchas motoras al que le encantaban la cerveza y las juergas. Ella era la clásica buena chica, y los polos opuestos se atraen. ¿No es eso?

—Eso parece —dijo Joe consiguiendo que a Tara le subieran los colores.

—Bueno, da lo mismo; cuando éramos unos niños era una cosa, pero todo cambió cuando Sean empezó a ir de un lado a otro, a ir al casino.

—¿Fue eso un cambio de conducta? Lo de ir al casino, quiero decir.

—No siempre hubo casinos. De jóvenes, la zona este de Connecticut era un pequeño refugio bucólico. Puertos en la costa, granjas y vacas en el interior. Muchas paredes de piedra. Pero de repente se convirtió en una especie de Las Vegas. No creo que nadie de aquí lo viera venir.

—¿Empezó enseguida Sean a meterse en eso?

—No... de hecho, solía quejarse de que por culpa de los casinos le resultaría más difícil llegar a su barco. El tráfico empeoraría y acabaría atrapado en la I-95. Decía que una parte del estado estaba en crisis económica, que el banco no cesaba de ejecutar hipotecas de casas y granjas. Y que era inmoral, que los casinos no deberían ni existir, porque quitaban el dinero a los desempleados que no podían ni mantener a sus familias.

—Pero al final acabó...

—Sí. Hubo mucha gente que al principio se mantuvo apartada del tema, incluso boicoteándolo, pero al final le picó la curiosidad. La primera vez que Sean fue allí lo hizo en compañía de Bay para ver un espectáculo. Actuaba Carly Simon, hará de eso unos años. Yo fui con ellos, con una persona con la que salía, y todos nos quedamos a jugar. Fue una novedad, pero nunca quise volver a ir.

—¿Y Bay?

—A ella le gustó incluso menos que a mí. Le deprimía eso de ver a tanta gente mayor echando monedas de cuarto de dólar a las máquinas. Pensaba que estaban quedándose sin la jubilación, moneda a moneda. —Tara sonrió pensando en las palabras de Bay—. La recuerdo señalando a una anciana, sentada en su taburete, con una bolsa de monedas colgada del brazo y tirando de la manivela una y otra vez. Había una hilera entera de señoras así y parecía como si viviesen allí: bolsas de monedas personalizadas, visores para evitar los reflejos... «¿Te imaginas a nuestras abuelas aquí en lugar de hacer lo que hicieron? —me preguntó Bay—. En lugar de contarnos cuentos y de enseñarnos a cuidar del jardín, podrían habernos enseñado a jugar.»

—¿Desaprobaba que Sean fuera allí?

—Cuando empezó a ir mucho... y a mentir al respecto.

—De modo que eso contribuyó a sus desavenencias.

—¿No contribuiría eso a que usted tuviese desavenencias con su mujer? —preguntó Tara—. ¿Que cada vez que se largara de casa lo hiciera para lanzarse a los brazos de otra?

El agente se puso rojo como un tomate. Tara percibió literalmente la presencia del calor en su cuello y en sus mejillas. No llevaba anillo de casado. Ella tampoco, por supuesto. Sintió un escalofrío recorriéndole la espalda en el momento en que él ladeó la cabeza y volvió a regalarle con aquella media sonrisa tan sensual.

—¿Podría decirme cuándo empezó? —preguntó—. ¿Podría relacionarlo de algún modo con la época en que otro obtuvo la presidencia del banco que tanto deseaba?

Tara hizo memoria.

—Es curioso que lo mencione... pero fue poco después de que perdiera aquel puesto. Recuerdo que compró el barco nuevo y empezó a jugar, y que Bay estaba cada vez más enfadada y preocupada. Pensaba que la crisis de los cuarenta le estaba costando muy cara. Pero yo pienso que simplemente se volvió un corrupto.

—Un corrupto —repitió el agente Holmes—. Me parece una palabra muy característica de Nueva Inglaterra.

—No lo olvide —dijo Tara—. Estamos en uno de los estados que fundaron los puritanos. Thomas Hooker.

—¿Fue puritano Sean, en alguna época?

—No —dijo Tara, riendo—. Era muy simpático, y siempre estaba dispuesto a pasárselo bien, desde que éramos niños. El muy imbécil.

—¿Es muy amiga de su esposa?

—Mucho —respondió Tara, sintiendo otro arrebato de afecto por Bay. Decidió cambiar de tema—. Y bien, ¿piensa enseñarme su pistola?

—¿Mi pistola?

—Sí. ¿Cuál es?

—Una diez milímetros —respondió, sonriendo—. Hace usted preguntas interesantes, señorita O'Toole. Piensa como un policía.

—Vengo de una extensa familia de policías —dijo—. Mi abuelo fue el capitán de detectives de Eastford. En los cuarenta, era el pistolero número uno de Estados Unidos.

—Lo sé —dijo él.

—¿Lo sabe? —preguntó ella, asombrada.

—Sí. Seamus O'Toole. Mencionó que su abuelo había sido oficial y en el transcurso de mi investigación le eché un vistazo.

—Agente Holmes —dijo Tara, sonriendo y levantando la ceja.

—Así que su abuelo fue el pistolero número uno...

—Sí —dijo Tara—. Y heredé sus armas. Pero no las quería en casa, con los niños de Bay siempre por allí, así que las doné a la biblioteca pública. Tienen una notable colección de armas de fuego Colt.

—Impresionante —dijo él—. Entonces, señorita O'Toole...

—Llámeme Tara —replicó ella.

—Muy bien —dijo él—. Llámame Joe.

—Caramba. Me tuteo con el gobierno —dijo.

—Sí —dijo él—. Y yo con la nieta del capitán Seamus O'Toole. Voy a buscar la copa. Quizá pueda ayudarme a pensar de dónde pudo sacarla McCabe. La guardaba en la caja de seguridad que tenía en el Anchor Trust...

Pero justo en aquel instante le sonó el teléfono móvil. Al parecer era importante, y Tara tuvo que marcharse.

Le aseguró que la llamaría para seguir con el interrogatorio, pero hasta entonces no lo había hecho. Mejor, pensó mientras pedaleaba por la carretera de la playa. Lo único que le faltaba era enamorarse del agente del FBI encargado de remover toda la porquería relacionada con Sean.

Y Joe Holmes era, definitivamente, material del que enamorarse. Parecía fuerte, como si de verdad supiera quién era, pensó Tara mientras avanzaba por el sendero de casa de Bay con su bicicleta. El corazón empezó a acelerársele cuando llamó a la puerta trasera. Normalmente, se limitaba a entrar mientras gritaba: «¡Estoy en casa!»

Bay abrió la puerta vestida con una vieja camisa blanca de las que utilizaba para bajar a la playa y unos pantalones vaqueros cortados y llevaba puestas las gafas de lectura. El chichón de la cabeza había bajado y estaba cediendo el paso a una contusión amarillenta.

—¡Pero si acabamos de colgar! —dijo Bay, sonriendo.

—Pero una breve conversación telefónica no es suficiente.

—Tara... ya está bien. Ya te has disculpado demasiado. Lo digo en serio, ¿de acuerdo?

Tara miró por encima de Bay, hacia la cocina, y vio todas las fotografías de los niños. La cesta de conchas que ella y Bay habían recogido en sus paseos por la playa, el pedazo de madera de balsa que habían encontrado y que parecía un mono. Pensaba que el nudo que tenía en la garganta acabaría ahogándola, pero se limitó a sacudir la cabeza y decir:

—No. No estoy de acuerdo. Son para ti, con un poema —dijo Tara, entregándole las flores a Bay.

—Son preciosas —dijo Bay.

Y luego, entrelazó las manos, la postura que las monjas le habían enseñado a adoptar para recitar, y se lanzó:

Flores silvestres
tan curiosas,
para demostrarte
que te quiero.
Tú eres oro,
yo soy latón,
deberías darme una patada
en el trasero.
Pero ya sabes
que soy tu amiga.
Te quiero
hasta el final.

Bay sujetaba el ramo de flores silvestres, y, aunque le temblaba la barbilla y tenía los ojos inundados de lágrimas, su rostro estaba cubierto por una ambigua sonrisa. Entonces abrió los brazos para estrechar a Tara en un interminable abrazo.

Una sensación de consuelo se apoderó de Tara como una ola gigantesca, como la tormenta que llega a última hora, cuando ya se ha puesto el sol y el mar parece en calma. Se agarró a Bay con todas sus fuerzas.

—Oh, Bay —dijo—. Siento mucho ser tan idiota, una enorme y estúpida idiota.

—¡Tara! —dijo Bay, con voz muy seria, apartándola suavemente .

—¿Qué?

—Amar significa no tener que decir nunca que eres una enorme y estúpida idiota.

Tara sonrió.

—¿No?

—No. Pasa y toma un café conmigo, ¿te parece bien?

—Hasta que nos entre un ataque de nervios de tanto café.

—Eso es, exactamente. Torrefacto.

Sonó el teléfono antes de que pudieran servir el café. Tara preparó las tazas y las cucharillas y se dedicó a mirar los anuncios de ofertas de trabajo mientras Bay atendía el teléfono.

—Sí... —dijo Bay—. Lo siento... no pensaba que... No, por favor, no se disculpe... de verdad, lo comprendo... no, pero... ¿está segura?... Bien... de hecho, está conmigo en estos momentos... podemos llegar en quince minutos.

Bay colgó y se volvió para mirar a Tara con ojos maliciosos.

—Órdenes inmediatas —dijo.

—¿Qué? —dijo Tara—. ¡Alguien ha oído mi poema y quiere llevarme a un concurso de autores noveles!

—Algo así —dijo Bay—. Augusta Renwick quiere vernos. A las dos. En su casa, dentro de quince minutos.

—Caray —dijo Tara.

18

Augusta Renwick recorrió su casa, echó un vistazo a cada habitación y se comunicó con su esposo a través de alguno de sus cuadros. No todos le «hablaban», pero algunos sí. Los retratos de sus hijas, por ejemplo. Cuando Augusta miraba los retratos que Hugh había realizado de Caroline, Clea y Skye, percibía el amor que él sentía por ellas.

—Hugh —dijo, delante del enorme cuadro en el que aparecían las tres niñas al piano—, no me ha bastado con hacerlo desastrosamente mal con mis... con nuestras propias hijas. Ahora también he metido la pata con los de alguien más.

En el camino, se oyó el crujido de la gravilla bajo las ruedas de un automóvil.

—Aquí están, querido —dijo Augusta, examinándose en el espejo del vestíbulo: cabello blanco, chal de cachemira de color beige sobre un conjunto de cachemira negro, perlas negras, y las esmeraldas Vuarnet adornándole las orejas. Se las ponía en contadas ocasiones, pero aquel día necesitaba toda la magia que pudiera conseguir.

«Toc, toc»: un golpe más bien audaz a la aldaba en forma de sátiro de la puerta principal. Augusta juzgaba siempre a quien llamaba por la fuerza o la timidez del golpe, y aquella persona tenía los nudillos de latón del bueno. Maravillosamente intrépida.

—*Entrée* —dijo Augusta, encontrándose con Bay y Tara en el porche.

Las dos mujeres hicieron su entrada, encantadoramente vestidas como campesinas (pantalones vaqueros cortados y camisas viejas anchas, la de Tara anudada a la cintura).

—Hola, Tara; hola, Bay —dijo Augusta.

—Hola, señora Renwick —dijeron ambas.

—Llámenme Augusta. Pasemos por aquí, ¿les parece bien?

Las acompañó por el salón, pasaron junto a un cuadro de gran tamaño en el que Hugh había pintado los establos Renwick, junto a las estanterías en las que se hallaban expuestos los objetos de plata de los Renwick, así como un vacío... ¿Qué habría hecho con la copa? Le encantaba beber los Florizars en ella...

Una vez en el estudio, Augusta, con un gesto, indicó a sus invitadas que tomaran asiento. Ambas eligieron sentarse en el sofá, como lo habrían hecho las hijas de Augusta. Tara parecía estar algo asustada, como si viera venir que el papel que había desempeñado en el asunto iba a traer cola.

—Relájese, Tara —dijo Augusta—. He hecho las paces con la situación y con la parte que ha desempeñado usted en ella. Que, sinceramente, creo que fue muy amable y bien intencionada.

—Señora Renwick...

—Augusta —recordó—. Después de todos los años que lleva usted trabajando para mí, el hecho de pedirle que me llame por mi nombre debería decirle algo. No lo hago con frecuencia... pero lo hice con su esposo, Bay.

—¿Con Sean?

—Sí. —Cuando vio en el rostro de Bay el abatimiento que le produjo la mención del nombre de su marido, Augusta la entendió al instante y su corazón se llenó de compasión—. Por favor, no piense que la he hecho venir para regañarla por los pecados de su esposo. Mi propósito es otro muy distinto.

Las dos mujeres la miraron sin decir nada.

—En primer lugar, me gustaría que siguiese trabajando para mí como jardinera. He estado paseando por la finca estos días después de que usted realizara su trabajo... por cierto, gracias por venir a recoger los montones de rastrojos. No debe de haberle resultado fácil con esa mano lesionada. —Bay parecía sorprendida, pero Augusta prosiguió—: Por lo tanto, quiero que las dos sigan trabajando para mí. ¿Queda claro? Y ¿les parece bien?

—Sí —dijo Bay—. Gracias.

—Gracias, Augusta —dijo Tara—. Siento mucho...

Augusta la hizo callar con un ademán.

—¡Ya basta! Aborrezco las disculpas que duran días y días. Se acabó, ¿me han entendido? Tengo hijas de su edad. A pesar de que todas están entrando, si no han entrado ya, en la madurez, siempre serán niñas para mí. Sé hasta dónde llegarían mis hijas con tal de ayudar a sus hermanas. Y usted hizo lo mismo.

—Somos hermanas —explicó Tara—. En espíritu.

—Cuánto deseé tener hermanas de pequeña —dijo Augusta—. Nunca tuve... sólo un montón de mascotas predestinadas al fracaso... pero eso es otra historia. Da lo mismo, volvamos al motivo por el que las he hecho venir hoy.

—¿Para hablar del jardín? —preguntó Bay.

—No, querida —dijo Augusta, inclinándose hacia delante—. Para hablar de usted.

—¿De mí?

—Sí. Y de lo que estamos pasando.

—¿Se refiere a lo que hizo Sean?

—Sí. Me gustaría compartir con ustedes algunas de mis impresiones. Quizá le serán de alguna ayuda.

—Adelante —dijo Bay, pero Augusta se dio cuenta de que se había encerrado en sí misma... sutil, pero completamente. Con la edad, la gente se iba volviendo dura como el hormigón para protegerse. Llevaban encima de sus espaldas conchas de caracol que, tras cada disgusto, se endurecían un poco más.

—Su marido era un seductor. Era guapo, brillante, listo, gestionaba muy bien mi dinero, y tenía el don de saber hacerme sentir bonita y joven. Bueno, puede que joven no, pero sí no tan vieja.

—Me suena mucho a Sean —dijo Bay.

—Créame, conocía bien a Sean... porque era exactamente igual que mi marido, Hugh Renwick.

Aquello las sorprendió... Augusta se dio cuenta de que acababa de captar toda la atención de Bay. ¿Qué podían tener en común el banquero de una pequeña ciudad y un gigante del arte norteamericano?

—Todo el mundo adoraba a Hugh. Los hombres querían su compañía, y las mujeres acostarse con él. Tristemente —para mí—, él no se resistía a sus encantos —me refiero a los de las mujeres— tanto como a mis hijas y a mí nos hubiese gustado.

—Lo siento —dijo Bay.

—Gracias. E igualmente. Pero en lo que más se parecían era en la competitividad. Entiendo muy bien la reacción de Sean cuando le relegaron en favor de Mark Boland. Hugh se habría vuelto loco.

—Sí, Sean estaba furioso.

—¿Quién puede culparle de ello? Era un ejecutivo muy valorado y, de golpe y porrazo, la directiva decide que ocupe el puesto alguien de fuera e incorpora a Mark Boland del Anchor Trust. Devastador para el ego masculino.

—Sé que estaba enfadado —dijo Bay, algo tensa; Augusta percibió que las defensas volvían a activarse—. Pero sigo sin poder imaginármelo robándole a los clientes, y volviendo al banco...

—En una ocasión conocí a un ladrón de joyas —dijo Augusta—. En Villefranche-sur-Mer. Acompañaba a otros artistas de vez en cuando, y le pregunté por qué lo hacía. Por qué robaba.

—¿Y por qué era? —preguntó Bay, con la mirada triste y hundida.

—Me e xplicó que le gustaba el juego —dijo Augusta —. Iba con mujeres caras y tenía gustos caros, y necesitaba financiar su caótica vida. Se dedicaba a subir constantemente sus apuestas y a aumentar la emoción.

—A Sean le gustaba la emoción —dijo Tara, con los ojos clavados en Bay.

—A lo mejor nunca sabremos exactamente por qué se puso a robar; puede que quisiera hacer quedar mal a Mark Boland, lo cual no resulta tan complicado; Boland no tiene sangre. Pero es obsequioso. Me doy perfecta cuenta cuando me está untando.

—¿Está segura de que quiere que trabaje para usted? —preguntó Bay, con una dignidad tremenda—. Comprendería que no quisiera. La investigación sigue abierta. El FBI está todavía en la ciudad.

—Por supuesto que lo está, querida —dijo Augusta—. Es un asunto de bancos. Si Sean se hubiese limitado a entrar aquí a robar dinero en metálico y algún cuadro, el caso estaría cerrado. Pero Sean era un banquero... y creo que no actuó solo. Tengo instinto para esas cosas.

—¿Le han dicho algo? ¿Sospechan de alguien más?

—Nunca dicen nada. Pero estuve en el consejo directivo del banco durante muchos años, de modo que tengo mis fuentes de información.

—Ese agente del FBI, Joe Holmes —dijo Tara, con un rubor delatador—, me estuvo interrogando el otro día.

—Es un bombón —dijo Augusta—. Con un coeficiente intelectual muy elevado.

—¿Te gusta? —preguntó Bay—. No sé muy bien cómo tomármelo.

Tara se encogió de hombros y se ruborizó todavía más, y Augusta le leyó los pensamientos.

—La vida es sorprendente —dijo Augusta, agarrándose a los brazos de su sillón y fulminándolas con la mirada. ¿Eran conscientes de lo maravillosas que eran, de lo corta que era la vida, de cómo se acabaría todo en un abrir y cerrar de ojos?—. Es pasión —dijo melancólicamente.

Bay abrió los ojos; eran extraordinariamente azules y rebosaban tanto amor y dolor que Augusta sintió el deseo de abrazarla como habría hecho con sus propias hijas.

Augusta la miró de reojo.

—Me parece que fue por esto por lo que reaccioné tan vehementemente con usted el otro día. Sé lo que está pasando. Sé lo que ha sufrido. Cuando miro los retratos que me hizo mi marido, no puedo evitar darme cuenta de que carecen de pasión.

—¿Pasión?

Augusta asintió.

—Su amor por sus hijas tenía una fuerza tremenda, se ve en todos sus cuadros. ¡Un amor salvaje, sin riendas! Pero en los retratos que me hizo hay gentileza, elegancia, gracia, corrección... pero no pasión.

—Lo siento mucho...

—Yo no —dijo Augusta—. Ahora ya no. Me angustió mucho... —se detuvo, porque la expresión era muy insuficiente— ... hace años. Pero ahora lo tengo ya superado.

—Pero siguieron juntos —dijo Bay, pensando evidentemente en ella y Sean.

—Sí. Nuestro matrimonio carecía de pasión y de afecto. Podía haberme divorciado de él un centenar de veces, y a lo mejor debería haberlo hecho, pero no lo hice.

—Yo también debería haberlo hecho —confesó Bay.

—Estaba unida a él por sus hijos —dijo Augusta—. Y eso es ya suficiente. Tome toda la pasión que él debería haber sentido por usted, y que Hugh debería haber sentido por mí, y canalícela hacia su propia vida. Si vuelve a enamorarse, asegúrese de hacerlo de un hombre que esté locamente enamorado de usted. ¿Me comprende? Sabiendo lo que sabe ahora, ya no podría soportar estar con alguien que no sintiera una pasión loca por usted.

—Nunca volveré a enamorarme —dijo Bay.

—Por si acaso lo hace.

—No lo haré.

—Pero prométame que me hará caso, si se enamora.

—De acuerdo, Augusta. Si me enamoro, lo tendré en cuenta —dijo Bay, como si tranquilizara a una anciana. A Augusta no le importó; había hecho su buena obra, había conseguido que lo prometiera. Miró a Bay McCabe y supo que le aguardaba algo maravilloso.

—¿Volverá usted para dejarme el jardín tan bonito como Giverny?

—Sí. Gracias. —Bay sonrió.

—Y ¿volverá usted para dejarme la casa reluciente como un salón de baile? —le preguntó Augusta a Tara.

—Lo haré.

—¿Y me ayudará a encontrar el cáliz que me falta? No se me ocurre dónde lo puse. El Florizars no sabe igual en otro sitio.

—Lo encontraré —dijo Tara—. ¿Se acuerda de cuando extravió uno de los pendientes de esmeraldas Vuarnet y lo encontré en el tacón de sus babuchas de marabú?

—Querida, tiene usted una memoria divina. Y aquí está, en mi oreja. Gracias. Gracias a las dos. Bay, hablaremos de los aburridos detalles económicos cuando vuelva a venir. Y ahora, déjenme sola; tengo que seguir discutiendo asuntos importantes con el padre de mis hijas.

—Gracias, Augusta —dijeron las dos amigas.

—De nada, niñas —dijo Augusta.

Y entonces, incorporándose, les dio un beso en cada una de las mejillas, como lo había aprendido hacía tantos años, cuando ella y Hugh vivían en París, en el distrito sexto, cuando todavía eran jóvenes, cuando se emborrachaban con Picasso, cuando el uno al otro se daban terrones de azúcar empapados de Armagnac en los cafés de Saint Germain-des-Prés, cuando hacían el amor en los muelles del Sena.

Cuando una vida sin pasión les habría parecido una tragedia.

Bay fue a navegar aquel sábado por la tarde.

Danny la llamó para decirle que la temperatura del agua todavía era agradable, el ambiente era cálido, la brisa estaba en calma y era un día perfecto para probar el nuevo laúd. Tara se había llevado a los niños, incluyendo a Eliza, al cine y luego al Paradise Ice Cream.

Bay iba equipada con unos pantalones vaqueros y un jersey de pescador y llevaba la mano protegida con un fuerte vendaje; se sentía inútil, sentada en la popa mientras Dan llevaba a cabo todos los preparativos. Luego izó las velas, capturaron el viento y la embarcación abandonó el muelle del astillero para entrar en el puerto de New London.

Él se sentó a su lado, con la mano en el timón, mientras la bonita embarcación descendía por el Thames en dirección al Sound. Bordearon Ledge Light, el imponente faro de ladrillo que vigilaba la embocadura del río, sentados con la espalda bien erguida y pendientes de que sus brazos no llegaran a rozarse.

A medida que el viento fue levantándose, Dan fue orientando la vela y estimulados por la velocidad y la libertad, escoraron. Bay notaba el aire en el cabello, la sal en los ojos. Allí se sentía capaz de respirar y, por vez primera en muchos meses, se dio cuenta de que no estaba mirando por encima del hombro para ver quién la vigilaba.

—Gracias —dijo.

—¿Por qué?

—Por esto. Por ayudarme a huir.

—A huir de la vida real por un ratito —dijo él, y Bay se dio cuenta de que la había comprendido.

Le miró de soslayo; no quería que Dan descubriera que le estaba mirando. Parecía aún tan sensible, como si formara más parte de la naturaleza y del mar que de la carrera de ratas que era la vida moderna. Tenía la piel bronceada y curtida, y de tanto entrecerrar los ojos para evitar el sol, de tanto trabajar al aire libre, se le habían formado profundas arrugas alrededor de los ojos y la boca.

—¿Tienes muchas estrellas de mar en el muelle del astillero? —le preguntó.

—Unas cuantas. ¿Por qué?

Ella sonrió, recordando cuando él reparó la balsa de la playa y descubrió todas esas estrellas de mar adheridas a la madera de la parte inferior. Las devolvió al agua, para salvarlas, antes de proseguir con su trabajo en dique seco.

—Me contaste que las estrellas de mar caían del cielo para construir su hogar en el mar —dijo ella.

—¿Eso dije?

—Sí. Y que los narvales eran en realidad unicornios.

—Pues sí que estaba poético ese verano.

—Y ése era mi favorito: lo que explica la brecha de las ballenas, que saquen sus colosales cuerpos fuera del océano, con una potencia y un esfuerzo tan impresionantes, es que fueron creadas para tirar de la luna... Eran como enormes caballos de tiro primitivos que, enganchados a la luna, tiraban de ella de una fase a la siguiente...

—Dando vueltas y más vueltas a la tierra —dijo Dan, dedicándole a Bay, sentada a su lado, una mirada cálida como el resplandor de la luna.

—¿Te acuerdas de que me contabas esas cosas?

—Me acuerdo —dijo.

—¿Te las creías de verdad? ¿O te las inventabas para mí?

—Creo que conocerte —dijo Dan, haciendo una pausa mientras el laúd navegaba elegantemente sobre las olas como si tuviera un nudo en la garganta— me hacía creer en ellas.

—¿Cómo? —preguntó ella, protegiéndose la mano lesionada con la otra.

Tardó un rato en contestar. Empezaba a oscurecer y el cielo y el mar se encontraban en un ancho horizonte rosado. Bay examinó el cielo en busca de la luna, para intentar verla vagando por el cielo, tirada por un conjunto de ballenas.

—Construir cosas es algo muy práctico —dijo él—. Tú me enseñaste a buscar la magia.

—¿De verdad?

—Más que nadie hasta entonces, y desde entonces.

Bay inclinó la cabeza hacia delante, casi apoyándola sobre la mano vendada, y pensó en la policía y en los agentes del FBI y en los rumores y, en especial, en Annie, Billy y Peggy, emocionalmente heridos y ahora continuamente preocupados, esperando a que regresara a casa.

—Me gustaría haberla buscado más en mi propia vida —dijo ella.

—La antigua Bay habría dicho que está ahí, tanto si la buscas como si no —dijo él.

Justo en aquel momento, saltaron por encima de una ola y resbalaron juntos por la bancada. Bay decidió permanecer allí y no moverse.

—¿Quién es esa antigua Bay? —susurró.

—La que está aquí en estos momentos —le susurró él a modo de respuesta, despegando una mano del timón para pasársela por encima de los hombros.

Era agradable. Cabalgaban juntos sobre las olas. Después de haber rodeado Ledge Light, Danny se encaminó de nuevo hacia el puerto. El mar les empujaba, de modo que soltó la escota para navegar a favor del viento y la vela mayor capturó la luz del sol que quedaba.

Y la reflejaba en sus rostros. La cara de Dan tenía un brillo rosado que Bay veía reproducido en su vendaje blanco y en su jersey de pescador. Pensó en la luna, plata helada a la luz del sol, arrastrada por las ballenas grises.

La antigua Bay... Tragó saliva, sintiendo que estaba empezando a plantearse que tal vez estuviera volviendo atrás. El verano había resultado muy doloroso, y ahora sólo había empezado a permitirse sentir lo amargos que habían sido tantos años de mentiras, tantos años viviendo bajo el brillo abrasador de un sol ardiente.

Cuando echó la cabeza hacia atrás separándola del brazo de Danny para darle las gracias por aquella salida marinera, vio que él estaba mirándola.

Aquella mirada la dejó sin respiración.

Reflejaba tantas cosas: viejo amor, nuevas preocupaciones, algo secreto que no podía expresar en palabras.

Era como mirarle la cara a la luna, desde un millón de kilómetros de distancia, y le hizo pensar en lo que había dicho Augusta el otro día: «Sabiendo lo que sabe ahora, ya no podría soportar estar con alguien que no sintiera una pasión loca por usted.» Bay se echó a temblar porque pudo ver pasión en el rostro de Danny, y porque ella la sintió también en su corazón.

Y cuando se acercaban al puerto, momentos antes de arriar velas, Dan confesó:

—Muy bien, Galway. Llevo años esperando esto. Ya que te di la luna en cuarto creciente en una ocasión, me ha tocado trabajar horas extras para conseguir ésta.

Señaló hacia el cielo y ella miró en dirección noreste.

Elevándose por encima de Groton, detrás de los edificios industriales, por encima del Gold Star Bridge, brillaba el enorme disco anaranjado de la luna llena de septiembre, dispuesta a iluminar la noche.

—¿Tan evidente te parece? —le susurró Dan al oído.

Bay respiraba con dificultad y tenía los ojos bañados por las lágrimas.

—No me digas que lo tenías planeado —contestó.

—Me limité a mirar el calendario —dijo él—. Y a asegurarme de que regresábamos a puerto a tiempo.

—Dan... —empezó a decir ella, y entonces se calló. Se le quebró la voz. No podía hablar, pero lo que habría dicho en voz alta, lo que se estaba diciendo a sí misma, era: «Sean nunca hizo esto por mí.»

En todos los años que estuvieron juntos, nunca pareció enterarse de lo mucho que a ella le gustaba la luna.

«Una pasión loca», había dicho Augusta, y Bay había creído que se refería a un estado mental imposible hasta entonces.

19

Dan cortó dos pedazos de madera de contrachapado de un centímetro cada uno, orientando la veta en paralelo a la línea de la arrufadura para que el casco cobrara fuerza y belleza. Con mucho cuidado, extendió la cola sobre las superficies para que quedaran pegadas. Biseló los perfiles a lo largo de la línea central para que la pieza final mostrara forma de corona. Iba a ser un bote especial, quería que todos sus detalles fuesen perfectos.

Llevaba un lápiz detrás de la oreja para realizar anotaciones sobre papel o en la misma madera. La mascarilla blanca que utilizaba para cubrirse la cara le había ido resbalando y la llevaba colgando alrededor del cuello. Iba vestido con unos pantalones vaqueros y una sudadera; septiembre había llegado acompañado por brisas frescas y limpias.

Cada minuto que transcurría le recordaba su salida al mar con Bay. En su interior se arremolinaban emociones encontradas, y trabajar le ayudaba a mantenerlas al margen. Sus sentimientos hacia Bay eran muy fuertes, pero el equipaje con el que tenía que viajar no era ligero. ¿Cómo podía embarcarse en una nueva relación después de todo lo que había pasado con Charlie, teniendo en cuenta además el modo en que Sean había estado implicado en ello? A medida que la jornada fue avanzando, Dan le dio cada vez más vueltas a todo y el sudor acabó por empapar todo su cuerpo. Tuvo que ponerse una vieja camiseta de Springsteen.

—Convention Center, Asbury Park, con el *Boss* cantando al son de la gaita —dijo una voz desde la puerta.

—¿Cómo dice?

—En la gira del disco *Rising* —dijo la voz—. Clarence Cleamons tocó *Into the Fire* con la gaita. ¿Lo vio?

—No —dijo Dan, mirándose la camiseta—. Vi la actuación en el Garden. Corrió el rumor, supongo que procedente de la costa de Jersey, de que Clarence tocaría la gaita, pero en Nueva York no lo hizo.

—Es una lástima. Fue mágico —dijo el visitante.

—Me lo imagino. El concierto al que asistí fue asombroso.

—Debe de ser impresionante oír uno de esos conciertos en Nueva York.

—Lo fue —dijo Dan—. ¿Puedo ayudarle en algo?

—Soy Joe Holmes, del FBI. Recibí una llamada de la policía local diciendo que tenía usted información sobre el caso Sean McCabe.

—Sí. —Dan dejó las herramientas y se enderezó, secándose las manos en los vaqueros—. Sean McCabe quería encargarme un barco. Apareció por aquí unas semanas antes de su muerte y hablamos sobre diseños y materiales. Quería que trabajase a partir de una maqueta que había hecho su hija.

—¿Qué tipo de barco?

—De madera. Clásico.

—No era el estilo de barco de McCabe.

—Supongo que no.

—¿Para qué lo quería? —preguntó Holmes, y Dan prácticamente le leyó el pensamiento al agente del FBI: ¿de qué le servía a Sean un hermoso barco de madera en el mundo moderno de la velocidad y la eficiencia?

—Lo quería para su hija —repitió Dan.

Joe Holmes asintió. Dan se dio cuenta de que le sudaban las manos y se puso de nuevo a trabajar para mantenerse ocupado. Había hecho las muescas en las cuadernas del bote, de modo que, mientras se secaba la cola de los ganchos del antepecho, empezó a montar las cintas interiores en la cuaderna y la arrufadura, dándole prácticamente la espalda al agente.

—¿Le dio la impresión de ser un hombre de familia? —preguntó Joe.

—No lo conocía bien —dijo Dan—. Así que no lo sé.

—Pero que le encargara un barco para su hija le diría algo, ¿no?

—Supongo —dijo Dan, concentrándose en el bote para evitar responder más a fondo esa pregunta. El olor a cola y serrín era fuerte, y Dan notaba el latido de su corazón retumbándole en los oídos.

—La señora McCabe me dijo que era vieja amiga suya.

Al oír eso, Dan levantó la cabeza e hizo un gesto de asentimiento. «Bien. Bay ya ha hablado con él», pensó.

—¿Se conocen desde hace mucho tiempo? —preguntó Holmes.

—Nos conocimos hace mucho tiempo —dijo Dan—. Pero luego nuestros caminos se separaron y no volvimos a hablar hasta este verano.

—Antes de que su esposo muriera.

—No. Después.

—¿Y conocía su amistad Sean McCabe? ¿O quizás era también un antiguo amigo?

—No conocía bien a Sean —dijo Dan—. Se crió en la misma playa que Bay, y recuerdo haberlo visto por allí. Pero eso es todo.

—Entonces es una coincidencia que Sean McCabe

acudiera aquí, ¿verdad? —dijo el agente—. Si no sabía que usted conocía a su esposa...

Dan dejó pasar el comentario.

—El motivo por el que llamé a la policía local —dijo— es porque una mujer llamó aquí preguntando por Sean McCabe.

Joe Holmes enarcó las cejas.

—¿Cuándo?

—Hace unas semanas. A finales de agosto.

—¿Qué dijo, exactamente?

—Me preguntó si Sean había estado aquí; si yo había hablado con él.

—¿Mencionó por qué quería saberlo?

—No. Fue muy breve. Pensé que volvería a llamar, pero no lo ha hecho, hasta el momento. —El corazón le latía con fuerza por el simple hecho de estar implicado en una investigación; suerte que no había hecho nada malo—. ¿Qué cree usted que podía querer?

El agente seguía de pie, con las manos enlazadas en la espalda. Observaba a Dan, como si quisiera leerle los pensamientos.

—Es difícil decirlo —dijo—. Ese hombre tenía muchas cosas entre manos.

—McCabe sabía que su mujer y yo fuimos amigos —dijo—. Bay me explicó que había leído alguna de las cartas que nos habíamos escrito.

—Lo sé —dijo Holmes—. Las tengo.

—¿Se las dio Bay?

—Son fotocopias, y estaban en posesión de Sean.

Aquello Bay no lo sabía, Dan estaba seguro de ello. Mientras ella estaba preocupándose por haberle escondido al FBI algo tan dulce e inocente como sus viejas cartas, Holmes había sabido de su existencia desde el principio.

—¿Sabe usted por qué Sean McCabe habría fotocopiado las cartas? —preguntó Holmes.

—No tengo ni idea —dijo Dan, sintiendo que el corazón le latía con fuerza.

Dan pensó en lo que le había escrito a Bay tanto tiempo atrás. Apenas lo recordaba, pero sabía que tenía que ver con los sentimientos que compartían respecto a la naturaleza, la playa, las cosas sencillas que ambos amaban. Tan distintas de las que le gustaban a Sean... Dan había empezado a preguntarse si Sean habría inspeccionado aquellas cartas en busca de maneras de echarle el anzuelo. Pero no pensaba mencionarlo.

—Usted le había escrito a su futura esposa y ella a usted —dijo Holmes—. A lo mejor Sean estaba celoso.

—Hace veinticinco años que no veo las cartas, pero recuerdo el tono. Ella no era más que una niña y yo acababa de graduarme, y entre nosotros no había más que una amistad. Recuerdo haberle escrito sobre la pasarela de madera, y sobre un columpio que le hice... sobre la luna. Algo relacionado con el dedo que se lesionó mientras me ayudaba. Medusas, cangrejos y gaviotas, y todas esas cosas de la playa.

—Entonces, si no estaba celoso... —dijo Holmes.

—Pues no lo sé. De todo eso hace mucho tiempo —dijo Dan con una expresión de enfado e impaciencia al pensar en Sean McCabe y percatarse de que le había involucrado. Sean sabía exactamente lo que estaba haciendo—. Mire, tengo trabajo.

—Lo sé. Lo siento. Sólo un par de preguntas más —dijo el agente Holmes.

Dan estaba sudando y se volvió de nuevo hacia el bote. Había realizado las muescas de las piezas de la cuaderna interior por encima de la junta de los listones, redondeado sus extremos, y ahora empezaba a atornillarlos, a través del tablazón de cubierta desde fuera y a través de las cintas interiores desde dentro. Trabajaba con el piloto automático, contento de tener entre manos algo que hacer.

—¿Tenía usted alguna cuenta en el Shoreline Bank?

—¿Yo? No —dijo Dan. «Ya lo tengo encima.»

—Por lo tanto, Sean McCabe no gestionaba su dinero.

—La familia de mi esposa tenía varias cuentas y un depósito en el Shoreline.

—¿Un depósito?

—Para mi hija, sí.

—¿Y es usted ahora el administrador de ese depósito?

—Sí. Ocupé el puesto de mi esposa. Murió hace un año.

—Ah —dijo Holmes—. Lo siento. ¿Y quién es el otro administrador?

—Mark Boland —dijo Dan, diciendo la verdad—. Toda la correspondencia llega de su despacho.

—¿Conoce usted a Ralph, o «Red», Benjamin?

—Está en el consejo de administración del Shoreline Bank, ¿verdad? —preguntó Dan.

—Sí.

Aquello era un juego de ajedrez estúpido, pensó Dan. Lo único que quería era que acabase, volver al trabajo. Temas completamente inocuos acababan pareciendo dudosos; eso era lo que había aprendido de sus encuentros con Sean.

—¿Cómo va el negocio? —preguntó Holmes.

—Bien —dijo Dan, levantando la vista.

—Se ha producido una crisis económica. ¿Sigue teniendo dinero la gente para invertir en bonitos barcos de madera?

—Eso parece —dijo Dan.

—¿Y qué me dice de hace doce o trece meses? ¿Cómo iban las cosas entonces?

«¿Dónde quiere ir a parar con esto?», se preguntó Dan mientras respondía.

—Bien. Salí adelante. Y, como puede ver, sigo en el negocio.

—Me alegro de que así sea —dijo Holmes—. Muchas gracias por su tiempo. Le dejo mi tarjeta... Llámeme si se le ocurre algo más.

—Lo haré —dijo Dan, observando la tarjeta del agente apuntalado en la popa del barquito. Le tendió la mano, la retiró y se encogió de hombros para disculparse... tenía los dedos manchados con cola seca y barniz.

Volvió al trabajo, evitando levantar la cabeza para no tener que ver al agente mientras se marchaba. Le temblaban las manos. Eso de que un desconocido le formulara preguntas personales tenía algo que le alimentaba el deseo de saltar a alguno de los barcos que construía y hacerse a la mar. Era como Bay, le gustaba que su vida fuera sencilla e íntima.

Finalmente oyó el motor del coche del agente, las conchas de las almejas que crujían bajo los neumáticos, y el coche abandonando el aparcamiento. Pasados unos instantes, el hangar estaba de nuevo en silencio. Bueno, no en silencio... nunca estaba en silencio. Los sonidos de las herramientas eléctricas, de los motores de los barcos, los gritos de las gaviotas, el tren que llegaba a New London, el sonido de la campana del paso a nivel.

Y su propia sangre, retumbándole en los oídos. De algún modo, sin hacer nada, se encontraba en medio de un conflicto del que no quería formar parte.

Joe Holmes abandonó las instalaciones de Eliza Day, Constructores de Barcos con una extraña sensación en las entrañas que le decía que se detuviese y mirara por el retrovisor. Se paró delante de Chirpy Chicken, en Bank Street. Ése era el barrio. Dos noches antes, patrullando por los astilleros, al estilo más tradicional, había quedado cautivado por el movimiento que reinaba en Bank Street.

Calificándolo de «sórdido» no se le haría justicia. La luz de la ilegalidad bañaba la escena con un cálido resplandor anaranjado. Un par de transacciones de drogas por aquí, un par de prostitutas en la otra esquina de la calle, un establecimiento con los escaparates seductoramente oscuros y un cartel que rezaba «Libros y Magia».

Por otro lado, el barrio poseía un aire sincero, innegablemente marítimo y literario. Joe podía imaginarse fácilmente a Eugene O'Neill absorbiéndolo todo, la absenta y la morfina, el sufrimiento humano y el deseo ilimitado del corazón humano: los componentes de la literatura y de las investigaciones del FBI.

Estaba el majestuoso y sólido edificio de Aduanas, el más antiguo del país; las hileras de edificios de ladrillo y casas de madera, el edificio de ladrillo que albergaba la confortable librería-cafetería, los restaurantes de menú, los bares —lugares donde a Joe no le importaría pasar un rato—, y dos buenos establecimientos de bebidas llamados Roadhouse y Y-Knot.

El aire salado soplaba desde el Atlántico a través del Race, aquel pedazo de agua salvaje donde el océano Atlántico se encontraba con Long Island Sound y el Thames River. Desde el lugar donde estaba situado Joe veía el Ledge Light, la construcción regular de ladrillo que albergaba el faro de la desembocadura del río, así como las instalaciones de Pfizer, con sus chimeneas, sus laboratorios y sus oficinas, en la orilla opuesta del río, al lado de Electric Boat y sus submarinos nucleares.

Los trenes recorrían la costa —llegaban de Boston y Nueva York, y se dirigían de nuevo a estas ciudades— y los transbordadores cruzaban el estrecho, de modo que había una casi constante cacofonía de silbidos, maquinaria chirriante, bocinas y campanas, sonidos de preparación de viajes, mensajes empañados de alegría y prisas, y los dolores de las despedidas.

Con los años, las investigaciones de Joe le habían llevado a muchas ciudades pequeñas, pero ninguna le había cautivado tanto como New London. Había allí mucha añoranza. Sus calles estaban impregnadas de sangre, cerveza, aceite de ballena y deseo.

El antiguo cementerio, la casa de los Hugonotes, State Street rematada por la Union Station, el cavernoso paisaje de ladrillos rojos de H. H. Richardson, y el elegante Palacio de Justicia, situado en lo alto de la colina y construido completamente en madera en 1784, tablas blancas y persianas negras, inmenso y demasiado grácil como para albergar los juicios por asesinato.

A Joe le gustaba New London. Le gustaba la costa en general. Cualquier lugar donde viviera Tara O'Toole le estaba bien. El mejor momento de su investigación se produjo cuando tropezó con Tara en Andy's Records.

Le gustaba también Bay McCabe. Eran amigas íntimas, afortunadas por tenerse la una a la otra. Tara era todo un carácter: dura y protectora, por fuera, y un corazón cálido, fiel y vulnerable, por dentro. Joe conocía ese tipo de personas. Las conocía muy bien. Cuando no se dedicaba a perseguir estafas bancarias en Black Hall, vivía en Southerly. Pero en ese momento, sentado en el coche y mirando por el retrovisor, sintió envidia de Dan Connolly.

Aquel tipo vivía bien... o lo parecía. Aunque lo mismo podría decirse de Sean McCabe. Ambos, en distintas épocas, habían disfrutado del cariño de Bay. ¿Sabría Dan que había estado enamorada de él? Cualquiera que leyera las cartas podía adivinarlo.

La investigación de Joe había destapado incidencias tanto en el departamento de depósitos del Shoreline como en la operativa de préstamos. El capital de dos depósitos había sido robado, dando como resultado unas pérdidas de cerca de quinientos mil dólares. E, inspeccionando a fondo datos bancarios para seguirle la pista al ladrón, Joe había tropezado con otro depósito: el de Eliza Day.

Después de que Obadiah Day lo abriera ochenta años atrás, había pasado primero a su esposa, Eliza, y luego a su hija Charlotte, la esposa de Dan Connolly, y ahora estaba en posesión de su nieta, la joven Eliza. El importe del depósito ascendía a nueve millones de dólares.

Los intereses se pagaban trimestralmente y, hasta su accidente, Charlotte había sido una de las administradoras. El otro era Sean McCabe. Connolly tenía razón. Mark Boland era ahora uno de los administradores, pero se había hecho cargo del tema después del fallecimiento de McCabe. Daniel Connolly era administrador desde la muerte de Charlotte. ¿Por qué no le había mencionado que Sean había sido administrador del depósito hasta su fallecimiento en junio?

¿Qué tenía él que ver, si es que tenía algo que ver, con todo aquel ir y venir de fondos que se había producido trece meses atrás?

Justo en torno a la época del fallecimiento de su esposa.

La investigacion del crimen de Sean McCabe había abierto un profundo abismo en el Shoreline Bank. Joe andaba buscando un sujeto sin identificar. No estaba seguro de quién, de por qué, ni de cómo esa persona había ayudado a McCabe; ni tan siquiera seguro de que dicha persona existiese.

Lo único que sabía era que se había producido una apropiación indebida de fondos en dos departamentos: la división de préstamos y la división de depósitos.

Y a pesar de que el dinero había sido reembolsado rápidamente, el depósito de Eliza Day había sido robado y restituido: así lo demostraban los extractos.

En el reproductor de CDs de Joe sonaba *Oh, Mercy* de Bob Dylan. Inspirado por la camiseta de Dan, decidió sustituirlo por *The Rising*, de Springsteen. Mientras sonaba la música, esperó y observó.

Y entonces su espera tuvo su recompensa: Dan Connolly en acción.

Salió del hangar, tiró con fuerza de las pesadas puertas y cerró con llave. Se dirigió al aparcamiento y montó en su camión. Sin que Joe dejara de observarlo, Dan puso en marcha el vehículo, pasó junto al coche de Joe y siguió en dirección oeste por Shore Road.

Él vivía hacia el este, cruzando el Gold Star Bridge, en Mystic, de modo que Joe aventuró una suposición descabellada sobre el destino de Dan. En realidad no tenía motivo alguno para pensar que Dan quisiera ir allí, era más bien una corazonada, un impulso. Quizá porque de haber estado él en el lugar de Dan allí es donde habría querido ir.

El viaje duró veinte minutos.

Había poco tráfico. Las multitudes habían desaparecido con el verano. La carretera 156 estaba prácticamente vacía, exceptuando una retención provocada por los supermercados de Waterford y Silver Bay. Después pasó a buen ritmo por el refugio de animales salvajes de Lovecraft, el parque nacional de Rocky Neck, el Wellsweep y el restaurante Fireside. Connolly viró a la izquierda para pasar por debajo del puente del tren, el mismo tren que llevaba a New London y que podía oírse desde su hangar, y entrar en Hubbard's Point.

Pasó junto a la casa de Bay, luego junto a la de Tara y finalmente llegó al aparcamiento de la playa. Era septiembre y el aparcamiento estaba vacío. Joe se detuvo en el lateral del camino, justo en la esquina. Salió del coche y atravesó un solar desierto para echar un vistazo.

Dan Connolly había salido del camión y caminaba por la pasarela que llevaba hasta la playa. Con el cabello alborotado por el viento, paseó por la pasarela de madera, tal y como Joe había esperado que hiciera.

A pesar de disponer de un par de pequeños prismáticos en el bolsillo de la chaqueta, Joe se limitó a observar a Connolly a simple vista, desde el solar y el aparcamiento de arena. Le vio mirar hacia abajo, como si quisiera recordar que había construido aquella pasarela con sus propias manos, hacía prácticamente dos décadas.

Y luego se sentó en el banco de color blanco, el largo y vacío banco blanco donde tanta gente debía de haber encontrado alivio y consuelo a lo largo de los años. Tenía la cabeza ligeramente ladeada, mirando en dirección oeste, directamente a la casa de Bay. Pensaba en ella, Joe estaba seguro; y estaba también escuchando los sonidos de las olas y de las gaviotas.

Dos básicos del mar, inseparables de los veranos de Hubbard's Point o de cualquier otra playa; un recordatorio de los veranos y de la juventud.

Y de la inocencia desaparecida.

20

Fue un septiembre claro y luminoso, inundado por la luz de un verano que daba paso al otoño, y luego llegó octubre, y el aire se volvió más frío. La temperatura del agua, sin embargo, era todavía agradable para bañarse, y la luz adquirió un tono ambarino: así como el ámbar captura para la eternidad la vida milenaria, hojas, abejas y grillos, la luz de octubre de Hubbard's Point estaba siempre colmada de los recuerdos del verano.

Bay trabajaba mucho en casa de Augusta: aporcaba plantas, podaba, plantaba bulbos en Firefly Hill. Y luego, como inspirada por la promesa de belleza de la siguiente primavera, corría a casa antes de que anocheciera y hacía lo mismo en su propio jardín.

Le proporcionaba esperanza y consuelo saber que aquellos bulbos duros y secos que hundía en las profundidades del suelo rocoso de la colina producirían nubes de campanillas blancas, albarranas, lirios, narcisos y tulipanes cuando llegaran abril y mayo.

Por la noche, Bay y Tara solían reunirse para tomar el té junto al fuego, siempre en casa de Bay, para poder controlar que los niños hiciesen los deberes. Por vez primera desde que se casó, Bay estaba completamente absorta en su trabajo y en ayudar a sus hijos a afrontar la vuelta al colegio después de la muerte de su padre.

—Octubre es, de hecho, la época que más me gusta

para navegar —dijo Tara, envuelta en un chal. Era una tarde cálida, así que las dos amigas estaban sentadas fuera, bajo la luz de la luna—. La brisa es regular y el agua está caliente, así que si zozobras, puedes regresar a casa nadando apaciblemente.

—Eso sería agradable —dijo Bay con una sonrisa antes de darle otro sorbo al té, deseando que Dan estuviera allí para ver la luna con ella—. Muy agradable...

—¿Por qué no le llamas y te apuntas para salir de nuevo?

—No puedo.

—No crees que sea muy correcto, ¿verdad? ¿Cómo atreverte a salir a navegar con alguien a quien le gustas?

—Fue tan bonito, simplemente estar en el mar con él —dijo Bay—. Había olvidado que podía ser así. Es tan atento.

—Es el trato que te mereces, Bay.

—Sean iba siempre con tantas prisas y andaba tan atareado, tan acelerado... Fue maravilloso navegar en aquel viejo laúd, sin tratar de llegar rápidamente a ningún sitio.

—Es un buen amigo —dijo Tara—. Recuerdo la cantidad de horas que pasabas con él... aquel verano apenas te vi. Entonces ya disfrutabais de la mutua compañía, y eras sólo una niña.

—Lo sé —dijo Bay, radiante al pensar en aquella luna—. La verdad es que fue una amistad asombrosa.

—¿Y sigue siéndolo? ¿Por qué no le invitas alguna noche a cenar?

Bay ya lo había considerado. Annie insistía en quedar con Eliza y Bay le había dicho que se verían pronto.

Miraron hacia las marismas, hacia el desfiladero de la colina, cubierto de árboles. Era una visión sombría y misteriosa: bajo la luz plateada de la luna, sólo se distinguía un atisbo del sendero que se adentraba en los bosques y conducía a Little Beach. Bay pensó en la aventura, en el camino de la vida, y se preguntó adónde los llevaría a todos a continuación.

—¿Quieres venir a cenar el sábado? —le preguntó a Tara.

Tara sonrió, sacudiendo la cabeza.

—No, gracias. Creo que Andy empieza una liquidación justo ese día. Tendría que pasar por allí.

—Quieres ver a Joe Holmes, ¿verdad? —dijo Bay.

—Me siento tan desleal cuando pienso en que está investigando a Sean.

—Estás cansada de artistas, ¿a qué sí?

—Agotada, querida —dijo Tara—. No sabes hasta qué punto.

Mientras se reía, Bay oyó un coche que avanzaba por el camino de su casa. Se levantó justo a tiempo de ver a Alise Boland en la esquina de la casa cargada con una enorme maceta de crisantemos naranjas.

—Ya sé que es tarde —dijo Alise, depositando la maceta en la escalera—. Debería haber llamado primero, pero acabo de finalizar un trabajo de locos y me sobraban algunos crisantemos. Pensé en traértelos.

—Gracias, muy amable por tu parte —dijo Bay—. ¿Te apetece un poco de té?

—Sí, únete a nosotras —dijo Tara.

Alise negó con la cabeza.

—Gracias, estaré encantada en otro momento. Pero ya sabéis lo que es... todo el día trabajando y lo único que me apetece es llegar a casa y darme una ducha.

—Oh —dijo Bay, sonriendo—. Entonces te agradezco especialmente que te hayas entretenido pasando por aquí. No sabía que trabajabas con flores...

—Normalmente no lo hago —dijo Alise—. Habitualmente me dedico sólo a interiores, pero tengo un cliente que quiere que le supervise también las terrazas y esta vez me he pasado de la raya. Mark me contó que habías empezado como jardinera.

—Sí —dijo Bay—. Trabajo para la señora Renwick.

—¿No crees que es todo un carácter? —preguntó Alise, riendo—. A Mark le encanta tenerla como cliente. Siempre vuelve a casa contando las estupendas historias de Augusta.

Bay asintió complacida; seguramente Alise no sabía que Augusta había sido cliente de Sean, hasta el pasado junio...

—Pues muy bien —dijo Alise—, disfruta de las flores. Quién sabe, a lo mejor podemos trabajar algún día juntas, Bay. Si encuentro un cliente que busca un jardinero, te tendré presente.

—Estaría encantada —dijo Bay.

En realidad no fue más que un detalle, pero aquella noche le pareció a Bay... normal, después de los últimos meses de desolación: estar sentada con Tara afuera, y que otra amiga pasase por allí a regalarle una planta preciosa. Era suficiente para hacerle creer que todo iba a mejorar. Bay se había sentido muy poco querida por Sean, y luego lo había perdido; su dolor era doble.

Pero aquella noche se sentía bien. Se sentía segura por tener tan buenas amistades, por formar parte de una comunidad. Por haber empezado a trabajar en algo para lo que tenía talento, en algo que comprendía, que podía ser el principio de un futuro de verdad para ella y sus hijos. Por estar sentada delante de la casa que amaba, con sus hijos a buen recaudo en su interior.

Y por ser capaz de mirar la luna y preguntarse si Danny estaría también mirándola.

La buena, la magnífica noticia, era que iban a cenar a casa de los McCabe, pero Eliza además pasaría además el día entero con Annie.

La noticia no tan buena era que Eliza sentía que la oscuridad la embargaba de nuevo. Se sentía amenazada por todo: una llamada a la puerta cuando su padre no estaba en casa, la sensación de que la seguían, la presencia de alguien arañando la ventana de su dormitorio una calurosa noche de la semana pasada, y una voz muy tenue: «Eliza, Eliza, tu madre te reclama.»

¡Parecía tan real!

Y cuando al día siguiente dio un vistazo vio rasguños en la tela metálica, como si la hubieran intentado cortar con un cuchillo. Incluso se lo enseñó a su padre. Él observó las marcas y dijo que se debían simplemente al desgaste habitual producido por el roce de las ramas cuando arreciaban las tempestades y los vientos del noreste. Naturalmente, su padre pensaba que todo estaba en su cabeza. «Afrontémoslo —pensó Eliza—. Incluso yo pienso que está todo en mi cabeza.» Era como el niño, o la niña, que gritaba que venía el lobo. Y la mayor parte de la vida de Eliza no era más que un grito solicitando ayuda.

Había cosas que la ayudaban. Annie la ayudaba. Los días soleados la ayudaban. La ropa nueva la ayudaba durante un breve período de tiempo, tan breve, que acababa preguntándose para qué gastarse ese dinero.

Los pendientes la ayudaban, aunque la ayudaba más lacerarse. Una punzada de dolor, otro agujero en la piel que permitía liberar parte de la presión.

Pasar hambre era bueno. Era tan real. Pensándolo bien, el cuerpo era bastante tonto. Estaba entrenado para tener hambre cuando en realidad no necesitaba comida. Muéstrale al cuerpo un bocadillo de jamón y la boca empezará a hacerse agua. Lo mismo con el chocolate y, especialmente en el caso del cuerpo de Eliza, con el chocolate con almendras.

Y aquélla era la tontería: otros cuerpos podían volverse locos por los cacahuetes o por el coco. Los cuerpos tenían gustos muy personales. Annie, por ejemplo, había luchado contra su peso. Pero ahora, según las últimas llamadas telefónicas, tenía el hambre algo más controlada y su cuerpo empezaba a encogerse poco a poco.

La vida era una lucha constante para Eliza. Se sentía como un obrero de una planta nuclear: aumenta la presión aquí, suéltala allá, deja que el vapor suba al máximo, luego abre la válvula para liberar un poco.

Eliza lo hacía con el ayuno y los cortes. El ayuno permitía que la presión de su cuerpo aumentase hasta que sus músculos pidieran a gritos vitaminas y nutrición, y los cortes permitían que los gritos huyeran de sus órganos en dirección al cielo.

Su padre estaba fuera, en el astillero, y Eliza se encontraba en el hangar, sentada en el despacho, el lugar donde mejor llevaba a cabo su trabajo: los cortes.

Lo llamaba el «escritorio de los abuelos», porque era eso: creado por un abuelo para el otro. Pero no exactamente como la historia de las queridas abuelitas de Annie. Lo suyo fueron negocios, no amistad. La familia de su madre era la que tenía el dinero y, Obadiah Day, su abuelo por parte de madre, había contratado a su abuelo por parte de padre, Michael Connolly, un pobre inmigrante irlandés, para que le construyese y le grabase aquel escritorio.

Era precioso: estaba construido en ébano y tenía sirenas, conchas de vieiras, peces, caballitos de mar, monstruos marinos y un Poseidón esculpidos en la madera. De pequeña, Eliza tenía dulces sueños en los que aparecían las sirenas y los caballitos de mar. Ahora, casi una adulta, tenía pesadillas de monstruos marinos.

Tomó asiento en la mesa de despacho y, lentamente, con reverencia, extrajo el cuchillo de su escondite: el calcetín. Se le aceleró el pulso de la emoción. Y empezó a sentir en la garganta la punzada de las lágrimas que deseaba derramar. A veces pensaba que, si pudiese llorar, quizá no tendría que cortarse; su cuerpo lloraría de manera normal.

Recorrió con los dedos la superficie grabada del escritorio, preguntándose si aquel mueble estaría maldito. Si no hubiera sido encargado, si un abuelo no hubiese sido contratado por el otro abuelo para construirlo y adornarlo, ¿habría existido su familia?

¿Habría conocido su madre a su padre? ¿Habría nacido Eliza?

A menudo deseaba que nada de aquello hubiese sucedido. Era uno de los motivos por los que le gustaba ir a Banquo, por los que lo consideraba un santuario (aunque fuese cerrado, con almohadas cubiertas con plástico duro y demasiados médicos): allí había gente, otras chicas, que comprendían su vida, que no la consideraban rara por oír en su ventana voces nocturnas desconocidas reclamándola para que se reuniese con su madre, y que sabían, al menos un poco, lo que se sentía siendo ella.

Siendo ella.

Eliza Day Connolly.

Annie lo sabía, un poco. Tenía ternura en el corazón, igual que las chicas de Banquo, pero poseía además una fuerza increíble que a Eliza le encantaba. La intrigaba la forma que tenía Annie de llevarlo todo tan bien y deseaba poder aprender de ella.

Pero vivía muy lejos. Ojalá Eliza viviese en Hubbard's Point, para poder ver constantemente a Annie. Pensó en la sensación de misterio del lugar, como si los fantasmas de todos los seres queridos se congregaran allí.

Sabía que Annie también la sentía ... y ése era un motivo más por el que la quería.

Fantasmas y preocupaciones y secretos.

La madre de Eliza, por ejemplo. ¿Cuándo saldría a la luz su odioso secreto? ¿Lo sabía ya su padre? Eliza lo adoraba, más de lo que él podría jamás imaginarse, y daría su vida por ayudarlo. Por eso le preocupaba tanto la voz de la ventana, porque le recordaba mucho la noche en que murió su madre.

Pero la voz de la ventana no conocía los auténticos sentimientos de Eliza. No conocía el secreto. Por eso Eliza subió al tejado de su casa para comprobar si había alguien... si las voces hubieran estado sólo en su cabeza habrían conocido su secreto. La voz de la ventana era una ignorante. No sabía que Eliza no deseaba ir con su madre. Ni mucho menos.

Secretos de familia.

Pensándolo bien, el Banquo Hospital debía su existencia a los secretos de familia. La gente sufría por sus seres más queridos. ¿Qué otro motivo podía existir para volverse loco? A Eliza no se le ocurría ninguno. Su padre, uno de los mejores guardadores de secretos, tenía que ir con cuidado; de lo contrario ¿quién sabe cómo saldría adelante? Necesitaba a Eliza, sólo para mantenerse a raya.

Estaba dispuesta a admitirlo: se lo hacía pasar mal.

De acuerdo... a veces hacía todo lo posible para convertirle la vida en un infierno. Para mantenerle en su papel de padre y recordarle que ella seguía allí, que aún lo necesitaba, que nunca lo abandonaría. Mientras estuviera ocupado cuidando de ella, tendría menos tiempo de atormentarse con lo que le había sucedido a su madre.

Era un hombre muy bueno, pero ridículamente ciego ante determinadas verdades. ¿Creía que su buena y dulce Charlie le había abandonado únicamente al morir, aquella última noche en la cuneta de la carretera? ¡Ja!

A veces, una hija sabía muchísimo más.

Le abrasaban los pulmones, y el corazón era como un martillo en el interior de su escuálido pecho. Eliza miró a su padre a través de la ventana. Sabía que seguiría un buen rato ocupado...

Cerró los ojos y recordó a su madre hablando con Sean McCabe. Su banquero de confianza.

Resultaba extraño que Annie, su nueva y única amiga íntima, fuese la hija de Sean McCabe, pero ¿de qué servía tener trastorno de identidad disociativa si no podía utilizarse de vez en cuando para disociar lo que a uno más le apetecía o lo que más necesitaba? De este modo conseguía no ver en sueños la furgoneta de color castaño...

O recordar dónde la había visto antes. La atormentaba saber que había visto antes aquella furgoneta. Pero ¿dónde? ¿Y dónde había oído aquella voz que escuchaba en la ventana?

Las preguntas estaban volviéndola loca, de modo que levantó el cuchillo.

Escogió un punto del cuerpo que su padre no pudiese ver... la parte superior del antebrazo, justo debajo de la articulación. Era otoño, hacía frío, y ya no se iba en manga corta... Eliza empezó a presionar delicadamente la cuchilla contra la piel.

Nada exagerado, sólo lo suficiente para liberar la sangre, para permitir que la sangre borboteara hacia el exterior. Una gota de sangre. Luego otra.

Su sangre, la sangre de Eliza.

Volvió a sorprenderla, le sucedía cada vez que la veía.

Deseaba poder llorar. Lo sentía, estaba a punto...

Contempló la sangre derramándose por el pequeño corte de menos de medio centímetro y descendiendo por el brazo, y sintió en el pecho aquella angustia abrasadora, consciente de que todo el mundo no era más que huesos y sangre, de que la muerte llegaría de repente y se lo llevaría todo, de que el amor podía ser sustituido por la rabia, de que ambos podían quedarse sin ningún lugar adonde ir...

Y dejó que la sangre roja le resbalara por el brazo, cayera sobre la madera oscura y exótica del escritorio del abuelo, y corriera por la cara de caoba de Poseidón, hacia las olas oceánicas que ondeaban a sus pies, y apretando los dientes pero sin lágrimas en los ojos, Eliza limpió la sangre de la cara del dios y la arrastró hacia el mar.

21

El sábado fue un día largo, encantador y estupendo. Para Annie fue como ir a ver una película que le gustaba y descubrir que, en lugar de verla, estaba en su interior; en realidad, se trataba de su vida. Era como si, al menos temporalmente, todos sus deseos se hubieran hecho realidad. Así como muchos temores que no sabía que tenía...

Todo empezó con la llegada de Eliza, a las nueve y media de la mañana. Su padre entró con el camión por el camino de la casa y la madre de Annie salió a hablar con él para decirle que regresara a las seis y media, para cenar todos juntos. El motivo por el que se permitió que Eliza llegara tan temprano fue que habían prometido dedicar dos horas a los deberes, y decidieron quitarse eso de encima antes que nada.

Mientras sus padres charlaban en la entrada, las chicas subieron a la habitación de Annie, donde Annie le ofreció a Eliza su mesa para trabajar.

—No, ya estoy bien así —dijo Eliza, desplomándose pesadamente sobre la cama—. Quiero tu cama.

—Pero si concentrarse en la mesa es mucho más fácil —dijo Annie.

—Muchas gracias. Ya sé que lo es, pero tengo pereza. Mi cuerpo no parece estar hoy muy bien.

—¿Ya comes?

Eliza sacudió negativamente la cabeza.

—Pero no digas nada. Mi padre me amenazó con enviarme de nuevo a Banquo si no empezaba a comer. Es tan... pesado.

—Creo que está preocupado por ti —dijo Annie, también preocupada. Eliza estaba más delgada que nunca, como si todas y cada una de sus células estuvieran desnutridas y hubieran empezado a desvanecerse.

—No tiene por qué estarlo —dijo Eliza—. La que se preocupa en casa soy yo. Por él. Me amarga la existencia.

—¿Tu padre? —preguntó Annie, a la vez maravillada y horrorizada de que Eliza hablara de aquella manera de su padre.

—Sí. Desde que su negocio estuvo a punto de irse al traste es otra persona. Casi nunca ríe. Y habla de no comer. Si los hombres maduros pudieran ser anoréxicos él sería un candidato perfecto. Desde el año pasado...

—Pero ¿no fue entonces cuando murió tu madre?

Eliza se había echado en la cama de Annie y le lanzó una mirada alusiva.

—Sí. Y ya sabes cómo cambian las cosas.

—Puede que simplemente esté triste.

—Es muy complicado —dijo Eliza, abrazando la almohada de Annie como si fuera un bebé, y besándole la frente—. Y te agradezco que intentes comprenderlo, pero ése es el problema de los secretos de familia: creemos que si los contáramos nos moriríamos. Bueno... ¿qué deberes tienes? Yo tengo inglés.

—Yo tengo francés. —Annie sonrió, emocionada ante la mención de los secretos de familia... porque ella tenía unos cuantos, y era temprano, y el día era largo.

Y justo entonces se abrió la puerta y apareció su madre, al parecer siguiendo las instrucciones del señor Connolly, con una bandeja con fruta cortada.

—Hola a las dos —dijo—. Os traigo algo para mantener los cerebros contentos mientras estudiáis.

—Mmm, manzanas y peras —le dijo Eliza, radiante de satisfacción, como si acabaran de presentarle una bandeja de plata y oro—. Me encantan. ¡Muchísimas gracias!

—De nada, Eliza. Nos alegra que hayas venido.

—Yo también me alegro —dijo Eliza, sin abandonar la sonrisa.

Cuando su madre salió de la habitación, Annie se sirvió unos cuantos trozos y le pasó la bandeja a Eliza. Ella declinó la oferta moviendo negativamente la cabeza.

—No, gracias.

—Pero si has dicho que te encantaban.

—Sí —dijo Eliza, extrayendo el libro de inglés de la mochila—. Pero no voy a comer.

Annie asintió. Comprendía y respetaba el deseo de Eliza. Las chicas hicieron sus deberes, Eliza en la cama y Annie en su mesa. Los deberes de francés eran complicados, pero muy bonitos, y la musicalidad del idioma emergía a cada página... En clase de francés, y también mientras lo estudiaba, Annie se convertía en una niña muy chic, una golfilla deliciosa, el tipo de chica que a su padre le habría parecido atractiva.

Annie susurraba el diálogo en su mesa, cautivada por la musicalidad de las palabras, y feliz de tener a una amiga en su habitación. Hacía que el dolor de haber perdido a su padre fuera un poco más soportable.

—Puedes leer en voz alta —dijo una voz desde la cama.

—No quiero interrumpir tu inglés.

—Está bien. Se trata de Dickens, *Grandes esperanzas*. Puedo hacerlo con los ojos cerrados. Hay personas que vivimos al estilo de Dickens... especialmente cuando escribe sobre huérfanos y tragedias... —Suspiró y se rascó el brazo, despertando con ello la curiosidad de Annie por mirar debajo de las mangas, por ver si había nuevas cicatrices—. La vida para mí desgraciadamente es un gran capítulo extraído de Dickens: pilluelos y calaveras y hambre y calles sucias y gente mala en los tejados susurrándoles cosas a las niñas dormidas... Así que, por favor, sigue: léeme tus lecciones de francés.

—¿Qué gente mala?

—La gente me sigue —dijo Eliza, enseñando los dientes y poniendo las manos como garras—. La gente mala...

—¿De verdad? —dijo Annie, estremeciéndose de placer ante una representación tan creativa.

—Sí... por donde quiera que vaya, los percibo, pero luego miro por encima del hombro, y se han ido. Y regresan de noche...

—¿Qué hacen de noche?

—Me llaman... «Eliza, tu madre te reclama.»

—Desearía que mi padre pudiera llamarme.

—En realidad no es mi madre —susurró Eliza—. No es más que mi cabeza que está loca.

—Tú no estás loca.

—A veces empiezo a pensar que lo estoy. —Pero entonces Eliza sonrió—. Pero no es tan malo, la verdad. Es una buena manera de estar en contacto con todos los seres queridos... Mira, anoche tuve una conversación con las dos abuelas y les dije que tú y yo éramos las nuevas amigas íntimas de Hubbard's Point. ¡Quizás es una de ellas la que la llama a mi ventana!

—¡Quizá! —dijo Annie. La cabeza le daba vueltas, como solía ocurrirle cuando Eliza le hablaba... ¿Qué debe tener Eliza en la cabeza? Así que Annie se puso a leer en voz alta su diálogo, perfeccionando la pronunciación a medida que iba avanzando, emocionada por disponer de público, de una amiga, de una compañera de viaje en el barco de la vida.

Un poco después, se acabó uno de los rollos de la película y la trama cambió.

Una vez terminados los deberes, cuando las dos chicas decidieron ir a comer en plan pícnic a Little Beach (de modo que Eliza, gran sorpresa, pudo deshacerse del suyo por el camino), Eliza se percató de la presencia del coche negro que pasó junto a ellas.

—Caray —dijo—. Policías, ¿no?

—Mmmm —dijo Annie algo incómoda mientras fruncía el ceño.

—¿Están tratando de aclarar lo de tu padre?

—Mmmm —repitió Annie, encogiéndose un poco más de hombros.

—No tengas vergüenza —dijo Eliza, apretándole la mano—. Tu padre no era perfecto. ¿Quién lo es?

Annie al principio apenas podía hablar. Vio cómo pasaba el coche sin distintivo, parecía un tiburón con ruedas: coche negro, muerte blanca.

—Pensaba que mi padre era perfecto —dijo, con voz quebrada.

—Lo sé, Annie. Yo también pensaba que mi madre lo era.

—¿Cuándo descubriste que no lo era?

Eliza se quedó mirando fijamente a Annie sin dejar de caminar, como tratando de decidir si podía soltarse por completo y confiar en ella.

—No importa lo que hiciera tu madre: no puede ser tan malo como lo que hizo mi padre.

Las dos chicas siguieron caminando por la carretera

de la playa, alejándose de la pasarela de madera que sus progenitores no fallecidos habían construido. Al llegar al pie del camino pedregoso que ascendía por la colina cubierta de pinos y cedros, Eliza levantó la cabeza.

—¿Qué es eso? —preguntó.

—El camino que lleva a Little Beach —dijo Annie. En cierto modo esperaba que Eliza, vestida como iba con su largo vestido negro y arrapado y sus zapatos de plataforma, protestara. Pero sus ojos se abrieron como platos mostrando interés.

—¡Parece exactamente un lugar donde poder contar secretos! —exclamó—. Un camino escondido y encantado donde las chicas buenas pueden contarse cosas terribles y sorprendentes... ¡y donde la gente mala nunca puede encontrarlas!

—Bromeas con lo de la gente mala, ¿verdad? —preguntó Annie algo nerviosa.

—Eso creo —dijo Eliza.

Satisfecha, Annie sintió que un escalofrío mágico le recorría la espalda. La deliciosa sensación de poder hablar de cosas terribles y asombrosas, de no tener que esconder la verdad, la llevó a darle la mano a Eliza y a ayudarla a ascender por el escarpado sendero. El camino estaba flanqueado por árboles cuyas ramas se cruzaban por encima de sus cabezas y la luz del sol penetraba entre ellas moteada y se proyectaba sobre sus hombros.

Una vez en el bosque, lo primero que hizo Eliza fue desenvolver el bocadillo que la madre de Annie había preparado y arrojarlo a los arbustos.

—Para los pájaros —explicó. Y luego—: Oh, debería haberte preguntado si lo querías... podrías haber comido dos.

—Sólo quiero la mitad del mío —le dijo Annie, extrayendo del envoltorio de plástico parte de su bocadillo de pavo y tirando el resto como lo había hecho Eliza.

—Estás adelgazando mucho —dijo Eliza.

—¿Tú crees?

—Sí. Se ve que estás perdiendo kilos. Ve con cuidado y no entres en el terreno de la anorexia. Una vez se empieza, es difícil acabar con la adicción. Pasar hambre es como una droga. Y ¿quién necesita heroína?

—Yo no tomo drogas —dijo Annie decidida.

—Tampoco yo... excepto mis PRN.

—¿Tus qué?

—En el hospital. Tranquilizantes, cuando los pido. No quieren que nos desequilibremos demasiado, al menos exteriormente. Cómo nos sintamos por dentro ya es otro cantar, en eso sí que no pueden hacer nada. Si estamos allí, es porque nos sentimos mal interiormente.

—¿Por qué estuviste en el hospital? —preguntó Annie mientras seguían avanzando por el sombrío y zigzagueante sendero como dos niñas en un cuento de hadas, de camino hacia la cabaña del hechicero de los padres...

—¿Quieres conocer toda la historia?

—Sí.

—Bueno, no es muy bonita —dijo Eliza—. Es sobre mi madre... y tu padre.

—¿Mi padre? —preguntó Annie, conmocionada.

—Sí. ¿Estás segura de que quieres oírla?

—¡Cuéntamela!

Eliza levantó la mano e indicó a Annie que siguiera andando. Caminaron en silencio un minuto más, y entonces salieron de la oscuridad, milagrosamente, como si acabaran de nacer, para emerger en la soleada Little Beach. Normalmente, aquélla era la parte del paseo en la que Annie se relajaba, pero en aquel momento tenía todos los músculos de su cuerpo en tensión, como si supiera que estaba a punto de encontrarse con un monstruo. Y ¿qué eran aquellos crujidos que se oían en el bosque? Parecía que alguien estuviera siguiéndolas. Se obligó a sacudirse el miedo de encima; Eliza jugaba a fantasmas.

Pero después de que llegaran a la mitad del camino que descendía a la primera playa y que seguía hasta la «súper roca del tiburón», Annie se detuvo a escuchar: alguien caminaba por el bosque, fuera del alcance de su visión. Definitivamente, oía el crujir de ramitas y hojas bajo los pies de alguien.

—¿Has oído eso? —le preguntó a Eliza.

—¿A ver? —dijo Eliza, escuchando.

—¿Es la gente mala? —susurró Annie.

—¡Sí! —dijo Eliza, poniendo cara de asustada—. También quieren oír la historia. ¿Estás dispuesta a escucharla?

—Supongo que sí —dijo Annie, mirando hacia el bosque sin conseguir ver nada, consciente de que con su amiga estaban jugando con los límites de la locura.

—Tu padre era mi administrador —dijo Eliza.

Annie arrugó la nariz, intentando recordar qué era un administrador. Los museos tenían administradores, lo sabía, porque su padre había sido administrador del museo de arte. No quería parecer tonta, pero ¿para qué necesitaría Eliza un administrador?

—Mira, mi abuelo era muy rico —dijo Eliza, casi disculpándose por ello—. Su padre tenía barcos balleneros y surcaban los mares, asesinando preciosas y elegantes ballenas. Era el propietario de toda una flota... y luego invirtió en una compañía naviera... y después diversificó sus inversiones e invirtió también en empresas energéticas.

—Ah —dijo Annie. Uno de sus abuelos era vendedor de hielo y el otro construía muros de piedra.

—El abuelo Day, Obadiah Day, abrió un depósito, lo que significa que puso cantidades industriales de dinero en el banco en una cuenta especial que no podía tocarse.

—¿Y entonces para qué sirve?

—Bueno —dijo Eliza—. Va generando intereses. Podemos gastar todos los intereses que queramos.

—¿Tú y tu padre?

—Bueno, de hecho sólo yo —dijo Eliza—. Cuando hablo de «nosotros», me refiero a mí. Básicamente, yo soy la que lo paga todo.

—¿Te refieres a que eres tú la que se compra sus propias cosas?

—No. Yo lo pago todo. Nuestros gastos, los costes del negocio de mi padre... ser constructor de barcos de madera cuesta mucho dinero. De hecho, mi madre bromeaba con él diciéndole que ella le subvencionaba su afición.

—Pero... él cobra mucho por los barcos que construye —dijo Annie—. Me lo dijo mi madre.

—Por supuesto, porque los materiales valen mucho dinero. Utiliza maderas muy caras. A veces exóticas, de Zanzíbar o de Costa Rica. ¿Sabes cuánto cuesta traer una carga de teca desde Lamu? Una fortuna. Y su mano de obra es muy cara. Y no hace muchos barcos porque los construye todos a mano.

—Pero es el mejor en lo suyo. Mi madre también me lo dijo.

—Claro que lo es —dijo Eliza—. Lo único que digo es que mi madre me explicaba que su trabajo es para él como una afición. Y que ella se la pagaba.

—¿Y a tu padre le importaba? —Annie estaba algo confusa. En su casa, su padre se sentía muy orgulloso de que su madre no trabajara. Le gustaba ser el que llevaba el pan a casa.

Eliza se encogió de hombros.

—No creo que le importara. O que le importe. No he

conocido a nadie como él. Ama su trabajo, ama el mar, me ama a mí. Amaba a mi madre. Hay cosas que son muy importantes para mi padre. Y mientras las tenga, estará bien.

—Has dicho —dijo Annie, tragando saliva— que mi padre era tu administrador.

—Sí, supervisaba el depósito. Junto con mi madre.

—¿Y se conocían de eso?

Eliza asintió, recogió algunas pequeñas conchas del suelo y jugó con ellas pasándoselas de una mano a otra. Siguieron caminando, entre la enorme roca y la hiedra venenosa... Se trataba de un método que empleaban los hechiceros para ahuyentar a la gente. Annie, sin embargo, le enseñó a Eliza a pasar lateralmente, con la espalda pegada a la roca, evitando el contacto con las brillantes hojas verdes, hasta la segunda playa.

Era una playa llena de piedras: grandes bloques de granito en el agua, y pequeñas piedras del tamaño de un huevo en la orilla. Las chicas avanzaron lentamente, Annie porque iba descalza y Eliza porque no se quería torcer el tobillo. Annie miró de reojo el pequeño archipiélago rocoso que sobresalía en el estrecho: era allí donde veía a menudo a Quinn Mayhew esparciendo flores blancas en el mar, un obsequio para las sirenas del lugar.

—La ayudaba a decidir dónde invertir —dijo Eliza—. Decía mi madre que era un buen banquero.

—¿Lo viste alguna vez? —preguntó Annie.

—Sí. Cuando mi madre me llevaba al banco con ella.

—¿Y qué decía? ¿Cómo era? —preguntó Annie con la voz quebrada, ávida por conocer nuevos detalles sobre el padre que nunca volvería a ver, olvidándose del miedo por el observador invisible de los bosques, por la gente mala, por el monstruo que intuía agazapado detrás de la historia de Eliza.

—Era muy simpático —dijo cortésmente Eliza—. Me trataba como si fuese alguien importante. Me llamaba «señorita Connolly».

—Ése era papá —respiró tranquila Annie—. Era muy amable con todo el mundo.

—Por aquel entonces confiaba en él —dijo Eliza—. Cuando veía a tu padre pensaba: «No me extraña que le llamen banquero de confianza, porque yo confío en él.»

—¿Por qué no me contaste antes todo esto? —preguntó Annie, echándose a llorar—. Deberías haber sabido que me gustaría oírlo. ¿Por qué no me lo dijiste?

—Oh, Annie —dijo Eliza con el rostro lleno de tristeza y la barbilla temblándole con tanta fuerza que parecía que fuese a romperse—. No quiero explicarte el resto, ni siquiera ahora...

—Tienes que hacerlo, Eliza. ¿Es sobre mi padre?

—Besó a mi madre —susurró Eliza, mientras las lágrimas le resbalaban mejillas abajo—. Nunca se lo he contado a nadie, ni a mi padre. Pero les vi una vez. Ellos pensaban que yo me había quedado dormida en el asiento trasero... y se besaron.

—No —dijo Annie, cerrando los ojos con fuerza.

—Le entregó unos documentos, ella los firmó y se besaron. Los odio a los dos por eso... nunca volví a confiar en él. Ni en ella. Siento mucho explicarte esto.

—Tenías que hacerlo —dijo Annie, reprimiendo su llanto. No le había sorprendido la noticia; al fin y al cabo, estaba enterada de lo de Lindsey. Había oído a su madre llorando en la cama antes de dormirse. Pero sus lágrimas eran distintas, e incluso más terribles.

Eliza lo había visto.

Annie sentía una vergüenza inmensa, pero siempre había sido sólo suya. Su vergüenza, su vergüenza íntima, guardada bajo llave en el interior de su cuerpo, en el interior de su mente. Saber que su mejor amiga había sido testigo de la infidelidad de su padre le partía el corazón y hacía que le doliese tanto que no estaba segura de que pudiera seguirle latiendo.

Pero entonces Eliza la abrazó, la estrechó en un fuerte abrazo, y Annie supo que estaban juntas en aquello... que eran hermanas como Annie y Pegeen, o incluso más. Hermanas con gente mala contra la que combatir.

Hermanas con un secreto.

22

Mientras las chicas pasaban el sábado juntas, Bay se mantuvo ocupada con una maratón de transporte: llevó a Billy a jugar al fútbol a Hawthorne y a Pegeen a clases de plástica en Black Hall, e hizo todavía otro viaje a Kelly's donde compró más bulbos para plantar en Firefly Hill y en su propio jardín. Luego, después de recoger a los dos pequeños, revivir el gran momento goleador de Billy y admirar la pintura al pastel realizada por Peggy, se detuvo en el supermercado para comprar la cena antes de regresar a casa.

Annie y Eliza estaban de vuelta de su paseo hasta Little Beach y Bay se emocionó al escuchar el entusiasmo con que Eliza mostró su adoración por el descubrimiento del «jardín secreto» que representaba aquella playa, la sensación de ocultismo y de intemporalidad que proporcionaba a todos los que iban allí.

Cuando llegó Dan, Bay sirvió limonada para los niños y Mount Gay con tónica para los mayores. Tomaron asiento en el jardín trasero y, mientras Eliza seguía hablando sobre Little Beach, esperaron a que la barbacoa se calentara.

—Es un poco como Brigadoon, papá —dijo Eliza—. Te preguntas si existe en realidad, o si no es más que un producto de tu imaginación... y, más aún, es como un lugar totalmente encantado con duendes y hadas y trolls espiando, lleno de magia.

—Trolls espías —dijo Dan, riendo—. No los vi, pero conozco bien Little Beach: estuve trabajando aquí en Hubbard's Point todo un verano. Allí es donde colgué el columpio para tu madre, Annie.

—Creo que me lo enseñó cuando era pequeña.

Bay la miró de reojo. Eliza no dejaba de hablar y Annie, en cambio, estaba anormalmente callada desde que habían regresado del paseo. Llevaba días evitando la comida basura, pero en aquel momento estaba dándole a los nachos desesperadamente. Bay pidió que la ayudara en la cocina y cerró la puerta a sus espaldas en cuanto estuvieron dentro.

—¿Va todo bien, cariño?

Annie asintió.

—¿De verdad? Porque no me parece...

—Papá intentaba que las familias conservaran sus casas, ¿verdad?

—Sí —dijo Bay. De todas las cosas que esperaba que Annie le dijera, ésa no era precisamente una de ellas.

—Y no quería ver negocios en bancarrota, ¿verdad?

—Verdad, corazón. ¿Por qué me preguntas esto?

—Y eso le convertía en una persona buena, ¿verdad, mamá? No era tan malo, ¿verdad?

—Oh, Annie... no. No lo era. Ni mucho menos. ¿Ha dicho Eliza algo malo sobre él? ¿Es por eso que estás así?

—No, mamá... sólo estaba preguntándome... ¿Tuvo muchos líos papá?

A Bay le dio un vuelco el corazón. No le gustaba nada que su hija conociera la conducta de Sean, que siguiera persiguiéndola incluso después de su muerte. ¿Y por qué estaría pensando en eso aquella noche? ¿Tendría algo que ver con que Bay hubiera invitado a Dan a cenar? ¿Con que su madre cenara con otro hombre?

—No lo sé —dijo Bay—. Lo importante es que sepas que siempre te quiso. A ti, a Billy y a Peggy. Nada podía cambiar lo que sentía por vosotros.

Annie asintió con tristeza, como si no acabara de creérselo, pero hubiera hecho un pacto de silencio para simularlo.

—¿Estás bien, Annie? —insistió Bay—. ¿Prefieres que los Connolly no se queden a cenar con nosotros?

Pero Annie negó con la cabeza y dio un paso atrás.

—No, mamá. No. Estoy muy contenta de que estén aquí. Sólo que estaba... pensando. No es nada... es mi cabeza. Después de cenar, Eliza y yo volveremos a Little Beach, ¿podemos?

—Será de noche, cariño.

—Lo sé. Nos llevaremos linternas.

Bay asintió y sonrió, aliviada. Día, noche, no importaba, siempre que podían los niños de Hubbard's Point recorrían aquel sendero escarpado a través de los bosques, hasta llegar a la playa escondida. Le gustaba pensar en las dos chicas disfrutando de la magia de aquel lugar, que, a su edad, tanto a ella como a Tara les parecía excitante.

Cuando el pollo estuvo listo, Bay y Billy prepararon fajitas para todo el mundo. Era otoño y empezaba a refrescar, así que pasaron dentro y cenaron en la mesa del comedor. Annie y Eliza encendieron todas las velas de la estancia. Bay había dejado preparada la chimenea y dejó que Billy encendiera la cerilla.

Pero Annie y sus preguntas seguían ocupando la cabeza de Bay. Se decía que aquello era normal, que mientras la investigación siguiera abierta los niños oirían todo tipo de comentarios sobre su padre. El evidente placer que Annie obtenía de la compañía de Eliza resultaba un alivio. Y a pesar de que hubo un momento en que Bay sorprendió a Billy con la mirada clavada en la muñeca de

Eliza, adornada por un fino brazalete de cicatrices que la rodeaba una y otra vez, los demás se mostraron muy amables con ella.

La cena fue divertida. Todos querían oír la historia de la pasarela de madera: de cómo Dan la construyó y Bay le prestó su ayuda.

—¿Sabéis que Miguel Ángel tiene la Capilla Sixtina? Pues yo tengo la pasarela de madera —dijo Dan—. Es mi obra maestra.

—Es increíble que haya durado todo este tiempo —dijo Pegeen.

—Sí, hemos tenido tormentas fuertes —dijo Billy—. Podían habérsela llevado.

—No estoy diciendo que sea la mejor pasarela de madera del mundo —dijo Dan—. Pero ahí está. Atlantic City, Coney Island, Hubbard's Point. Creo que la vi una vez en la portada de una revista especializada. Por supuesto, no habría salido en portada de no ser por la ayuda de vuestra madre.

—¿Cómo te ayudó? —preguntó Billy, riendo entre dientes—. Papá solía decirle que era como si tuviera dos manos izquierdas.

—Es verdad —dijo Bay—, lo decía.

—Porque es así. Mamá, el martillo mejor que me lo dejes a mí.

—¡Qué sexista! —dijo Eliza.

—Creo que lo apropiado es decir «cerdo sexista» —dijo Pegeen, imitando inconscientemente a Tara.

Annie y Eliza se echaron a reír y Billy se puso colorado. Estaba en la edad en que las amigas de su hermana empezaban a interesarle, y quería quedar bien ante ellas.

—Pues cuando la conocí tenía una mano derecha bastante buena —dijo Dan—. Y yo estoy entrenado para detectar a los que mejor se manejan con el martillo.

Busqué entre todos los de la playa y, francamente, no podía haber elegido a nadie mejor que vuestra madre.

—¿Sois de la misma edad? —preguntó Peggy.

—No, ella es una niña comparada conmigo —dijo Dan—. El verano que trabajé aquí, yo ya había terminado la universidad. Vuestra madre tenía quince años.

Bay sonrió, los niños le estaban poniendo realmente a prueba. Pero Dan se dejaba llevar y daba la impresión de estar disfrutando de cada momento.

—¿Y ahora construyes barcos? —preguntó Billy.

—Sí.

—¿Rápidos?

—Barcos de vela y botes, Billy... van tan rápido como pueda llevarte el viento o como seas capaz de remar. ¿Te gusta remar?

Billy se encogió de hombros y sonrió.

—Me gustan los Jet Skis —dijo.

«Es hijo de su padre», pensó Bay.

—De ésos no construyo —dijo Dan—. Algún día tendrías que probar lo de remar.

—A lo mejor lo hago.

—A mí me gusta remar, señor Connolly —dijo Annie.

—Eso es lo que me han dicho, Annie —dijo Dan—. Estoy seguro de que lo haces muy bien.

—No tanto —dijo Annie, sonrojándose—. Bueno, si no os importa, Eliza y yo vamos a volver ahora a Little Beach. Me encargaré de protegerla contra los malvados trolls.

—Cuento con ello —dijo Dan riendo.

—Ésta es mi chica —dijo Bay.

Billy y Peggy querían bajar a encestar la pelota bajo las farolas, así que Bay también les dio permiso para marcharse. Ella y Dan observaron a todos los niños saliendo atropelladamente primero del comedor y luego de la casa: los mayores se quedaron solos con un montón de platos sucios y una sinfonía de grillos que podía escucharse a través de las ventanas.

—¿Te apetece un café? —preguntó Bay.

—Deja primero que te ayude con los platos —dijo él.

Bay soltó una carcajada.

—No es necesario.

—Quiero hacerlo —dijo.

Despejaron la mesa. La cocina era confortable y estaba bien iluminada, y mientras Bay fue aclarando los platos y Dan colocándolos en el lavavajillas, los dos permanecieron el uno casi pegado al otro. Era una sensación dulce e irreal, tan inesperadamente familiar y agradable como su salida por el mar; era como si nunca hubieran dejado de trabajar juntos, como si todavía estuvieran trabajando codo con codo en la pasarela de madera.

Cuando acabaron con los platos, se instalaron en el salón, donde las velas prácticamente se habían extinguido. El fuego crepitaba suavemente. Bay le añadió más leña y juntos contemplaron cómo iba cobrando vida de nuevo. Miró de reojo a Dan. Era muy alto y estaba muy moreno: era el guapo irlandés de quien se había enamorado a los quince años. Pero en esos momentos estaba conmocionada por el triste vuelco que la vida de ambos había dado desde entonces.

—¿En qué piensas, Bay? —le preguntó.

Ella sacudió la cabeza.

—No estoy segura de que quieras saberlo —dijo.

—Adelante... ponme a prueba —dijo él.

Hasta entonces había permanecido agachada junto a la chimenea. Se sacudió las astillas de la ropa, se limpió las manos y tomó asiento en una silla junto a él. Dan había ocupado la silla donde ella se sentaba habitualmente y Bay tomó asiento en la de Sean.

—Estaba pensando —dijo— en lo duro que es.

—¿Qué parte? ¿La de tener que ocuparte tú sola de los niños?

—Sí... y todo lo que conlleva. El trabajo adicional, el intentar estar en dos lugares al mismo tiempo, las preocupaciones económicas... y, sobre todo, estar siempre pendiente de que los niños estén bien. Están tan tristes. Ha sido un golpe muy duro, todavía son muy jóvenes. Sé que todo lo sucedido y lo que va a suceder les afectará, pero ¿cómo puedo controlar los daños?

Se dio cuenta de que Dan esbozaba una media sonrisa, pero que mantenía la cabeza gacha, como si intentara esconderla.

—¿Qué? —preguntó ella.

—Oh, eso del control. Estoy intentando recordar la última vez que pensé que podía controlarlo todo.

—¿De verdad?

—Sí. Antes pensaba que podía. Ya sabes, creía que si prestaba algo más de atención, si me ocupaba del negocio, si realizaba el seguimiento de...

—Yo tengo mi propia versión del tema —dijo Bay pensativa, reflexionando sobre los últimos dos años—. Si era una buena persona, Sean me querría, nuestra familia sería feliz y el mundo sería bueno con nosotros.

—Creo que es la misma filosofía —dijo Dan.

—Entonces, cuéntame cómo mejorar las cosas para Annie y los demás niños. ¿Cómo lo haces con Eliza?

—Eliza... —dijo, y la luz de su mirada se alteró.

—¿A qué se refería —empezó Bay— el día que la conocí en tu hangar con eso de que tú le echabas la culpa de...?

—De la muerte de su madre —dijo Dan, sacudiendo primero la cabeza, y luego dejándola ligeramente hacia delante—. A veces lo dice... y espero que en realidad no crea que lo pienso. Le he repetido una y otra vez que no es así, he intentado convencerla... para que no tenga que volver al hospital.

Bay esperó. La leña crepitaba y las chispas se elevaban por la chimenea.

—¿Qué sucedió, Dan? —preguntó en voz baja.

—Hace un año, una noche de abril, las dos se dirigían a casa en coche. Charlie había estado haciendo algunos recados en Black Hall y Hawthorne, y se había llevado a Eliza con ella. Eliza es muy nerviosa... y se había enfadado con su madre. Los amigos que las vieron subir al coche en Black Hall dijeron que Eliza no dejaba de gritar y levantar los puños. Le he preguntado por qué se había enfadado, cuál era el problema, pero se niega a contármelo. Dice que lo único que quiero es echarle la culpa por haberse enfadado y haber provocado el accidente de su madre.

—¿Y es eso cierto?

Dan miró fijamente el fuego y negó con la cabeza.

—No.

—¿Por qué estaba tan enfadada Eliza?

—No lo sé. No le gusta esperar... el tedio de los recados, ir al banco, a correos, a la biblioteca. Le gusta hacerlo todo lo más rápidamente posible. Estoy seguro de que su madre tuvo que asistir a alguna reunión y que a Eliza no le gustó que se prolongara. Para empezar, Charlie probablemente no debería haberse llevado a Eliza —dijo Dan—, pero tenía que firmar documentos...

—¿Documentos?

—Eliza es la beneficiaria del depósito de la familia de Charlie —dijo Dan—. Charlie era administradora del depósito, pero hay un par de pequeñas cuentas que son directamente de Eliza. Y ese día Charlie la necesitaba para mover dinero de una cuenta a otra.

—¿En Black Hall? ¿En qué banco? ¿En el de Sean? —Bay frunció el ceño haciéndose de pronto un montón de preguntas.

—Pues sí —dijo Dan—. El dinero se depositó hace muchos años, cuando Obadiah Day construía sus barcos aquí en Black Hall, y nunca lo cambiamos a Mystic.

Bay escuchaba. La realidad relucía entre ellos, como una estrella oscura que acaba de llegar a la tierra. No tenía ni idea de lo que significaba, de por qué aquella repentina revelación la inquietaba tanto; ¿era porque Danny no le había ofrecido de forma voluntaria aquella información?, ¿porque ahora también ella se veía obligada a hacer preguntas?

—¿Conocía... conocía tu mujer a Sean?

—Sí —dijo Danny—. Él era el coadministrador de la cuenta de Eliza. Empezó a encargarse de sus asuntos un par de años antes de que Charlie muriese, cuando el anterior administrador se jubiló.

—Henry Branson —dijo Bay—. Era el decano del banco; eligió a Sean entre todos los demás para que se hiciera cargo de sus clientes más importantes.

Contempló las chispas que despedía el fuego y observó cómo iban ascendiendo. La repisa de la chimenea estaba llena de fotografías enmarcadas: Sean con los niños en el barco, en la playa, saludando desde la plataforma, sujetando el pez que habían capturado entre todos. Bay pestañeó y se volvió hacia Danny.

—¿Le...? —No podía expresar en palabras la pregunta, pero inclinó la cabeza, levantó la vista y volvió a intentarlo—. ¿Le robó dinero a Eliza?

—No —dijo Danny en voz baja—. No lo hizo.

Bay inclinó la cabeza. Tenía las manos húmedas; había estado temiéndose que Danny iba a contarle algo de Sean que no le gustaría oír. Le escocían los ojos por las lágrimas y la rabia. Intuyendo cómo se sentía, Danny, también algo alterado, acercó su silla a la de Bay y le dio la mano. El azul de sus ojos era todavía más intenso a la luz de las velas.

—¿Regresaba Charlie a casa desde la ciudad? —le preguntó entonces Bay, deseosa de oír el resto de la historia.

—Sí —dijo Danny—. Habrían ido de compras y hecho algunos recados. Eliza no me ha contado los detalles, pero sé que se detuvieron en la cuneta de la 156, justo después de Morton Village, donde la carretera inicia el ascenso hacia la colina, donde empiezan las curvas...

—Ésa es una curva muy peligrosa —dijo Bay, notando que se le helaba la sangre.

—Sí —dijo Danny—. Lo es... Charlie salió del coche por algún motivo. Ella y Eliza habían estado peleándose; quería darle tiempo a Eliza para que se calmara. Charlie no soportaba las peleas y era capaz de hacer cualquier cosa por evitarlas. Incluso salir del coche, dejar a nuestra hija sentada allí... Eso fue lo que dijo Eliza justo después de que ocurriese el accidente, pero luego ya no volvió a decir nada más. Después del acidente estuvo un mes en estado de *shock*...

—Pobre niña —musitó Bay.

—Vio cómo ocurría —dijo Dan lentamente—. Estaba sentada en el asiento delantero mientras su madre cruzaba la carretera delante de sus ojos. Estaba gritando. Gritándole a su madre, pidiéndole que volviera y no la dejara sola. Charlie cruzaba la 156 de espaldas al coche... no iba a ningún sitio. Allí no hay nada, ni tiendas, ni restaurantes... todo queda a más de un kilómetro, en Silver Bay. En el punto donde Charlie se puso a cruzar la carretera no hay más que un campo y algunos bosques. Cruzó sin ningún propósito... salvo evitar las emociones de Eliza.

—Oh, Dan.

—La atropelló una furgoneta, que venía de Silver Bay... ni siquiera se detuvo.

Bay se había quedado muda; había pasado muy a menudo por aquella curva durante los últimos meses, y durante la última semana. Pensó en la curva ciega, en Charlie cruzando la carretera, en Eliza sentada en el coche y siendo testigo de todo.

—Eliza tuvo una crisis —dijo Dan, casi sin voz—. Antes de que esto sucediera era una niña completamente distinta. Ya era profunda, pero siempre estaba feliz y era muy divertida... era encantadora y genial, y nunca le faltaban las ganas de bromear. Yo tuve la sensación de que, las semanas anteriores al accidente, se había vuelto algo más reservada. Como si algo la llevara de cabeza. Se lo mencioné a Charlie, y dijo que debía de ser la adolescencia. Pero después del accidente, Eliza... se alejó.

—¿Se alejó?

—Se alejó de sí misma. Se alejó de mí. Se hundió en su interior.

—Pero ¿te contó lo sucedido?

—Sí, al principio. Estaba histérica, convencida de que todo había sido culpa suya, de que había sucedido porque había hecho enfadar a su madre. Vio la furgoneta, y dijo que atropelló a Charlie como si tuviera la intención de hacerlo y que luego huyó a toda velocidad...

—¿Encontraron al conductor?

—No —dijo Dan—. Al principio dijo que la furgoneta era de color granate, pero luego pensó que quizás era blanca, pero estaba manchada de sangre. Luego creyó recordar que era de color verde oscuro, o azul marino, o negra...

—Debió de ser terrible para Eliza —dijo Bay—. Es horrible: una niña viendo cómo atropellan a su madre. No me extraña que haya estado tan mal.

316

—Siente que algo la empuja a ir junto a su madre.

—¿Lo dice ella?

—No. Pero se imagina que oye voces que la llaman por su nombre, que le dicen que su madre la reclama. Piensa que vienen de la ventana de su dormitorio. «La gente mala», les llama. Es psicológicamente muy frágil, siempre tiene esa mirada de pánico. Pánico y añoranza constante, sin esperanza...

—¿Por qué diría que son malos si lo que quieren es llevarla con su madre?

—Su mente está trastornada. No lo sé.

—¿La ingresaste en el hospital?

—Sí. La primera vez creí que me moría. Sé que suena exagerado, pero es mi niña. Verla morirse de hambre, hacerse cortes en la piel... es terrible, increíble. Esa primera vez que ingresó, quise visitarla a diario. Me dijeron que me mantuviera alejado, que le diera la oportunidad de curarse. Fueron los días más duros de mi vida: deseaba ver a mi hija, pero sabía que debía mejorar sin mí.

—Pero los superaste.

—Sí. Volvió a casa y pensé: «Gracias a Dios. Esta vez lo haré todo bien, intentaré que no pierda el ánimo, llenaré la casa con comida que le guste, no trabajaré hasta tarde para que nunca se sienta sola...»

—¿Y no funcionó? —preguntó Bay.

Dan negó con la cabeza.

—No. Mi sueño de ser un padre perfecto se esfumó. Pensé: «Olvídalo.» Cuando Eliza ingresó por segunda vez en el hospital, resultó algo más fácil dejarla allí. Y esta última vez me he sentido realmente aliviado al llevarla al hospital... No quiero que nunca llegue a saber hasta qué punto.

—Eso es porque quieres que esté sana y salva —dijo Bay—. Debes de estar loco de preocupación.

—No te lo puedes imaginar —dijo. Danny siempre había tenido una enorme capacidad para amar y preocuparse por los demás, y Bay prácticamente podía sentirla: era como una fuerza palpable entre los dos. Le cogió de las manos, y Dan tiró levemente de ellas hasta que ambos se levantaron de las sillas y se abrazaron.

Delante del fuego, mientras el viento de octubre entraba por la chimenea y las cenizas se arremolinaban, Bay se apretó contra el pecho de Dan y sintió que su corazón latía junto al suyo. La abrazaba con fuerza. Olía a cedro y especias, y notaba la suavidad de su jersey azul de algodón bajo su mejilla. Bay escuchó entonces un leve sonido que se escapó de sus propios labios:

—Ayuda —se oyó murmurar.

Dan no dio señal de haberla oído. Se limitó a estrecharla entre sus brazos, a acunarla junto al fuego. Bay cerró los ojos y se abrazó a Danny Connolly, se abrazó a ese momento. Pensó en esa palabra, «ayuda», y en lo mucho que la necesitaba, en lo preocupada que estaba por los niños, especialmente por Annie, en lo sola que se sentía cada noche.

Dan la abrazó con más fuerza, como si no quisiese soltarla jamás. El primer amor de su vida, pensó Bay, necesitaba tanta ayuda como ella. La pasarela de madera que habían construido juntos estaba allí abajo, en la playa, y Bay pensó en las tablas que habían dispuesto una junto a otra, en los clavos que habían clavado, y en la intimidad que habían compartido hacía tanto, tanto tiempo, sobre el agua de aquella noche de septiembre.

Volvía a sentirla en aquel momento.

Y el latido del corazón de Dan que Bay sentía junto a su piel le decía que él la sentía también.

Bajo la luz de un millón de estrellas, con la ayuda de dos linternas, Annie y Eliza tomaron el camino que cruzaba los bosques. De noche todo era distinto. El bosque parecía lleno de ojos. Venados, mapaches... sonidos del bosque, crujidos de ramas y hojas: «La gente mala estaba de vuelta.» Los murciélagos volaban por encima de sus cabezas, persiguiendo mosquitos y formando con sus remolinos macabras figuras en forma de ocho.

—«Los bosques son encantadores, oscuros y profundos» —dijo Eliza.

Annie miró por encima del hombro, sorprendida por aquella línea del poema favorito de su padre, estremeciéndose al pensar en la anterior revelación de Eliza.

—«Pero tengo promesas que mantener» —continuó Annie.

—«Y kilómetros que recorrer antes de acostarme.»

—«Y kilómetros que recorrer antes de acostarme.»

Habían llegado al claro de la playa, donde el espesor de los árboles cedía el paso a una bóveda de estrellas. Por encima de sus cabezas, el cazador blandía una espada resplandeciente, mientras las constelaciones historiadas bailaban al son de un fuego blanco y azul. Annie recordó los ruidos que había oído aquella tarde e intentó ahuyentar los temores de su cabeza. Las pisadas de las chicas crujían sobre la arena y los halos de las linternas barrían la playa.

—Los oigo —susurró Eliza, de forma casi inaudible, dándole la mano a Annie.

—Creía que me lo estaba imaginando —respondió Annie, también en un susurro.

—No. ¿Tú también les oyes? Me alegro... no me estoy volviendo loca.

—A lo mejor son chicos haciendo lo mismo que mi padre y sus amigos con mi madre y Tara.

—¿Tú crees? —dijo Eliza, sin aliento—. Espero que así sea. No... es otra cosa, Annie. Es gente de verdad, no trolls imaginarios. Tenemos que volver corriendo a tu casa. Oh, Dios mío...

—¿Lo conseguiremos? —preguntó Annie, paralizada por el terror al escuchar unos susurros. Hablaban muy bajito e intentó descifrar lo que decían, pero sus palabras se perdieron entre la brisa marina y el sonido acelerado de su propio corazón. Eliza le apretó la mano para arrastrarla de nuevo hacia el sendero.

Pero justo entonces, la voz empezó a oírse más alto... parecía que giraba a su alrededor, que venía de la cala. ¿Estarían rodeadas? Annie respiraba con dificultad, casi cegada por el terror.

—¿Has oído eso? —le preguntó a Eliza.

—Mira... —dijo Eliza aliviada señalando un conjunto de gansos en migración que volaban por encima de sus cabezas en formación en V, graznando con fuerza.

Annie se quedó inmóvil; el corazón le latía a toda velocidad y deseaba creer que esos gansos eran el origen de los sonidos que había escuchado. Pero una vez hubieron desaparecido, cuando la playa se quedó de nuevo en silencio, Annie se dio cuenta de que ir allí había sido una mala idea.

—Vamos, Eliza —dijo decidida, dándole la mano—. Volvamos a casa.

Eliza no discutió. Y, como si sintiese el mismo terror, echó a correr por el camino oscuro, rumbo a casa.

23

Tras una semana de lluvias diarias el suelo estaba blando, y Bay aprovechó para trasplantar algunas plantas y algún que otro arbusto en Firefly Hill. Aunque llovía a cántaros, se dedicó a desplantar telefios para colocarlos delante de un gran parterre de peonías, con la intención de esconder los tallos inferiores desprovistos de hojas, y a trasplantar minutisas a un rincón que necesitaba más color. A Augusta le encantaban las plantas aromáticas, de modo que Bay se aplicó en los círculos concéntricos de menta y salvia, y podó las plantas más altas a fin de que pudieran superar el invierno.

Los fuertes vientos habían dejado el suelo recubierto de hojas, así que Bay las amontonó ayudándose del rastrillo para que posteriormente el personal de servicio de Augusta las recogiera. Cada día que pasaba tenía las manos más endurecidas, más llenas de callos. En las palmas le habían salido ampollas de tanto sujetar los mangos de madera de las herramientas de jardinería y los pies se le habían quedado en carne viva de tenerlos mojados en el interior de las botas de agua.

Una tarde, justo antes de Halloween, fue a buscar las cubiertas protectoras al cobertizo de detrás de la casa, donde Augusta las guardaba durante el verano. Bajo el aguacero, con la cabeza gacha, luchaba contra el viento intentando cubrir con ellas varios arbustos de Cyrethea.

—¿Necesitas ayuda?

Levantó la cabeza, mientras el viento intentaba arrancarle los bastidores de las manos, y vio que Dan se acercaba por el jardín. Conmocionada, aunque gratamente sorprendida, le gritó:

—¡Por supuesto! ¿Puedes atar este extremo a esas estacas?

Amarró el sencillo marco de madera de pino a la estaca de hierro que ella previamente había hundido en el suelo mojado. Bay hizo lo mismo en su lado, recordando que su abuela siempre insistía en la necesidad de proteger las raíces de la Cyrethea de la humedad del invierno.

—¿Cómo has dado conmigo? —chilló, para que el viento no ahogara su voz.

—Billy me dijo que estabas trabajando —le gritó a modo de respuesta.

—¿Y has venido sólo para ayudarme?

—He venido para llevarte a cenar.

—¿Qué?

—Vamos, Galway. Sécate... Vas a venir a tomarte una hamburguesa conmigo.

—Los niños...

—Annie y Eliza están preparando pizza para Billy y Pegeen. No te quedan excusas... de ésta no te escapas, ¿de acuerdo?

A pesar de tener las manos entumecidas por el frío, de que le escocía la piel de la cara, castigada por la lluvia, y de que tenía la ropa empapada, se estremeció de emoción al verlo.

—De acuerdo —dijo.

Dejó el coche en casa, se aseguró de que los niños estuviesen bien (apenas le dirigieron la palabra, atareados como estaban decorando sus pizzas para que parecieran calabazas) y se puso unos vaqueros secos.

Dan la llevó a Hawthorne, al Crawford Inn, una vieja taberna que funcionaba desde antes de la Revolución americana. Se trataba de una estructura de madera blanca, con persianas verdes, un amplio porche delantero, siete chimeneas y un trineo en la puerta. Contaba la leyenda que el general John Samuel Johnson había utilizado ese trineo en Black Hall para cruzar el río helado, burlar el frente británico y poder entregarle por Nochebuena los regalos a su prometida, Diana Field Atwood.

—¿Te crees esa historia? —preguntó Bay, sentada frente a Dan junto al fuego, con las mejillas ardiendo, más por tenerle tan cerca que por las llamas—. La del general y su amor.

—Por supuesto que sí —dijo Dan—. ¿Tú no?

Bay le dio un trago a la cerveza mientras observaba a los músicos preparándose para tocar el piano y el banjo.

—Antes sí —dijo—. Cuando era joven. Cuando creía que la gente hacía cosas así... atravesar ríos por amor.

—¿Y ya no lo crees?

Bay sacudió negativamente la cabeza.

—Me gustaba estar casada —dijo—. Al principio. Pensaba que era estupendo. Tu mejor amigo bajo el mismo techo, siempre allí por si querías explicarle algo o contarle un chiste, o si necesitabas que te rascasen la espalda... o si tenías miedo en plena noche...

—Ir juntos por la vida —dijo Dan.

—Tener hijos... ¿no te parece asombroso? ¿Eso de ser esa pequeña unidad, sólo de dos, y luego de repente ser tres?

—Y esa tercera heredó lo mejor de su madre... —dijo Dan.

—Y de su padre —dijo Bay, recordando en los ojos de Annie el mismo brillo que Sean tenía en la mirada.

—Y estabais los dos muy enamorados —dijo Dan—,

gracias a esa misteriosa adición. Es como si en lugar de tener que repartir el amor, se hubiera concentrado más... el amor del uno por el otro.

—Sí —dijo Bay, ansiosa por escuchar más cosas, ante la exactitud de la explicación de Dan; estaba resumiendo su vida.

—Para ti debió de ser más intenso —dijo Dan—. Porque después de Annie tuviste dos más.

Bay asintió; de su pecho desapareció parte de aquel burbujeo y dio otro trago a la cerveza.

—Sean quería tener un hijo —le dijo—. En realidad quería un niño. Nunca se lo diría a Annie, pero era lo que quería desde el principio. ¿Y tú?

—Yo quería a Eliza —dijo Dan—. Simplemente Eliza. Lo que fuera me iba bien.

—Eso es lo que decía mi padre —dijo Bay—. Mi madre opinaba que se ponía como un loco cuando alguien le preguntaba si habría preferido un niño. Pero Sean...

—¿Sí?

—Sean se sintió muy feliz cuando nació Annie, y todavía más cuando nació Billy. Consideraba que teníamos una familia perfecta, un niño y una niña. Quería plantarse ahí.

—Pero tuviste a Pegeen.

Bay asintió con la cabeza. Dobló los dedos. Había llegado con las manos tan frías que hasta entonces no habían empezado a volver a la normalidad.

—Sí, tuve a Pegeen. No la esperábamos y...

Dan se quedó aguardando.

Bay no tuvo el valor suficiente como para explicarle que Sean no quería un tercer hijo. No lo quería para nada y había sido el motivo de muchas peleas, el punto decisivo de su relación, el minuto en que, literalmente, pasó de mal a peor.

—Sean se preocupaba mucho por el peso... por mi peso, gracias a Dios. Pensaba que el tercer embarazo era... un error. Que podía ser «malo para mi salud».

—¿Lo fue? —preguntó Dan.

Bay se echó a reír.

—No. Después de Annie recuperé mi peso sin ningún problema, pero con Billy fue realmente complicado. Ya sabes, dos niños y la carrera profesional de Sean despegando en el banco, y, bueno, era mucho más difícil poder salir para ir a nadar o a correr. Y luego vino Pegeen y engordé más con ella que con ninguno de los otros dos. ¿Engordó mucho Charlie con Eliza?

—Veinticuatro kilos, creo —dijo Dan—. Yo no paraba de darle helado. Le gustaba el helado de mantequilla de cacahuete.

—Y siempre es más fácil perder peso después del primero —dijo Bay para sí, recordando lo terrible que había resultado todo después del nacimiento de Pegeen. Sean la había hecho sentirse gorda y fea, y había dejado de querer hacer el amor con ella—. Pero yo lo intenté.

—¿Y qué importa? —preguntó Dan—. Todo es por el bien del bebé, ¿no? El peso siempre se acaba perdiendo. Lo importante es que tenías a tu familia.

Bay asintió. Se terminó su cerveza cuando el banjo se puso a tocar *When the Saints Come Marching In*. El sonido era fuerte y estridente, y todos los presentes en la taberna se pusieron a cantar; salvo Bay y Dan. Ella deseaba compartir su alegría, pero no se sentía capaz de hacerlo porque ocupaba su mente el recuerdo del horroroso año que siguió al nacimiento de Pegeen.

—Tiene un nombre tan bonito —dijo Dan.

Bay asintió sonriendo.

—En la universidad, represente el papel de Pegeen

en *El saltimbanqui del mundo occidental*. Es una obra maravillosa. ¿La conoces?

Dan hizo un movimiento afirmativo.

—Synge. Estuve una vez en las islas Aran, para entrar en contacto con mis raíces irlandesas

—Lo recuerdo —dijo Bay. Se emocionó cuando recibió la carta que él le envió desde allí.

—Justo después del verano de Hubbard's Point —continuó—. Decidí pasarme seis meses viajando antes de meterme de lleno en la vida real. ¿Has estado alguna vez allí?

—No —dijo Bay—. Siempre pensé que me gustaría ir.

—¿Por qué le pusiste a tu hija el nombre de aquel personaje? —preguntó Dan—. Por bonito que sea el nombre, ¿por qué ese? ¿Y no Margaret, o Maggie, u otro que se abrevie como «Peg»?

Bay no respondió. El volumen de la música subió, sonaba más animada y estridente. La camarera les trajo la comida y Dan pidió dos cervezas más. Las hamburguesas estaban deliciosas y Bay, como la música estaba tan alta, se concentró en comer y ni siquiera intentó hablar. Tampoco lo hizo Dan. Bastaba con estar allí sentados, juntos.

Cuando al músico que tocaba el banjo se le rompió una cuerda del instrumento y tuvo que parar para cambiarla, Dan aprovechó para decir:

—Las islas Aran están en la bahía de Galway, ¿lo sabías?

—¿De veras? —preguntó Bay, volviendo la cabeza.

—Pasé la mayoría del tiempo en Inishmore —dijo Dan—. Se llegaba con un trasbordador que partía de la ciudad de Galway.

—¿Es bonito?

—Me recordaba a Hubbard's Point —dijo—. Con muchas rocas, el agua fría y transparente, y pinos y robles. En el trasbordador pensé en la costa de Connecticut. Pensé en ti.

—¿En mí? —preguntó ella.

—Sí —dijo él—. Porque era la bahía de Galway.

Bay bajó la vista y miró la mesa. Estaba muy barnizada y brillaba bajo el resplandor del fuego. El corazón le latía aceleradamente y, de pronto, le dio miedo levantar la cabeza. Cruzó las manos en su regazo y, al recordar cómo la había abrazado, la sorprendió cuánto deseaba que volviera a suceder.

—A veces me he preguntado si era ése el motivo por el que fui a Inishmore —dijo Dan—: tener la oportunidad de navegar por la bahía de Galway. Aunque todavía no había visitado el resto de Irlanda y mi familia era originaria de Dublín y Kerry... yo quería que recibieses una carta de Irlanda... de esa parte de Irlanda.

—Lo que te arrastró a las islas Aran fue el fantasma de John Millington Synge —dijo Bay.

—¿Y no el deseo de visitar tu bahía, Galway?

Ella movió negativamente la cabeza mientras el pulso se le aceleraba cada vez más.

—No —dijo—. Te convenció Synge.

—¿A ti te convenció para que le pusieses «Pegeen» a tu hija menor?

De pronto, Bay se sintió sofocada, mareada. El fuego era demasiado vivo o quizá se habían sentado demasiado cerca de las llamas. La música estaba muy alta y la gente gritaba mucho. Bay necesitaba respirar aire fresco y Dan se dio cuenta de ello. Pidió la cuenta, y dejó el dinero en metálico en la mesa. La banda tocaba *Won't You Come Home, Bill Bailey* cuando Bay y Dan abandonaron el local.

—¿Qué sucede? —preguntó Dan, acompañándola hacia el camión.

La emoción le aprisionaba el pecho. Ella y Sean, de jóvenes, tenían la costumbre de ir a la Crawford Tavern. Les encantaba la música y la cerveza, las palomitas de maíz gratis y el trineo de la puerta. En una ocasión, Sean la hizo subir al trineo, extendió su abrigo por encima de sus cabezas y la besó apasionadamente mientras la gente paseaba arriba y abajo de la calle principal de Hawthorne.

—No creo que el trineo cruzase el río helado —dijo de pronto cuando lo vio al pasar—. No creo ni que sea tan antiguo, ni que existiera un romance entre el general Johnson y Diana como quiera que se llame.

—¿No?

—No. No creo que haya existido nunca nadie que llegara a querer tanto a alguien como para correr el riesgo de atravesar el campamento enemigo simplemente para poder entregarle los regalos de Navidad.

Dan permanecía en silencio. Abrió la puerta del camión para que Bay pudiese entrar. Ella le observó mientras él daba la vuelta al camión, y empezó a tiritar por la humedad y el frío. Después de la lluvia, las calles estaban resbaladizas y las hojas mojadas se acumulaban junto al bordillo.

—Él lo hizo —dijo Dan, poniendo en marcha el camión.

—¿Cómo lo sabes?

—Porque Diana como quiera que se llame era la tatarabuela de Eliza —dijo Dan—. Y su hija, la primera Eliza, se casó con el primer Obadiah Day.

—¿De veras? ¿Charlie procedía de este tipo de familia?

—Sí —dijo Dan—. No podía tener más sangre azul.

—¿Y es cierta la historia? ¿El general arriesgó su vida para llevarle el regalo de Navidad?

—Sí —dijo Dan—. Una copa de plata que uno de los

más destacados orfebres de Nueva Inglaterra hizo a mano. Un hombre llamado Paul Revere. La encargó expresamente para ella.

—¿Qué ha sido de la copa? —preguntó Bay.

—Pertenece a Eliza —dijo Dan—. Debería estar en un museo y sigo pensando que deberíamos donarla a alguno.

—No puedo creer que sea verdad —susurró Bay. Tenía el corazón vacilante, como si se encontrara al borde de un abrupto acantilado y un falso movimiento pudiera enviarla al abismo. Apartó la mirada de Danny y apoyó la frente contra el frío cristal. Si un amor como el que existió entre el general y Diana era posible, ¿qué había sucedido entre ella y Sean?

—Cuéntame lo del nombre de Pegeen —dijo Danny, y de repente Bay notó que la cogía de la mano.

—Es irlandés —musitó.

—Y para ti significa algo —dijo él—. Annie y Billy... Anne y William. Son nombres bonitos y sólidos, pero Pegeen es otra cosa. Cuéntamelo, Bay.

—Fue por cómo me sentía interiormente —dijo, todavía apoyando la frente en aquel cristal frío, aunque fuese únicamente para mantener el equilibrio y no moverse, para no derrumbarse—. Entre Sean y yo todo había cambiado desde que me quedé embarazada por tercera vez, y necesitaba un nombre potente para mi nuevo bebé... Billy ya había nacido... él tenía su hijo, y lo quería muchísimo, pero fue como si hubiese dejado de necesitarme.

—Pero te necesitaba, seguro...

Bay negó con la cabeza, seguía sin mirar a Danny. Los recuerdos eran demasiado profundos y debilitadores.

—Dejó de quererme —dijo—. Me necesitaba como madre de sus hijos, pero no me quería. Me consideraba gorda, aburrida, como si sólo me interesaran las papillas y los pañales. Cuando quería divertirse, buscaba la compañía de un amigo. Al principio, esos amigos eran chicos con los que nos habíamos criado, que también tenían hijos. Sean cogía a uno de ellos y salían a navegar...

—¿Estando tú embarazada?

—Sí. Yo me decía para mis adentros que era debido a mi estado. Después de que naciese la niña, me decía a mí misma que adelgazaría, que me quitaría todos los kilos de encima y que mi cuerpo recuperaría su aspecto anterior, que nunca volvería a engordarme. Se volvía cuando yo me desnudaba, se alejaba de mí en la cama. —Los detalles eran dolorosamente íntimos, pero la lluvia seguía tamborileando sobre el techo del camión de Dan, y Bay no podía dejar de hablar, aunque hubiese querido. Las palabras necesitaban salir al exterior y ella dejó que lo hiciesen.

—Él tuvo un... en realidad ni siquiera fue un romance. Un «lío». Se emborrachó y se lió con una chica en la fiesta del banco de Navidad. Lo descubrí porque ella le llamó a casa.

—Eso es terrible, Bay —dijo Dan.

—Tú nunca le habrías hecho eso a Charlie, ¿verdad? —preguntó Bay, intentando aportar un poco de sentido del humor a su tono de voz para aligerar la situación. Pero ¿qué sentido tenía todo aquello ahora? Sean había muerto, ya no estaba allí.

—No —dijo Dan, muy serio—. Nunca le habría hecho eso.

—Pues Sean lo hizo en esa ocasión, y volvió a hacerlo el día de St. Patrick. Con la misma chica... aquella vez fue Tara quien les vio en el Tumbledown Café. Estuve a punto de echarle de casa, pero me prometió, me juró que se había acabado.

—¿Estabas todavía embarazada?

—Sí —dijo Bay, y en la oscuridad del camión, fuera del alcance de todas las miradas, incluso de la de Dan, se acarició la barriga para recordarse que de ahí habían salido sus tres hijos, que los había llevado dentro y los había llevado con amor. Pensó de nuevo en su último mes de embarazo de Pegeen, cuando Sean volvía a casa cada noche... no porque quisiera hacerlo, sino por sentido del deber, de responsabilidad personal, como si se hubiese jurado que debía ser fiel, que debía ser un buen esposo, que volvería a ser el padre que era antes.

Bay recordó a Sean sentado junto al fuego, mirando la televisión, concentrado en la pantalla, en los partidos de baloncesto y en los coloquios: en cualquier cosa menos en Bay. Ella intentaba hablarle sobre los niños, sobre su embarazo y la semana que llevaban fuera de cuentas, sobre su trabajo en el banco y lo estupendo que era que siguieran ascendiéndole.

Había intentando hablar con él sobre el jardín, sobre su idea de plantar un jardín para cada hijo y su deseo de elegir flores muy bellas, ligeras, sutiles como plumas como las anémonas y las violetas y las espuelas de caballero para el jardín de su nueva hija, que siempre estaba alegre.

Y había intentado hablar con él sobre lo afortunados que eran por haberse conocido, por estar vinculados por historia, por familia y por ser irlandeses, y por Hubbard's Point, el lugar donde se habían conocido y donde sus hijos pasarían todos los veranos y donde quizás encontrarían al amor de su vida...

Y Sean asentía y respondía educadamente sin apartar los ojos del televisor, especialmente de las animadoras de baloncesto, esbeltas, atractivas, bien dotadas y libres de embarazos, a las que observaba con tanto interés y lujuria que a Bay le entraban ganas de aporrear el televisor... con un palo, un bate, la pala del jardín o incluso con la estúpida y egoísta cabeza de Sean.

Se iba al dormitorio y lloraba sola. Su dolor era profundo y completo; había creado una familia con un hombre a quien ella no le importaba en absoluto. Su tercer hijo estaba de camino y él no sabía nada sobre ella. Bay tenía la sensación que eran dos barcos que navegaban en direcciones diferentes, totalmente aislados el uno del otro, separados por un profundo abismo insalvable.

Ésos fueron los momentos más oscuros de su vida... peores, incluso, que enterarse de sus aventuras. La desesperación la invadió cuando tuvo que enfrentarse a la verdad sobre su vida y su matrimonio.

Y entonces el aire brilló con una magia irlandesa muy particular y Bay recordó cuándo miraba por la ventana y veía las marismas relucientes bajo la luz de las estrellas.

Bay había hecho un rápido viaje emocional, desde las marismas hasta Long Island Sound, donde las aguas saladas y el río Connecticut se encontraban en el estuario. La historia se desplegaba, hacia atrás y hacia delante... hacia el futuro, cuando sus hijos fueran mayores y jugaran en la playa con sus propios hijos. Y al ver el cieno en movimiento, Bay pensó en su propio nombre... Bay.

Y había pensado en todas las grandes bahías, en las poderosas bahías de todo el mundo, en las bahías donde se multiplicaban el marisco y los peces, en las bahías que albergaban las grandes compañías navieras: la bahía de Hudson, la bahía de San Francisco, la bahía de Fundy, la bahía de Anges, la bahía de Galway y, naturalmente, la bahía de Hubbard's Point.

—En cierto sentido, tú estabas allí —le dijo entonces a Danny, volviéndose para mirarlo, con la voz y las manos temblorosas—. La noche que decidí llamarle Pegeen.

—¿De veras?

Estaban sentados en el interior del camión aparcado, mirándose profundamente a los ojos. Bay recordaba el final de aquella noche: después de que Sean se hubiese ido a la cama, cuando Bay decidió llamar Pegeen a su hija, telefoneó a Tara y juntas desenchufaron ese televisor cargado de mujeres. Tara cargó con él, se alejó andando descalza por la pinaza, mientras le decía a Bay que habiendo salido de cuentas hacía más de una semana más le valía limitarse a observar, y lanzó el aparato al río salado con un aparatoso y satisfactorio escándalo.

—Sí, estabas allí —repitió Bay.

—¿Cómo?

—Porque mientras bautizaba a mi hija con el nombre de «Pegeen», se me pasó por la cabeza que John Synge había sido enviado desde la bahía de Galway hasta las islas Aran por el mayor poeta de Irlanda, y recordé cuando tú me habías otorgado mi otro nombre «Galway». No estoy segura de si puedes seguir mi lógica de la misma manera que yo lo hice aquella noche, y todavía sigo haciéndolo, pero de un modo u otro, estabas allí.

—No tengo que seguirla —dijo Dan, alargando el brazo hacia Bay mientras ella hacía lo que durante tantos años había deseado: acercarse a él y acurrucarse entre sus brazos.

—¿No? —susurró ella, olvidándose de sus nervios al recostar la cabeza y besar al único hombre que, exceptuando a su esposo, había amado.

—No —susurró él—. No tengo que seguirla, porque estoy justo aquí a tu lado.

«Es un irlandés de los pies a la cabeza», pensó Bay, admirándolo como poeta, y al cabo de sólo un par de segundos Dan acercó su rostro al de Bay y la besó con tanto fuego y pasión, que ese ardor le recorrió todo el cuerpo, de la cabeza a los pies, y borró todos los años y los recuerdos y los acontecimientos y los dolores que había sufrido en su vida.

Se besaron: era la mujer independiente que en su día había representado el papel de la Pegeen de Synge y el poeta irlandés constructor de barcos y pasarelas de madera, la viuda y el viudo, y se acariciaron y se abrazaron y gimieron, y necesitaron mucho más de lo que podían obtener en un camión aparcado bajo la farola de una calle en Hawthorne.

Bay le deslizó las manos por debajo de la chaqueta de trabajo, rozando un botón de la camisa de gamuza, sólo rozándolo, y pensó lo que debía de ser desabrocharlo, mientras sentía que las manos de él se colaban por las mangas de su chaqueta, tiraban del puño izquierdo de su jersey, intentaban hacer lo mismo con el derecho, y se encallaban con el forro, sentía sus manos ásperas, llenas de durezas, cálidas sobre su fría piel...

Una piel que llevaba mucho tiempo sin ser acariciada, y un corazón al que nadie se acercaba desde hacía todavía más. Sentía el calor de su boca en la suya, y la barba rascándole las mejillas y la barbilla. Quería poder besarle eternamente, sentir el roce de la sombra de su barba en la suavidad de su piel. ¡Sentir sus labios en los suyos, despertar de nuevo, volver a vivir! Era algo mágico: que la acariciaran después de creerse muerta, que la devolvieran a la vida...

Se besaron, inesperadamente, y con tanta pasión como la que sentía en su interior, pero Bay deseaba tomárselo con calma... aunque su interior le pedía lo contrario: los dos tenían hijos por los que preocuparse. Debían pensar en los niños.

Los niños.

¿Qué podía tener que ver un beso con aquellos niños?

Bay no quería saberlo, aunque naturalmente tenía que saberlo. La calefacción soltaba aire caliente en el interior del gélido camión y Bay sentía la calidez de las manos de Dan acariciándole lentamente por debajo de la chaqueta, aunque por encima del jersey, y en el momento en que notó que le bajaba la cremallera, esa sensación eléctrica, los pensamientos sobre los niños que la detenían, a medio beso...

Bay consiguió detenerse pensando en aquel trineo, en el antepasado de Eliza corriendo por la nieve con la preciosa copa de plata para su amor... en la nieve que caía, en el río helado, en los ángeles de la Navidad cantando en el cielo, en los chaquetas rojas durmiendo en el fuerte... y en Diana, la madre de la primera Eliza, sin saber si su querido general llegaría con vida...

Sí, había amores como aquél, pensó.

Eso le permitió aminorar el paso, no acapararlo todo en aquel beso. Le hizo creer en algo más sincero que lo que había estado sintiendo durante tantos años.

Llevaba tanto tiempo sin creer en el amor, en aquel tipo de amor.

Probablemente durante toda la vida de su hija menor, durante toda la vida de Pegeen, a pesar de lo mucho que lo había intentado.

—¿Estás bien? —preguntó Dan, mientras le acariciaba la mejilla con su áspera mano y le retiraba el cabello de los ojos.

—Muy bien —dijo ella, viendo el brillo de sus propios ojos reflejado en los de Dan.

—No debería haberte besado —dijo él, moviendo la cabeza de un lado a otro.

Ella se echó a reír; hubiera deseado que no hubiese dicho aquello, deseaba que él se sintiera tan increíble y milagrosamente vivo como ella.

—¿Por qué? —preguntó.

—Porque...

La expresión de sus ojos la pilló desprevenida. Estaba pensando en algo malo. «No quería besarme, no quería, lo he empezado yo», pensó Bay, de pronto confundida, avergonzada.

—Lo había deseado tanto, durante tanto tiempo —dijo Dan, tendiéndole nuevamente la mano, aunque reprimiéndose visiblemente—. Tenía que besarte, pero debería haber esperado...

—¿A qué? —preguntó Bay.

Dan no sólo parecía pensativo, sino también atormentado: sin dejar de acariciarle el cabello, intentaba tomar una decisión.

—A contarte lo de Sean. Vino a verme, para construir un barco, pero ése no era el único motivo.

—¿Cuál era el otro? —preguntó.

—Es complicado —dijo.

—Necesito saberlo —dijo ella, repentinamente temerosa.

—Desearía que no hubiesen pasado todos estos años —dijo, sujetándole la cara entre sus manos—. Desearía haber confiado en lo que sabía en lo más profundo de mi ser hace veinticinco años: que la persona eras tú. Haber esperado a que te hicieras mayor...

—Yo también —dijo ella—. Por todo, excepto por los niños...

—He cometido un gran error —dijo Dan—. ¿Sabes lo que solía decir sobre Sean, que volaba demasiado cerca del sol?

—Sí —dijo ella, con miedo.

—Sentí tentaciones de hacerlo yo también.

—¿En qué sentido?

—Mi mujer era muy rica —dijo Dan—. Y tu marido

336

supervisaba su depósito. Sean... creo que pretendía que me uniera a él para hacer algo ilegal.

—No me digas esto —dijo ella, inclinando la cabeza, incapaz de soportar pensar en él en ese sentido.

—Bay, escúchame, por favor. No ocurrió nada. Pero me sentí tentado. Le escuché, lo pensé y le dije que no me interesaba.

Bay se quedó en silencio; el corazón le retumbaba en el pecho.

—¿Bay?

—Llévame a casa, Danny —musitó—. ¿De acuerdo?

Pero nunca llegó a escuchar la respuesta, porque en lugar de llevarla a ningún lado, Danny Connolly se limitó a inclinarse sobre ella para estrecharla entre sus brazos, para volver a besarla. Y, a pesar de todas las preguntas y las dudas que se cruzaban por su cabeza, ella no pudo hacer otra cosa que responderle con más besos.

24

—¡Tara! —gritó Augusta desde su vestidor. Estaba enredada en una maraña de retales de gasa (o sería tafetán) de un azul tan oscuro que casi parecía negro, y no conseguía liberar los brazos—. ¡Tara, querida! ¿Puedes venir a ayudarme?

—Augusta, ¿qué ha sucedido? —preguntó Tara, saliendo corriendo del baño, que olía a líquido limpiador con aroma a limón.

—Estoy intentando decidir qué debería ponerme para el Baile de la Calabaza —dijo Augusta—, y tengo esta maravillosa pieza de tafetán azul... ¿o es gasa?, que Hugh me trajo de Venecia, de una de sus escapadas de pintor, y me he dicho: «Augusta, querida, ahora o nunca.» Y ya que el tema de este año es la brujería, ¿qué mejor color que un azul noche? Gracias, querida.

—No se mueva... —dijo Tara, acabando de desenredar la tela. Augusta estaba mareada como un niño después de dar demasiadas vueltas en el tiovivo.

—Dios mío —dijo ésta, desplomándose en la *chaise longue* de cretona descolorida que había en un rincón del vestidor—. No soporto la sensación de sentirme atrapada... como una prisionera.

—Del tafetán azul —dijo Tara, sin reprimir una sonrisa.

Augusta suspiró. Sus hijas siempre habían considerado que era una frívola, siempre a punto para la siguiente fiesta, preparando un nuevo disfraz para otro baile, pespunteando más vestidos... y Tara le había transmitido entonces la misma emoción.

—La vida no es un baile de disfraces constantes —dijo Augusta—. Intento hacer buenas obras.

—Le dio una oportunidad a Bay —dijo Tara—. Y adora su trabajo.

—Está extraordinariamente dotada para ello. La observo por la ventana —dijo Augusta—. Trata la tierra y las plantas de una forma... la tierra para ella es como un lienzo. Créeme, conozco a un artista en cuanto lo veo. Me encanta observarlos cuando trabajan, cuando están en su elemento y en contacto con sus musas. Me muero de ganas por ver el lienzo de Bay cuando haya cobrado vida, cuando haya florecido, la próxima primavera.

Tara hizo un ademán afirmativo con la cabeza, satisfecha y orgullosa de su amiga.

—¿Cómo lo lleva Bay? —preguntó Augusta, al cabo de un instante—. ¿Emocional y económicamente?

—Es fuerte —dijo Tara. Y no dijo nada más.

Augusta admiraba su comedimiento. La fidelidad con los amigos era esencial, siempre se lo había enseñado así a sus hijas. La fidelidad y el amor.

Augusta había aprendido muchas cosas sobre el amor con el paso de los años. Al principio creía que solamente existía el amor entre un hombre y una mujer, que ese amor romántico era el verdadero amor, que todo lo demás era secundario. También había odiado profundamente: a las mujeres que se habían acostado con su marido, al hombre que había irrumpido como una escopeta en su cocina tantos años atrás con deseos de matar.

Sus hijas, sus brillantes y maravillosas hijas, le habían enseñado a perdonar. A perdonar a todo el mundo, y a querer. ¿No era ése el objetivo de la vida? ¿Trascender el propio sufrimiento e intentar amar y dar a los demás?

Augusta suspiró. Los pensamientos profundos la agotaban. Aunque debía de estar progresando como ser humano, porque en lugar de pensar en su disfraz para el Baile de la Calabaza se estaba preocupando de Bay y su familia.

Pero todas las cosas buenas y piadosas llegaban a su fin, de modo que Augusta respiró hondo y se puso en pie. Empezó a envolverse de nuevo con la tela. Como el tema del baile era la brujería y ella era la viuda de Hugh Renwick, había pensado vestirse como la bruja de algún famoso cuadro.

¿Se decidiría por *Brujas volando*, de Francisco de Goya? ¿O por las *Cuatro brujas* de Alberto Durero —uno de sus cuadros preferidos, expuesto en el Metropolitan de Nueva York— y sorprendería a todo el mundo al llegar desnuda? ¿O decidida a sorprender y divertir, por «El beso obsceno» del *Compendium Maleficarum* de Fray Francisco Maria Guazzo de Milán?

—Tara, ¿qué te pondrás para el Baile de la Calabaza?

—No estoy segura de si voy a ir —dijo Tara, doblando diligentemente los jerséis de cachemira de Augusta y guardándolos en el cajón.

—Quizá deberías invitar al agente Holmes. —Al ver la expresión de sorpresa de Tara, añadió—: Pues sí. Te he adivinado los sentimientos. Es de los que hacen volver la cabeza a las mujeres.

—Yo la he vuelto, pero él no vuelve la suya.

—Querida, estoy segura de que sí. Pero está preocupado por los conflictos de intereses. O por lo poco correcto de la situación. ¿Por qué no limitarse a ir y decirle que el Baile de la Calabaza será un lugar estupendo para reunirse con todos los delincuentes de guante blanco de

Black Hall? Podrías ser su Mata Hari y ayudarle a pasar desapercibido.

—Lo pensaré.

—Pero aunque sea sin él, deberías asistir al baile —dijo Augusta—. Eres joven, llena de vida y soltera. Y deberías llevarte también a Bay. En esta ciudad se considera que cuando una es viuda debe tomárselo como su profesión, créeme, lo sé muy bien. Pero debería ir de todos modos.

—Hace sólo cinco meses que murió Sean —dijo Tara—. No creo que ella quiera.

Augusta volvió a suspirar. Si pudiera hacer entender a estas jóvenes que la vida era sólo un suspiro. Demasiado corta, demasiado. Nunca podía saberse si habría otro Baile de la Calabaza. El baile tenía lugar la noche de luna llena del mes de noviembre, justo antes del día de Acción de Gracias, y, a pesar de que solía ser tremendamente romántico, el objetivo había sido siempre celebrar la cosecha de la vida.

—Debería ir —dijo firmemente Augusta—. Y tú deberías convencerla.

Tara se echó a reír, mientras lustraba los zapatos de Augusta.

—La última vez que traté de entrometerme en su bienestar casi pierdo su amistad. Y la de usted.

—Bueno, fíjate en el resultado: ella está feliz, yo estoy feliz y mi jardín será una delicia terrenal. ¡Oh! —dijo Augusta, sorprendida por la lucidez de su propio subconsciente.

—¿Qué sucede, Augusta?

—¡Eso es! *El jardín de las delicias* de El Bosco. Uno de los cuadros más embrujados que se haya pintando nunca. Un tríptico de la Creación, el Cielo y el Infierno... una descripción del mundo, con el avance del Pecado.

¡Placeres pecaminosos! ¡Será maravilloso! Ahora soy vieja pero, querida, no hay nadie en esta ciudad que haya disfrutado de más placeres pecaminosos que yo. Me pondré una capa de color azul noche y, a modo de accesorio, llevaré una copa mágica. Lo que me recuerda...

—¿El qué, Augusta? —peguntó Tara.

—¿No has encontrado todavía la copa del Florizar?

—La copa de plata...

—Sigo sin encontrarla. Lo he revuelto todo. Sería un detalle perfecto para el disfraz. ¿Qué gracia tiene una bruja sin una poción mágica?

—Hoy me dedicaré a buscarla a fondo, Augusta —dijo Tara—. No puede haber ido muy lejos.

—No dejo de pensar que la última vez que recuerdo haberla utilizado, fue cuando Sean McCabe pasó por aquí la semana antes de su desaparición. Para estafarme, aunque entonces yo creía que lo único que quería era que le firmara unos cheques para hacer algunos movimientos. Brindamos por el éxito de mis réditos...

—Oh, Sean —dijo Tara entre dientes.

—No es posible que se llevara la copa del Florizar —dijo Augusta, rechazando la idea—. Al fin y al cabo, no era un cleptómano. Los profesionales del desfalco no se ensucian las manos «robando» de verdad...

Sus palabras quedaron suspendidas en el aire, en el tiempo, mientras Augusta y Tara ponderaban el concepto de robar, quitarle algo a alguien, independientemente de que se trate de cuentas bancarias o fondos de depósito, o de una cartera o un bolso, o de algo que cuelga de la pared de un museo o que se encuentra en el expositor de una joyería... e independientemente de que se haga en la Piazza San Marco, la Place Vendôme o Firefly Hill. Los «cómo» y los «dónde» no importaban y, en definitiva, tampoco los «porqué».

—Robar es el verdadero pecado —dijo Augusta—. No los placeres terrenales.

—Lo sé.

Augusta respiró hondo y soltó el aire a continuación.

—Tengo demasiadas cosas —dijo—. La acumulación es un hecho de la vida... y no precisamente uno bueno. Cuando llegue al cielo, san Pedro no me dejará introducir las pinturas de Hugh, ni las fotografías de las niñas, ni mis perlas negras, ni mi copa Florizar.

—No, supongo que no —dijo Tara.

—Del mismo modo que estoy convencida de que no dejó que Sean entrase con todo ese dinero robado.

—Si es que llegó a admitir a Sean —dijo con tristeza Tara.

Joe Holmes pensaba que Black Hall debía de ser un lugar estupendo si se vivía allí (casas agradables, buenas vistas, tiendas, colegios, restaurantes, tiendas de música), pero para estar desplazado allí temporalmente resultaba algo solitario; era un lugar para parejas o familias.

Estaba sentado en su despacho, tomándose otra taza de café de la cafetería de al lado, haciendo lo que mejor sabían hacer los agentes del FBI: papeleo.

Una de las últimas novias de Joe siempre le abría la puerta con una mirada de expectación, como si esperara que fuera James Bond. O como mínimo Tommy Lee Jones. Cuando se dio cuenta de que su trabajo estaba más en línea con el de los contables que con el de los atractivos espías de las películas, le dejó por un abogado.

El padre de Joe le había enseñado que era más probable que tuviera un Aston Martin un abogado que un agente del FBI. Y era también mucho más probable que tuvieran que realizar misiones atractivas que incluyeran buenos hoteles con piscinas y sábanas de seda, y bebidas caras en bares elegantes. Cuando un agente del FBI pretendía seguirle la pista a un sospechoso por todo el país, aunque se hospedara en los Radisson de los aeropuertos, tenía más dificultades para conseguir que el supervisor le firmara la nota de gastos que para resolver el caso.

—No lo estás haciendo para tener una vida glamourosa —le dijo su padre a Joe en una ocasión en la que se quejó de la vida que llevaba en la calle—. Lo estás haciendo para capturar a los malos.

—Lo sé, papá —había dicho Joe—. Igual que tú.

—Haces que me sienta orgulloso, hijo —dijo su padre.

Eso le bastó para poder soportar los moteles de mala muerte y la comida rápida.

Llovía a cántaros. Perfecto para el estado de ánimo de Joe mientras, una vez más, repasaba documentos del Shoreline Bank. Le había confundido el descubrimiento de que Sean había devuelto diez mil dólares a una de las cuentas que tenía marcadas con un asterisco.

¿Estaría intentando pasarlo a otro lugar, convertirlo posteriormente en dinero en metálico? Joe no lo sabía. En otro caso, el pasado mayo, Sean había robado seiscientos dólares de una cuenta un viernes para devolverlo el lunes siguiente. ¿Qué era lo que había provocado aquel cambio de idea? Joe estaba estudiando detenidamente las cuentas bancarias en busca de respuestas. ¿Podía haber tenido algo que ver con la mujer misteriosa, con «la chica»? ¿O con «Ed»?

Seguía sin haber ningún «Ed» bien definido. El diminutivo de Ralph Edward Benjamin era «Red»: la contracción de sus dos nombres y una referencia al color de pelo que tenía de pequeño. Estaban también Eduardo Valenti y Edwin Taylor, y ninguno de los dos parecía muy prometedor. Valenti había estado en Columbia hasta mayo y las referencias de Taylor eran impecables.

Joe se desperezó, prestando atención al sonido de la lluvia. Al menos él no tenía que trabajar como un negro en un jardín, como Bay McCabe. Aquella semana se había acercado dos veces a Firefly Hill, y las dos veces la había visto trabajando allí.

En la segunda ocasión había visto a Tara O'Toole corriendo por el extenso jardín para ir a ver a su amiga. Esa imagen le quedó grabada: parecía una jovencita, totalmente desenfrenada, ajena a la lluvia torrencial que la empapaba; sus largas piernas, sus esbeltos brazos, el cabello negro...

Y la pasada noche había soñado con ella.

Con todos ellos, en realidad. Con aquellas dos amigas íntimas, situadas en el centro de la investigación de Joe. En el sueño, estaban todos en un barco navegando por el Sound. Joe era el marido de alguien... una idea novedosa en sí. Estaba al timón, cortando las olas. Fragmentos de recuerdos que habían permanecido enterrados durante mucho tiempo salieron a la luz y se apoderaron de él: recordó estar en la cubierta del barco de pesca de su padre, la alegría de encontrarse en alta mar, navegando con el viento.

Y las dos mujeres estaban allí. Bay inclinada sobre la brazola. Tara rodeando el cuello de Joe con el brazo. Sentía el viento enarbolándole el pelo, silbándole en los oídos. No, había sido un beso. La sensación fue muy intensa, y el beso, aún más fuerte que la brisa, lo arrastró del mismo modo que el viento arrastraba la embarcación.

—Joe —le susurró ella al oído—. Deja ya el timón. Despega las manos del timón... vamos...

Pero Joe no podía soltar las manos; tenía que sujetar el timón con fuerza para que el barco siguiera su curso.

Ella le acarició el cuello, la espalda. Él sólo deseaba abrazarla y bajar al camarote, arrancarle la ropa, hacer el amor con ella, con su esposa.

Tara O'Toole Holmes. Parecía pasar mucho tiempo en Andy's. El día anterior había estado hablando con el dependiente sobre algo llamado «el Baile de la Calabaza», intencionadamente, le había parecido a Joe. ¿Qué estaría esperando? ¿Que Joe abandonara la sección «Over the Hill» para preguntarle si podría tener el placer de acompañarla? Una pena, pero salir con alguien relacionado con la investigación iba contra la política del FBI.

Sus sueños al menos no le atormentaban tanto...

Joe se había despertado sonriente, contento, pero la sensación de conexión se rompió al instante. Había dormido estrechando contra su pecho la almohada de la habitación del motel, como si fuese Tara, como si realmente la tuviese en su cama.

Se preguntaba cómo sería eso de convivir con Tara, de acompañarla a casa de Bay una agradable tarde de otoño. Las había visto a menudo sentadas allí, con todos los hijos de Bay. Dos amigas de toda la vida con sonrisas y almas preciosas, avanzando entre toda la porquería que Sean McCabe les había dejado. Joe jamás le haría eso a una mujer que amara.

No lo haría. Por otro lado, no podía comprender por qué un buen tipo como él había tenido tan poca suerte en lo de encontrar una chica como Tara a quien querer. Tenía el listón muy alto. Sus padres se habían querido mucho y sabía que no estaba dispuesto a conformarse con menos. Y necesitaba a alguien como su madre, que comprendiera la locura de la vida de un agente del FBI y que no se asustara porque llevara encima un arma de diez milímetros cuando fuera a comprar un litro de leche.

Se preguntaba si la nieta del mejor pistolero del país

sería capaz de llevarlo bien. Quizá debería darle un buen susto a Tara O'Toole presentándose en ese Baile de la Calabaza y sacándola a bailar.

Dejó a un lado los documentos y miró en el interior de la caja fuerte.

Había conseguido un éxito bastante decente en las labores de seguimiento de la cuenta que había abierto Sean en un banco de Costa Rica, donde las probabilidades de acceso eran prácticamente nulas, sobre todo porque el código de acceso exigía un número adicional del que Joe no disponía. Había iniciado el proceso de abrir esa cuenta y podía conseguirlo o no. Todo dependía de la burocracia.

A lo mejor debería desplazarse personalmente a Costa Rica. Podría llevarse a Tara. Ella sabría valorar un viaje a aquel lugar. Un paraíso tropical, un imán para todo aquel que deseaba disfrutar de unas buenas vacaciones: situado entre el Pacífico y el Caribe y con playas estupendas, pesca, hoteles, paseos románticos juntos por la playa a la luz de la luna.

«Ya basta.»

Era también una meca para los estafadores. Los estafadores adoraban Costa Rica.

No podían ser extraditados, disponían de bancos seguros y conseguían ayuda a bajo precio y tasas de cambio favorables, de modo que con un millón de dólares estadounidenses podían comprar una vida de lujo y largarse. Los bares de la playa estaban abarrotados de ladrones de guante blanco que se habían marchado allí con sus familias y su dinero, huyendo de procesos judiciales y de cárceles. Se pasaban el día sentados en los bares, bajo las palmeras, disfrutando de las cálidas brisas marinas, hablando interminablemente de cómo lo habían hecho, de las bellas artes del desfalco, la estafa, y el engaño de quienes más confiaban en ellos.

La mitad de ellos se creía sus propias historias, sus propias actuaciones: en realidad no pretendían quedarse con el dinero de nadie, si las víctimas no se hubieran puesto impacientes se lo habrían devuelto todo. La otra mitad era consciente de que mentía, de que era escoria, pero no les importaba porque no les habían pillado o, si lo habían hecho, habían conseguido huir.

Joe era de la opinión de que los más peligrosos eran los de la primera mitad.

Los estafadores que se estafaban a sí mismos eran doblemente malos. Porque justificaban todos y cada uno de los movimientos que realizaban. Todos sus robos, todas sus mentiras.

Sean McCabe había sido uno de ésos. Joe los conocía muy bien. McCabe se había esforzado mucho para que todo el mundo tuviera buena opinión de él y la ironía de su delito residía en que probablemente había querido más dinero, más cosas, para ganar más amigos.

Más compañeros para jugar al golf, más mujeres que admiraran su buen gusto y su aspecto.

Cuando en su casa tenía un auténtico paraíso. Qué idiota...

Joe decidió entonces volcar su atención en las cartas que Daniel Connolly le había enviado a Bay, la esposa de Sean.

Esas cartas habían tenido importancia para Sean, y Joe empezaba a tener una idea de por qué. Leyéndolas, Joe se dio cuenta de que Dan Connolly era completamente distinto a Sean. Dan tenía algo que Sean deseaba y la teoría de Joe era que Sean había estudiado las cartas para introducirse en la cabeza de Dan, para comprender qué debía decir para manipularlo. ¿Hasta qué punto sus motivos respondían a los celos, a que Dan y Bay hubieran estado en el pasado conectados a un nivel muy primario?

Joe no lo sabía, y no estaba seguro de si la manipulación había funcionado. Se volvió hacia la copa de plata y se la quedó mirando.

Joe sabía que necesitaba analizarla mucho más. Había hecho fotografías y las había remitido al laboratorio de arte con la esperanza de que pudieran explicar las tres marcas que había estampadas en el borde. Si pudiera saber de dónde venía aquella copa...

La caja de seguridad de Sean McCabe había sido el equivalente a la galería de trofeos de un asesino en serie. No sabía exactamente lo que podían significar aquellos tres objetos, pero estaba convencido de que su simbolismo era seguramente más importante que su valor material. Se preguntaba si habría más plata por otros lados: la copa de plata de Fiona, por ejemplo.

A lo mejor lo de guardar los trofeos era una conexión con el socio de Sean, si es que lo tenía; a lo mejor era el seguro de vida de Sean para protegerse de una posible traición. O quizás había sido su forma de alardear, el uno aventajando al otro.

El número, las cartas y la copa...

Joe casi había dado con la conexión, la tenía muy cerca, estaba convencido de que prácticamente la había encontrado. Pero hasta el momento había sido tan fugaz como el abrazo de Tara en el sueño de la noche pasada. Se dispuso entonces a darle un vistazo a la carpeta que había encontrado en el barco.

Observó las tortuosas anotaciones que Sean había realizado en la tapa y en los márgenes... ¿cuándo las habría hecho? La chica... y Ed. En el interior, las cuentas en las que había empezado a reponer el dinero. Siguiéndolas con el dedo, Joe calculó las fechas.

¿Y si resultaba que Sean se había empezado a sentir culpable de los delitos que había cometido? ¿Y si había decidido devolver el dinero en lugar de seguir robando? ¿No le había explicado Bay, en uno de los primeros interrogatorios, que Sean le había prometido cambiar? Por las fechas que aparecían en la carpeta, parecía que Sean había empezado a hacerlo poco antes de morir, a finales de primavera.

¿Y si resultaba que Sean había intentado cambiar de verdad y a alguien no le había gustado ese cambio?

A Joe se le aceleró el corazón: sabía que estaba sobre la pista correcta. ¿Y si «la chica» no era ninguna de las conquistas de Sean, sino alguien que Sean sabía que corría peligro?

¿Bay, por ejemplo?

¿O alguna de sus hijas?

Miró el dibujo del camión y dejó vagar su mente. ¿Qué papel desempeñaba un camión en este caso? Poco, a menos que contara con el que atropelló a Charlotte Connolly dándose luego a la fuga. ¿No la había atropellado un camión?

Repasó el archivo. Ahí estaba: una furgoneta. Charlotte Connolly murió atropellada por una furgoneta de color granate. Joe miró de nuevo el dibujo de Sean. Quizá fuera una furgoneta, quizás un camión con loneta. La cubierta era demasiado grande para ser claramente una furgoneta. ¿Un camión del astillero? Aquello era todo lo que tenía, de modo que cerró la carpeta y decidió dar un paseo en coche hacia la parte este de la ciudad.

25

Los viveros de Kelly's estaban llenos de calabazas, almiares y manzanas, pero Bay estaba demasiado ocupada llenando la parte trasera de su coche familiar con humus y abono como para pensar en las flores del verano siguiente.

No podía quitarse a Dan de la cabeza. La sensación de sus brazos rodeándola. Su piel áspera contra la suya. Su intimidad. Lo que le había empezado a contar al final...

Puso rumbo a New London. Una vez en el puerto, entró en el aparcamiento de Eliza Day Constructores de Barcos, estacionó junto al camión de Dan y entró.

El amplio hangar albergaba diversos barcos en construcción. Dos eran antiguos y los estaba restaurando. Había también un velero listo para pintar. Y estaba construyendo un nuevo bote. Se oía una radio y, guiándose por la música que resonaba en el local, Bay encontró a Dan en lo alto de una escalera apoyada en un precioso barco antiguo. Le dio un vuelco el corazón cuando lo vio: sus anchos hombros, sus fuertes brazos, sus ojos azules, los labios que la habían besado.

—Hola —dijo ella.

—Bay —dijo él, con los ojos llenos de alegría. Llevaba pantalones vaqueros y camiseta, e iba manchado de barniz. Descendió por la escalera bajando los peldaños de dos en dos y, cuando estuvo al lado de Bay, sus miradas se encontraron. Dan, sin embargo, detectó enseguida que Bay estaba tensa y no quiso ir más lejos.

—Es muy bonito —dijo Bay, señalando el barco, para poner fin a la sensación incómoda que le producía no abrazarse.

—Es un «seis metros». Un barco bonito, elegante. Está construido con cuadernas al estilo antiguo, pero se han podrido.

—¿Qué madera es ésta? —preguntó Bay, acariciando una madera exquisita, de veta muy fina.

—Ébano de Honduras —dijo Dan, con una amplia sonrisa—. Sigues teniendo muy buen ojo.

—Gracias —dijo ella, incapaz de devolverle la sonrisa. Le dolía la piel y le pesaba el corazón, era como si llevara una piedra en el pecho. Y cuando respiraba le dolían las costillas. Todo lo sucedido últimamente empezaba a pasarle factura—. ¿Podemos hablar, Danny?

Él hizo un gesto de asentimiento y la acompañó hacia el despacho. Bay admiró de nuevo la magnífica mesa de escritorio grabada que, con todas sus criaturas de leyenda, parecía querer contar una historia. Se sentó en una silla frente a Dan y respiró hondo.

—Me alegro de que hayas venido —dijo él.

—Yo también...

—Si no lo hubieses hecho habría ido yo a buscarte.

Ella asintió. Se miraron fijamente: era como si las palabras flotasen silenciosamente entre ellos. Bay se preguntaba si él se sentía afligido por los mismos conflictos que ella. Se había preparado para enfrentarse a aquel momento y sabía que no podía seguir adelante con Danny hasta conocerlo todo.

—Acaba de contarme lo que querías decirme. ¿Qué quería Sean? —preguntó muy despacio—. Estoy muy confusa.

—Lo sé. —Cogió una herramienta de acero que tenía en la mesa, la miró frunciendo el ceño y volvió a dejarla—. Me está volviendo loco. Intento comprender qué tenía pensado y por qué vino a verme. No le he contado nada a nadie... supongo que es porque deseo olvidarlo.

—Quiero comprender lo sucedido —dijo Bay, mirándole directamente a los ojos—. Yo... ha habido tan poca confianza últimamente, Danny. Siempre pensé que eras la única persona que, sin condiciones... —Se interrumpió—. Probablemente no estoy siendo justa, te he idolatrado demasiado. Nadie podría vivir con esos principios. Pero tengo que hacerte una pregunta: ¿ayudaste a Sean?

—¿Ayudarle?

—¿Estás... está centrándose en ti la investigación?

—No, Bay. No, que yo sepa —dijo Danny.

Bay dejó caer la cabeza aliviada.

—Cuando al principio del verano la policía me dijo que Sean les había robado a sus clientes del banco, creí que se acababa el mundo —dijo Bay, recordando la conmoción de aquellos días—. Lo creí de verdad. Y luego apareciste tú, y pensé que era como un regalo, tenerte otra vez en mi vida, como un amigo...

—Sigo siendo tu amigo, pero soy humano —dijo en voz baja, mientras aparecían en su frente arrugas de preocupación. La miró con los ojos apagados por el agotamiento y la incomodidad—. ¿Me dejarás contarte lo que sucedió?

Ella asintió con la cabeza, colocándose bien la chaqueta, y cruzó los brazos.

—Me gustaría que empezases explicándome por qué me mentiste, por qué dijiste que no habías vuelto a ver a Sean hasta hace poco. La primera vez que vine a verte, me dijiste que no lo habías visto hasta que vino a pedirte que construyeras una barca para Annie.

—Y era verdad, Bay.

—Pero si era el apoderado del depósito de tu hija...

—Charlie se ocupaba del tema —dijo Dan—. Era el dinero de su familia, y había mucho. Nunca me importó todo eso. Sé que cuesta de creer... y en cierto sentido quizá no es del todo cierto. Me refiero a que estaba encantado de no tener que preocuparme por la hipoteca como el resto de la gente. Pero la verdad es que tengo gustos bastante sencillos. No me van ni los viajes a las Bahamas, ni comprarme coches BMW o relojes Rolex.

Bay asintió. Al Dan Connolly que había conocido le interesaba el viento, las estrellas, el mar, las maderas exquisitas, las buenas herramientas, la amistad. En ese sentido, era completamente distinto a Sean, para quien las cosas materiales eran sinónimo de éxito, prestigio... cosas que habían ido adquirido cada vez más importancia a lo largo de su matrimonio.

—Ni siquiera a Charlie le impresionaba ese dinero, o lo que pudiera hacer con él. Creo que suele ser así en el caso de la gente que lo ha tenido siempre: lo dan por sentado y no tienen ningún motivo para hacer ostentación de él. Llevo toda la vida con ese camión de ahí fuera y Charlie conducía un Ford que tenía diez años.

Bay siguió asintiendo, sin dejar de escuchar.

—Ella... Eliza... el dinero era de ellas. Yo nunca quise tener nada que ver con él, y me sentía orgulloso de no tener que necesitarlo. Vengo de una familia irlandesa de clase trabajadora, en la que todos tuvimos que buscarnos la vida. Mi abuelo era carpintero, y esculpió este escritorio...

—Para el abuelo de ella... —A Bay le sorprendía aquella relación.

—Éramos dos niños que vivíamos en barrios completamente opuestos de la ciudad. Su familia era la propietaria de la mansión, mi familia trabajaba en ella. Ellos eran terratenientes, nosotros, comerciantes.

—Entonces ¿por qué...?

—¿Por qué nos casamos? —preguntó Danny. Desvió la mirada y la clavó en las fotografías que había en la librería. Charlie le miraba desde una de ellas: rubia y segura de sí misma, elegante, pero, por lo que ahora sabía Bay, fría; una mujer que, en lugar de afrontar las emociones de su hija, se apartaba de ellas—. Los polos opuestos se atraen, ¿no dicen eso?

—Eso seguro —respondió Bay, pensando en ella y en Sean: eran la noche y el día.

Danny movió afirmativamente la cabeza.

—Yo era un héroe grandullón y desgarbado de clase obrera, con su cinturón de herramientas, y Charlie era una debutante a punto de finalizar sus estudios, que siempre sabía qué tenedor utilizar.

—Tú eras más que eso —dijo Bay, a pesar de no querer decirlo.

Dan se encogió de hombros.

—Siempre hubo obstáculos. Yo soy un católico irlandés, ella era protestante. Esto nos causó problemas, en las festividades religiosas y cuando nació Eliza. Pero prácticamente siempre los superamos. Aprendimos cómo discutir: simplemente no lo hacíamos. Charlie nunca pudo soportar que la gente alzara la voz. De modo que, para mí, la mejor forma de seguir adelante era dejar que Charlie saliera ganando.

—¿Claudicaste?

—Bastante —dijo Dan—. «Cuando ella tiene razón, tiene razón, y cuando se equivoca, también tiene razón», como dice la canción. Quizás es que tenía miedo de que

355

fuésemos demasiado distintos, de que en realidad no nos lleváramos bien... así que no quería agitar las aguas.

Bay se vio a sí misma de reojo, reflejada en el cristal de una fotografía enmarcada. Su cabello pelirrojo y sus pecas no dejaban ninguna duda sobre sus orígenes: era un producto de la clase trabajadora irlandesa, como Dan y como Sean. Pero así como ella siempre se había sentido orgullosa de sus raíces, Sean se había pasado los años de adulto intentando borrar de su vida cualquier vestigio de su pasado trabajador, cualquier recuerdo que evidenciase que los McCabe no siempre habían pertenecido al club de regatas, no habían sido siempre socios del club social de Hawthorne.

—Creía que erais muy felices —dijo Bay—. Por la forma en que pronunciaste su nombre el primer día.

Dan sacudió la cabeza.

—Lo sé. Lo hago siempre. Supongo que intento convencerme. La verdad es que la quise tanto... fuimos felices al principio, y durante mucho tiempo. Pero algo cambió cerca de un año antes de su muerte. No sé lo que fue, pero recuerdo el día en que sucedió. Una tarde, llegué a casa de trabajar y ella no estaba. Eliza estaba sola en casa, enfadada porque su madre se había ido.

—Sé lo que se siente —dijo Bay, sujetándose los brazos con más fuerza al recordar los rostros de sus hijos las noches en que Sean no llegaba a casa.

—Charlie llegó una hora después, y estaba feliz y excitada; no dejaba de hablar de la película que había ido a ver. No me acuerdo de cuál era... pero había ido con una amiga. Dijo...

—¿Piensas que...?

Dan sacudió negativamente la cabeza.

—Pensé que había ido con una amiga. Y punto. Y hasta la fecha, sigo pensándolo.

Pero no era realmente lo que pensaba... Bay podía adivinarlo. Estaba mintiéndose a sí mismo con todas sus fuerzas.

—Después de aquello, le cambió la mirada. Antes, sus ojos siempre se iluminaban cuando yo llegaba a casa. Pero aquel año empecé a preguntarme si realmente estaría planteándose abandonarme. Se lo pregunté... incluso le supliqué que me lo dijera. A Charlie no le gustaban las súplicas, no le gustaban las emociones fuertes... supongo que era debido a cómo se crió. «Guarda tus sentimientos bien adentro, no permitas que nadie te vea herida.»

—Eliza parece capaz de expresarlos —dijo Bay.

—Quiero que lo haga —dijo Dan—. Pero le cuesta más de lo que puede parecer. Explota, y luego se encierra en sí misma por completo. No entra ni sale nada. Pero éste no es ahora el tema... Volvamos a ese último año con Charlie. Mi trabajo empezó a resentirse.

Una vez más, Bay sabía de qué estaba hablando. Pensó en el grado de distracción que ella había llegado a alcanzar cuando intentaba ayudar a sus hijos con los deberes, o aparentar que todo era normal, mientras interiormente le podía la ansiedad...

—Temía estar perdiéndola, y dejé de preocuparme por el trabajo. Los barcos de madera son muy bellos, y para mí han sido una obra de amor, pero no son nada en comparación con mi familia.

—Pero el negocio siguió funcionando...

—Sí —dijo él—. Pero no tenía el corazón puesto en ello. Todo parece como una gran excusa, lo sé... y no lo es. No quiero que lo sea. Lo único que pretendo es explicártelo todo. Mira, Charlie invirtió en mi empresa.

—¿En ésta?

—Sí. No es que dé mucho dinero, por decirlo de un modo suave. De hecho, la gente dice que salir en barco es tan caro y tan incómodo que resulta más barato darse una buena ducha fría e ir partiendo por la mitad billetes de cien dólares. Pues bien, construir barcos de madera es un poco así. Pasarte el invierno entero dentro de este hangar sin calefacción es una locura. Hay años que obtengo un pequeño beneficio, pero normalmente tengo suerte si consego cubrir gastos con los barcos que construyo.

—De modo que Charlie te ayudaba.

—Sí. Me financiaba. Nunca pensé que le molestase... de hecho, creía que le gustaba. Decía que era romántico. Saber que mi abuelo había construido esta mesa, y que yo había seguido sus pasos trabajando con la madera... construyendo embarcaciones clásicas con mis propias manos. Ella tenía marineros entre sus antepasados. Pero con eso nos centramos en el pasado, y quizá nos olvidamos de mirar hacia delante.

—O de vivir el presente.

—Quizá. Da lo mismo, el caso es que ella empezó a hacer comentarios. De todos modos, ¿quién iba a necesitar otro cheque clásico? Se metió de lleno en la gestión del depósito de Eliza, deseosa de conocer cómo funcionaba... hablaba de obtener un máster en dirección empresarial. De pronto, creo que empezó a tener la sensación de que yo no era más que otro trabajador con un martillo.

Bay pensó en Sean, en su actitud de superioridad hacia las personas que trabajaban con las manos. Las miraba por encima del hombro, como si fueran gente de una clase inferior, a pesar de que su padre había sido ferroviario.

—De modo que aquel año la fastidié: acepté demasiados pedidos y realicé un trabajo penoso en algunos de ellos. Luego hice exactamente lo contrario: dejé de aceptar pedidos. El dinero que había ganado se fue rápidamente, de modo que tuve que pedirle a Charlie más dinero del depósito, simplemente para cubrir gastos, para pagar las facturas pendientes. Fue como una bola de nieve.

—¿Estaba enfadada?

Dan tenía la mirada fija en el escritorio, como clavada en los ojos de Poseidón.

—Ésa es casi la peor parte —dijo—. No parecía en absoluto molesta. Daba la sensación de que se divertía.

—Oh...

—Como si no fuera necesario tomarlo en serio; como si mi trabajo hubiera sido siempre un pasatiempo, y ahora necesitara simplemente más dinero para poder seguir practicándolo. Al parecer estaba obteniendo mucho más de la gente con la que se reunía en el banco, en el despacho de su abogado... «poniéndose al corriente», como decía, de todo el tema del depósito de Eliza.

—¿Era Sean una de esas personas? —le preguntó Bay—.

Dan asintió.

—Sí. Yo lo recordaba de la playa. Entonces no me gustaba. No sabía que os habíais casado. Llevaba todos esos años sin verle, pero ella hablaba mucho de él. De lo colaborador que era, de cómo la animaba a conocer más detalles sobre el funcionamiento del depósito, de lo dispuesto que estaba a ayudarla.

Bay había visto a Sean en acción; en su época, era algo que le había resultado atractivo. Tenía el don de saber dar palique, y era estupendo convenciendo a la gente de que eran muy inteligentes, de que podía aprender mucho de ellos, de que si unían fuerzas formarían equipos formidables. Era lo que le había convertido en un hombre de negocios excelente. Pero con Charlie... era tan guapa y tan de clase alta, y tan todo lo que Sean deseaba ser... quizá con ella toda esa palabrería había tenido un fondo de verdad.

—Pienso que tu marido quería acostarse con mi mujer —dijo Dan.

—¿Crees que lo hizo?

Dan sacudió negativamente la cabeza.

—No. Juro que lo habría sabido. Conocía muy bien a Charlie. Era como un libro abierto para mí. Sabía que los conocimientos de Sean la atraían, lo bien que se movía en el mundo financiero... todo aquel tema la distraía. Y creo que él la adulaba, y que a ella eso le gustaba.

Bay se encogió pensando en la imagen: la creía por completo.

—Mucho antes de encontrarme con él —dijo Dan— quería matarle. Pensaba que iba detrás de Charlie, y, aunque pensaba que ella no caería, no me gustaba lo que toda aquella situación estaba provocando a nuestra familia.

—Lo siento.

—No es culpa tuya, Bay. Muy bien... hasta aquí el escenario general. Ahora viene el resto.

Bay se armó de valor, observando el rostro de Dan. Estaba muy serio y no dejaba de mirarla a los ojos.

—Charlie murió. No voy a entrar en detalles de lo que eso supuso... para mí y para Eliza. Mi negocio llevaba prácticamente un año a la deriva pero, después de aquello, iba directo al desastre. Pasé a ser yo el apoderado: potencialmente podía hacer uso del dinero de Eliza. Un día llamé a Sean para que me informaba sobre lo que debía hacer para tomar prestados varios miles de dólares del depósito (una cantidad por encima de los intereses que recibía): los necesitaba para cubrir una deuda. Se presentó aquí a la mañana siguiente.

—Oh —dijo Bay. Sean vio su oportunidad.

—Se mostró de lo más simpático, amigable, gentil... lo miraba todo, estuvo admirando los barcos.

—Pero los barcos de madera no eran lo suyo —dijo Bay.

—Nunca lo hubieras dicho —dijo Dan—. Empecé a pensar que quizá me había equivocado con él. De pronto tenía un nuevo gran amigo.

—¿De verdad te sentiste así? —preguntó escéptica Bay. Sin embargo, deseaba creerlo, deseaba que alguien hubiera visto algo bueno y sincero en Sean.

Dan movió negativamente la cabeza, afligido: no quería decepcionarla.

—No. Sabía que buscaba algo. Estaba jugando conmigo... lo percibía. Pero yo estaba muy desesperado, y Eliza lo estaba pasando muy mal. Si no se me ocurría algo estaba perdido, iba a quedarme sin nada.

—El depósito...

Dan asintió.

—«Con todo este dinero parado en el banco», dijo Sean.

—¿Qué hiciste?

—Estuve toda la noche dándole vueltas —dijo Dan—. En realidad no me había sugerido nada, ni había dicho nada que pareciera ilegal, de modo que pensé que se refería a algún modo de mover el dinero de un lado a otro que permitiría tomarlo prestado del depósito para devolverlo después. Le llamé al día siguiente.

—¿A Sean?

—Sí. Y le dije que se olvidara del préstamo. No quería el dinero... ni unos pocos miles. Al día siguiente volvió a aparecer.

—¿Aquí?

Dan afirmó con la cabeza.

—Dijo que quería contratar mis servicios para que le construyese un barco a su hija...

—Al menos eso sí lo hizo —dijo Bay.

Pero Dan volvió a negar con la cabeza.

—No, Bay. Creo que era una excusa, un motivo para venir. Dijo que a Annie le gustaban los barcos, pero que no era una niña muy activa... que seguramente no le sacaría mucho provecho al barco.

—¡Ese desgraciado! —exclamó Bay.

—Sí, tanto él como yo —dijo Dan—. Cuando le oí decir eso, supe que quería algo malo. Estaba intentando sonsacarme, ver cuánto dinero necesitaba, hasta dónde estaba dispuesto a llegar. Estaba utilizando a su hija, y yo utilizaría a la mía.

—Pero no lo hiciste...

—No. De entrada, no debería ni habérmelo planteado. Pero estaba pasando momentos muy difíciles y tenía mucho miedo de perder este lugar, nuestro medio de vida. Mi hija posee más dinero del que nunca llegará a necesitar, pero considero que soy yo quien debe mantenerla. Quiero que se sienta orgullosa de mí, de lo que hago.

—¿Qué pretendía que hicieras Sean?

—Dijo que, como apoderados, podíamos hacer un arreglo para que el negocio utilizara dinero del depósito de Eliza. Me puse a pensarlo. A lo mejor podía hacerlo sólo esa vez, simplemente tomar prestada una cantidad del capital principal. Empezó a hacer números... cincuenta, cien mil.

Bay se cruzó de brazos y odió a Sean por intentar que Dan cogiera el dinero de su propia hija.

—«¿Y si lo hago por un año? —pensé—. ¿O por seis meses?» Adoptaría una actitud más agresiva con el negocio y empezaría a vender barcos. Ahorraría en los materiales, por ejemplo utilizando madera más barata. Mis clientes suelen ser gente de yates, muy rica, y no pestañean ante facturas impresionantes. Mejoraría en la contabilidad, pagaría algunas deudas antiguas... He sido muy chapucero en esas cosas.

Bay se limitaba a escuchar, deseando que Dan nunca hubiera pensado en todo eso.

—Sean dijo que, comparado con lo que contenía el depósito, aquello no era nada.

—¿Y qué quería a cambio?

—Viéndolo en retrospectiva, creo que quería utilizar el depósito como un *holding*. Me preguntó qué me parecería si hubiera algunos depósitos y liquidaciones desconocidas, siempre y cuando no afectaran el valor del depósito a largo plazo. Le dije que no me interesaba.

—¿Así de claro?

Dan asintió.

—Cuando me formuló esa pregunta, supe que iba detrás de algo ilegal. No sé nada de banca, pero conocía su mirada. Disimuló enseguida... explicandome cómo había construido ese barco.

—Ese rastrero. Fue Annie quien hizo ese barco.

—Lo sé —dijo Dan—. Le dije que no era preciso que lo dejara aquí: sólo con que me lo enseñase podría calcular las dimensiones a una escala mayor, construirle a Annie algo realmente bonito.

—¿Y crees que todo eso era una tapadera... para qué? ¿Para blanquear dinero? —preguntó Bay empleando una expresión de incumplimiento de la ley que le sonó muy extraña al pronunciarla.

—No tengo ninguna prueba —dijo Dan—. Eso es lo que me parece ahora que estoy intentando unir todas las piezas del rompecabezas.

—¿Por qué no se lo contaste a la policía?

—Porque soy el apoderado de Eliza. Y me sentía mal por haber estado hablando de todo eso con él. Lo único que quería era que todo aquello se esfumara.

Bay temblaba por dentro. Su esposo había tramado todo eso, trabajando en ello, constantemente, y ella no se había dado cuenta de nada. Miró fijamente a Dan, pensando en lo enamorada que había estado de él de joven y en lo bien que se había sentido el otro día entre sus brazos. Había querido verlo como a un héroe... el hombre incorruptible... Se puso en pie y empezó a pasear de un lado a otro.

—¿Por qué tú? —preguntó Bay—. De todos los fondos de depósito del Shoreline, ¿por qué el de Eliza?

Dan tosió para aclararse la garganta y se acarició la barbilla, sin dejar de mirar a Bay a los ojos.

—Creo —dijo— que debido a ti. O quizá debería decir a nosotros.

—¿Qué?

—Esas cartas nuestras —dijo Dan.

—¿Te las enseñó?

—No —dijo Dan—. No. Pero sabía mucho de mí. Sabía que siempre me había dedicado al trabajo manual, que las cuentas bancarias y el dinero me importaban poco... cosas que te había contado en las cartas. Aunque de eso hace mucho tiempo, la gente no cambia tanto en las cosas importantes. Y me imagino que toda una vida sin interesarme por esas cosas me convierte en una mala apuesta como padre de una niña que tiene un fondo de depósito.

—Sean te eligió personalmente a ti —dijo Bay, sin apenas poder respirar— porque no habrías estado pendiente del tema.

—Me hace sentir estupendamente —dijo Dan— saber que me eligió por ser un primo de los pies a la cabeza, un imbécil que está encantado de que le tapen los ojos con una venda.

Bay pestañeó, asintiendo. No podía decir nada para

consolarlo porque sabía cómo se sentía, lo sabía perfectamente.

—Bay —dijo él, levantándose y rodeando el escritorio.

A medida que se acercaba, ella sintió la necesidad de que la abrazara, de volver a abrazarle, pero en cambio dio un paso hacia atrás.

—No... —dijo, temblando, dirigiéndose hacia la puerta—. Aunque no cogieses el dinero, te lo planteaste. No puedo soportar que Sean intentase utilizar a tu hija.

—Bay, por favor...

—¿Sabes qué es lo peor de todo esto? —preguntó Bay, con lágrimas en los ojos—. El barco de Annie. ¿Sabes lo que esa maqueta representaba para ella? La hizo para él. Y él estaba dispuesto a utilizarla como una ficha más en sus juegos corruptos.

—Es irónico... —dijo Danny, con la mirada llena de dolor—. Creo que, al final, quiso realmente que le construyese la barca a Annie. ¿Por qué si no habría regresado para dejarme la maqueta? Eso fue mucho después de que le dijera que no estaba interesado en ayudarle.

—Ese detalle ya no tiene importancia —dijo Bay.

—Lo sé.

—Adiós, Danny —dijo Bay, temblando por dentro y por fuera—. Tengo que pensar en todo esto.

Fuera, en el aparcamiento, abrió torpemente el coche con la llave y lo cerró de un portazo. La vergüenza de lo que había hecho Sean, jugando sórdidamente, intentando hacerse con el depósito de una niña, todo por dinero, le disgustaba profundamente. ¿Cómo no se había enterado de nada? ¿Es que vivía en otro mundo?

Intentó revisar lo que había ido ocurriendo: Sean había cambiado después de que nombraran presidente a Mark Boland. Estaba más irascible, más competitivo.

¿Habría pensado de repente que con más dinero podría solventar su desengaño profesional? ¿Se habría imaginado que robándole dinero a sus clientes se sentiría más importante? ¿Y qué decir de aquella mentira, de la promesa que le había hecho de que cambiaría?

—¡Eres patético! —gritó Bay, a solas, sentada en el coche—. ¿Cómo pudiste hacerlo?

De pronto, los delitos de su marido habían adquirido cuerpo. Hasta aquel momento los había conocido en un sentido abstracto: policías y agentes formulando preguntas, los periódicos informando vagamente de los detalles. Ni siquiera Augusta se lo había expuesto tan cáusticamente. Pero Danny acababa de otorgarle realidad. Ahora Bay tenía la imagen de su marido intentando conseguir que Danny le permitiera utilizar el depósito de Eliza, reclutar a otro padre para que se hundiese en el fango como él.

—Te odio, Sean —sollozó Bay. Sabía que no quería volver a ver a Dan, que no quería tener ante sus ojos al hombre que había visto a Sean en acción, ni que le recordaran quién fue en realidad su esposo. Odiaba a Sean por sus delitos, por haber tirado por la borda todo lo que tenían, su hogar, sus preciosos hijos. Y le odiaba por manchar algo que había sido limpio y bello y que había sido sólo de ella.

Cuando se alejaba con el coche, estuvo a punto de chocar contra el de Joe Holmes, que entraba en el aparcamiento en ese momento.

26

—He visto a la señora McCabe marchándose a toda prisa —dijo Joe, observando con atención la expresión de Dan Connolly. Tenía una mirada inquieta y sus ojos no cesaban de volverse hacia la puerta, como si esperase que Bay McCabe fuera a volver en cualquier momento.

—Sí —dijo Connolly.

Joe se quedó esperando a que le ofreciese una respuesta más extensa, pero no lo hizo.

—Mire —dijo Joe—. Tengo que hacerle algunas preguntas más. Sobre la muerte de su esposa.

—Muy bien —dijo Connolly, tensando la mandíbula—. Adelante.

—He leído los informes de la policía y los seguimientos del caso —dijo Joe—. Y todo lo que he encontrado parece indicar que a Charlotte la atropelló una furgoneta roja. No un camión. ¿Es eso correcto?

—Una furgoneta de color rojo oscuro —precisó Dan—. Al menos, eso fue lo que Eliza pensó al principio.

Joe asintió.

—Sí. El informe de la policía dice que estaba... —hizo una pausa, quería expresarse con delicadeza— traumatizada por los acontecimientos. Que fue imposible interrogarla ampliamente debido a su estado mental.

—Estaba destrozada —dijo Dan.

—Y entonces ¿no hay dudas... no hay dudas sobre su

memoria, sobre lo que vio? ¿Es posible que fuera un camión pero que ella pensase que se trataba de una furgoneta? ¿Cree que conoce la diferencia?

Dan señaló con un gesto el aparcamiento.

—Tengo un astillero —dijo—. La niña ha crecido rodeada tanto de furgonetas como de camiones. Sabe diferenciarlos. Por otro lado, vio cómo mataban a su madre. Sus recuerdos sobre aquella noche son confusos.

—¿Le importaría que hablara con Eliza? —preguntó Joe—. Sólo para confirmar lo que vio...

—¿Tiene esto algo que ver con Eliza? —dijo Connolly, cortante—. ¿O conmigo?

La pregunta le sorprendió, pero sin demostrarlo, Joe respiró hondo.

—¿Por qué no me lo cuenta? —preguntó lentamente—. Todo esto que le pasa por la cabeza.

Dan hizo un gesto negativo y a continuación apoyó la frente sobre las manos. Joe se sentó y le dio tiempo. Sabía que Dan tenía algo que decir, y que se había guardado aquella historia dentro tanto tiempo como había podido. Estaba consumiéndolo. Joe reconocía los síntomas.

—Me alegro de que esté aquí —le dijo finalmente Dan—. Iba a llamarle. Tengo algo que explicarle. Es sobre Sean McCabe y el fondo de depósito de mi hija... el depósito de Eliza Day.

De vuelta a su oficina, Joe Holmes llamó a su jefe, Nick Nicholson, para informarle de que tenía la confirmación de que McCabe había querido utilizar el depósito de Eliza Day para «aparcar» fondos robados de otras cuentas.

—¿Estaba involucrado Dan Connolly? —preguntó el jefe.

—No. De eso estoy seguro. Pero es extraño... fui a ver a Connolly para interrogarle sobre la muerte de su esposa y acabó dándome respuestas sobre McCabe.

—Tú ya te habías percatado de que había habido irregularidades en ese fondo.

—Sí. De las cuales Connolly no tenía ni idea. Las malversaciones se produjeron antes de la muerte de su esposa. Él no lo sabía.

—Pero si McCabe estaba aparcando dinero en el depósito de Eliza Day, ¿por qué necesitaría la participación de Connolly?

—McCabe le saltó encima en el instante en que se dio cuenta de que el negocio de Connolly tenía problemas.

—¿Un negocio con problemas? —preguntó escéptico Nick.

—Lo sé, lo sé —dijo Joe. Normalmente los negocios con dificultades económicas eran la señal de alerta de que se habían cometido delitos financieros, pero su instinto le decía que en esa ocasión no era así—. Mira, puede que me equivoque, pero estoy convencido de que McCabe y el sospechoso desconocido estaban simplemente esperando a que Connolly cayese.

—¿Que cayese?

—Sí. Ya era fruta madura. Después de la muerte de su esposa, había tenido problemas para recuperarse. El negocio, su hija... todo se derrumbaba a su alrededor y él corría tan rápido como podía para seguir adelante. Sea como fuere, mi teoría es la siguiente: McCabe ya había utilizado el depósito anteriormente; quería la autorización de Connolly para empezar a sacar dinero de él... no sólo para aparcarlo. Si Dan Connolly estaba arruinado o lo suficientemente desesperado, Sean sería a sus ojos el héroe que le proporcionaba el dinero, cuando en realidad se lo estaba quedando para él.

—De modo que Sean intentaba reclutar a alguien nuevo.

—Sí.

—Recurriendo al mismo método que ya había empleado para reclutar en el pasado a otros. Porque todo esto no lo hacía solo.

—Exacto —dijo Joe. McCabe estaba reuniendo cheques, órdenes de transferencias, dinero que depositaría en pequeñas cantidades en su cuenta en Anchor. El dinero en grandes cantidades lo aparcaría en cuentas de mayor tamaño, como el depósito de Eliza Day.

Joe examinó los extractos del depósito que cubrían su mesa.

—Al final, los fondos se desviaron al extranjero. Pero eso fue más adelante. Creo que utilizó también otros depósitos: como apoderado, podía emitir cheques y retirar el dinero cuando lo necesitara.

—Probablemente buscaba como presa a gente que había sufrido una pérdida recientemente, un fallecimiento... personas como Connolly, que no estuvieran interesadas por los detalles de sus finanzas.

—Exacto —dijo Joe—. Y ahí es donde se pone interesante. Aproximadamente un mes antes de su muerte, McCabe empezó a devolverle el dinero a la gente. Se trata de un cambio sutil, sólo lo hace en un par de casos... pero creo que si sigo indagando, encontraré un modelo de comportamiento.

—¿Me estás diciendo que de pronto le habló la voz de la conciencia? Es extraño... ¿Cuánto tiempo llevaba robando con éxito a sus clientes? Y así, de repente, ¿decide limpiar sus delitos?

«¿Qué te ocurrió? —se preguntaba Joe, sin apartar la mirada de los balances—. «¿Qué te hizo cambiar de idea?»

—Estoy examinando la primera gran devolución, setenta y dos mil dólares para el depósito de Eliza Day hace justo un año y medio —dijo Joe muy despacio, repasando la columna con el dedo.

—Antes de que muriera la señora Connolly.

—Ella lo sabía —le dijo Joe, revisando los documentos.

—¿Estaría metida en el asunto? —preguntó Nick.

—O ¿la mató ese asunto? —preguntó Joe, repasando las cifras, y luego las anotaciones y los dibujos de la carpeta—. ¿Podría ser ella «la chica»?

—No coincide. Son momentos distintos.

—Cierto. No podía ser el asesinato de Charlie... eso fue un año antes de que él empezara a restituir el dinero en las cuentas. Y bien, ¿qué le ocurrió a Sean?

—Quizás el sospechoso desconocido amenazara a su familia. O seguía adelante o mataría a su mujer. O a una de sus hijas.

—¿Atropellándola con un camión? —«¿Con una furgoneta de color rojo oscuro?», se preguntó Joe.

—Pero eso no ha sucedido todavía... a lo mejor fue Sean quien se la cargó. Siguió adelante con su plan de salirse del asunto y su colega lo mató. ¿Por qué preocuparse ahora por su familia?

—¿Y te has dado cuenta de que todos los problemas empezaron después de que Boland entrara en Shoreland? El sospechoso desconocido tiene que ser Mark Boland —dijo Joe.

—No puede ser Boland —dijo Nick—. Estaba limpio en Anchor Trust. Nunca hubo una queja, ni siquiera un atisbo de malversación en su gestión. ¿Crees que cambia de banco y se vuelve malo de repente? Eso no funciona así. No, lo que ocurrió es que entró en la guarida de los ladrones y empezó a removerlo todo.

—De modo que opinas que el socio es alguien que trabajaba con Sean antes de la llegada de Boland. ¿Alguien a quien Sean engatusó para que se uniera a él?

—¿Qué me dices de Fiona Mills, en ese viaje a Denver...?

—Fiona Mills —dijo Joe—. ¿Sabes? Durante mi última entrevista con ella me dijo que echaba en falta un trofeo de plata.

—Oh... eso me recuerda que tengo un fax para enviarte, espera un momento. —Joe oyó el sonido del papel crujiendo y la línea marcando. Su fax empezó a recibir. Atravesó la oficina colgado al teléfono, para ver qué llegaba.

—Son los resultados de esa copa de plata —le dijo Nick—. La que McCabe guardaba en la caja de seguridad. Mickey envió los dibujos de orfebrería a Quantico y ellos los remitieron a un especialista que vive en Penn. Resulta que, gracias a las inscripciones, han sabido que la copa no es tan antigua: se fabricó en 1945.

Joe, sujetando el auricular con la barbilla, abrió la caja de seguridad y extrajo la copa.

Observó su elegante diseño, la esbeltez de su pie, las hojas y las parras que tenía enroscadas en la base, y luego examinó el informe:

La marca del orfebre corresponde a Giovanni Armori, quien trabajó en Florencia, Italia, entre 1930 y 1945. Este cáliz fue su última obra y lo fabricó para los padres de Anne-Marie Vezeley de París, para una misa católica en la que se celebraba su matrimonio con el marchante de arte Jean-Paul Laurent.

Armori murió en manos de los alemanes el mismo día en que finalizó este encargo. Un mensajero para la familia Vezeley consiguió huir con el cáliz e informó de la muerte de Armori. En aquella época ardió la mayoría de los archivos del orfebre, sólo dos semanas antes de que los norteamericanos llegaran, en abril de 1945, para liberar la región.

El cáliz, un regalo de los padres de Anne-Marie a la joven pareja, permaneció con la familia Vezeley-Laurent veinticinco años. Durante ese tiempo, Jean-Paul Laurent, especializado en la técnica del grabado, se hizo famoso por vender sus grabados a los artistas más influyentes de París y del extranjero. Él y su esposa disfrutaron de una apasionante vida social y, durante la década de 1960, se hicieron informes que decían que Laurent estuvo sacando clandestinamente de París obras de arte robadas por los nazis.

Esta actividad le situó dentro de nuestro campo de interés. A principios de la década de 1970 la vigilancia de la residencia que la familia poseía en la Avenue Montaigne de París, en el distrito Octavo, reveló que *madame* Laurent se distraía con artistas mientras su esposo estaba de viaje de negocios. Fue amante, entre otros, de Pablo Picasso y de Hugh Renwick.

Los agentes informaron de una tremenda pelea que tuvo lugar una noche, después de la llegada de Renwick a la casa procedente del aeropuerto de Orly, cuando descubrió a Picasso en la terraza en ropa interior. Siguieron a ello gritos, y una pelea de tal violencia que requirió la intervención de la policía. A este altercado debió Renwick su famosa cicatriz. A pesar de que fue la mano de Picasso, y su navaja, quien se la hizo, *madame* Laurent pagó a la policía para que lo mantuviera en secreto.

Para consolar a Renwick, y quizá también para comprar su silencio, *madame* Laurent le obsequió con el cáliz Armori.

El cáliz Armori cruzó entonces el Atlántico, camuflado entre el equipaje de Hugh Renwick (en su caja de pinturas), y se supone que está en la casa de su familia, Firefly Hill, en Black Hall, Connecticut, desde entonces.

—De modo que —dijo Joe mientras leía— esta copa pertenece a Augusta Renwick.

—La verdad es que los ricos son distintos —dijo Nick—. Pero eso ya lo sabíamos.

—La pregunta es: ¿le dio ella el cáliz a McCabe o él se lo robó?

—Quizás ella sea nuestro sospechoso desconocido —dijo Nick.

—¿Augusta Renwick? —Joe se echó a reír—. No lo creo. Si la conocieras sabrías que te equivocas.

—Piénsalo —dijo Nick—. Es vieja, es rica, está aburrida. Tiene un joven banquero, al menos joven para ella, que se encarga de sus asuntos. Charlan. Ella le cuenta los trapicheos artísticos de su marido Hugh, un poco de contrabando por aquí, un poco de peleas con Picasso por allá... y a continuación te enteras de que se han convertido en Bonnie and Clyde.

—Lo tendré en cuenta cuando vaya a interrogarla.

—Buena suerte —dijo Nick—. Vaya ciudad a la que has ido a parar.

—Sí. Black Hall. El jardín de la Costa Este. Pero nunca guardes el dinero en un banco de aquí —dijo Joe, mirando el reloj. Andy's habría cerrado mientras hablaba con Nick y revisaba la información sobre la copa.

Por lo tanto, nada de ver a Tara aquella noche.

Por otro lado, se sentía bien por haber solucionado una parte del misterio en tres partes de la caja de seguridad. Ya sólo quedaban dos.

Y la oportunidad de dejarse caer por casa de la inimitable señora Renwick.

27

—La ha encontrado —dijo Augusta Renwick casi sin aliento, presionando el cáliz de plata contra su corazón—. ¡Mi copa Florizar!

—¿Copa Florizar? —preguntó Joe Holmes, frunciendo el ceño.

—Sí —dijo Augusta—. Es el nombre de mi bebida favorita... ¿quiere que le sirva una?

—Estoy de servicio, señora Renwick —dijo Joe—. Y tendré que quedarme de nuevo con la copa, como prueba.

—Yo no estoy de servicio, y se la devolveré después de que discutamos sobre unos cuantos asuntos. Acompáñeme al salón de las flores y cuénteme lo que el FBI piensa hacer con mi copa Florizar.

Firefly Hill, su casa, era realmente increíble: estaba llena de cuadros de Hugh Renwick y de esculturas de Buda y de dioses hindúes esculpidas en jade y maderas exóticas, y había también un tótem y una vitrina con lo que parecían huevos Fabergé y cerca de un millón de fotografías de las hermanas Renwick, sus maridos y sus hijos. En el salón de las flores había un fregadero de acero inoxidable y una encimera, y Augusta le explicó que, a pesar de que ahora hacía las funciones de bar, tradicionalmente, durante el verano, se había utilizado para hacer arreglos florales.

—Firefly Hill tenía unos jardines magníficos y ahora, gracias a Bay McCabe, volverá a tenerlos. ¿Cómo va el caso, por cierto? ¿Ha recuperado algo de mi dinero?

—No, pero recuperamos su copa —dijo, observando con atención cómo se ponía de puntillas para alcanzar la botella.

—¿Y qué tiene que ver con el caso? —preguntó, indicándole si podía ayudarla a bajar la botella.

—Primero cuénteme lo que sabe de la copa, señora Renwick. ¿Por qué la llama «Florizar»?

Ella se echó a reír, dejando caer unos cuantos cubitos de hielo en la copa de plata y otros más en un vaso largo.

—Es una broma —dijo—. Una broma privada. Mire, yo siempre me decía que ocupaba un segundo lugar... con respecto a mi marido. Mientras él estaba por ahí ligando con las esposas de otros hombres, yo me quedaba en casa con nuestras preciosas hijas. Era como la que siempre llega segunda a la meta.

Joe hizo con la cabeza un movimiento indicándole que la comprendía, y permaneció a la espera. A pesar de los ochenta años que debía de tener, seguía resultando una mujer encantadora y bonita. Las paredes sin aislamiento del salón de las flores dejaban circular el aire gélido mientras ella, indiferente al frío, cortaba feliz rodajas de lima y jengibre.

—Mire, señor Holmes —dijo—. Florizar quedó segundo en el Derby de Kentucky de 1900, después de Lugarteniente Gibson. —Llenó el vaso con coca-cola *light*, le echó varias rodajas de lima y jengibre y se lo entregó a Joe—. Pero yo me impuse. Me casé con Hugh y nos quisimos hasta que murió; a nuestra manera, naturalmente.

—Un hombre muy afortunado —dijo Joe.

—Cierto. El auténtico Florizar lleva unas gotas de

buen vodka ruso... ¿está seguro de que no quiere un poco?

—Estoy de servicio, señora —le recordó.

Ella le miró de reojo y levantó el vaso para brindar.

—Otro día, cuando no esté de servicio, sería un verdadero placer compartir una copa con usted.

—Estaré encantado —dijo él, sonriendo.

—Ahora, querido, cuénteme —dijo Augusta—. ¿Dónde encontró la copa?

—Estaba en una caja de seguridad alquilada por Sean McCabe.

—¡Lo sabía! —exclamó—. Le dije a Tara que pensaba que él se la había llevado.

—Señora Renwick —dijo Joe, sobresaltado ante la mención del nombre de Tara—, ¿qué le dijo? ¿Qué le hizo pensar que McCabe podía habérsela llevado?

La señora Renwick abrió la boca dispuesta a hablar, pero luego sucedió algo extraño. Le dio un largo y concienzudo trago a su Florizar y sus ojos violeta centellearon.

—Mire, querido —dijo, con la más sutil de las sonrisas de la Mona Lisa dibujada en sus labios—. No puedo recordarlo. De repente, es como si no pudiese recordar nada. Tendrá que preguntárselo a Tara.

Las marismas aparecieron cubiertas de escarcha a la mañana siguiente. A la luz del amanecer, un resplandor blanco descansaba sobre el paisaje pardo y la hierba que se prolongaba hasta la orilla de la ría. Tara había cortado las últimas rosas el día anterior y, dispuestas entonces en un jarrón, las contemplaba: su belleza se prolongaría todavía unos cuantos días más. La escarcha las habría matado.

«Las cosas cambian, todo pasa», pensó Tara, tomándose el café de la mañana. Oyó un ruido sordo en el porche delantero. Creyendo que sería el periódico, abrió la puerta sin pensarlo y se encontró frente a frente con Joe Holmes.

—¡Agente Holmes! —dijo, retrocediendo de un salto y llevándose la mano al corazón—. ¡Me ha asustado!

—Lo siento. Buenos días, Tara —dijo, en un tono muy profesional aunque también algo violento. Iba ya vestido de agente de la cabeza a los pies: traje oscuro, camisa blanca, corbata azul, zapatos relucientes. Tara se percató de que la miraba intensamente y se maldijo por no haberle abierto la puerta en salto de cama y bien peinada. Llevaba la parte inferior de un pijama de franela azul con estrellas blancas, una camiseta del instituto de Black Hall y un albornoz de cuadros escoceses de Billy's Black Watch que, sin saber muy bien cómo, había acabado en la cesta de la colada.

—Voy hecha unos zorros —dijo disculpándose, mientras se pasaba la mano por su despeinada melena negra.

—Está usted encantadora —dijo él muy serio, con el tono de voz típico del FBI.

—¿Qué le trae por aquí tan temprano? —preguntó.

—De hecho vengo a verla a usted —respondió él.

Tara abrió los ojos de par en par. La volvía loca. Tocó el umbral de la puerta para asegurarse de que estaba despierta. Estaba helado.

—¿En serio? Su trabajo de detective es asombroso. Pase. ¿Quiere un café? —Le había visto frecuentando el Roasters, y siempre salía del local con un vaso de café del tamaño más grande. Una vez en la cocina, buscó un tazón para él—. ¿Cómo lo toma?

—Solo —dijo.

—Igual que yo —dijo, radiante—. Y bien, ¿cómo podría ayudarle?

—De dos maneras —contestó, mientras ella le conducía hacia el salón para tomar asiento junto a la chimenea. Recordó entonces los pastelitos de moras que tenía en el horno, corrió a retirarlos, y regresó al salón con varios de ellos en una bandeja.

—¿Prepara pastelitos de moras al amanecer?

—¿Por qué no? —respondió ella, sonriendo, sin revelar que venían en uno de esos paquetes donde puede leerse «listo para hornear»—. Adelante, coja uno.

—Gracias. Pues bien. Ayer estuve con la señora Renwick y me mencionó algo que debo preguntarle a usted.

—Muy bien —dijo Tara.

—La copa de plata —dijo él.

—¿La que me dijo que tenía en su oficina? —preguntó ella.

—Sí —dijo él—. Pertenece a la señora Renwick. Me dijo que le había dicho a usted que pensaba que Sean McCabe podía habérsela llevado.

—¡Es verdad que lo mencionó! —dijo Tara, dándose una palmada en la frente—. Augusta tiende a perder las cosas. Y utiliza la copa para beber Florizar. Después de unos cuantos, puede extraviar cualquier cosa.

—Le costaba recordar la conexión, y me dijo que le preguntara a usted qué había dicho, cómo se le ocurrió que podía habérsela llevado McCabe.

Tara cerró los ojos, intentando recordar.

—Creo que dijo que la última vez que la había visto, o que recordaba haberla visto, Sean estaba allí: le había llevado unos documentos que tenía que firmar. Entonces no pensó que podía habérsela llevado, se le ocurrió después, haciendo memoria. Pero...

Joe la escuchaba con atención; ella se dio cuenta de que la estaba devorando con sus ojos azules, y, si todo aquel asunto no hubiese sido tan espantoso y delictivo, se habría acurrucado entre sus fuertes brazos y le habría dado el beso de su vida.

—Pero ¿por qué? Eso es lo que no alcanzábamos a comprender. ¿Por qué Sean se arriesgaría a que le sorprendieran robando una copa de plata, cuando evidentemente iba detrás de mucho más, en lo que a dinero y activos se refiere?

—No lo sé. De todos modos, Tara, tengo que pedirle un favor.

—Naturalmente, Joe.

—Es sobre ese acto, el Baile de la Calabaza.

—Sí, lo conozco —dijo Tara.

—Por lo que tengo entendido, es para recaudar fondos...

—Sí. Está patrocinado por diversas empresas de Black Hall. Siempre dicen que es «para agradecer la cosecha», pero en realidad es para reunir dinero para las organizaciones benéficas de la ciudad. Programas de posgrado, enfermeras a domicilio...

—El Shoreline Bank es uno de los principales organizadores —dijo él.

—Sí. Siempre lo ha sido. Bay y Sean fueron un año los anfitriones. Este año es Mark Boland.

—Ése es el tema. Necesito entrar. He interrogado a todo Shoreline... a todos y cada uno de los empleados del banco. Todos confían en que estamos a punto de cerrar el caso, de modo que no quiero dar información a nadie...

—¿Necesita una invitación? —preguntó Tara—. Puede comprar entradas en cualquier sucursal del banco. Paga la entrada y va.

—No me refiero a eso. Eso ya lo sé. Pero necesito ir acompañado de alguien que conozca a todo el mundo, que haga que mi presencia allí resulte algo más... normal.

A Tara se le aceleró el corazón.

—¿Se refiere a mí?

—Sí. ¿Me acompañaría? ¿Al Baile de la Calabaza?

—¿Voy... voy a desempeñar alguna función?

—Oficialmente no —dijo—. Pero en realidad sí. En el espíritu del cumplimiento de la ley, me gustaría que me acompañase.

—Caray. Por supuesto que sí. Seré su coartada —dijo—. Lo que sea, especialmente si con ella ayudo a resolver el caso. A Bay le iría muy bien, creo... acabar con este asunto.

—Veamos, el baile empieza a las ocho. ¿Le parece bien que pase a recogerla a las siete y media?

—Excelente. Estaré arreglada y lista. Por cierto, el tema del baile es la brujería. Así que no se impresione cuando me vea con mi sombrero negro.

—Eso no me impresionaría, Tara —dijo muy serio.

—Estoy convencida de que cuesta mucho impresionar al FBI —dijo ella con ternura.

28

En el porche de la mansión victoriana las lámparas hechas con calabazas sonreían y miraban de reojo, el humo, un tenue humo azul, se elevaba por encima de sus cabezas y la luz de las velas iluminaba el interior a la manera antigua, tradicional, porque aquello era Nueva Inglaterra y el baile de las brujas necesitaba fuego. La casa, pintada de un gris claro con recargados adornos de un gris más oscuro, con persianas y puertas de un negro reluciente, ventanas plomizas y una cúpula tétrica y majestuosa coronando el tejado abuhardillado, era como una parte más de la puesta en escena.

No dejaban de llegar coches, que iban aparcándose por toda la longitud de Lovecraft Road. Tara deseaba que la vida hubiera sido distinta, que su amiga pudiera estar allí con Danny. Pero Bay estaba destrozada, molesta por la última visita, por la verdad ineludible sobre lo que Sean había hecho.

Tara miró a Joe y sintió que el corazón le latía como las alas de un cisne en pleno vuelo.

—Yeats escribió un gran poema —dijo, escuchando el ritmo errático de su latido— sobre «alas clamorosas». Se titula *Los cisnes salvajes de Coole*.

—¿Yeats? —preguntó Joe, cuando cruzaba una calle estrecha sin dejar de tomar mentalmente nota de todos los coches que veía.

—El mayor poeta de la lengua inglesa. Irlandés, por supuesto.

—Hummm —dijo Joe, reduciendo la marcha y fijándose en una camioneta negra.

—¿No le gusta la poesía?

—¿Poesía? —preguntó, tecleando lo que parecía ser un número de matrícula en lo que parecía a su vez un pequeño ordenador.

—Sí. Ya sabe... palabras, que a veces riman y a veces no. El lenguaje del alma.

Joe la miró desde su puesto de conducción.

—No acostumbro leer cosas de ese tipo.

Tara sonrió. Todos los hombres que no profundizaban en la poesía acababan necesitando ayuda de vez en cuando; y ella estaría dispuesta y encantada de ofrecérsela. Se acomodó en su asiento, apoyándose en la puerta del coche. Tenía todo el aspecto de una bruja sexy, y era consciente de ello. Se había vestido como una chica James Bond en versión *La casa de los siete tejados*: vestido de cóctel corto de color negro, una torerita que realzaba su profundo escote, un echarpe de seda con lentejuelas que le había regalado Bay el último día de St. Patrick y que adoptaba un centenar de misteriosas e iridiscentes tonalidades de verde, un par de sandalias Manolo Blahnik, los zapatos más altos que tenía y una boina de cachemira de color negro inclinada igualmente para que uno de sus ojos perfilados en negro sólo se insinuara.

—Agente Holmes —le dijo, con una sonrisa un poco más amplia—. Si vive la vida sin poesía... es que algo va mal.

—Mi trabajo no me deja mucho tiempo libre para la lectura —dijo—. Exceptuando la de publicaciones relacionadas con la aplicación de la ley.

—Aunque me consta que son interesantes, de hecho

incluso me gustaría leer algo del tema a mí, necesita poner un poco de Yeats en su vida.

—Hummm —volvió a decir. Verificó otra furgoneta, esta vez de color verde oscuro, y un camión descapotable de color marrón, y aparcó a casi medio kilómetro de la casa.

—¿*Los cisnes salvajes de Coole* dijo? ¿De qué va? —preguntó.

—Sobre hacerse mayor —respondió Tara.

Joe apagó el motor y rodeó el coche para abrirle la puerta a Tara.

—¿Envejecen solos los cisnes? —preguntó, soltando una nube blanca en el gélido ambiente de noviembre.

Tara había estado sonriendo, disfrutando de su papel de Mata Hari, de su vestido digno de una seductora bruja espía... pero, de repente, su sonrisa tentadora se evaporó.

—No —dijo Tara amablemente mirando directamente a los ojos de Joe, muy lejos de sentirse en aquel instante como una bruja espía—. Se emparejan para toda la vida.

Joe, el espía de verdad, no era capaz de encontrar palabras para responderle. Se limitó a asentir con la cabeza con una mirada pensativa en lugar de seria. Y, en la gélida noche y dándole el brazo a Tara como parte de la brillante coartada que había planeado para la operación de aquella noche, se encaminaron juntos hacia la casa de los Boland, desfilando junto a la larga hilera de lujosos coches aparcados, cuyos propietarios eran sospechosos potenciales.

—¿Qué se supone que buscamos? —susurró Tara, una vez dentro.

—Cualquiera que se ponga especialmente nervioso al verme —le susurró él a modo de respuesta.

Se mezclaron con la multitud, un compendio de brujas extraídas de los anales del arte: *El conjuro* de Goya, *Bruja con espíritus demoníacos* de Ryckaert, *La poción del amor* de Evelyn de Morgan, *Circe ofreciéndole la copa a Ulises* de John Waterhouse, *Las tres brujas* de John Henry Fuseli.

Provocativas, escurridizas, voluptuosas, elegantes y misteriosas: había brujas de todo tipo. Algunos hombres llevaban traje y corbata, otros, vaqueros. Augusta estaba acompañada por varios ejecutivos del banco, envuelta en su azul veneciano; saludó a Tara y a Joe con un movimiento de cabeza cuando pasaron junto a ella.

—Caramba con la señora Renwick —dijo riendo entre dientes Joe.

—Estoy segura de que está ejerciendo sus mejores dotes detectivescas —dijo Tara.

—Espero que lo diga en broma —dijo Joe.

—No conoce bien a Augusta —dijo Tara—. Si detecta una injusticia, especialmente si la afectada es ella o su familia, no la deja pasar.

—Estupendo —dijo él con ironía—. Lo único que espero es que no se meta en problemas. Aquí vienen nuestros anfitriones. Deme la mano: fingiremos que acabo de pedirle que baile conmigo.

Tara estaba emocionada, como si realmente se lo hubiera pedido. La orquesta tocaba *Cat Samba*, pero el baile tendría que esperar porque Mark y Alise Boland se abrieron paso entre la multitud para saludarlos.

—Bienvenidos al Baile de la Calabaza —dijo Mark—. Tara, me alegro mucho de verte. Y Joe… encantado de verle fuera de servicio para variar un poco. —Soltó una carcajada—. Bueno, espero que esté fuera de servicio…

—Por supuesto —dijo Joe—. Por fin he conseguido que la señorita O'Toole consienta en salir conmigo.

—Teniendo en cuenta la cantidad de preguntas desagradables que, por lo que me han dicho, ha hecho usted por toda la ciudad, creo que es lo menos que podía hacer —dijo Alise—. ¿No crees, Tara?

—Claro —dijo Tara—. Veo que tienes la casa llena, Alise.

—Ya sabes, es por una buena causa, y queremos que todo el mundo lo pase bien.

—Está todo espectacular —dijo Tara—. El Baile de la Calabaza cobra vida en manos de una decoradora profesional.

—Gracias —dijo Alise—. Hemos huido del aire *kitsch* de Halloween, buscábamos algo más pagano, relacionado con la cosecha: es lo que se supone que significan las calabazas.

—Estoy convencida de que mucha gente ha venido sólo para ver el interior de la casa —dijo Tara—. Es tan característica. La otra gran mansión de la ciudad, junto con Firefly Hill.

—Es un lugar estupendo —dijo Joe, observando los detalles arquitectónicos que se desplegaban a su alrededor: las cornisas y las molduras, las elegantes librerías de madera de nogal y una estantería que recorría una pared en toda su longitud, a unos cincuenta centímetros del elevado techo. Tara se dio cuenta de que la estantería estaba llena de trofeos.

—De la época de Mark en la universidad —dijo Alise, siguiendo su mirada—. Era el capitán de todo. No pude resistirme a sus encantos.

Mark se echó a reír, abrazando a su mujer.

—Nos disculpan, ¿verdad? Veo que llega más gente. Sentíos como en vuestra casa... en el salón contiguo podréis comer algo.

—Gracias —dijo Joe, con la mirada puesta en algo

que sucedía a sus espaldas. Tara observó a los Boland alejándose. Mark se dirigió directamente hacia la puerta para seguir recibiendo gente. Pero Alise se desvió un poco y se detuvo sutilmente junto a Frank Allingham. A pesar de que parecía que no hablasen, Tara estaba convencida de que habían intercambiado algunas palabras.

Tara abrió la boca para decir algo, pero vio que Joe seguía observando lo mismo. Todo aquello sería para él un juego de niños: observar sospechosos, percatarse de su comportamiento. Pero para Tara era completamente nuevo, y excitante. Estaba siguiendo los pasos de su abuelo en el cumplimiento de la ley.

—¿Quiere bailar? —le susurró Joe al oído, deslizándole el brazo por la cintura.

—Por supuesto —dijo ella, emocionada—. Pero creí que estábamos trabajando.

—Así es —dijo él, conduciéndola hacia la pista de baile. Le dio la mano, la rodeó por la cintura y empezaron a dar vueltas. Su paso era seguro y confiado, y sus brazos eran tan fuertes que le parecía que la sujetaba un tensor de acero. Después de toda una vida con artistas sensibles, le faltó poco para perder el sentido—. Tenemos que conseguir que la coartada sea creíble —continuó, con una ligera sonrisa.

—¿Cree que lo estamos consiguiendo?

—Quizá deberíamos bailar más pegados —dijo. La rodeaba con el brazo y Tara, a medida que se movían juntos por la pista, sintió que la electricidad iba recorriendo su cuerpo.

—¿Así? —preguntó ella.

—Sí —dijo él—. Muy bien. Lo lleva en la sangre, Tara.

—Quiero que mi abuelo se sienta orgulloso de mí —dijo con la boca pegada al cuello—. Él y mi abuela eran cisnes, ¿sabe?

—¿Estuvieron mucho tiempo juntos?

—Sí —respondió ella—. Toda la vida.

—Mis padres también —dijo Joe. Siguieron bailando, y Tara pensó que nunca, jamás en la vida, se había sentido tan feliz—. Me pregunto si leerían a Yeats.

—Seguro que sí —dijo Tara, mirando por encima del hombro de él—. Mire. Mark y Alise se acercan bailando.

Se quedaron los dos en silencio mientras Joe la guiaba por la pista de baile para alejarse de los Boland. Tara los vio el uno en los brazos del otro y, pensó en Bay y Sean. Sacudió la cabeza.

—Me parece que hay algo que no le gusta —dijo Joe, con la boca entre su cabello.

—Sean se puso muy celoso de Mark cuando se hizo cargo de la presidencia —dijo Tara—. Pero la verdad es que tienen mucho en común.

—¿A qué se refiere?

Tara levantó la vista en dirección a la estantería llena de placas y trofeos deportivos: baloncesto, fútbol, béisbol, golf.

—Ambos fueron deportistas. Se enfrentaron varias veces en la universidad.

Joe le siguió la mirada.

—Qué lástima... —dijo ella.

—¿El qué?

—Bueno, que Mark aprendió a ser deportivo y Sean a hacer trampas. Lo único que le importaba era ganar; debería haber sabido que de lo que se trataba era de jugar bien el juego.

Joe dejó de pronto de bailar, allí, en medio de la pista. Mientras las demás brujas bailaban a su alrededor, Tara le miró a los ojos y le vio sonreír.

—Tara O'Toole —dijo—. El capitán estaría orgulloso de ti.

—¿El capitán?

—Seamus O'Toole, tu abuelo.

—¿Por qué? —preguntó, mientras él la abrazaba y acercaba su rostro al de ella.

—Porque acabas de resolver mi caso —susurró, mientras le besaba en la boca.

29

Habían sido varias noches de insomnio. Tendido en la cama, no podía dejar de pensar en lo que había dicho y en que quizá podría haberlo dicho de otra forma. Los periódicos locales llevaban días anunciando el Baile de la Calabaza y publicando artículos al respecto, y la mañana siguiente al baile (después de otra noche de insomnio), Dan se preguntaba si Bay habría ido, si se habría disfrazado de bruja y habría intentado olvidar todo lo que él le había contado.

Se pasó el día entero trabajando, repartiendo su tiempo entre dos barcos que estaba intentando terminar. Oía el tictac del reloj... ¿debería llamarla? Podía decirle que sólo quería saber cómo estaba. O podría intentar explicarse un poco más.

El orgullo era una cosa extraña. Ser consciente de lo cerca que había estado de que lo estafaran le dolía casi tanto como si lo hubieran conseguido; y además el estafador no era cualquiera: se trataba del marido de la mujer de la que estaba enamorándose. Contarle toda la historia al FBI le resultó realmente difícil.

Joe lo había escuchado con atención mientras iba tomando notas; en un momento dado, le había preguntado si quería hablar en presencia de un abogado. Dan había mantenido la calma, sin expresión alguna en su rostro. Pero temblaba por dentro.

—Nos ha escondido información —dijo Joe—. Saber que Sean quería utilizar el fondo de depósito de su hija podría habernos sido de ayuda. Podría haber ayudado a explicar esa llamada anónima que recibió el verano pasado.

—¿Cómo? —preguntó Dan.

—Alguien conocía su relación con Sean. La llamada pudo haber sido un intento de enterarse de si usted quería «entrar» en una operación continuada. O podría haber sido una amenaza sutil... A lo mejor sabía usted demasiado. ¿Por qué no siguió adelante?

—Todo esto es nuevo para mí —le dijo secamente Dan—. Vivir en medio de una investigación. Tengo una hija muy sensible. Todo lo que tenga relación con su madre debe manejarse con mucho cuidado. No quiero meterla en todo esto. ¿A qué se refiere con «amenaza»?

—McCabe iba detrás del depósito de su hija —dijo Joe—. ¿No pensó usted que saldría a la luz? ¿Y no piensa que sus socios podrían seguir queriéndolo?

—Mire, yo protegí el depósito de él... estoy seguro de que se lo explicó a sus «socios», quienesquiera que fuesen. Yo hice mi parte y ahora quiero que todo esto termine. Aquí cada uno tiene su vida privada, no me gusta que me investiguen, ni tampoco tener la sensación de que debo informarle de todo a usted o a otra persona. ¿Vale?

Dan no soportaba ni los tipos con traje ni las medias verdades con las que vivían; y todavía soportaba menos pensar que por diez segundos se había sentido tentado a unirse a ellos. Ésa era la única amenaza real en la que podía pensar. El dinero era extraño. Se había convertido en constructor de barcos porque era algo puro, algo auténtico, que nada tenía que ver con esa carrera de ratas. Pero tenía sus gastos, como cualquier cosa.

Eliza habría llegado a casa del colegio, o estaría a punto de llegar. La llamaría al cabo de un rato para preguntarle qué le apetecía cenar.

Pero aún disponía de algo de tiempo antes de tener que irse a casa. Después de desahogarse con Joe Dan se sintió libre, ya no pudo esperar más para volver a ver a Bay. Saltó al camión y lo puso en marcha y, dándole al gas a fondo, puso rumbo oeste, hacia Hubbard's Point.

Eliza había colocado los guisantes en fila: doce.

Los había sacado de una bolsa de congelados y los descongeló. Si los cocinaba perderían su sabor y su turgencia, incluso gran parte de sus nutrientes. Eliza deseaba querer estar sana. Aunque se encontraba a bastante distancia de la realidad y de la conciencia, estaba intentando de verdad mejorar sus hábitos alimenticios.

Se sirvió un gran vaso de agua.

Luego puso su CD favorito de Andrea Boccelli y encendió una vela. Si convertía la comida en algo especial, quizá querría comer más a menudo. Miró por la ventana, preguntándose cuándo estaría su padre de vuelta a casa.

Tomó asiento y se comió el primer guisante masticándolo concienzudamente. Su mirada vagó hasta la cocina. El nudo que sentía en el estómago no era tan terrible como el que la oprimía cuando pensaba en su madre, en cómo le preparaba la cena. Eliza comió con normalidad hasta que vio a su madre besándose con el señor McCabe. La anorexia empezó justo después.

Contárselo a Annie le había hecho bien. El consuelo que sintió al divulgar la verdad la llevó a plantearse contárselo a más gente, a su padre.

Como decían en Banquo: «El grado de tu enfermedad es el mismo que el de tu secretismo.» A lo mejor eso era más cierto de lo que Eliza había creído hasta ese momento.

Con el tercer guisante en la boca, decidió hacer algo incluso más especial: beberse el agua con hielo en su copa de plata. Aquello sí que era un progreso. Aquello era luchar contra los demonios, avanzar en la enfermedad, dar un paso más hacia la curación.

Su madre le había regalado la copa. Había pasado de generación en generación, desde la época del general: la figura militar más romántica de la historia de Estados Unidos, o quizá de todo el mundo. El general John Samuel Johnson había hecho grabar la copa por el mismo Paul Revere en persona para regalársela a su amada, Diana Field Atwood. Y se la había entregado después de cruzar el río helado.

De pequeña, Eliza se bebía la leche en esa copa.

Su madre bromeaba con ella, diciéndole que debía ser la única niña de Estados Unidos que bebía la leche en una copa hecha por Paul Revere. Eliza aprendió de su madre a recitar la primera parte del poema del *Viejo Amigo* del mismo modo que los otros niños aprendían canciones en el parvulario:

> *Escucha, pequeña, y oirás*
> *la cabalgada a medianoche de Paul Revere,*
> *el dieciocho de abril del setenta y cinco;*
> *apenas queda nadie con vida*
> *que recuerde ese famoso día y año.*

A pesar de que hacía mucho tiempo que Eliza había dejado de beber la leche en una taza de bebé, un *quart militaire*, en su caso preciosa, siempre le había gustado saber que estaba allí en su casa, y que podía verla y tocarla cuando le apeteciera. Y desde que ocurrió el accidente aquélla era la primera vez que le apetecía.

Entró en el comedor y abrió la vitrina. Allí estaban su muñeca de porcelana, sus diminutas tacitas y platos grabados. Y detrás... ¡estaba vacío! Eliza alargó el brazo y buscó: no podía ser. Respiraba con dificultad, se puso de rodillas y metió la cabeza dentro. ¡Había desaparecido! Su preciosa herencia de la Guerra de la Independencia, de valor incalculable, hecha por Paul Revere, desaparecida...

La había heredado de su madre, que la había heredado de su madre, que la había heredado de su madre, y así hasta Diana, ¡que la había recibido del general! La guardaba en una pequeña vitrina que su padre le había construido, una versión en miniatura del escritorio de su oficina, esculpida en ébano de Honduras con sirenas y conchas, donde guardar la vajilla de las muñecas... ¡pero la copa de plata no estaba!

Enloquecida, Eliza corrió por la estancia, buscando en el aparador, en las estanterías, incluso debajo de las sillas. ¿Dónde podía estar? La copa tenía un valor incalculable, por decirlo de un modo suave. No sólo formaba parte de una leyenda, sino que había sido el mejor regalo que le había hecho su madre.

E, independientemente de lo que hubiera hecho su madre, era la madre de Eliza, su única madre, y la quería, y cuando era pequeña su madre le daba de beber la leche en esa copa y era su momento especial. ¿Qué otra madre habría permitido que su hija bebiera leche en una antigüedad de valor incalculable?

—¡Dios mío, Dios mío! —gritó Eliza, sin dejar de rezar mientras buscaba por toda la casa. Lloraba mientras daba vueltas por la estancia retorciéndose las manos. Se sentía paralizada. ¡Evidentemente se la había llevado un ladrón! Su padre no se la habría llevado a ningún sitio... Tenía que llamar a Annie; Annie la ayudaría a saber qué tenía que hacer. Cogió el teléfono y marcó el número de Annie.

—Annie, Annie —dijo en voz alta, esperando que su amiga respondiera.

Justo entonces, llamaron a la puerta.

Eliza volvió la cabeza hacia el timbre y luego volvió a mirar el teléfono. ¿Qué hacer? En teoría no podía abrir la puerta a nadie... pero estaba muy enfadada y necesitaba ver quién era.

Asomó la nariz por la ventana y se sintió primero sorprendida, y luego aliviada.

—¡Señor Boland! —dijo, abriendo la puerta—. ¡Estaba a punto de llamar a la policía! Alguien se ha llevado mi copa, la copa de plata de la Guerra de la Independencia.

—¿De veras? ¿Estás segura?

—Segurísima. Ha desaparecido.

Y, de repente, le pareció algo extraño que el señor Boland se hubiera presentado en su casa. Anteriormente, Eliza y su madre le habían visto únicamente en el banco, con el padre de Annie, y con eso ya bastaba... Aquellas excursiones al banco le resultaban a Eliza tremendamente aburridas. Y verlo ahora acababa de devolverle la tristeza; habría soportado felizmente un día aburrido en el banco con tal de volver a tener a su madre.

—Bueno, perdone, pero tengo que llamar a la policía.

—Me alegro de que no lo hayas hecho todavía.

—¿Por qué? —preguntó Eliza, pensando que había oído aquella voz recientemente, mucho después de su última visita al banco...

«Eliza, Eliza, tu madre te reclama...»

Y entonces, al ver aparecer aquella esponja amarilla, su corazón se aceleró por el miedo; aunque sin saber muy bien por qué, Eliza intentó retroceder.

—¿Por cierto, ¿qué hace usted aquí?

Olió el aroma de algo más dulce que un jardín de flores y se desplomó en el suelo.

Había sonado el teléfono, pero cuando Annie consiguió localizar el inalámbrico, la persona que llamaba ya había colgado. Cogió el auricular y se quedó escuchando el tono durante un minuto. Esperaba que fuera Eliza y que volviera a llamar; Annie tenía que llevar a cabo algo muy importante y necesitaba apoyo moral. Podría llamar al identificador de llamadas... el número estaba en la mesa. Justo en aquel momento oyó que llegaba el coche de su madre y supo que tendría que hacerlo sin la ayuda de Eliza.

—Mamá —dijo Annie—. ¿Puedo hablar contigo?

Traz cruzar la puerta, Annie vio la mirada de su madre, perdida y terriblemente triste, igual que la que tenía cuando su padre todavía estaba vivo y se pasaba la noche fuera en lugar de estar en casa. A Annie se le encogió el estómago y estuvo a punto de dejarlo correr: no quería añadir más dolor al corazón de su madre, sobre todo ahora que de vez en cuando volvía a parecer feliz.

—Por supuesto, cariño —dijo su madre.

Billy y Peggy estaban en sus respectivas habitaciones, leyendo o haciendo los deberes. Annie había estado observando por la ventana, bajo la íntima luz del atardecer, ansiosa por ver las luces del coche de su madre, y, ahora que ya había llegado, no estaba segura de nada. ¿Por qué tenía que ser ella la que le partiera el corazón? Quizá debería esperar, hablar primero con Eliza...

—¿Quieres un poco de té? —preguntó su madre—. Afuera empieza a hacer frío.

—No, gracias —dijo Annie, obligándose a ser valiente—. ¿Podemos hablar en mi habitación?

Subieron juntas a la planta superior y su madre se detuvo para verificar el termostato del distribuidor. Hacía tanto frío que aquel año ya habían encendido la calefacción. Pero Annie sabía que su madre estaba preocupada por el dinero y que intentaba mantener la calefacción lo más baja posible. La bajó un grado más.

—No puedo creer que estemos en noviembre —dijo Annie.

—Parece como si ayer mismo fuese verano —respondió su madre.

—Verano... —dijo Annie, mirando a través de la ventana de su dormitorio los árboles desnudos que arañaban un cielo cada vez más oscuro. El verano se le antojaba inalcanzable, extremadamente lejano.

—Volverá, cariño. —Su madre sonrió un poco, como si pudiera leerle los pensamientos—. El verano estará otra vez aquí antes de que nos demos cuenta.

—No me parece así —dijo Annie, con la voz quebrada—. Parece como si el invierno fuera a durar siempre, y ni siquiera ha llegado.

—Oh, Annie...

—Mamá, papá besó a la madre de Eliza —espetó Annie.

Su madre se estremeció, como si acabasen de darle un bofetón. Se quedó inmóvil, con la boca entreabierta, intentando encontrarle algún sentido a lo que acababa de contarle Annie. ¿Estaría imaginándoselo, como había hecho Annie tantas veces? ¿Le dolería a su madre tanto como a ella la imagen de su padre besando a otra mujer?

—¿Quién te ha dicho esto, corazón?

—Eliza —dijo Annie.

—Hummm —dijo su madre. Se sujetó los brazos, como si de repente tuviera mucho frío, y le dio la espalda a Annie. Annie respiró hondo, casi leyéndole el pensamiento: estaba intentando encontrar la manera de que todo aquello le resultara más fácil a Annie. Annie casi suplicaba que le dijera: «Cariño, tu padre nunca haría eso.» O: «Estoy segura de que Eliza está equivocada, no digas esas cosas.»

Pero su madre no lo hizo.

—¿Te dijo cómo lo supo? —fue, en cambio, lo que le preguntó.

—Los vio. Dijo que su madre tenía asuntos en el banco con papá —dijo Annie, y el alivio de liberar toda la verdad fue tan grande que empezó a soltarse, a sentir que las lágrimas le subían por la garganta—. Solían ir al banco, Eliza y su madre, y papá era su banquero.

—Lo sé —dijo su madre.

—Tiene un depósito —dijo Annie—. Eso significa que tienen mucho dinero. Pero no lo parece, ¿verdad? Parecen tan normales.

—Lo son —dijo su madre. Tenía la voz firme y calmada, pero estaba muy pálida—. ¿Te dijo algo más Eliza?

—No. Sólo que, una vez que estaban en el coche, creyeron que estaba dormida y se besaron.

—Siento que Eliza tuviera que ver eso —dijo su madre—. Y siento que tú hayas tenido que enterarte. ¿Llevas mucho tiempo guardándotelo dentro?

—Desde la noche que vinieron a cenar —dijo Annie, arrugando la frente por la preocupación—. Me lo explicó en Little Beach. Sentí que nos vigilaban... Eliza habla de «gente mala» que la persigue. Creo que los oí, caminando por el bosque, siguiéndonos hasta la playa. ¿Crees que era de verdad? ¿O fruto de mi imaginación?

—No lo sé, Annie; Eliza es muy sensible y muy frágil. A lo mejor es todo producto de su imaginación, pero empezó a pareceros real a las dos —dijo su madre, aunque Annie sabía que su cabeza estaba totalmente distraída por la otra revelación.

—Siento no habértelo dicho antes, pero no quería molestarte.

—De modo que me has protegido —dijo Bay, intentando sonreír. Annie asintió con la cabeza y la abrazó, y ella y su madre permanecieron mucho tiempo así. Annie no quería soltarla.

—¿Por qué lo hizo papá? —preguntó Annie.

—¿Besar a la madre de Eliza? No lo sé, cariño...

—No, quiero decir por qué las besaba. Y ¿por qué robó ese dinero? ¿Tomaba drogas de verdad? ¿Tenía pensado huir? ¿Por qué no quería quedarse en casa y ser nuestro padre?

—No tiene nada que ver contigo —dijo, forzada, su madre, tomando a Annie por los hombros y zarandeándola ligeramente—. Eso no debes pensarlo nunca. Jamás, ¿de acuerdo?

—No puedo evitarlo —dijo Annie, sintiendo que las lágrimas volvían a asomarse a sus ojos mientras el llanto le inundaba el pecho—. Si yo hubiera sido mejor... sé que pensaba que era fea, que no podía controlarme. Siempre hablaba de mi peso. Si no hubiese comido tanto se habría quedado en casa. O si hubiese jugado a hockey, o a baloncesto...

—Eso no tiene nada que ver con los motivos por los que tu padre hizo lo que hizo. Se sentía infeliz interiormente, Annie. No sabemos por qué, pero era así.

—Entonces, ¿deberíamos sentir pena por él? —sollozó Annie, deseosa de que fuera así. Era mucho más fácil sentir pena por su padre que sentir rabia por todo lo que había hecho.

—Podríamos sentir pena por él —dijo su madre—. Pero también podemos sentir por él otras muchas cosas; por ejemplo, podemos estar terriblemente enfadadas. Es lícito, Annie.

—Me gustaría... me gustaría... que Eliza no le hubiera visto haciendo eso. No quiero que lo sepa.

Su madre se limitó a abrazarla, y a seguir escuchándola.

—Es mi mejor amiga; no quiero que piense así de papá. Dijo que en el banco era muy amable con ella, y que luego le vio haciendo eso. Me gusta que fuera amable con ella... ¡y desearía que el resto nunca hubiera sucedido!

—Y a mí, Annie —le susurró su madre con la boca pegada a su cabello.

—Me alegro de habértelo dicho —dijo Annie, después de un minuto eterno—. De habértelo podido decir. Eliza no quiere que su padre lo sepa. Idolatra a su madre y le da miedo echar por tierra todo lo que piensa.

—Los padres saben mucho más de lo que sus hijos se imaginan —dijo Bay—. Eliza se quedaría sorprendida si supiese lo que realmente piensa su padre.

—¿De veras?

Su madre hizo un gesto afirmativo.

Annie se quedó pensando en eso, pero, sin darse cuenta, volvía a pensar en su padre. Deseaba que pudiera verla adelgazándose. Si estuviese ahora aquí sabría el daño que le había hecho, pero también cuánto seguía queriéndolo.

Y entonces, al ver a su madre atravesando la habitación para coger la maqueta del barco de la estantería, a Annie se le encogió el corazón de dolor: recordó todo el amor que había puesto en la elaboración de ese bote. Su padre lo había valorado mucho. Lo había observado durante largo tiempo, examinando todas sus tablas, todos los cabos, el color de la pintura.

—Me prometió que lo tendría siempre con él —susurró Annie.

—Sé que lo hizo —dijo su madre, con una amargura sorprendente tanto en la voz como en la mirada.

—Era el símbolo de mi amor —dijo Annie—. Y sigue siéndolo.

—Lo sé, cariño. Siempre lo será.

—¿Crees que papá lo sabe, dondequiera que se encuentre ahora?

—Espero que sí —dijo su madre, con el rostro sofocado y la voz quebrada—. Espero de verdad que sí.

Justo en aquel momento se oyó la voz de Tara en la planta baja. La madre de Annie dejó el barco en la mesa de estudio y besó a su hija.

—Seguiremos hablando después de cenar, cariño —le dijo al salir de la habitación. Annie cogió de nuevo el barquito y le pareció que había algo suelto en su interior. A lo mejor se había despegado algún pedazo de madera. No veía nada mal y empezó a estudiarlo con más detalle. Pero primero tenía que comprobar si la llamada había sido de Eliza. Estaba segura de que sí...

Cuando bajó para comprobar la identificación de la llamada, escuchó voces procedentes del cobertizo del jardín.

«Amigas íntimas», pensó Annie, repasando los identificadores. Para eso eran las amigas íntimas: para hablar, para escuchar...

Encontró la última llamada: sí, era de Eliza. Allí estaba el número de Mystic que ya le resultaba tan familiar... y la hora: las 4.45 de la tarde.

La anotación del momento exacto en que la madre de Annie había llegado a casa y se había enterado de la terrible y dura verdad: había otra mujer en la vida de su padre. Y Eliza, sólo con esa llamada, había estado de algún modo al lado de Annie, dándole fuerzas, ofreciéndole sus bendiciones.

Annie marcó el número: comunicaba.

«Muy bien —pensó—. Volveré a probarlo.» Seguía comunicando.

Lo intentó siete veces más. Miró el reloj: las 5.50. Lo intentó diez veces más, hasta las seis en punto.

Las emociones de Annie iban cambiando a cada intento. Empezó con una sensación neutral. Luego sintió una punzada de celos: ¿con quién podía estar hablando Eliza? ¿Tendría otra amiga íntima? Luego un alivio momentáneo: quizás estuviera hablando con su padre. Pero esa idea quedó descartada a medida que iba pasando el tiempo: nadie hablaba por teléfono con sus padres más de un minuto o dos. Finalmente, a las seis, su emoción más fuerte era la preocupación, y se agudizaba cada vez más.

Tara y Bay entraron en la cocina. Se les iluminó el rostro cuando vieron a Annie.

—Hola, Annie —dijo Tara—. ¿Cómo estás?

—Preocupada por Eliza.

—¿Por qué? —preguntó su madre.

—Porque ha llamado antes, justo cuando llegabas tú a casa, y he intentado volver a llamarla y comunica todo el rato.

—A lo mejor está hablando con alguien —dijo su madre.

Annie se encogió de hombros.

—Ya sé que es posible, pero tengo una sensación... una sensación horrible. No puedo explicarlo.

Su madre y Tara intercambiaron miradas.

—No tienes por qué hacerlo —dijo su madre—. Lo comprendemos.

—Llama a información y di que quieres verificar la línea —dijo Tara.

—¿Cómo lo hago?

—Marca el cero y da el número de Eliza. Di que quieres saber si hay una conversación ocupando la línea y pide que la interrumpan. Di que es una urgencia.

—¿Y si no lo es?

—Entonces di que lo sientes. —Tara sonrió.

—Adelante, cariño —dijo su madre—. Si estás preocupada...

—Tu madre y yo nos lo hacíamos constantemente —le dijo Tara—. Son cosas típicas de amigas íntimas.

Annie se sintió mayor y eficiente cuando le dio a la operadora el número de Eliza y se dispuso a esperar, consciente de lo mal que se sentiría cuando apareciese Eliza y tuviera que explicarle que le había pedido a la operadora que interrumpiera la línea únicamente porque llevaba quince minutos comunicando...

Pero cuando la operadora retomó la línea de Annie, le agradeció la espera y le dijo que no había ninguna conversación abierta, que al parecer la línea estaba averiada, y le dio las gracias por haber avisado de ello.

—¿Y bien? —preguntó Tara.

—¿Cariño?

—Algo va mal —dijo Annie, con el corazón acelerado—. El teléfono está averiado. Algo le ha sucedido a Eliza... ¡lo intuyo!

Bay comprendía perfectamente bien aquel sentimiento; la intuición de que un ser querido está sufriendo algún tipo de daño. Lo había sentido muchas veces respecto a Sean, a lo largo de todos esos años, cuando no sabía dónde se encontraba. Cuando vio el pánico en la mirada de Annie, cuando lo escuchó en su voz, empezó también a sentir una agitación en su interior.

—¿Qué podemos hacer, mamá? —suplicó Annie.

Bay respiró hondo.

—Podemos llamar a su padre al astillero —dijo.

—O podría llamar a Joe —dijo lentamente Tara—. Aunque probablemente se encuentra bien. Probablemente ha colgado mal el auricular y no se ha dado cuenta...

—Ya, pero no lo sabemos —dijo Annie—. Podría tratarse de algo terrible.

Bay movió la cabeza afirmativamente mirando a Annie, intentando transmitirle una sensación de tranquilidad. Sabía que en ese momento lo importante era no tanto el peligro que Eliza pudiera estar corriendo sino proporcionarle a Annie la sensación de que su madre estaba haciendo algo provechoso, de que no se dejaba inmovilizar por la preocupación.

—Llamaré a Danny —dijo.

—Me parece que no será necesario —intervino Tara, retirando la cortina y mirando hacia el camino de acceso a la casa. A Bay se le detuvo el corazón—. Es él.

—¿El señor Connolly? ¿Qué hace aquí? —preguntó Annie.

—Ven, Annie —dijo Tara—. Dejemos que tu madre hable con él.

—¡Pero si tengo que explicarle lo de Eliza!

—Lo hará tu madre. ¿Verdad, Bay? —dijo Tara, tirando de Annie por la mano que le había cogido.

—Sí. Lo prometo.

Bay las vio salir de la cocina: Tara en primer lugar, y Annie siguiéndola a regañadientes hacia el vestíbulo. Con las manos sudorosas y el corazón dolorido, permaneció en el umbral de la puerta esperando a que llamara. Le oyó subir las escaleras y, a continuación, hubo una prolongada pausa, como si estuviera armándose de valor. Bay siguió sin moverse, con la mano en el pomo, consciente de que él estaba haciendo exactamente lo mismo afuera.

Llamó; y ella abrió la puerta.

—Bay...

—¿Por qué has venido? —le preguntó—. ¿No nos lo dijimos ya todo en tu oficina?

—No —dijo él. Seguía fuera, en aquel ambiente frío, con las mejillas encendidas y una mirada intensa. Se podían leer tantas cosas en su rostro: estaba tenso, y sentía lo ocurrido, y deseaba retroceder en el tiempo y arreglar las cosas para que todo volviera a ir bien entre ellos... cuando no estaba en sus manos arreglar las cosas...

—Éste es un tema mío y de Sean —musitó ella, y eso era en realidad todo lo que tenía que decir.

—Lo siento mucho —dijo él—. No sabes cuánto...

—No importa —dijo ella—. No tienes la culpa de nada.

—¡Pero me importas! —dijo, alzando el tono de voz. Alargó el brazo para darle la mano, pero ella la apartó. Durante la fracción de segundo en que sus dedos estuvieron en contacto, sintió una sacudida en el corazón.

—Me he pasado mi vida queriéndote —dijo ella—. Ni siquiera lo sabía, hasta que te vi a principios de verano... pensé que te tenía en mente y creí que sólo tenía que ver con un bello recuerdo. De alguien que se interesaba por mí, que me dedicaba tiempo, que me cuidaba cuando me hacía daño. Alguien tan distinto.

—Todo eso sigue siendo verdad —dijo él—. Tienes que creerme, Bay...

Ella levantó la vista y se encontró con sus ojos azul oscuro clavados en los suyos, dedicándole una mirada desafiante, con una chispa de humor.

—Soy una idiota —dijo ella—. Veo lo que quiero ver... esto es lo que me sucedió con Sean. Me quedé sorprendida cuando me explicaste lo que pretendía que hicieses.

Él movió la cabeza mientras tenía las manos hundidas en los bolsillos delanteros del pantalón. Soplaba un gélido aire invernal procedente del Sound, un viento que azotaba las marismas.

—Lo sé —dijo.

—Me gustaría que me lo hubieses contando antes —dijo ella—. Aquella primera semana, cuando aparecí en tu oficina por primera vez. No me gusta que me lo ocultaras.

—¿No crees en la posibilidad de perdonar a un amigo?

Eso la detuvo en seco.

—Sí —dijo ella en voz baja, mirándole a los ojos. Pensó en los hombres que se niegan a hablar, a mejorar las cosas, y sabía, por la sinceridad de su voz, de su mirada, que hablaba en serio; pero, aun así, no tenía ni idea de cómo resolver la situación. Aquel hombre lo daba todo de sí. No se merecía menos. Pero ella estaba vacía, hueca.

La vida con Sean no le había enseñado nada acerca de solucionar las cosas en una relación; él la había agotado. Sentía que no le quedaba nada y era la primera vez que lo pensaba. Lo único que era capaz de hacer era concentrarse en sacar adelante a Annie, Billy y Pegeen. Ya no le quedaba nada para Dan. Ahora no. Y por mucho tiempo, si es que alguna vez llegaba a tener algo.

—Le he explicado al agente Holmes todo lo que te conté —dijo.

—¿Sí?

—Sí. Por si sirve de algo. Me dije a mí mismo que quería mantener a Eliza fuera de todo este lío.

—¡Eliza! —dijo Bay, recordándolo.

—Sí... ¿Qué pasa con ella?

—Annie estaba preocupada —dijo Bay—. No creo que sea nada, pero lleva rato intentando llamar a Eliza y el teléfono está descolgado.

—¿Nuestro teléfono? —preguntó Dan, frunciendo el ceño.

—Sí. Y ha pedido a una operadora que verificara la línea... no hay ninguna conversación abierta.

—Dios mío, Eliza —dijo Dan, palideciendo delante de los ojos de Bay. De pronto, pensando en las lesiones que se provocaba Eliza, en los cortes, en sus ideas suicidas, a Bay le dio un vuelco el corazón y se recriminó no habérselo dicho de inmediato.

—Pasa —dijo Bay, poniéndole la mano en el hombro—. ¿Quieres llamar a algún vecino desde aquí? ¿Para pedirle que vaya a echar un vistazo?

—Tengo un teléfono móvil —dijo, hurgando en el bolsillo—. La llamaré desde el camión, Bay... —empezó a decir—. Bay, ¿quieres...?

—Voy contigo, Danny —dijo ella.

Y corrió a decirles a Tara y a Annie que se marchaba con él, que regresaría enseguida y que siguieran llamando a Eliza por si podían localizarla.

30

Estaba en un barco.

Balanceándose en las olas.

Empujada de un lado a otro como un bulto en la bodega. Todo era de color rojo oscuro, del color del vino, del color de la sangre.

Un sabor dulce, a mazapán, en su interior, inundándole la nariz, el recuerdo de una esponja amarilla.

Y olía a gasolina, a gas del tubo de escape. Una sensación de mareo en el estómago, esparadrapo en la boca, una venda en los ojos. Mareo en el coche, mareo en el mar. Y miedo... Empezó a llorar porque estaba en un barco y no le gustaban los barcos y porque iba a vomitar. Los sonidos típicos de las náuseas, vuelta sobre su costado, atada de manos y pies.

—Dios —dijo la voz enfadada—. Para ahí.

Le despegaron el esparadrapo de la boca en el momento en que el barco (no, no era un barco, era un coche, un vehículo) se apartó a un lado de la carretera; Eliza dio un traspié y, hecha un ovillo, arrojó lo poco que tenía en el estómago en la carretera y sobre sus zapatos.

Y nadie le puso la mano en la frente ni le acarició el pelo: ella odiaba vomitar, le daba miedo la violencia que comportaba; siempre había sentido mucha pena por las bulímicas ingresadas en Banquo. Así que, sin dejar de llorar, deseando estar con su madre y su padre, tomó una bocanada de aire fresco y, aprovechando que se habían alejado para dejarla vomitar, intentó huir.

Con los pies atados, con las manos atadas, lo intentó... y cayó al suelo, de cara, dándose un buen golpe. Un crujido, el sonido de los huesos al chocar contra el asfalto. El peor mareo que había sentido en su vida: la cabeza le daba vueltas, tenía sal en la boca... no, sangre. La lengua y el labio partidos; recorrió el interior de la boca con la lengua dolorida y encontró unas superficies cortantes en la parte delantera: dos dientes rotos.

Escupiendo sangre, llorando con más fuerza, sintió una mano en el brazo que la ayudaba a levantarse.

—¡No me toques! —La voz de Eliza sonó fuerte, estridente, sorprendentemente potente incluso a sus propios oídos: una revelación. No podía correr, pero podía gritar.

—¡Socorro, socorro, socorro!

Una mano tapándole la boca, intentando sujetarla desde atrás, controlarla, y ella mordiendo y pataleando y dando bandazos... la otra dando un portazo, apresurándose para dominarla, mientras la venda se deslizaba: noche, oscuridad, una farola alumbrando lo suficiente...

—¡Dios mío!

—Tráela, corre... —a la otra persona.

—¡Dios mío! —Eliza se estremeció no al ver la esponja amarilla empapada de dulzor acercándose hacia ella, sino al darse cuenta de que el coche en el que iba no era un coche...

Era una furgoneta marrón.

La había visto antes, no hacía mucho, no más de un año, no desde el peor día de su vida, no desde que la había visto atropellar a su madre en una solitaria carretera comarcal...

No desde que la había visto matar a su madre.

Aunque estaba oscuro, Bay se percató de que los Connolly tenían una casa preciosa. Se trataba de una antigua casa de capitán de barco en Granite Street, la calle que atravesaba el río Mystic subiendo del puerto. Una casa de estilo federal con un amplio porche y columnas dóricas, contraventanas negras y lámparas de barco de latón, apagadas, a cada lado de la puerta.

Aquella visión hizo sentir a Bay como si se hubiese adentrado en otra época: el río oscuro y, al otro lado, los palos fantasmagóricos de viejos barcos balleneros. Los edificios del puerto permanecían en silencio en plena noche, pero el viento en las jarcias de los barcos emitía una música, carente de tonalidad, pero misteriosamente conmovedora.

—Las luces están apagadas —dijo Dan, saliendo del coche después de aparcarlo en la entrada—. Siempre me las deja encendidas.

Bay respiró hondo y le siguió por la acera adoquinada en dirección a la escalinata de granito por la que se accedía a la puerta principal. Supo que algo iba mal cuando Dan puso la mano en el pomo... y la puerta se abrió sola.

—Siempre cierra con llave —dijo, precipitándose hacia el interior.

Bay le siguió. La invadió una sensación de elegancia apagada, de mobiliario bellamente trabajado transmitido de generación en generación: una cómoda de ébano, un escritorio Newport, sillas Hitchcock, cuadros de barcos y del puerto, lámparas de latón, una alfombra del Tabriz.

Cruzaron el comedor, donde, gracias a la luz de una palmatoria, Bay se percató de que la puerta de una vitrina estaba completamente abierta y entraron en la cocina. Allí las luces estaban encendidas: los fluorescentes del techo iluminaban la cena de Eliza.

—¡Eliza! —gritaba Dan, corriendo por la casa—. ¡Eliza!

—Dios mío —susurró Bay, con los ojos clavados en el gran plato que contenía la cena de Eliza: nueve guisantes. «Pobre chica, pobre niña», pensó Bay, pensando también en Annie.

—No está aquí —dijo Dan, irrumpiendo en la cocina—. ¿Qué se habrá hecho?

—Dan —empezó a decir Bay.

—Ya ha tenido anteriormente pensamientos suicidas —dijo él, pasándose la mano por el pelo, deambulando por la estancia—. Se ha cortado, hablaba de ahogarse...

—Dan, no creo que se haya hecho daño —dijo Bay. Lo cogió del brazo y lo acompañó hasta la mesa para enseñarle el plato de Eliza—. Estaba intentando comer.

Miró los guisantes, y Bay supo que sólo un padre con un hijo con trastornos alimenticios se daría cuenta, comprendería lo mucho que significaba ese plato.

—Sí —dijo él, cerrando los ojos con cierto alivio y abriéndolos de nuevo enseguida—. Tienes razón, Bay. Pero ¿dónde podrá estar?

Recorrieron el primer piso, entraron en habitaciones que a Bay le parecieron bonitas, impecables, pero frías. ¿Dónde estaban las fotografías de Eliza? ¿Dónde estaban sus dibujos y murales del colegio? ¿Las conchas y las piedras que habría recogido en la playa y pintado?

Sobre la chimenea se encontraba el retrato de una mujer joven. Bay se quedó quieta observando sus ojos ambarinos. Se trataba de un exquisito retrato de Charlotte Day como debutante: vestido blanco de seda, guantes blancos que le llegaban hasta el codo, melena a lo paje, labios perfectos... pero una sonrisa que apenas afectaba a su mirada.

La mujer que había besado al marido de Bay.

Al observar la imagen, Bay sintió una inquietante sensación de desagrado hacia Charlie Connolly: por su casa perfecta e impersonal, por cómo había mentido a su marido, por el hecho de que besara a Sean delante de su hija, se hubiera o no acostado con él.

—Ésa es Charlie —dijo Dan, deteniéndose y situándose junto a Bay para observar el retrato.

—Me lo imaginaba.

—Lo pintó Wadsworth Howe, uno de los contemporáneos de Renwick. Sus padres lo encargaron con motivo de su decimoctavo cumpleaños, después de su fiesta de presentación en sociedad. Pienso que tendría que haberle hecho uno a Eliza...

Bay sacudió la cabeza, sin apartar la vista de la fría mirada de Charlie.

—Nunca le haría justicia a Eliza —dijo—. Un retrato como ése nunca podría captar la dulzura y el carácter de Eliza. Nunca.

Dan se percató del tono de su voz, que le cogió por sorpresa. La miró fijamente, asombrado, y a Bay le faltó muy poco para decirle que no le gustaba su ex esposa, que consideraba que Charlie era la candidata perfecta para un entierro prístino en un retrato de debutante, pero se contuvo: todavía tenían que encontrar a Eliza.

—Vamos —dijo Bay—. Es tarde, ha oscurecido y no ha comido. Tenemos que encontrarla.

—Pero ¿dónde?, ¿dónde puede estar?

—¿Tiene algo en el colegio?

Dan movió negativamente la cabeza.

—Ya me gustaría. Eliza se autodefine como eremita. Dice que se está preparando para entrar en un convento.

—Y éste es su claustro —dijo tristemente Bay, pensando en una chica emparedada, por voluntad propia, en su propia casa, con un padre que debe trabajar largas horas para poder pagar las facturas, y el recuerdo de una madre muerta que había besado a otro hombre.

Pensando en los cuatro niños emocionalmente heridos, sus tres hijos y Eliza, Bay volvió sobre sus pasos junto a Dan con la intención de encontrar algo que se les hubiera pasado por alto. En el comedor, Bay se fijó de nuevo en la puerta abierta de la vitrina.

—¿Qué es eso? —preguntó.

—Una vitrina que le hice a Eliza para su juego de té —dijo Dan—. Le gustaba tanto la mesa de despacho de su abuelo que intenté imitar los grabados en la puerta.

Bay se agachó para ver bien las conchas, los peces, las sirenas, los monstruos marinos y el Poseidón. Introdujo la mano en el interior, extrajo una de las tacitas azules con su platito (piezas diminutas, con las iniciales de Eliza grabadas) y se imaginó a Eliza sirviendo el té a sus muñecas.

—Ah —dijo Dan, de pie junto a Bay, rozándole el hombro con la mano al abrir un poco más la puertecita—. La copa del general la guardo ahí. ¿Recuerdas lo que te conté?

—¿La que demuestra que el verdadero amor existe? —preguntó Bay, mientras la mano de Dan reposaba, aunque ligeramente, sobre su hombro.

—Sí —dijo él.

Bay miró dentro. El armario estaba en la penumbra y Dan acercó la lámpara para iluminar su interior. Había dos montones de platitos y tacitas y un azucarero para jugar con muñecas.

—No la veo —dijo ella.

Dan se agachó a su lado.

—Tampoco yo —dijo.

—¿Podría habérsela llevado? Debe significar mucho para ella.

—Sí —dijo Dan—. Pero no porque valga una fortuna, sino porque allí era donde su madre le daba de beber la leche de pequeña. Nunca la sacaría de esta casa.

—Dan —dijo Bay, sintiendo que la invadía un frío interior y experimentando de repente una abrumadora sensación de terror—. Creo que deberías llamar a la policía.

—Lo sé —dijo, acercándose al teléfono.

Ahora Eliza tenía frío. Volvía a tener náuseas, pero básicamente tenía frío. Notaba el viento y el olor a mar. El sabor salado y gélido en la boca y la nariz, en los pulmones... refrescándola, liberándola de aquel olor y sabor dulzón y mareante.

Relajó todos sus músculos y se quedó tendida, sobre el duro suelo, como si fuese una alfombra enrollada, a merced de los baches del camino. Le habían vuelto a poner la venda en los ojos y le habían cambiado el esparadrapo de la boca: apenas podía respirar.

Hablaban en voz baja y Eliza se esforzaba por descifrar cuántos eran... ¿hombres, mujeres? Un hombre, un solo hombre, ¿o dos? Y alguien más, una mujer que parecía ansiosa, asustada...

Y entonces, de pronto, lo recordó: ¡el señor Boland!

El recuerdo confuso se deslizó en su mente desde el momento anterior a que la drogaran: el señor Boland acercándose a la puerta de su casa, justo cuando iba a llamar a la policía. A lo mejor el señor Boland había visto cómo se la llevaban, a lo mejor, ahora mismo, la ayuda ya estaba en camino, su padre, la policía...

A menos que... no, no podía ser... se negaba a creerlo, aunque esas voces le resultaban tan familiares, tan increíblemente familiares... Era él... No, ¿cómo podía ser? ¿Alguien que la conocía? ¿Que siempre se había mostrado tan amable con ella?

—Quizá no debería haberte escuchado. Quizá no debería estar escuchándote ahora —decía el señor Boland.

«Soltadme —suplicaba en silencio Eliza—. Dejad que me vaya a casa.»

—Ya sé lo que piensas del tema, así que puedes reservarte tu opinión. Ya tenemos dos por los que responder... lo sabes, ¿verdad? ¿Has hecho cuentas últimamente?

«¿Dos?», se preguntó Eliza. ¿A qué se referían? El corazón le latía con tanta fuerza que rezó para que el señor Boland y la mujer no lo oyeran. Aguzó el oído, deseosa de escuchar las voces una vez más, suplicando interiormente piedad, y aterrorizada ante la idea de oír de nuevo aquella voz familiar... aunque, al mismo tiempo, esperándolo.

—¿Qué haremos entonces?

—Iremos hasta el puente.

—¿El puente? ¿El mismo que... McCabe?

—¿No es eso lo que decidimos? Allí la marea sube más rápido...

—Lo sé, pero...

—No pierdas los nervios. Mantén la frialdad. Ella es la única que lo ha visto todo. Mientras mantengamos la cabeza fría y no permitamos que nos divida estaremos bien. Sigue siendo nuestro único testigo, ¿verdad?

Eliza permanecía inmóvil, con los ojos llenos de lágrimas.

Temblaba, intentando retener sus palabras. Lo mínimo que podían haber hecho era taparla con una manta. No se deja a una persona dormida sobre el frío suelo de una furgoneta sin cubrirla con una manta. Aunque no hubiera oído lo que decían, aunque pudiera borrar sus palabras de su mente, sabía que les importaba tan poco que iban a matarla.

El señor Boland era quien la llamaba en la oscuridad, desde su ventana, quien había intentado hacerla salir fuera, diciéndole que su madre la reclamaba...

Eliza apretó los ojos con fuerza y se tragó las lágrimas, consciente de que estaba en el interior de una furgoneta marrón, de la furgoneta de color sangre; ahora sabía que era de color rojo oscuro y no azul oscuro o verde oscuro, y sabía que la había visto antes en alguna parte, en algún lugar que no podía recordar, y se encogió al pensar que estaba en el interior de la misma furgoneta que había matado a su madre.

Con la misma gente que, de noche, le decía susurrando en su ventana que su madre la reclamaba...

El coche de la policía enfiló Granite Street mientras la luz de sus faros se reflejaba en la superficie oscura y tranquila del Mystic River. Le seguía un coche oscuro sin identificación, y destacaba aparcado en el camino de acceso a casa de los Connolly: su presencia contrastaba con la arquitectura de la casa del capitán y era un recordatorio de que no existe casa elegante incapaz de verse sacudida por los problemas.

Bay estaba sentada en el salón, recordando cómo sólo seis meses antes, un caluroso día de verano, la policía había irrumpido en su tranquila vida y la había cambiado para siempre. Los recuerdos se precipitaban en su cabeza mientras permanecía sentada junto a Dan intentando ayudarlo a superar esos momentos.

Frente a ellos se habían sentado las dos detectives, Ana Rivera y Martha Keller; ambas observaban atentamente a Dan mientras la detective Rivera le interrogaba.

Bay tenía una sensación desagradable en el estómago: los hijos desaparecidos siempre convierten a sus padres en sospechosos. Se sentó un poco más cerca de Dan en el sofá.

—Dígame el nombre de su hija y su edad —dijo la detective Rivera.

—Eliza Day Connolly —respondió Dan—. Está a punto de cumplir trece años.

—¿Y ha llegado usted del trabajo a la hora habitual y no la ha encontrado en casa?

—Exacto —dijo Dan—. De hecho, he llegado un poco más tarde. Me paré en casa de Bay...

—¿Bay?

—Soy yo —dijo Bay—. Bay McCabe. Vivo en Black Hall. En la zona de Hubbard's Point.

La mirada de reconocimiento fue inequívoca. Ambas detectives tomaron nota del nombre; Bay se dio cuenta de que se sonrojaba al percatarse de que «McCabe» era seguramente el nombre más famoso en todas las comisarías, desde Black Hall hasta Westerly, e incluso más lejos.

—Mi hija es amiga de Eliza, y nos dijo que Eliza había intentado llamarla hacia las cuatro cuarenta y cinco. Cuando Annie cogió el teléfono ya había colgado, pero el identificador de llamadas registró su número. Eso preocupó a Annie y nos dijo...

—¿Por qué tendría que «preocupar» eso a Annie? —preguntó la detective Rivera—. A lo mejor Eliza cambió de idea; a lo mejor daban algo en la televisión que le apetecía ver, o...

—Pero no estaba aquí cuando llegamos —dijo Dan, con un atisbo de pánico que asomó por debajo de su comportamiento forzadamente paciente—. Ésa es la cuestión. Fuera lo que fuese lo que la distrajo, ahora no está aquí.

—Lo que estoy preguntando —dijo la detective sin

perder la calma—, es si hay algún motivo por el que su amiga se preocupara de inmediato. Algo relacionado con Eliza que la pusiera en peligro.

Dan respiró hondo, exhalando el aire prolongadamente y con fuerza, y Bay se percató de lo devastadoramente duro que estaba siendo todo aquello para él, exponer la vida y la historia de Eliza ante aquellas personas desconocidas.

—Es muy sensible —dijo—. Su madre murió el año pasado y Eliza lo ha pasado muy mal.

Las detectives permanecieron en silencio, a la espera. Bay notaba que Dan estaba intentando poner en orden sus pensamientos: no quería traicionar a su hija revelando detalles que resultaran demasiado íntimos. Bay vio la compasión en su mirada.

—Sabemos que esto es difícil, señor Connolly —dijo la detective Keller—. Cuéntenos, por favor, todo lo que pueda.

—Cuéntaselo, Danny —dijo Bay, animándole. Dan se volvió hacia ella y Bay clavó sus ojos en los suyos—. Para que puedan encontrar a Eliza.

—Ha estado hospitalizada —dijo Dan—. En Banquo, Massachusetts. Se trata de un hospital psiquiátrico...

—Sí, muy bueno, por cierto —dijo amablemente la detective Rivera.

—Fue testigo del accidente de su madre —le dijo Dan—. Y quedó traumatizada. Le han diagnosticado TPET y DID.

—Trastorno de identidad disociativa —dijo la detective Keller—. ¿Tiene diversas personalidades?

—No. Pero disocia. Desconecta y se esconde en su interior... Es muy imaginativa. En una ocasión pensó... —Se interrumpió, miró hacia a las escaleras, y luego a Bay—. En octubre, pensó que había oído voces desconocidas, «gente mala» les llamaba, en su ventana. Le decían que su madre la reclamaba. Lo comprobé...

—¿Qué encontró?

Danny movió negativamente la cabeza.

—Nada. Rasguños en la persiana... pero los hicieron las ramas de los árboles.

—¿Qué ventana? —preguntó la detective Rivera.

—La de su habitación —dijo—. Arriba, a la izquierda. En la ventana que hay junto a su cama.

La detective, con un gesto, indicó a un oficial uniformado que subiera a realizar la comprobación.

—¿Se había escapado alguna vez?

Dan negó con la cabeza.

—Todo lo contrario. Es muy cautelosa en cuanto a salir. Habla incluso de irse a vivir en clausura. Donde más le gusta estar es en casa, exceptuando cuando va a Hubbard's Point a ver a Annie.

—¿Es posible que se encuentre ahora de camino hacia allí?

—No, no puede ir a pie.

—¿Es posible que haya decidido que tiene que regresar al hospital? —preguntó la detective Keller—. ¿Y que se dirija hacia allí?

—No. Me lo habría dicho —dijo Dan.

—Los niños a veces tienen secretos que no les cuentan a sus padres —dijo la detective Rivera—. No es nada personal, simplemente la vida es así. ¿Podría estar viéndose con alguien que no fuera del agrado de usted? ¿Podría andar metida en drogas?

—No —dijo Dan—. A ambas cosas. Eliza es muy... muy especial. Es frágil; no sale después del colegio. Incluso me cuesta conseguir que vaya al colegio. Ése es uno de los motivos —miró de reojo a Bay— por los que estoy tan contento de su amistad con Annie.

—¿Drogas? —preguntó de nuevo la detective Keller.

—No —dijo él.

—Odio tener que preguntarle esto —dijo Rivera—, porque sé que le dolerá oírlo, pero... ¿le ha hablado Eliza alguna vez de suicidio o ha intentado suicidarse?

Ante eso, Bay observó que Dan entrelazaba las manos y se quedaba mirándolas fijamente. Estuvo así un buen rato. Bay se imaginó las cicatrices que había visto en las muñecas de Eliza y supo entonces que había muchas más que no había visto.

—Sí —respondió Dan, con la voz ahogada—. Empezó a hablar de ello después de la muerte de su madre.

—Así que es posible —dijo cautelosamente la detective Rivera, pero con cierta urgencia— que pudiera estar pensando ahora en ello.

—No lo sé —dijo Dan—. Es... es posible.

La detective Rivera asintió, se puso en pie y se dirigió al vestíbulo. Bay pudo oírla hablar con los dos oficiales de policía que la esperaban allí. La detective Keller se inclinó hacia delante.

—¿Le ha mencionado alguna vez cómo lo haría?

Dan movió la cabeza.

—Se hace cortes —dijo en voz baja.

—Oh... lo siento.

—Le dije que si volvía a hacerlo la enviaría de nuevo al hospital —dijo, y sus ojos se inundaron de lágrimas—. Es tan bonita. Tiene una belleza tan increíble, por dentro y por fuera, y quiere mutilarse. Se considera fea... y la muerte de su madre la dejó tan llena de dolor, que tiene que liberarlo.

—La encontraremos —dijo la detective Keller.

Pero fue como si sus palabras no significaran nada, como si no tuvieran peso alguno. Mientras Bay observaba a Dan reprimiendo su silencioso llanto, intuyó que lo que estaba pensando era que su hija estaba ya perdida, o que se había alejado de él, en muchos sentidos; que su pesar era tan grande que estaba arrastrándola hacia un lugar que él nunca podría alcanzar. Bay le dio la mano.

Cuando la detective Rivera entró de nuevo en la estancia, lo hizo con una expresión completamente distinta: impaciente, nerviosa y conmocionada. La acompañaba Joe Holmes. La detective Keller levantó la vista, alertada por la presencia de Holmes y el cambio de actitud de Rivera. Las radios de la policía rugían en el vestíbulo.

—Me he enterado —dijo Joe.

—¿Abriría Eliza la puerta si alguien llamara? —preguntó la detective Rivera.

—Espero que no, no creo —dijo Dan—. A menos que conociera a quien llamara. ¿Por qué?

—¿Han tenido recientemente alguna reparación de fontanería? ¿Algún problema con la calefacción?

—No —dijo Dan, levantándose, intuyendo que en la habitación rondaba alguna novedad. Bay oyó que un policía en el vestíbulo solicitaba la presencia de los forenses—. ¿De qué me está hablando?

—Los oficiales han encontrado cinta aislante entre los arbustos. ¿Sabe cómo pudo llegar hasta allí?

—No, no lo sé.

—¿Tiene usted? —preguntó Joe.

—En el taller, en New London —dijo—. Aquí no.

—¿Qué encontraron exactamente cuando llegaron a su casa? —preguntó la detective Rivera, cortante—. ¿Vieron algo diferente, inesperado?

—La puerta no estaba cerrada con llave —le dijo Dan—. El teléfono estaba descolgado. Eliza había empezado a comer, pero no había terminado.

—Y la copa, Dan —le recordó Bay.

—Cierto... y faltaba su copa de plata.

—¿Su copa de plata?

—Es de un valor prácticamente incalculable. La hizo Paul Revere; forma parte de una leyenda del estado, casi como el Roble Charter. Pertenece a un museo, pero su madre se la regaló, y Eliza no permitiría que saliera de la casa.

—Y esta mañana, cuando usted se marchó a trabajar, ¿la copa estaba aquí?

Dan se encogió de hombros.

—No lo sé. Supongo que sí. Tanto a mí como a Eliza nos recordaba mucho a Charlie, su madre, así que la dejamos todo este tiempo en la vitrina. Ni siquiera la he mirado, desde que Charlie murió y, que yo sepa, Eliza tampoco.

—Describa la copa —dijo la detective Rivera, tomando notas.

—¿Piensa que alguien se la llevó? —preguntó Dan, cada vez más alterado—. ¿Que es eso lo que ha ocurrido?

—No estamos seguros —respondió la detective—. Pero la cinta aislante nos lleva a pensar que podrían haberse llevado a su hija.

Tara resistía en el fuerte con los niños, mientras Bay estaba con Dan Connolly e intentaba evitar que se volviese loco. Tara sólo podía hacerse una vaga idea. Toda una vida, al menos hasta el momento (y, puesto que había superado los cuarenta, diría que para siempre), de no tener hijos la llevaba a preguntarse qué debía de sentirse siendo madre de verdad. Experimentaba las bendiciones de la falsa maternidad... incluso de ser una falsa tía... por medio de su relación con Bay y sus hijos.

Tara quería a Annie, Billy y Pegeen (muy especialmente a su ahijada Annie, aunque esto lo mantenía en secreto) desde que nacieron. Había ayudado a Bay a cuidar de ellos cuando los cólicos, la varicela, las picaduras de ortigas y de medusas. Muchas noches que se habían quedado a su cargo, había tenido que acunarlos para que volvieran a dormirse después de una pesadilla.

Pero al final del día, o de la noche, siempre volvía a su casa. Se despedía de los niños con un beso, cerraba la puerta a sus espaldas y entraba en su paraíso de soledad, pedicuras y su pasión secreta de releer mil veces *Sueño con Jeannie*.

Pero eso no impedía que en aquel momento sintiera hacia Danny una empatía que incluso le resultaba dolorosa. Quería mucho a los hijos de Bay, era como si fueran sus propios hijos. No se imaginaba lo que estaría él pasando, y se alegraba de que Bay estuviera allí con él.

Le hacía desear la compañía de Joe. Pero con Eliza desaparecida, y tantas horas sin tener noticias, sabía que Joe estaba justo donde debía estar: en la casa de Dan Connolly en Mystic.

Y se alegraba de haber sido ella quien le llamara para avisarle.

31

Debía de ser casi medianoche.

A pesar de que en la parte trasera de la furgoneta no había ni ventanillas ni relojes, a pesar de que ella tampoco llevaba reloj, Eliza sentía transcurrir el tiempo e intuía que era muy tarde; tenía la sensación de que habían dejado de circular.

¿Por qué la mantenían con vida?

Le dolía la cara, la tenía hinchada por la caída anterior y no podía dejar de pasarse la lengua por los dientes rotos. Cada vez que pensaba en sus dientes partidos le entraban ganas de llorar, pero tenía la boca tapada con cinta aislante y llorar le producía náuseas, de modo que se esforzaba por contener las lágrimas. Era consciente de que tenía suerte de seguir todavía con vida.

Llevaba la noche entera rezando. En aquella profunda oscuridad, sentía que su madre estaba con ella, en la furgoneta que la había matado, acogiéndola entre sus brazos, entre sus alas de ángel, dándole calor. Estaba segura de que si su madre no estuviera allí ella ya habría muerto. Su madre estaba evitando que los asesinos la mataran.

Su madre estaba salvándole la vida; este pensamiento despertó en su interior un deseo tremendo e irresistible de vivir. Enfrentada al terror, supo que tenía que salir de aquello con vida. Haría cualquier cosa para sobrevivir y para que se hiciera justicia.

De pronto, las ideas suicidas le parecían terribles, egoístas y frívolas... más ajenas a su espíritu que cualquier otra cosa que se pudiera imaginar. Eliza quería vivir y rezó a Dios para conseguirlo.

Dan Connolly había experimentado anteriormente le congoja, el pesar y el terror. Sus padres habían sido gente buena y amable, y ambos habían muerto muy jóvenes. Tras la muerte de Charlie, Dan se sintió como un espectro, como un alma en pena. Y desde entonces estaba tremendamente preocupado por Eliza. Pero todo aquello no era nada en comparación con lo que ahora sentía: era como si le hubiesen descuartizado, como si animales salvajes le hubieran arrancado los miembros de su cuerpo. Pensó que por fin entendía lo que significaba ser atacado por un tiburón, a cámara lenta.

Eliza era su niña. Era parte de él y él era parte de ella. La había tenido en sus brazos justo cuando acababa de nacer... primero Charlie, luego él. Desde el instante en que pudo verle la cara, mirarla a los ojos, Dan sintió ese tipo de amor que nunca desaparece, que le acompañaría durante toda la vida, que, independientemente de la responsabilidad y la intensidad, no cambiaría por nada.

La policía iba y venía: las detectives Rivera y Keller, los miembros de su patrulla y los expertos forenses, y Joe Holmes. En el transcurso de la noche fue llegando más información: la cinta aislante formaba parte de un lote que se había vendido al departamento de mantenimiento del Shoreline Bank.

No se habían encontrado huellas desconocidas ni en el pomo de la casa ni en la barandilla del porche, pero Joe parecía ser de la opinión de que los arañazos de la persiana de Eliza no eran producto de las ramas de los árboles: alguien los hizo al intentar descoyuntar el marco con un cuchillo. Al parecer habían utilizado el árbol para subir al tejado, y la policía estaba peinando la zona en busca de posibles pistas.

Bay permanecía junto a Dan.

—Querrás ir a casa —dijo él, viendo en el reloj que eran las once y media.

—Yo no me voy.

Sus miradas se encontraron y no se separaron. Dan vio en los ojos de Bay todo el cariño y el afecto que ella había sentido por él durante todos esos años, aunque nublado por el dolor. Ella le abrazó y él hundió la cabeza en su hombro, sintiendo que estaba unido a ella para toda la vida.

—Piensa en lo fuerte que es Eliza, Dan. En todo por lo que ha pasado. Y en lo mucho que la quieres... ella lo sabe.

—¿Crees que lo sabe?

—Sé que lo sabe —dijo Bay, sin soltarlo—. Para ella eres la persona más importante del mundo.

—Lo era su madre —dijo Dan. Al pronunciar aquellas palabras, se imaginó una vez más a Eliza viendo cómo Charlie era atropellada por aquella furgoneta, y se estremeció. El trauma casi acabó con su hija... ¿Cómo podía esperar que fuese a soportar lo que estuviera sucediéndole ahora?

Bay no respondió, pero siguió abrazándolo, acariciándole cariñosamente la nuca.

—Quería tanto a Charlie —dijo Dan—. Su madre nunca la defraudó. Dios mío, no puedo evitar pensar que nada de esto estaría sucediendo si yo hubiera sido más íntegro estos últimos años. Charlie era tan firme... nunca se salía de su camino, no hacía nada mal. Era tan honrada, tenía tanta integridad. Y Eliza la veía así. Nunca...

427

—Eliza no la veía así —dijo Bay, soltando a Dan, retrocediendo. En su voz había un atisbo de enfado, y tenía los ojos bañados por las lágrimas.

—¿A qué te refieres? Claro que sí. Ella...

—No, Dan —dijo Bay, con el llanto partiéndole el pecho—. ¡No! ¡No veía a su madre así para nada!

Todos los policías estaban en el primer piso, de modo que Dan le dio la mano a Bay y la condujo hacia su dormitorio, la habitación que compartía con Charlie. La condujo hasta los pies de la cama y se sentaron juntos allí. Bay no paraba de llorar. Ahora era Dan quien la abrazaba, rodeaba con su brazo derecho sus frágiles hombros, intentaba levantarle la barbilla suavemente con la mano izquierda para que le mirara a los ojos.

—Dímelo, Bay, por favor.

—Lo siento, Dan —lloró—. No debería haber dicho nada. Al menos, no esta noche...

—Ya es demasiado tarde para eso. Tienes que acabar lo que empezaste. ¿Qué estabas intentando decirme sobre Eliza y su madre?

—Eliza no idolatraba a Charlie. No la veía en absoluto como una persona íntegra.

—Sí, Bay.

—No, Dan. No. ¡La vio besándose con Sean!

—¿Qué?

—Vio a Charlie besándose con mi marido. Creían que estaba dormida en el asiento trasero del coche.

—¿Te lo dijo Eliza? —preguntó Dan. Se sentía como entumecido, aturdido por un frío interior.

—No. Se lo dijo a Annie.

—Y Annie te lo dijo a ti.

—Sí. Se supone que es así como funciona. Los niños buscan en sus padres amor y consuelo, ¡no engaño y traición! Lo siento, Dan, pero la odio. La odio por besar a

428

Sean, por permitir que Eliza los viera, por hacerte... —Se calló en seco.

—Dímelo —susurró él, abrazando a Bay todavía con más fuerza, mientras su boca le rozaba el cabello—. Por favor, dime lo que ibas a decir.

—Por hacerte sentir que tú estabas haciendo algo mal —dijo, con un llanto tan estremecedor que le temblaba todo el cuerpo—. Por hacerte sentir que no estabas a la altura. Que no la hacías feliz. Que si al menos hubieses encontrado la combinación mágica, si hubieses sabido elegir las palabras que ella quería oír, los lugares adonde quería ir... si la hubieras tocado como ella quería que la tocasen...

Dan sabía que Bay estaba hablando de sí misma y de su propio marido, pero se vio reflejado en cada palabra, la captó y la procesó a través de su alma y su corazón, y supo que, al menos durante el último año, ella y él habían estado en el mismo lugar sin ni siquiera saberlo.

—Siento que te hiciera eso —dijo Dan—. Sean...

—Y yo siento que Charlie te lo hiciese a ti.

—¿Cómo no me lo imaginé? ¿Por qué no dijo nada Eliza?

—No te lo imaginaste —dijo Bay, con voz dura— porque confiabas. Amas con todo tu corazón y toda tu cabeza.

—Sí —dijo, bajando la mirada y contemplando la coronilla de Bay, su brillante melena pelirroja centelleando bajo la fría luz de noviembre, y deseando que ella le mirara a los ojos.

—Y Eliza no dijo nada porque no quería que sufrieras más de lo que ya habías estado sufriendo. Mis hijos me han protegido más de lo que me imagino.

—¿Sabes cuándo sucedió?

Bay asintió.

—Tengo la impresión de que no mucho antes de que Charlie muriese. Puedes preguntárselo a Eliza.

«¿Y si nunca tenía la oportunidad de hacerlo?»

Bay vio el dolor en su mirada y movió negativamente la cabeza.

—No pienses eso —dijo, y levantó la mano para acariciarle la cara, la nuca y besarle en los labios mientras las lágrimas le rodaban por las mejillas.

Fue un beso salvaje y apasionado, transmisor de vida y milagroso. Dan la abrazó con toda la fuerza que le quedaba y pudo sentir las manos de Bay en la espalda deslizándose por debajo del suéter como si necesitara acariciarle la piel, acercarse tanto como pudiera a su corazón y a su sangre y a sus huesos.

Cuando bajaron se encontraron con Joe Holmes en el comedor. Tan pronto como los vio entrar en la estancia, señaló en dirección a la vitrina que contenía la porcelana.

—¿Es ahí donde se guardaba la copa de Eliza? —preguntó.

—Sí —dijo Dan—. Ya se lo he explicado a la detective Rivera... se trata de una copa hecha por Paul Revere. Es una pieza de museo. ¿Es por eso por lo que, quienquiera que sea, se ha llevado a Eliza?

—Como si la hubieran comprado en Wal-Mart —dijo apesadumbrado Joe—. Su valor no tiene nada que ver con quién la hizo, ni con su antigüedad.

—¿A qué se refiere? —preguntó Dan—. Por supuesto que tiene que ver. ¿Qué, si no, justificaría llevarse a una niña? ¿Qué, si no, podría explicarlo?

Joe negó con la cabeza; parecía impaciente, pero le brillaban los ojos.

—La copa está relacionada con su desaparición —explicó—. Está relacionada, pero es incidental.

—¿Cómo está relacionada?

—Sabemos detrás de quién vamos desde la noche del Baile de la Calabaza —respondió, mirando a Bay—. Tara me ayudó a dar con ello. Estábamos en la casa de los Boland, contemplando todos los trofeos de Mark Boland, y Tara dijo que él y Sean podían haber sido rivales deportivos.

—Se criaron en distintas partes del estado —dijo Bay—. Mark vivía aquí en la costa; Sean sólo veraneaba aquí. Se crió en Nueva Inglaterra. Sus colegios competían en ligas distintas.

—Sí —dijo Joe—. Exceptuando los campeonatos estatales.

—El momento más importante —dijo Dan.

—Baloncesto, en su último año —dijo Joe—. Sus equipos llegaron a las finales estatales, Gampel Pavilion en la Universidad de Connecticut. Mark Boland y Sean McCabe, cuerpo contra cuerpo en la pista. Hemos leído los antiguos recortes de periódico.

—¿Es Mark el otro hombre que está metido en el asunto? —preguntó Bay—. ¿Le convenció Sean para estafar a los clientes?

Joe negó con la cabeza.

—Fue al revés —respondió—. Boland llevaba años haciéndolo en Anchor Trust y nunca le habían pillado. Nunca dejó ni un rastro documentado. Ni una queja, ninguna sospecha. Era muy, muy bueno ocultando sus huellas... los contables del juzgado no han empezado a descubrirlas hasta ahora. Llegó a Shoreline y lo convirtió todo en un juego.

—¿Con Sean? —preguntó Bay, asombrada.

Joe asintió.

—Una competición a gran escala. Como las finales estatales, de nuevo.

Bay pensó en todos los años en que había estado viendo a Sean jugar al baloncesto, al fútbol, al béisbol, luchando hasta la muerte con tal de ganar el partido. ¿Por qué Sean no le había contado nunca que Mark y él habían sido rivales? Suponía que debido a la rabia que le había provocado el ascenso.

—Para ver cuál de los dos podía ganar más dinero —dijo Danny.

—Quién conquistaba más cuentas —dijo Joe—. Y cada vez que uno de ellos ganaba, tenía que haber un premio...

—Las copas de plata —dijo Bay.

—Sí, pero había un premio aún mayor —dijo Joe, introduciendo la mano en el armario y sacando de su interior una de las tacitas de té de Eliza.

—No lo capto —dijo Dan, frunciendo el ceño.

—Las cuentas —dijo Joe—. Todo el dinero que robaron. Sólo había un testigo que podía delatarlos. Ed.

—¿Ed? —preguntó Bay, recordando las anotaciones de la carpeta de Sean, sus garabatos del camión y...

—Me imaginaba que «Ed» era un hombre —dijo Joe—. Un banquero, o un cliente. Nunca pensé...

—Eliza —dijo Bay, mientras deslizaba la mirada sobre el monograma delicadamente pintado que adornaba las tacitas y en la tetera: ED. —¡Eliza Day!

¿Quién habría esperado que el valor de uno de los trofeos excediera algunos de los demás expolios? El depósito de Eliza Day había llegado acompañado de un exquisito premio: una copa de plata realizada por Paul Revere. Sean se había llevado la copa de casa de los Connolly el día en que empezó a utilizar el depósito como un medio para esconder y mover dinero. Mientras esperaban que subiera la marea, Alise Boland pensaba en lo estúpido que había sido.

Quién sabe cómo lo había conseguido... ése era Sean. A lo mejor había seducido a Charlotte; o a lo mejor ella pensó que estaba seduciéndole. Y a pesar de que Charlotte Connolly no se había percatado de los cambios que se habían producido en el depósito de la familia, probablemente sí se dio cuenta de que Sean McCabe había robado la copa de plata de su hija.

Vaya ironía: poseer un icono de alguien tan relacionado con la libertad. Porque así era como había empezado todo: como una forma de ser libre, de tener más, de alzarse por encima de todas las abejas obreras del mundo. Llevándose cosas que la gente ni siquiera echaría de menos... y que no había echado de menos durante mucho tiempo.

Pero entonces Charlotte amenazó con llamar a la policía, y cuando la cosa empezaba finalmente a amortiguarse, Fiona se dio cuenta del desliz de Sean con la cuenta de Ephraim. Las cosas empezaban a desmadrarse.

Si la gente hubiese sido un poco más cuidadosa, nadie habría tenido que morir. Siempre habría habido maneras de evitar toda esta pesadilla. Pensándolo bien, gran parte de la culpa la había tenido Fiona. Ella nunca había encajado, nunca deberían haberla invitado a unirse a ellos. De hecho, ¿no se sorprendería al enterarse de que Mark había estado robándole dinero de su propio fondo de valores?

Aquello había merecido el hurto de su trofeo de hípica.

Sean se había reído ante la ocurrencia... asombrado con la audacia de Mark. Aquello era más del estilo de Sean. Pero la osadía de Sean se limitaba únicamente al deporte y al dinero. Claudicó al enterarse de que la niña había sido testigo del asesinato de su madre, de que era el único testigo.

El reencuentro con su alma se había iniciado con la muerte de Charlotte y le había conducido a varios intentos estúpidos de devolver a diversas cuentas algunas de sus escaramuzas menores. Pero Sean no empezó realmente a desmoronarse hasta que el problema de qué hacer con la niña empezó a hacerse mayor... hasta que salió del hospital.

Juró que iba a protegerla si intentaban... si intentaban lo que estaban haciendo en estos momentos.

Y aquello había sido su caída. Mark exigía compromiso absoluto; había demasiado en juego. Exigía lealtad absoluta, y cuando Sean se mostró inflexible, todos supieron que era sólo cuestión de tiempo. Mark tenía claro que no podían pasar por alto a ningún testigo; Sean debería haberlo tenido claro también.

Llevaban mucho tiempo esperando esta noche. Primero Sean se había interpuesto en el camino y habían tenido que asesinarlo. Era terrible, pero inevitable. Alise personalmente había intentado introducir a Dan en el círculo, vincularlo como forma de garantizar el silencio de su hija, llamándole por teléfono, mencionándole casualmente el nombre de Sean... si Connolly hubiera pensado en el dinero que estaba dejando correr habría tragado el anzuelo. Pero no lo hizo, y con ello firmó la sentencia de muerte de su propia hija.

Mark y Sean habían insistido en considerarlo todo como un juego. Pero Alise sabía que era su forma de sentirse mejor. Era un autoengaño de adolescente: si estaban jugando sólo por deporte, entonces no tenía importancia. Robaban a sus clientes más ricos, a los que nunca se darían cuenta de ello. Sean, en el máximo de su exuberancia, llamaba a Mark «Robin Hood».

Pero al final, ¿para qué todo aquello? ¿Por qué habían tenido que asesinar a Charlotte, y por qué habían tenido que acabar parándole los pies a Sean, y por qué estaba a punto de morir Eliza Day Connolly?

Por riqueza.

Eso era todo.

Riqueza... por conseguirla, por protegerla. Las casas grandes cuestan dinero, como las antigüedades y las obras de arte, y los coches buenos, y las joyas. No todo el mundo nacía con esas cosas. Y no todo el mundo las quería, por difícil que resultara creerlo. Mark había sido muy cuidadoso hasta el momento; podía perdonársele su necesidad juvenil de recompensarse a sí mismo y a sus «compañeros de equipo» con plata. Y ahora, a medida que la marea iba subiendo y que llegaba el momento de ahogar a la chica, llegaba también el momento de proteger el oro.

Era muy tarde y su madre seguía en casa del señor Connolly. Annie estaba aterrada por lo que pudiera ocurrirle a Eliza. Fuera lo que fuese lo que estaba sucediendo, sabía que era malo, y por mucho que la tía Tara siguiera acariciándole el pelo y cantándole canciones de cuna, Annie no conseguía conciliar el sueño.

—¿Dónde puede estar? —le preguntó a Tara.

—No lo sé, cariño. Pero todo el mundo anda buscándola. Joe, la policía...

—¿Y si no la encuentran?

—Tenemos que creer que lo harán. Tenemos que enviarle nuestro amor para que pueda aferrarse a él y volver a casa con nosotras.

—Amor —dijo Annie, como si fuera la primera vez que pronunciaba la palabra.

—Es lo mejor que existe —dijo Tara—. Eliza lo sabe. Dondequiera que esté, sentirá nuestro amor por ella.

—Pero sigo sin ver cómo puede ayudarla esto.

—¿Crees en los ángeles de la guarda, Annie?

Annie se encogió de hombros, no quería herirle los sentimientos a Tara. Los ángeles de la guarda parecían criaturas agradables en los cuentos.

—Creo que sí existen, Annie. Sé que tu madre cree en ellos. Y yo también. Nuestras abuelas nos explicaban cosas sobre ellos.

—¿Y qué pueden hacer? —preguntó Annie, con un hilito de voz. Por la ventana se veían todas las estrellas. Era luna nueva y el cielo estaba muy oscuro. Las lechuzas que migraban por Hubbard's Point, como todos los meses de noviembre, volaban entre los robles y ululaban al acecho—. ¿Qué pueden hacer los espíritus si estamos aquí en la Tierra? Estamos aquí. ¡Deberíamos poder salvar a nuestros seres queridos!

Tara la abrazó, como si supiese que Annie estaba llorando por su padre, por esa pesadilla, la peor, que se había hecho realidad con la noticia de su muerte.

—Podemos hacer muchas cosas —dijo Tara—. Y podemos pedirles ayuda.

—¿Te lo crees de verdad? —preguntó Annie.

—Lo creo de verdad. Y sirve de mucho saber que Joe y la policía están también buscándola —dijo Tara—. Eliza es una superviviente, Annie. Posee una luz en su interior. Todos la hemos visto y la queremos por ello.

—Sí —susurró Annie.

Volvió a ulular una lechuza desde la copa del pino más alto, como una señal de que algo estaba a punto de suceder. Tara la besó y Annie intentó respirar con normalidad. Pensó en Eliza, sola en la noche, en algún lugar de aquella pedregosa costa llena de cuevas y calas, en el suelo frío cubierto por la pinaza y las hojas caídas, en la oscuridad, iluminada únicamente por la luz de las estrellas.

La maqueta de Annie estaba en la mesita de noche; la miró y recordó cuando se la había regalado a su padre, para que supiera cómo regresar remando a casa. Cerró los ojos y pensó en Eliza y en la luz interior.

Y entonces, sin saber por qué, alargó el brazo para coger el barquito y lo agitó. Seguía sonando como si hubiera algo dentro.

En casa, Dan permanecía sentado en el sofá, abrazando a Bay, que dormía con la cabeza recostada sobre su hombro. Era muy tarde y Eliza estaba perdida en la noche. Miró el teléfono, como si pudiese hacerlo sonar a voluntad. Joe le había dicho que permaneciera en casa, junto al teléfono, pero todos los músculos de su cuerpo ansiaban estar allí fuera buscando a su hija.

En el silencio, sus pensamientos eran cacofónicos. Analizaba su vida como lo hace un defensa con el partido del domingo el lunes por la mañana: lo repasa pensando qué podría haber hecho de forma distinta. Mientras abrazaba a Bay, miró el retrato de Charlie, el cuadro de su infeliz esposa. Eran los padres de Eliza, esperando despiertos juntos.

Charlie... Se había criado en un ambiente privilegiado. Charlie era consciente de que era una aristócrata. Su familia llevaba generaciones disfrutando de mucho dinero; ganaban en un año más que otras personas en toda su vida. Tenía un intachable sentido de superioridad: nunca era abiertamente esnob, pero sí muy reservada. Aislada.

Así es como Dan la veía cuando se conocieron, al año siguiente de trabajar en Hubbard's Point. Su tío le había contratado para restaurar un precioso yate antiguo de madera, una yola Concordia. Todo el trabajo tenía que llevarse a cabo en un astillero localizado en Stonington, al otro lado del puerto de la casa de Charlie. De la mansión, en realidad. Se trataba de una enorme casa colonial con edificios adyacentes y un muelle particular. Dan empezó a percatarse a diario de su presencia: siempre sola, siempre reservada.

Un día, a la hora de comer, bajó al agua un pequeño bote y se puso a remar hacia la otra orilla. Estaba empezando a considerarla como una pobre niña rica y se le ocurrió hacerle un regalo: un paseo en barca.

Todavía se acordaba de cuando se acercó al muelle, la llamó desde el otro lado de la valla de color verde y le preguntó si le apetecía dar un paseo en barca. Y de cómo depositó delicadamente el libro que estaba leyendo en el banco del jardín, se alisó los pantalones y se acercó a la orilla. Dan le ofreció la mano para ayudarla a saltar al bote, pero ella no se la dio.

Con aire divertido, saltó a la embarcación por sus propios medios. Y dejó que Dan la llevase remando hasta el extremo del muelle y luego de vuelta a su casa. Era un día despejado y luminoso, los peces saltaban en el agua y los cisnes nadaban entre los amarraderos. Recordaba aquel día con todo detalle, y también esa sensación de que Charlie consideraba que le estaba hartando con el placer de su compañía.

En realidad, esa sensación nunca llegó a abandonarle.

Se casó con ella… tal vez Dan fue su oportunidad de llevar a cabo una tímida rebelión. No te cases con el dueño del astillero; cásate con el empleado y dale un astillero para que lo dirija. ¿Qué mejor modo de poseer a una persona?

Él nunca había dejado de quererla, de intentar hacerla feliz y, en lo más profundo de su ser, desear que ella le quisiese más de lo que lo quería, de que lo aceptase como a un igual. Pero Charlie, en realidad, nunca había encontrado a nadie con quien relacionarse de igual a igual. Dondequiera que fuera, la gente sabía que era la heredera de Day Consolidated. Y cuando alguien no lo conocía, bastaban cinco minutos en su compañía para que se diese cuenta de que ella era alguien distinto, la personificación de la expresión «nacida con una cuchara de plata en la boca». Y el papel de Dan como su marido, y como su empleado, había sido protegerla. Cuidar de aquella pobre niña rica.

Dan se había preguntado por qué aquel último año Charlie, de repente, y por primera vez en su matrimonio, se había mostrado realmente interesada por algo externo a sí misma, y a su hogar. De pronto le interesaban el banco y la banca. Empezó a hablar sobre retomar los estudios y obtener un máster en dirección empresarial.

Se acercaba un día tras otro al Shoreline Bank para formular preguntas sobre sus cuentas y sobre el depósito que poseía conjuntamente con Eliza. Después de tantos años de permitir que los demás gestionaran su vida, y su fortuna, Charlie había empezado a asumir responsabilidades.

Y aunque Dan se alegraba de verla verdaderamente animada por algo, tenía la sensación de que aquello la alejaba de él. Ese nuevo interés de Charlie lo confundía y le dolía en pequeñas cosas. A veces llegaba a casa y la encontraba hablando por teléfono, libreta en mano, tomando más notas. ¿Es que las ansias de aprender y los estudios eran una simple tapadera? ¿Habría estado su esposa ocultando un romance con Sean McCabe?

Saber que se habían besado le hacía pensar que era un poco de ambas cosas. En el astillero, trataba únicamente con los valores absolutos de la arquitectura marina: centro de gravedad, longitud, manga, eslora. En el amor, en el matrimonio, estas cosas no existían. Todo eran áreas grises, como navegar entre la niebla.

«Pero navegar entre la niebla puede ser bonito —pensó, abrazando a Bay—. Intuyes el camino a casa; hueles los pinos de la costa, oyes el sonido de las boyas baliza, sientes los cambios de viento al acercarte a tierra.»

Si Charlie y él se hubieran aplicado un poco más en ese sentido el uno con el otro, si hubieran tenido un matrimonio mejor, quizá Charlie seguiría con vida y Eliza estaría en casa.

Pero esos pensamientos le llevaban a abrazar a Bay aún con más fuerza. Era tan directa y real, y parecía necesitar decir la verdad sobre todo lo que sentía en el corazón tanto como respirar.

Dan rezó por tener la oportunidad de poder hacer más... con Bay, con Eliza. Quería tener la oportunidad de ser el mejor padre del mundo para su hija. Quería ayudarla a ser más fuerte, a darse cuenta de lo maravillosa que era, a que no quisiera volver a hacerse daño.

Se le revolvían las tripas al pensar que Eliza estaba perdida en alguna parte. Tenía la sensación de que el tiempo se agotaba, de que Eliza corría un terrible peligro. El reloj marcaba las horas en su cabeza. El mundo, incluso la costa, era un lugar gigantesco donde buscar. Si tuviera sólo una vaga idea de por dónde empezar...

32

¿Creían que estaba dormida? ¿O simplemente habían decidido dejar de pensar en ella?

Las personas que iban delante se limitaban a conducir tranquilamente, a la espera de algo. Pero ¿de qué? Eliza tenía tantas preguntas, y todas la obsesionaban. Permanecía tendida, con la oreja doblada y dolorida bajo el peso de su cabeza. Las imágenes de la furgoneta marrón revoloteaban por su mente: la furgoneta atropellaba a su madre y la sangre manchaba la carretera.

Y luego volvió a ver la furgoneta; fue un destello, un flash repentino que visitaba su memoria. ¿Dónde la había visto antes? El recuerdo llegaba fragmentado. Eliza y su madre de compras un sábado. Habían comido en el Sail Loft Café y luego habían ido a Hawthorne. A Eliza le encantaba ir de tiendas, se probó un suéter amarillo chillón y se compró un par de zapatos nuevos. Su madre quería curiosear en las tiendas de objetos para el hogar...

Cazos de cobre brillante y sartenes de hierro fundido en una tienda, cojines bordados y elegantes pantallas en otra, y entonces, en la última tienda, hileras de azulejos y ringleras de tejidos... el estudio de un diseñador... un lugar donde la gente iba para que le diseñaran y le decoraran la casa.

Eliza pestañeó bajo la venda. Veía a su madre, notó el tono de sorpresa en su voz.

—¡Oh, no sabía que este negocio era tuyo!

Y la diseñadora (frágil y con mucho estilo, con una preciosa melena rubia, pendientes de oro y un traje chaqueta negro) les regaló una sonrisa cuando las vio y, mientras su madre miraba las distintas muestras de tejidos, le preguntó a Eliza qué le parecía determinada lámpara de pared.

—¿Te gusta ésta? —preguntó la mujer, sujetando una lámpara de bronce, y dejándola enseguida para enseñarle una lámpara de estaño con pantalla negra—. ¿Y ésta?

—Me gusta la lámpara —dijo Eliza.

—¡A mí también! —dijo la mujer, con una amplia sonrisa—. ¡Tienes un gusto excelente! Charlie, tienes una hija encantadora.

La madre de Eliza respondió con un gesto de asentimiento y un «gracias» y siguió mirando los expositores de material. Recordaba esa tienda cursilona y femenina, divertida y creativa, y a la mujer con aspecto exquisito. Y, en aquel momento, le vino a la cabeza que su madre había dicho:

—Paso mucho tiempo en el banco; tanto Mark como Sean me ayudan mucho. Me había planteado volver a los estudios, introducirme de alguna manera en asuntos financieros... pero luego vengo aquí, y pienso en lo estupendo que sería hacer esto...

Y Eliza había sentido curiosidad al oír que su madre quería cambiar cosas en su vida... no miedo, ni preocupación, simplemente curiosidad, porque nunca le había oído decir una cosa así.

—¿Esto? —La mujer le sonrió.

—Sí... estar rodeada de cosas tan preciosas, de tanta belleza.

La mujer dobló el brazo como mostrándoles los músculos y señaló en dirección al escaparate con la otra mano.

—En esto consiste realmente mi trabajo —dijo—. En arrastrar cosas de un lado a otro. Muestrarios, piezas de tejido, antigüedades, cuadros... no soy más que una mula de carga.

Y Eliza y su madre se inclinaron para mirar el escaparate y ver lo que señalaba la mujer y, allí estaba, aparcada detrás de la tienda, delante de un cobertizo rojo.

Una furgoneta marrón.

Eliza gimió al recordarlo.

—¿Has oído eso? —preguntó la voz del hombre—. ¿Cuánto tiempo más vamos a tener que esperar? Por Dios, Alise.

—Lo sé, lo sé —respondió la voz de mujer.

—Deberíamos hacerlo ahora mismo. Como los demás.

—Los demás eran distintos —dijo ella—. A los demás no tuvimos que sacarlos de casa.

—¿Y qué? ¿Estás nerviosa?

—¿No lo estás tú?

«Sed humanos —suplicó en silencio Eliza—. Perded los nervios.» Ahora que Eliza veía la cara de esa mujer, con su cabello rubio y su tienda con sus bonitos colores y sus tejidos y objetos, ahora que la recordaba hablando con su madre, diciéndole lo encantadora que era su hija, ahora que Eliza recordaba su nombre, Alise, y el nombre del establecimiento, Boland Design, todo era completamente distinto.

—Sí, lo estoy —dijo Mark.

—Bueno, entonces es que no puedes soportarlo —dijo Alise—. Y tampoco puedo yo.

—Cuanto más esperemos... —dijo Mark.

—Lo sé —espetó Alise—. Lo sé, lo sé. No hables más de ello.

—¿Con esto se esfumará el problema? ¿Desaparecerá?

«Yo no soy un problema. Soy una chica», pensó Eliza, luchando detrás de la cinta aislante. Era consciente de que si pudiese hablar con ellos, hacerse escuchar, conseguiría hacerles ver que aquello era un error. No diría nada; no tendrían que ir a la cárcel.

—No hay nada capaz de hacer desaparecer este problema —dijo Alise—. Es a lo que nos enfrentamos. Cuando empezamos la cosa era simple. ¡No fue más que papeleo hasta que Sean la lió!

—Ella no es papeleo —dijo Mark.

—¡Ya lo sé, por Dios! Por eso todo esto resulta tan... imposible.

Eliza oyó que alguien se agitaba en el asiento delantero; que se volvía para mirarla mientras la furgoneta seguía avanzando. ¿No se daban cuenta de que ella era una persona de carne y hueso, la hija de su padre? Levantó los pies atados y los dejó caer sobre el suelo de la furgoneta.

—Dios, no lo aguanto más —dijo Mark.

—¿Qué alternativa tenemos? —preguntó secamente Alise—. Tranquilízate. Vamos a hacerlo ahora, ¿de acuerdo? Ya casi hemos llegado; la marea está lo suficientemente alta.

—Esto no es como lo de Sean —dijo Mark—. No está desangrándose, a punto de morir...

—Eso fue un accidente —dijo Alise—. ¿Quién iba a pensar que peleaba de ese modo?

—Deberíamos haberlo dejado en el barco —dijo con amargura Mark—. Habría muerto allí y nadie habría pensado en nada.

—Excepto que quizá no habría muerto. No te olvides de los hechos. Era fuerte, seguía consciente. Hablaba de ésta... —Eliza casi notó cómo la señalaban.

—Es una niña —dijo Mark, bajando el tono de voz.

—Ahora hablas como Sean. ¿Quieres acabar en la cárcel?

—No.

—Entonces...

Eliza había estado reprimiéndose, temerosa de su reacción, pero de repente la parte de la lógica y del raciocinio de su cerebro se desconectó, y el pánico y el terror se apoderaron de ella: empezó a patalear y a agitarse, a gritar detrás de ese pegajoso pedazo de cinta aislante.

—Acaba con esto —dijo Mark—. Ya no lo soporto más.

—Refréscate un poco la cabeza —dijo Alise, y debió de abrir la ventanilla porque, de repente, Eliza sintió una bocanada de aire frío, una maravillosa, helada y refrescante ráfaga de aire fresco inundando la encerrada y horrible furgoneta marrón, la furgoneta de la muerte, mientras seguía avanzando lentamente, muy lentamente.

Annie descendió a la planta baja y se acercó a la mesa de la cocina, donde había construido su maqueta; había allí un armario con tijeras, cola, papel, pinturas... todo lo necesario para poder hacer manualidades los días de lluvia.

Sacudió el barquito, y volvió a oír ese ruidito. Ella misma había construido esa maqueta: estaba hecha únicamente con madera y cola, sin clavos ni piezas que pudieran moverse.

Examinó el barco y todo estaba exactamente igual a como ella lo había construido. No había ni una junta, ni una cuaderna fuera de lugar.

El reloj marcaba las doce y doce. Pasaban doce minutos de la medianoche.

Inclinó el barquito a babor y oyó algo que rodaba en

el interior y golpeaba el lado izquierdo; luego lo inclinó hacia estribor y oyó que esa misma cosa golpeaba el lado derecho.

Había construido la maqueta con tiras de madera de balsa que iban encoladas a unas finas cuadernas, y había insertado un fondo precortado, tras calcular concienzudamente sus medidas para que encajara perfectamente en el interior del barco y proporcionara una cubierta sólida. Examinándolo ahora bajo la potente luz de la cocina, se dio cuenta de que la pintura presentaba unos pequeños rasguños, como si alguien, en alguna ocasión, hubiera intentado levantar la cubierta.

—¿Qué haces aquí? —preguntó Tara, entrando en la cocina.

—Estoy pensando en una cosa —dijo Annie, concentrada. Tara la observó unos instantes y se dirigió a la encimera y puso agua a calentar.

—¿Te apetece un poco de té? —preguntó Tara.

—No, gracias —dijo Annie, aunque la pregunta la reconfortó.

Buscó en el armario de las manualidades las pinzas largas que Billy utilizó durante los dos meses, o más bien los dos minutos, en que se había convertido en coleccionista de sellos. Un año, por Navidad, le habían regalado un kit de iniciación, se entusiasmó y se comprometió a convertirse en filatelista. A Annie estuvo a punto de escapársele una sonrisa pensando ahora en que, aun ni siendo siquiera capaz de pronunciar la palabra, se dedicaba a guardar todos los sellos y todas las cartas que entraban en la casa.

Pero las pinzas largas le iban a servir. Annie las utilizó para despegar los diminutos asientos y hacer palanca para abrir la cubierta del barquito. Temía que la madera de balsa, de veinte centímetros de largo, terminada en punta por un lado y plana por el otro, fuera a romperse, de modo que trabajó muy lentamente y con mucho cuidado.

Pero lo consiguió. Levantó la cubierta del barco y lanzó un grito sofocado al ver lo que había dentro. Los ojos se le llenaron de lágrimas al ver una concha gris azulada de bígaro y una nota doblada escrita a mano por su padre.

—¿Qué es? —preguntó Tara, inclinándose para mirar.

—Algo de papá —musitó Annie.

—¿Quieres que te lo lea? —preguntó Tara, mientras Annie desplegaba el papel.

Pero Annie, viendo las primeras palabras, negó con la cabeza.

—No —dijo—. Es para mí. Lo leeré yo. —Y lo hizo en voz alta.

Querida Annie:

Sabes que los banqueros escribimos muchas cartas, pero ésta es la carta más difícil que he escrito en mi vida. Quizá porque estoy escribiendo a una de las personas que más quiero... sois cuatro: tú, Billy, Peggy y tu madre. Ningún hombre podría tener una familia mejor. Y ningún hombre la habría echado a perder como yo. A lo mejor aún puedo arreglar las cosas, corregirlas.

Tengo muchas cosas en la cabeza y es a ti a quien se las voy a contar. Annie, espero que nunca tengas que leer esta carta. Porque si estás leyéndola, significa que no estoy. No puedo imaginarme lo que tú y los demás estaréis pensando. Pero espero que lo que tengo que decir aquí sirva para que lo comprendas, y también para que ayudes a que los demás lo hagan. Guardo esta carta en tu barco y se lo dejo a Dan Connolly. Estoy mirando el barquito que me hiciste, consciente de lo mucho que te quiero. Voy a dejarlo en lugar seguro, con alguien que te lo devolverá.

El motivo por el que te escribo a ti es porque eres mi hija mayor, y porque en estos momentos estoy pensando en la hija de otra persona. Se llama Eliza. Es la hija de un antiguo amigo de tu madre y la tengo en la cabeza constantemente. Es la chica que está presente en todos mis pensamientos y temores porque corre peligro. Hice algo que la ha puesto en esta situación.

Hice cosas de las que no me siento orgulloso. Me sentí tentado en el banco, tomé malas decisiones. La gente confiaba en mí, incluyendo mi propia familia, y he destruido esta confianza. Fui avaricioso, Annie, y la culpa es solamente mía.

Sin embargo, hay otras cosas... Mark y Alise Boland asesinaron a la madre de Eliza, Charlotte Connolly. No tuve nada que ver con eso, Annie... quiero que lo sepas. Pero permanecí en silencio, porque sabía que mi participación en el desfalco saldría a la luz, y el silencio es otra manera de estar implicado. De mirarlo de la otra manera, de hacerlo posible. Lo que no quiero que sea posible es que hagan daño a Eliza. Quieren matarla porque fue testigo del atropello de su madre y de la posterior huida. Voy a ir a la policía para delatarlos... y también a mí. Por lo que he hecho en el banco.

Hay una cala, tomando la carretera que sale del puerto deportivo. Estoy ahí en este momento, dentro del coche. De hecho, me he acercado hasta la orilla y he encontrado esta concha para ti. El azul me recuerda los ojos de tu madre.

El nombre del lugar, como puedes ver en el mapa, es Alewife Cove. Se trata de una calita entre el Gill River y el Sound. Te lo digo porque es un lugar al que me encanta ir y sentarme. Se lo enseñé a los Boland en una ocasión, cuando vinimos aquí a hacer planes, y dijeron que sería un buen lugar para traer a Eliza. Entonces fue cuando supe que iban en serio.

Te escribo esto, Annie, con la esperanza de que puedas perdonarme. Cuando acabe esta carta iré al astillero del padre de Eliza para esconderla en tu maqueta. De ese modo no la recibirás pronto... y a lo mejor tengo la oportunidad de arreglarlo todo. Te mereces un bote de remos tan bonito como la maqueta que hiciste para mí. Finalmente he visto que soy el hombre, y el padre, más afortunado del mundo. Sólo espero tener la oportunidad de demostrártelo a ti y a los demás. Te quiero.

Con amor,

PAPÁ

Annie había empezado a leer la carta en voz alta, pero cuando había llegado a la mitad las lágrimas habían podido con ella, y, hacia el final, no era capaz ni de hablar ni de leer, de modo que fue Tara quien siguió leyéndola.

Ahora, sollozando en silencio, Annie alargó la mano y Tara le puso la carta entre sus dedos. Tara la rodeó por los hombros y, a pesar de que Annie estaba hablando con su padre, no le importó que Tara pudiera oír sus palabras:

—Te queremos, papá. También te queremos.

Tara dejó a Annie sentada allí, con la carta y la concha en la mano. Buscó el otro pedazo de papel escondido en el interior de la maqueta (debajo de la cubierta, junto con la nota) y se acercó al teléfono.

Annie observaba fijamente la diminuta concha de bígaro, dándole vueltas y más vueltas entre sus dedos.

—¿Bay? —dijo Tara—. ¿Está Joe ahí? Escúchame. Annie acaba de encontrar una carta de Sean... Sí, te lo digo en serio... la ha encontrado dentro de su barco, de la maqueta... La había metido debajo de las tablillas... Bay, en parte es una confesión y en parte es otra cosa... Dice que querían matar a Eliza..., en Alewife Cove... ¿Crees que...?

Annie seguía en silencio, escuchando, y lo mismo hacía Tara.

—Entonces ve —dijo Tara precipitadamente—. Yo encontraré a Joe.

33

Y no estaban seguros; y no lo sabían, pero ¿por qué no iban a comprobarlo? ¿Por qué no se metían en el camión de Dan y, por si acaso, se acercaban al Gill River? Bay había llamado a la policía; sabía que Tara estaba llamando a Joe Holmes.

Dan conducía como un loco, por el medio de la carretera, como si su camión fuera un misil dirigido a Alewife Cove y dispuesto a llevarse por delante cualquier cosa que se interpusiera en su camino.

—¿Qué podrían estar haciendo allí? —preguntó Bay, sujetándose al tirador de la puerta—. ¿Por qué habrían llevado a Eliza al mismo lugar?

—Porque es allí donde mataron a Sean —dijo Dan, dando un volantazo para adelantar un coche—. Porque saben que allí pueden hacerlo.

—Mataron a Sean —susurró Bay, conmocionada ante la revelación de que su marido había sido asesinado por gente a quien consideraban amigos. Pero más intenso, más inmediato, era el creciente terror por la vida de Eliza.

—Tú conoces el litoral de aquí mejor que yo —dijo Dan, refiriéndose a las rías y a las calas del Thames, a sus meandros entre las ciudades situadas al oeste del Connecticut River—. De modo que dime hacia dónde tengo que ir.

En Silver Bay, Bay le indicó a Dan que saliera de la autopista: le dijo que girara a la derecha, en dirección a Black Hall. A Bay le temblaba el corazón; le ardía en el interior del pecho, le dolía por las insoportables noticias que les llevaban a avanzar a esa velocidad. Se tocó el pecho, palpó el pánico bajo sus dedos, pensando en Eliza, pensando en Annie leyendo la carta de su padre, pensando en Sean y bajó la cabeza.

—¿Ahora hacia dónde? —preguntó Dan, en un tono elevado, frenético. Se mantenía entero, pero a duras penas.

—Ve siguiendo el río medio kilómetro —dijo al ver la reluciente oscuridad del río Connecticut entre la estrecha franja de tierra, el río caudaloso y negro bajo un cielo estrellado—. Ahora por aquí, a la izquierda —añadió— y a la derecha justo después de esa roca...

La vida daba vida al agua. El río Connecticut era padre de muchos afluentes y Long Island Sound estaba lleno de calas escondidas. Allí el río subía con la marea. Era salobre y, aunque sus aguas no eran ni dulces del todo ni tampoco del todo saladas, seguía albergando especies marinas: pescado azul, sardinas, caballa, platija. Y en invierno, podían verse focas en busca de rocas y buena pesca.

Bay se inclinó hacia delante para observar la carretera, intentando encontrar el lugar correcto por el que desviarse. Aquel verano había ido sola hasta allí, una única vez, para ver el lugar donde había terminado la vida de su marido.

—Allí —dijo, señalando un estrecho camino.

Dan hizo girar el camión, y notaron varias sacudidas al pasar por encima de una serie de baches. Era un lugar tranquilo, escasamente transitado. En verano, la gente iba de vez en cuando a merendar y a pescar, y en los inviernos muy fríos los niños buscaban placas de hielo del grosor suficiente para poder patinar. Pero en esos días, en el ocaso del mes de noviembre, no iba nadie.

O quizá sí.

Allí arriba, fundiéndose con la oscuridad, había una furgoneta de color rojo vino. Estaba camuflada por la noche, pero las luces delanteras del camión de Dan la captaron al salir de una curva. Junto a la furgoneta, como dos ciervos sorprendidos por la luz, había dos personas, dos rostros blancos bajo la luz de los focos.

—¿Dónde está? —gritó Dan, antes de detener el camión—. ¿Dónde está Eliza?

Bay abrió torpemente la puerta, conmocionada, a pesar de todo lo que ahora sabía, al ver a los Boland allí, en aquel bosquecillo de pinos blancos en la orilla de esa cala de agua salada, en aquel lugar donde habían asesinado a su marido.

—¡Eliza! —gritó Bay.

Alise y Mark corrieron hacia la furgoneta; Alise entró de un salto y Bay oyó el motor poniéndose en marcha en el mismo momento en que escuchó el puño de Dan encajándose en la mandíbula de Mark.

—¿Dónde está Eliza? —gritó Dan, sin dejar de golpearle—. ¿Dónde está mi hija?

La furgoneta aceleró, las luces delanteras se encendieron y quedaron suspendidas en el aire sólo una fracción de segundo, momento en que Mark se colgó de la puerta del lado del pasajero intentando quitarse de encima a Dan a puñetazos mientras Alise daba marcha atrás con la camioneta, se adentraba en el camino y se alejaba, sumiéndolos en la oscuridad.

Pero justo antes, durante un breve segundo concedido por la mano de Dios, Bay vio el rostro de Eliza, blanco como la tiza, como un pájaro escorado, rastreando ávidamente el cielo con los ojos, suplicando a los ángeles que bajasen; y Bay vio esos ojos en las luces blancas de la furgoneta marrón, y luego en las luces rojas traseras, antes de hundirse en las oscuras y salobres aguas de la cala.

Bay corrió hacia el agua. Se quitó los zapatos de un puntapié y lanzó la chaqueta al suelo. No se lo pensó dos veces. La primera impresión fue la peor: la del agua helada en los pies y luego en el cuerpo y luego en la boca. La ropa se convirtió al instante en un peso muerto, arrastrándola hacia el fondo de la cala.

Tragando agua, girando y nadando luego hacia abajo, guiándose con las manos, pues los ojos no le servían de nada; su única visión venía de otro sitio, o de un lugar muy profundo o de un lugar muy arriba. Era la visión del corazón... de su propio corazón, pero también del de Charlie y del de Sean, guiándola, enviándola hasta el fondo de la cala, de aquel rincón del Sound y afluente del Gill River, abajo, abajo, abajo, sin dejar de utilizar las manos para sentir y ver, igual que las langostas utilizaban sus antenas.

Y escuchó el silencio en sus oídos, un enorme y tormentoso silencio, el silencio submarino... nunca se había imaginado lo que podía ser ahogarse, pero estaba experimentándolo en aquel momento, unos últimos tragos de agua salada... unos segundos de sufrimiento, una inspiración desesperada, y ya estaría, y todo habría acabado. Se ahogaría... y Eliza se ahogaría... en aquellas aguas: agua salada mezclada con agua dulce mezclada con la sangre de Sean. Su marido se había desangrado en aquella cala; su coche había acabado en el fondo, su última parada en la tierra. Los minerales de la sangre de Sean McCabe se habían unido a esas moléculas de agua.

Él estaba muerto y Charlie estaba muerta, pero Bay y Dan estaban vivos, y ambos estaban en el agua. Y Bay se sentía movida por los espíritus de Charlie y de Sean, padres que habían intentado vivir y amar lo mejor que habían podido, y que habían cometido tantos errores, y cuyos viajes habían llegado a su fin demasiado pronto; y Bay vio que aquélla era su última oportunidad de arreglar las cosas, de salvar lo que ellos mismos habían estado a punto de matar.

Y los dedos de Bay tocaron una superficie de madera, un pedazo de madera hundido en el fondo de la cala, y acariciaron algas, que se balanceaban al compás de la corriente, sólo que Bay sabía que aquello no era madera, no eran algas. Con los pulmones ardiendo, entrelazó sus dedos en el cabello, cogió el cuerpo entre sus brazos, y, pataleando, como una madre cisne arrastrando a su hijo lejos de las aguas peligrosas, Bay subió con Eliza a la superficie.

Dan estaba a su lado cuando irrumpieron en la superficie, mientras Bay escupía agua y le entregaba a su hija. Cuando salieron de las gélidas aguas se encontraron un ambiente azulado: luces estroboscópicas centelleaban desde el bosque. Bay se arrastraba por el fango respirando con dificultad y escupiendo agua y hojas muertas. Con la mano entumecida, tanto que apenas se sentía los dedos, palpó la boca de Eliza y tiró de la cinta aislante de color plateado.

Eliza tenía los ojos cerrados, la cara azul, los labios blancos.

Danny se levantó del fango, sujetando en brazos a la joven que había traído al mundo y, al verle, Bay pensó en el nacimiento de Annie, en cómo Sean la había cogido en brazos para calmarle su primer llanto. Vio a Dan dándole golpes en la espalda, intentando que expulsara el agua que tenía dentro. Le echó la cabeza hacia atrás, la sacudió con fuerza, besándole la cara, dejándola, desesperado, en el suelo.

—Eliza —dijo, como si estuviera despertándola para ir al colegio. Entonces cogió aire y lo soltó en el interior de la boca de su hija. Luego otra vez, y otra.

—Vuelve —dijo Bay, con la voz rota, y habría jurado que oía a los ángeles batiendo sus alas en el cielo, a Sean y Charlie suspendidos sobre Eliza.

Pero las palabras, quienquiera que las pronunciara, estaban llenas de fuerza. Igual que la voluntad de Dan de salvar a Eliza y, muy especialmente, igual que la necesidad de Eliza de sobrevivir.

Porque tosió. Tosió muy fuerte y rodó hacia un lado para expulsar el agua de mar que se había tragado. Vomitó durante mucho rato. Y cuando paró, levantó la vista y vio la cara de su padre; le miró a los ojos y dijo: «Papá», y se arrojó a sus brazos y se echó a llorar.

34

El invierno se hizo muy largo, más largo que nunca.

La Navidad vino y se fue y, por primera vez en su vida, y a pesar de lo agradecida que tenía que sentirse por muchas cosas, Bay se alegró de que terminara. Pasaron las lunas, algunas en el cielo claro, otras oscurecidas por la niebla, por las nubes, por la nieve que caía. Bay tenía un reloj interno de los ciclos lunares, y siempre reconocía el poder y la brutalidad de la naturaleza: en el cielo, en el jardín, en su propia vida.

Muchas cosas en la vida le parecían nuevas, poco conocidas. Miraba las noticias, leía los periódicos, tenía que preguntarse a sí misma si se había pasado la vida dormida, rodeada de gente a quien creía conocer, que suponía que eran amigos, y que en realidad nunca había conocido.

Mark y Alise Boland fueron declarados culpables de asesinato, de intento de asesinato, de secuestro, de estafa bancaria, de conspiración y de malversación de fondos. Frank Allingham también había estado involucrado, y fue declarado culpable de estafa bancaria, conspiración y malversación de fondos. El papel de Sean había salido a la luz: había malversado fondos de sus clientes, pero al final había muerto por haberse opuesto a matar a Eliza.

—¿Cómo pude ser tan estúpida? ¿Cómo pude no darme cuenta de nada? —preguntó a Tara una noche de marzo.

—No te diste cuenta de nada porque confiabas en él —dijo Tara. Estaban las dos en pijama y batín escuchando el gemido salvaje del viento procedente del Sound—. Porque querías a Sean. Porque mirabas a Alise y Mark y los veías como amigos.

—Creía que eran amigos —dijo—. Como también lo creía Sean. Y le mataron.

—Lo sé —dijo Tara—. Y mataron a la madre de Eliza.

—Y casi matan a Eliza. Oh, Tara... ¿con qué estábamos viviendo? En medio, al borde de todo eso, y yo sin saberlo...

En marzo todavía no había transcurrido el tiempo suficiente como para empezar a comprender las cosas. La oscuridad que estuvo a punto de engullirlos aquella noche de noviembre, cuando a Eliza le faltó muy poco para perder la vida, estaba tardando mucho tiempo en desaparecer. Todos los niños tenían pesadillas. Eliza, por supuesto, era la más afectada. Pero los hijos de Bay se habían quedado en nada por todo lo sucedido. Los delitos que su padre había cometido, el crimen que había intentado evitar, la carta que les había escrito a todos a través de Annie.

Danny se pasaba muchas noches y la mayoría de los fines de semana en Massachusetts. Eliza había sido readmitida en el Banquo Hospital. Bay había llevado a Annie varias veces al hospital para visitarla y, mientras que la amistad entre las chicas se iba haciendo cada vez más profunda y Eliza iba mejorando, Bay y Dan se encontraban cada vez más metidos en sus respectivos papeles de padres y apenas tenían tiempo para estar solos.

Probablemente era lo mejor, pensaba Bay. Sus hijos la necesitaban mucho, la querían en casa a cada segundo, y era allí donde ella quería estar. Se entregó por completo a ellos, porque estar juntos parecía facilitar el camino a través de aquellos oscuros meses. Billy y Peggy no dejaban de hacer preguntas sobre su padre, sobre lo que había hecho y sobre cómo había intentado ayudar a Eliza. Bay intuía que necesitaban convertir a su padre en un héroe y se sorprendió cuando un día oyó a Annie hablándoles a sus hermanos de él.

—No era un hombre malo, ¿verdad? —preguntó Peggy.

—No, no lo era... en la carta queda claro —respondió Billy—. No iba a permitir que nada le sucediera a Eliza.

—Nos quería —dijo Annie—. Eso lo sabemos seguro. Y el padre que conocimos no era un hombre malo.

—Pero ¿está bien seguir queriéndole? —le preguntó Peggy, empezando a llorar—. ¿Si hizo todas esas cosas?

—Está bien quererle —dijo Bay—. Y también está bien estar enfadado con él. Podéis sentiros de las dos maneras.

—Lo que más rabia me da —dijo Billy— es que ya no esté aquí. Eso me jode. Casi le odio por eso.

Bay abrazó a sus hijos e intentó no meterse en los sentimientos de ninguno de ellos. Recordó un poema muy antiguo, sobre «el oscuro desconocimiento» de la otra persona. ¿Qué significaba aquello? Que había sido joven, que se había criado en los barrios de Connecticut, que brillaba el sol. O que, si no era un día, sería al siguiente. A la gente buena le sucedían cosas buenas.

Se había casado con Sean McCabe, un chico que conocía de toda la vida. Sus fotografías, repartidas por toda la casa, mostraban el rostro abierto, sonriente y amistoso del chico más popular de la playa, del colegio. Un hombre a quien querían sus amigos y clientes, a quien confiaron su dinero.

Un timador.

Al final, no obstante, Sean había vuelto a convertirse en Sean, el hombre bueno, lleno de pasión, capaz de poner el bienestar de los demás, su vida, por encima de sus deseos egoístas. Bay había leído la carta que Sean le había escrito a Annie una y otra vez; por todo lo que decía en ella, Bay estaba segura de que Sean estaba dispuesto a ir a la cárcel con tal de salvar la vida de Eliza.

A veces quería llamar a Danny, para comentarlo todo con él. Pero no podía superar el hecho de que su marido se había visto implicado con la gente que había asesinado a su esposa y que había intentado asesinar a Eliza. Y en aquel momento Eliza necesitaba toda su atención.

Del mismo modo que los hijos de Bay la necesitaban a ella. Aun así, siempre que la luna estaba en cuarto creciente, miraba por la ventana y se preguntaba si Danny estaría también observándola dondequiera que estuviera, y su corazón sentía deseos de volar hacia él y Eliza.

Tara siempre estaba disponible para la familia. Ahora que el caso estaba cerrado, empezaba a pasar tiempo con Joe Holmes. Bay iba a ser testigo en el juicio contra los Boland, de modo que Joe todavía no podía conocer bien a la mejor amiga de Tara... un hecho que sacaba de quicio a Tara de mala manera.

—¿Cómo puedo saber lo que realmente siento por él, si no puedes darme tu visto bueno? —preguntaba Tara.

—Creo que ya sabes lo que realmente sientes por él. —Bay sonrió al ver que Tara se sonrojaba.

—Es de lo más sorprendente —dijo Tara—. ¿Quién habría pensado que, en el peor momento de nuestra vida, me enamoraría del hombre encargado de investigar al marido de mi mejor amiga? Oh, Bay... ¿tendrás siempre sentimientos y recuerdos malos cuando me veas con Joe?

Bay negó con la cabeza, sonriendo.

—No, si te hace feliz —dijo abrazándola.

—Yo también quiero que seas feliz —dijo Tara, devolviéndole el abrazo—. Quiero que acabes de superar este horroroso invierno, Bay. Quiero que vuelvas a sentir la luz del sol. Te prometo que va a llegar...

—Te tomo la palabra —dijo Bay, mirando el jardín pardusco y el cielo gris.

De modo que se enterró en los catálogos de semillas, se concentró en planificar la primavera tanto para su jardín como para el de Augusta; se dedicaba a leer, a cuidar de los niños, a esperar la llegada de la luz del sol que Tara le había prometido.

Cuando Eliza volvió a casa después de su estancia en Banquo, reanudaron sus encuentros con Annie alternando las casas. Bay recogía a Eliza y la dejaba en su casa. Ella, Annie y Tara fueron las primeras personas que Eliza quiso ver el día que le pusieron los dientes nuevos para sustituir las piezas que se había roto durante el secuestro.

Toda la plata, incluida la copa de Paul Revere, había sido retenida como prueba, pero por fin lo habían recuperado todo. Eliza estaba emocionada de que la hubiesen encontrado y no podía esperar a recuperarla, por todos los recuerdos que le evocaba.

—Lo mejor de la vida no son las cosas —dijo un día mientras Bay la acompañaba a su casa—. Una de las cosas que aprendí en el hospital es que aún quiero a mi madre, a pesar de todo.

—¿Puedo decirte algo? —preguntó Bay.

—Por supuesto.

—Sabes, esa noche...

—Sí —dijo Eliza. Su voz se apagó. El recuerdo de aquella noche seguía siendo muy traumático para ella y Bay quería tocar el tema con mucha precaución.

—Sentí que tu madre estaba allí —dijo Bay.

Eliza la miró.

—¿Sí?

Bay asintió con la cabeza. Recordaba la sensación de tener una fuerza adicional a la normal, de saber que provenía de Sean y de Charlie.

—Sí —dijo Bay—. Tu madre estaba conmigo... contigo. Era una mujer fuerte, Eliza. Igual que su hija.

—Sobreviví —dijo Eliza—. Gracias a ti.

—Gracias a ti —dijo Bay, sabiendo lo bueno que era recordarle a una hija, o a uno mismo, la fuerza interior que se posee.

El caso había terminado, estaba oficialmente cerrado, y Joe Holmes estaba demostrando ser no sólo tenaz y valiente en la resolución de crímenes, sino también inefablemente tierno y educado como novio. Le daba la mano a Tara siempre que paseaban juntos y las noches en que ella no podía dejar de pensar en todo lo sucedido, en lo cerca que había estado su mejor amiga de ahogarse en una cala casi helada, llamaba a Joe y él recorría la Carretera Nueve, para abrazarla hasta que saliese el sol.

Un día la llevó al campo de tiro para enseñarle a disparar la pistola.

—Ya sabes que no creo en las armas —dijo Tara.

—¿Qué crees que habría dicho tu abuelo de eso?

—Bueno, creo en ellas para la policía, pero no para mí —dijo ella.

—Quiero que vayas protegida —dijo Joe—. Me preocupa saber que vives sola en un lugar tan aislado.

—Bay está en la otra orilla. Y los niños...

—Allí también hay gente mala, Tara —dijo—. No puedo soportar pensar que podría pasarte algo. A ninguno de vosotros.

—Los Boland resultaron ser bastante malos —dijo ella.

—Sí. Los peores.

—¿Qué los haría así? —preguntó ella.

—La avaricia —dijo—. Y la competición. En algunos sentidos, era como un juego para ellos.

—Toda esa plata que robaron —dijo Tara—. Sólo para tener trofeos... no era más que la forma que tenían Sean y Mark de aventajarse mutuamente.

Joe, después de prestar atención al comentario de Tara, asintió en silencio, con una expresión grave en sus ojos castaño oscuro.

Los Boland se habían animado mutuamente: los juegos ilícitos alimentaban su matrimonio. A la pareja le gustaba todo lo material y sus gustos eran cada día más caros. Mark había operado solo en Anchor Trust, pero cuando llegó al Shoreline Bank y conoció mejor a Sean, su antiguo rival, vio en él a un hombre apasionado y con necesidad de casinos y de otras mujeres.

Sean fue más descuidado que Mark, y la operación empezó a derrumbarse cuando dejó que una orden de transferencia se resolviera a través de Fiona Mills. Sean se había quedado además con la copa de plata de Charlotte Connolly; en cuanto ella descubrió el robo, empezó a sospechar de todas las atenciones que él le había dedicado. Charlotte abrió los libros de cuentas, repasó los números y se percató del fraude. Su fallo fue acudir a Mark Boland con ello.

Y empezaron los asesinatos.

Lo de drogar a Sean había sido idea de Alise. Y fue

muy fácil de seducir (lo puso a tono a bordo del *Aldeba-ran*), de prepararlo para Mark. Después de la pelea con Mark, lo habían llevado por aquella carretera de playa desierta: estaba demasiado drogado, demasiado malherido y había perdido demasiada sangre (estaba inconsciente, era incapaz de percibir la situación) como para impedir que Mark empujara el coche en marcha. Habían sido muy cuidadosos con ciertas cosas, pero a Alise se le había caído la botellita de perfume donde guardaba la cocaína. Detalles sin importancia, comparados con el asesinato.

El puente era el lugar donde a Sean le gustaba detenerse y pensar (se lo había enseñado a los Boland, había quedado con ellos allí), pero ellos lo eligieron como la cala de la muerte, el lugar al que llevarían a Eliza. Si la hubiesen asesinado estando la marea demasiado baja, su cuerpo se habría quedado enganchado entre los juncos. Habían estado esperando que la marea subiese para lanzar el cuerpo de Eliza al mar.

—Casi lo consiguen —dijo Tara.

—No, no lo hicieron —dijo Joe—. No estuvieron a punto de conseguirlo; mantuvieron la coartada durante un tiempo relativamente prolongado, pero nunca dejó de existir la oportunidad de pillarlos. Eran avariciosos y estúpidos, Tara. El bien acaba siempre triunfando sobre el mal. Gracias a tu descubrimiento del pedacito de papel con el número de cuenta en el interior del barquito de Annie hemos conseguido que la semana próxima regrese todo el dinero de sus cuentas en el extranjero... intentaremos redistribuirlo a la gente que sufrió el desfalco.

—Entonces, ¿por qué tenemos que aprender a disparar?

—Para poder triunfar sobre el mal —dijo, riendo, mientras la abrazaba por detrás para ayudarla a sujetar la diez milímetros, a tensar los brazos y a elevarlos, apuntando al blanco.

—Te diré por qué voy a hacer esto —dijo Tara—. Sólo para demostrar que llevo los genes de mi abuelo... y que puedo dar en el blanco. Pero luego, se acabó.

—¿Se acabó el qué?

—Se acabó mi carrera como tiradora.

—Con una condición —dijo Joe con la boca pegada al oído de Tara, mientras ella levantaba el arma y apuntaba al blanco.

—¿Qué es?

—Que me dejes llevarte a bailar este fin de semana para arreglar lo del Baile de la Calabaza.

—¿Qué hay de malo en el Baile de la Calabaza? —preguntó Tara—. Me lo pasé estupendamente.

—También yo —dijo Joe, besándole el cuello—. Pero aquella noche estábamos trabajando.

Tara apuntó, cargó y disparó. Dio en el blanco, sintió el retroceso en los brazos y los hombros, y le devolvió a Joe el arma. Él la enfundó sin quitarle los ojos de encima a Tara.

—Bueno —dijo ella, lanzándose a sus brazos—. Puede que tú estuvieras trabajando, pero yo nunca me lo había pasado tan bien. El mejor momento de mi vida.

—No se lo digas al FBI —dijo Joe—. Pero opino lo mismo.

Y la estrechó entre sus brazos de acero y la besó, y mientras Tara se ponía de puntillas para devolverle el beso, pensó en sus cuarenta y un años y en los cuarenta y siete de Joe y en que, por fin, tras cuatro décadas y un año entero, sabía lo que significaba estar enamorada.

Y era maravilloso.

Llegó el equinoccio de invierno y luego, enseguida, la primavera. Todos los bulbos que Bay había plantado durante el otoño empezaron a brotar. Le vinieron a la cabeza las palabras de la liturgia: «Fe en lo visible y lo invisible.»

Narcisos, junquillos, tulipanes y jacintos brotaban por todas partes.

Bay y Tara convocaron una reunión de primavera de la Hermandad Irlandesa y nombraron a Annie y Eliza miembros de la nueva generación. Prepararon té y pusieron la mesa con las primorosas servilletas de lino de la abuela O'Toole y las cucharillas de plata de la abuela Clarke. Encendieron una vela e invocaron a los espíritus de los seres queridos.

Unieron las manos en el centro de la mesa y Bay y Tara cerraron los ojos. Llevaban toda la vida juntas, como sus abuelas antes que ellas. Ahora se incorporaban Annie y Eliza, emocionadas pero solemnes, uniendo las manos debajo de las de las mayores, formando parte de un interminable e irrompible círculo de Hermandad Irlandesa.

—Fuerte y resistente —dijo Tara.

—*Faugh a ballagh* —dijo Bay, invocando el grito de guerra en gaélico de las abuelas.

—¿Qué significa? —preguntó Eliza.

—¡Despejad el camino! —tradujo Tara.

—¿Porque llegamos nosotras? —dijo Annie.

—Exactamente —dijo Bay, superada por el amor que sentía por su hija y por Eliza—. Porque somos efectivos con los que hay que contar.

—La hermandad —dijo Eliza—. ¡Nunca había tenido hermanas!

—Ninguna de nosotras las tiene —dijo Bay—, a excepción de Annie.

—Hay hermanas —dijo Tara—, que son más auténticas que las de sangre.

—Es lo que empieza a parecerme —dijo Eliza.

Annie asintió feliz, mirando primero a Eliza, luego a Tara y finalmente a su madre.

—Cuando Pegeen cumpla doce, tendremos que incluirla también.

—Estaremos esperándola —dijo Bay, sonriendo a su vez.

Bay estaba tendiendo la colada un sábado por la mañana; esa noche Eliza se había quedado a dormir y Joe y Tara se habían llevado a todos los niños a jugar al minigolf en la Cueva del Pirata. El sol brillaba, tal y como Tara había prometido. Bay notaba su calor en la cabeza y encima de sus brazos desnudos e intentaba absorberlo al máximo, saboreando las delicias del final de la primavera mientras iba sacudiendo la ropa mojada y tendiéndola luego en el tendedero.

Casi se sentía como una flor: volvía a la vida después de un largo invierno bajo tierra. Notaba la ropa fría en las manos, las pinzas de madera crujían cada vez que las sujetaba a la cuerda del tendedero. Tenía todos los sentidos tremendamente despiertos. Había transcurrido casi un año desde el día de la desaparición de Sean; aquel día también había tendido la colada. Aquel día se sentía feliz... ¿o no? Recordaba sentirse a gusto con el clima del verano, intentando amar la vida que llevaba.

Pero había muchas cosas que no sabía. Tantos secretos ocultos por capas y más capas de mentiras. Bay se sentía ahora mucho más sabia. Había pasado el invierno recuperándose, ayudando a sus hijos, y se había prometido que viviría con los ojos muy abiertos a partir de entonces. Y funcionaba, porque notaba que empezaba a sentir alegría.

Oyó un ligero salpicar de agua en la cala de detrás de su casa. Se volvió y allí, avanzando por la marisma procedente del Sound, vio un precioso bote clásico moviéndose entre los juncos y las tranquilas aguas.

Dejó caer al suelo la cesta con la colada y corrió hasta la orilla, dejando que sus pies descalzos se hundieran en el cálido suelo fangoso. Sujetándolo por la proa, tiró del barco para subirlo a la orilla.

—Dan —dijo.

—Tenía que verte... vengo remando desde el astillero.

—¿Desde tan lejos? —preguntó ella, oteando el horizonte.

—He salido temprano —dijo. Guardó los remos en la barca y miró a Bay a los ojos—. ¿Puedo subir un minuto?

Ella asintió y él saltó de aquella encantadora barquita. Bay acarició los laterales, apreciando la suave belleza de la madera, la soberbia carena, el brillante acabado.

Luego miró a Dan: llevaba unos vaqueros y una camiseta, y se había anudado un suéter a la cintura; era un hombre robusto y estaba muy bronceado. Sus ojos azules parecían tan increíblemente vulnerables que Bay no podía resistirse.

—¿Por qué has venido? —preguntó ella.

—Tenía que hacerlo —respondió él, dando un paso adelante.

Bay retrocedió. El corazón le latía con fuerza y tenía la boca seca. El sol caliente le caía sobre la cabeza y sentía que sus ojos se llenaban de lágrimas.

—Bay, ¿qué sucede? —preguntó.

—Nunca pensé que superaría este invierno —dijo ella.

—Tampoco yo.

—No he dejado de pensar en llamarte —dijo ella—. Quería hacerlo.

—¿De veras? —preguntó él, con los ojos brillantes.

—¡No sabes cuánto! Pero hasta ahora hemos estado recuperándonos, solos los cuatro, bueno... los cinco, con Tara. Intentando hacer volver las aguas a su cauce.

—Igual que yo con Eliza —dijo él.

—Y ¿lo habéis conseguido? —preguntó ella—. ¿Que vuelvan a su cauce?

—Eso creo... estamos mejor que nunca. Ella lo lleva muy bien y sé que en gran parte es gracias a Annie. Y a ti. Le encanta venir aquí. Y me habría gustado venir con ella.

—También me habría gustado a mí —dijo Bay.

—Pero no quería confundir a los niños —dijo Danny, dando un paso más—. Porque sabía que una vez viniese... todo empezaría a cambiar.

—Yo también lo sabía —dijo Bay, sintiendo que el calor crecía entre ellos, surgiendo de la tierra y estallando en el aire. Se acercaron un paso más.

—Espero que te parezca bien que haya venido —dijo—. Porque la verdad es que ya no podía esperar más.

—Hemos superado muchas cosas, Danny —le dijo Bay—. Hemos superado un invierno muy largo.

—Sí —dijo Dan, rodeándola con sus brazos.

La abrazó, la besó bajo la luz del sol, sintiendo que el verano que llevaban en su interior, que se expandía a su alrededor, les unía. Bay brotó como una brizna de hierba, tan nueva y delicada como las que salen de la tierra. Y sintió el beso de Dan, calentándola y haciéndole desear volver de nuevo a la vida, como el sol.

Se dieron la mano y Bay se dispuso a conducir a Dan hacia la playa, por el camino que ascendía por la colina hacia el bosque. A medio camino de Little Beach, viraron a la derecha y se adentraron en el bosque hasta llegar a un claro.

—Aquí es donde monté el columpio —dijo Dan, encantado y asombrado a la vez, mirando a su alrededor. Un bosque frondoso de nogales y robles y, en medio, un promontorio arenoso tapizado con suaves cañizos. Entre ellos había un viejo pedazo de madera de balsa, al que el mar había dado la forma de luna en cuarto creciente.

Dan lo cogió y acarició la madera, palpando los dos pernos herrumbrosos y las arandelas por donde había pasado las cuerdas para colgarlo. Levantó la cabeza y vio dos cabos rotos ondeando en la brisa.

—No duró mucho —dijo.

—Duró muchos años —dijo Bay—. Aquí el sol da fuerte y el viento sopla desde la playa y la marisma... duró muchos años. Cada verano, después de que te marcharas, venía aquí a columpiarme y a pensar en ti. Y vine con Annie, cuando era pequeña... Cuando le preguntaba si quería columpiarse sobre la luna, sabía perfectamente adónde íbamos a ir. Nos pusimos muy tristes cuando las cuerdas se rompieron.

—Podrías haberle pedido a alguien que te las arreglara.

Bay pensó en Sean, se imaginó pidiéndoselo y le vino a la cabeza su respuesta «Por supuesto. Tan pronto como termine...» lo que quiera que fuese. Ante el silencio de Bay, Dan avanzó hacia ella y la abrazó.

—Yo habría venido —dijo—. Si me hubieses llamado.

Entonces empezó a besarla. Deslizó el brazo por su espalda, sujetándola mientras, muy lentamente, la acostaba en el suelo arenoso. Desanudó el suéter que llevaba atado en la cintura y lo extendió en el suelo; ella se fijó en el modo como lo alisó, en lo delicadamente que la recostó sobre la prenda.

En el claro de la luna en cuarto creciente, Bay sintió los labios de Dan besándola con ternura, sus ásperas manos acariciándole la cara, el cabello y su rostro hundido en su cuello. Saboreó su piel, salada y caliente producto del sudor y la sal de la larga caminata. Sus manos se movían con delicadeza, pero tenía las palmas rugosas, y Bay gimió, saboreando la sensación que le producía esa fricción.

Todo le parecía nuevo, en todos los sentidos, como si fuera la primera vez que hacía el amor al aire libre y que el hombre al que siempre había amado la acariciaba con tanta avidez y ternura. Quería estar atenta a todos los detalles para retener aquel momento para siempre: la forma en que el sol rozaba el cabello de Danny, cómo las hojas de los árboles proyectaban sombras moteadas en el suelo, el calor de su boca en la suya, lo absorbente y enamorada que resultaba su mirada.

Pero entonces sucedió algo que hizo que Bay se alejara de sus pensamientos. Tomaron las riendas sus sentidos y se vio arrastrada por el sol, y sus pieles, por la dureza y la humedad, por lo resbaladizo de sus cuerpos y la solidez del suelo, por el calor de los besos de él y la pasión de los suyos, por sus fuertes brazos rodeándola y por la sensación de que, a pesar de que hacer el amor con Dan Connolly era algo completamente nuevo para ella, era a la vez antiguo y familiar, que había deseado toda la vida.

Cuando acabaron, permanecieron el uno en los brazos del otro, alejados de las palabras. El sol se desplazaba entre las ramas de los árboles, escribiendo el tiempo sobre el suelo arenoso. Bay debió de adormilarse, porque se despertó de un sobresalto, en los brazos de Dan.

—Estoy aquí —susurró él, y Bay abrió los ojos y supo que sus palabras eran sinceras y que siempre lo serían.

—Yo también —dijo ella.

Después de un largo invierno, más largo que esos últimos meses (después de años de invierno, de sentimientos congelados y enterrados en lo más profundo de su ser), Bay sentía el verano dentro de su piel.

El verano significaba jardín. Significaba rosas, malvarrosas, espuelas de caballero, geranios. Significaba pájaros. Significaba días largos y noches estrelladas. El verano era arena caliente y agua azul. Era la estación del placer, de aferrarse a las alegrías y las bendiciones tanto tiempo como fuese posible, antes de dejarlas ir, y dar la bienvenida a las siguientes y a las siguientes.

Se incorporaron, y se sacudieron de encima la arena y la hierba seca; se sentían como un par de adolescentes, sólo que mejor... los adolescentes eran demasiado jóvenes para saber lo rápido que se movían las corrientes, lo potente que era la marea. Cuando encuentres algo que merezca la pena conservar, cógelo, porque nunca se sabe cuándo puede encabritarse el mar y llevárselo con él.

Dan cogió el pedazo de madera de balsa en forma de cuarto creciente, le sacudió el polvo y la arena y se lo puso bajo el brazo... para restaurarlo, Bay estaba convencida de que lo haría. Lo colgaría en el cielo para ella. Sus movimientos eran lentos —es lo que ocurre cuando se hace el amor—, y cuando Bay le dio la mano notó que estaba temblando. O quizás era ella. Quería decirle lo que estaba pensando: que le quería. Que siempre le había querido.

Pero se limitó a mirarle a la cara, entrecerrando los ojos para evitar la luz del sol, y se sintió agradecida de que hubiera vuelto. De que después de todo ese tiempo su primer amor estuviera otra vez con ella. Era primavera y todo el verano estaba aún por venir. Habría tiempo para encontrar las palabras adecuadas.

Desanduvieron lo andado, pasaron por el cruce hacia Indian Grave y por el que llevaba hasta Little Beach, descendieron por la colina hasta la playa principal y siguieron el camino de arena hasta la casa de Bay.

Los niños habían regresado de jugar al minigolf. Tara y Joe estaban sentados en el porche, columpiándose en el balancín. Billy y Pegeen lanzaban la pelota en el jardín lateral y la bola golpeaba sus guantes con un sonido fuerte y rítmico.

—¡Papá, no sabía que ibas a venir! —gritó Eliza.

—Sí. Tenía que hacerlo.

Al oír sus palabras, Bay se sonrojó, pero no reaccionó.

—Es una barca preciosa —dijo Annie—. ¿La has hecho tú?

—Sí —dijo Dan.

—Mi padre construye los mejores barcos de la zona —dijo Eliza.

—Me recuerda al barco que hice para papá —dijo Annie—. Mi pequeño bote verde. Donde escondió la concha... y la carta.

—La carta que me salvó la vida —dijo Eliza.

—Lo sé —dijo Dan. Buscó en el interior del bote y extrajo los remos. Estaban barnizados con laca brillante y relucían bajo la luz del sol—. La intención era que te recordara a ese barco.

—¿Por qué? —preguntó Annie, frunciendo el ceño, sin comprender nada todavía.

—Porque es para ti, Annie —dijo Dan.

—¿Para mí?

—Tu padre quería que lo tuvieras.

Bay reprimió las lágrimas al ver la cara de su hija. Annie abrió los ojos de par en par, asombrada primero y consciente después.

—Pero yo pensaba... —dijo.

—Sí. Creo que tu madre te dijo que tu padre vino a verme el verano pasado para hablar de construir un barco igual que tu bote.

—Lo sé —susurró con los ojos llenos de lágrimas—. Mamá me lo dijo. Pero creía que había muerto antes de que fuera posible.

—No —dijo Dan—. Me explicó exactamente lo que quería. Me trajo la maqueta que hiciste, para enseñármela. Estaba muy orgulloso de ella... y de ti, Annie.

—¿Te dijo eso? —preguntó Annie.

Danny asintió, entregándole los remos.

—Hablamos mucho de ti. Me dijo que eras maravillosa y que tenías mucho talento, y quería asegurarse de que el barco que te construyera pudiera equipararse a la maqueta que le habías regalado.

—Gracias, señor Connolly —dijo Annie, llorando durante un buen rato, abrazando los remos contra su pecho.

—¿Puedes llevarme a dar un paseo en barca? —preguntó Eliza al cabo de un momento, tirando delicadamente del brazo de Annie.

Annie miró a su madre para preguntarle si podía. Bay seguía sin poder hablar, aunque tampoco podía dejar de sonreír. Hizo un movimiento afirmativo con la cabeza y, sujetando la proa para que la embarcación no se moviera, Danny ayudó a las niñas a saltar adentro.

Bay observó a Annie, y pensó en lo valiente que tenía que ser una persona para aceptar la maravilla de la vida: el regalo de un barco nuevo, la oportunidad de navegar con amigos y olvidar los miedos que hasta entonces les habían estremecido, el beso del sol, el hecho de que nadie, ni siquiera su propio padre, era perfecto, aunque sabiendo, de algún modo, que el amor formaba parte de todo, que era algo inherente a cada momento...

Y así, Bay dio un paso adelante para adentrarse en las aguas transparentes y poco profundas de la cala, y ayudó a Dan a empujar el bote hacia el agua. La barquita flotó como un palo en la corriente, suspendida por un momento, y entonces Annie instaló los remos en los toletes.

Hundió un remo en el agua, y luego el otro. El bote se sacudió de un lado a otro mientras las dos chicas no dejaban de reír: Tara y Joe les lanzaban gritos de ánimo desde el porche, y Peggy y Billy las observaban y se burlaban de su hermana mayor. Bay le dio la mano a Danny; no le importaba que lo vieran los niños.

De pronto, Annie cogió el ritmo: sumergía ambos remos a la vez y tiraba de los mangos en dirección a su pecho. La barca empezó a moverse en línea recta e iba dejando en el agua una estela en forma de V. Y al avanzar, Bay se dio cuenta de que Dan había pintado el nombre de la barca en el yugo, el mismo nombre que Annie le había dado a su maqueta para recordarle a su padre quién estaba en casa esperándole:

ANNIE

—Lo tengo —gritó—. ¡Ya lo tengo!

—Lo tienes, Annie —gritó Bay—. Sí.

—*Faugh a ballagh*! —Tara gritó desde el porche el lema de batalla de la hermandad: «Despejad el camino...»

Dan le apretó la mano a Bay y, una vez más, sintió que no era necesario pronunciar las palabras «Te quiero.» Estaban allí, flotando en el aire. Brillaban como los membrillos en la rama, como los dondiegos de día en la viña, esperando a ser recogidos para formar un precioso ramo.

Pero Bay McCabe era jardinera, y madre, y mujer

475

enamorada, y aquel año había aprendido que había una estación para cada cosa. Para todas las cosas. Había tiempo, mucho tiempo.

Tenían todo el verano por delante y, como aquel dulce verano de hacía tantos años, sería perfecto.